De père en fille

DES MÊMES AUTEURS
CHEZ SEPTENTRION

La Guerre des autres,
1997, Louise Simard et Jean-Pierre Wilhelmy.

Les Mercenaires allemands,
1997, 2009, Jean-Pierre Wilhelmy.

Louise Simard
Jean-Pierre Wilhelmy

De père en fille

roman

H
hamac
classique

Les éditions du Septentrion remercient le Conseil des Arts du Canada et la Société de développement des entreprises culturelles du Québec (SODEC) pour le soutien accordé à leur programme d'édition, ainsi que le gouvernement du Québec pour son Programme de crédit d'impôt pour l'édition de livres. Nous reconnaissons également l'aide financière du gouvernement du Canada par l'entremise du Fonds du livre du Canada (FLC) pour nos activités d'édition.

H
hamac
classique

Hamac *classique* est sous la direction d'Éric Simard

Illustration de la couverture : *By Lamplight*, 1890, Backer, Harriet (1845-1933) / Ramus Meyers Samlinger, Bergen, Norway / The Bridgeman Art Library.

Chargée de projet : Marie-Michèle Rheault

Révision : Marguerite Lessard

Correction d'épreuves : Sophie Imbeault

Mise en pages et maquette de la couverture : Pierre-Louis Cauchon

Si vous désirez être tenu au courant des publications
de la collection HAMAC
vous pouvez nous écrire par courrier,
par courriel à info@hamac.qc.ca,
par télécopieur au 418 527-4978
ou consulter notre catalogue sur Internet :
www.hamac.qc.ca

1300, av. Maguire
Québec (Québec)
G1T 1Z3

Dépôt légal :
Bibliothèque et Archives
nationales du Québec, 2012
ISBN papier : 978-2-89448-701-3
ISBN PDF : 978-2-89664-710-1
ISBN EPUB : 978-2-89664-711-8

Diffusion au Canada :
Diffusion Dimedia
539, boul. Lebeau
Montréal (Québec)
H4N 1S2

Ventes en Europe :
Distribution du Nouveau Monde
30, rue Gay-Lussac
75005 Paris

PREMIÈRE PARTIE
ENFANTS-SOUCHES

« Plusieurs inconvénients étant arrivés aux sujets de Sa Majesté en cette Province par des ignorants qui pratiquent la médecine et la chirurgie, qu'il soit statué par Son Excellence le Gouverneur et le Conseil Législatif qu'après le premier jour de novembre prochain, qui que ce soit ne pourra, sous aucun prétexte, vendre ou distribuer des médecines en détail, ni en ordonner pour les malades, dont il tirera aucun profit, ni exercer la médecine et la chirurgie dans la Province, ni la profession d'accoucheur dans les Villes et faubourgs de Québec et Montréal, sans avoir auparavant obtenu une permission de Son Excellence le Gouverneur, ou le Commandant en Chef… »

Ordonnance statuée et ordonnée en la Chambre du Château Saint-Louis en la ville de Québec le trentième jour d'avril, année de Notre Seigneur mil sept cent quatre-vingt-huit.

I

Noël 1793

— *Auf lhr Wohl*! Je lève mon verre à ta santé, Karl ! Que la pratique de la médecine ne t'apporte que des joies !

— *Vielen Dank.*

Karl sourit, malgré l'irréalisme du souhait. Ses trois années de pratique lui ont déjà appris à quel point les joies sont parcimonieusement consenties au médecin, alors qu'échecs et douleurs sont denrée quotidienne.

Mais le docteur Pagé, aveuglé par sa fierté, ne veut voir aujourd'hui que le masque riant des choses. Il a consacré tant de temps et d'énergie à cet enfant, si vite devenu un homme. Il lui a tout appris de sa science, ne lui en a caché ni la noblesse ni les vicissitudes. Toutes ces années, il n'a été animé que d'un seul désir : faire de Karl Beyer un grand médecin, apprécié tant pour son savoir que pour sa mansuétude.

Et tout indique qu'il a réussi.

Karl a été le premier médecin du Bas-Canada à se voir décerner une licence de médecine, conformément à l'Acte médical de 1788.

Le premier. Lui, l'étranger, l'Allemand.

Et le docteur Pagé, étranger lui aussi, Allemand lui aussi, exilé lui aussi, amené en ce pays, il y a si longtemps, par la guerre des autres, se réjouit dans toutes ses racines.

Attablé avec des amis pour célébrer Noël, il observe un moment les convives, des médecins pour la plupart, mariés et confortablement établis à Québec. Quelques militaires, deux ou trois politiciens. Élisabeth, l'épouse de Karl, s'est tout naturellement chargée du service. Elle s'occupe gracieusement des invités, s'assure avec discrétion du bien-être de chacun, verse le thé, ranime une conversation, cajole un enfant.

« Karl a trouvé là une femme capable de l'appuyer en toutes choses, se réjouit le docteur Pagé en la suivant des yeux. De deux ans son aînée, belle sans artifices, dotée d'une intelligence pratique, peu encline, du moins en apparence, à la rêverie et aux regrets, énergique, voilà une personne qui peut apporter à Karl un équilibre dont il est parfois dépourvu. »

Car aussi idéaliste et rêveur fût-il, le docteur Pagé ne peut ignorer la détresse qu'il décèle parfois dans les yeux de son protégé. Une détresse passagère, fugace. Comme si le jeune homme arrivait difficilement à se dépêtrer de son enfance cahoteuse.

La vie ne l'a guère ménagé.

En 1776, âgé de six ans, il arrivait au pays avec ses parents venus, comme des milliers de leurs compatriotes, défendre le Canada contre l'envahisseur américain. Son père, mercenaire allemand loué par le roi d'Angleterre, était mort sous ses yeux lors de la traversée, jeté par-dessus bord par une tempête impitoyable. Sa petite sœur Eva, atteinte du scorbut, était morte dans les bras de sa mère dès leur arrivée à Québec.

Puis il y avait eu cette drôle de guerre. Et la vie d'étranger…

Le remariage de Karine, sa mère… Les études de médecine…

Puis Élisabeth, avec sa détermination, sa force tranquille, son sang-froid.

Sa notoriété également.

Assortie d'une dot substantielle et de relations importantes chez les notables anglophones de Montréal, tous amis intimes de son père, M. Alexander Watkins.

À ne pas négliger pour qui veut faire carrière et fortune dans un univers étranger où ses propres lettres de noblesse se résument à un accent guttural importé de nulle part, à un passé égaré en d'autres siècles et en d'autres lieux.

Car les gens d'ici, comme ceux d'ailleurs, exigent certaines garanties. Et Karl, à 24 ans, a encore bien peu à offrir, mis à part son indéniable compétence, sa bonne volonté et son amour touchant et inconditionnel pour sa nouvelle patrie.

— Attention, ma petite chérie ! Tu vas étouffer ton frère.

Élisabeth prend son fils dans ses bras. Le petit John-Henry, un an à peine, a du mal à ingurgiter l'énorme tranche de pain que sa sœur, Mary-Ann, d'un an son aînée, voulait à tout prix lui faire avaler.

La blondeur rouquine des enfants de Karl rappelle au docteur Pagé la beauté sereine de Karine. Comme elle se réjouirait aujourd'hui ! Comme elle prendrait plaisir à caresser ses petits-enfants et à admirer son fils. Mais la vie et la mort lui ont conjointement refusé ce privilège.

Dix ans… Déjà…

Morte si tristement en tentant de mettre au monde un enfant mort-né.

Ses proches ont souvenance d'une femme douce, d'une infirmière dévouée et sensible. Le docteur Pagé pense à elle comme à une collègue, une amie, une grande dame.

C'est pour chérir sa mémoire qu'il s'est consacré avec tant d'ardeur à la carrière de Karl, dès que celui-ci eût exprimé le désir de devenir médecin. Il l'a amené partout, lui a enseigné tout ce qu'il savait, l'a présenté à tous ses collègues, a camouflé ses erreurs, magnifié ses réussites.

Pour Karine. Et pour Georg Beyer, le père adoptif de Karl et second mari de Karine, que la mort de la jeune femme avait laissé profondément meurtri. Aujourd'hui, la sérénité de Georg, le succès de son élève, le troisième enfant qui sera là bientôt, lui offrent sa plus belle récompense.

— Vous avez vu mon père, docteur Pagé ?

Le médecin montre le salon où Georg Beyer s'est retiré. Le sapin de Noël envahit la petite pièce. Il embaume l'enfance et la nostalgie, raconte un pays perdu au cœur des errances, mais qui se faufile pourtant jusque dans les veines. Le pays. L'Allemagne. Où rien ne subsiste de l'officier Beyer que des bribes effilochées de larmes et de désespoir. Le pays...

— *Was machst du*, papa ? Tu rêves ?

Georg sourit à son fils. Ce petit garçon apprivoisé lors d'une traversée douloureuse et qu'il a tout de suite aimé plus que lui-même.

Plus, peut-être, que s'il lui avait donné la vie.

— Je pensais...

— Te souviens-tu du premier sapin de Noël que tu as monté, à Sorel ?

Georg se souvient très bien. De l'émerveillement de Karl surtout et de la joie de Karine... Karine. Après 10 ans, il ne peut encore penser à elle sans souffrir.

— Tu te rappelles la surprise des Champagne ? demande Karl en riant. Ils n'avaient jamais vu ça ! Un sapin dans la maison ! Pendant un moment, ils ont bien pensé que nous avions perdu la tête.

— Mais ils se sont quand même empressés d'en installer un chez eux. Et plusieurs voisins en ont fait autant.

— Je me demande ce qu'ils sont devenus. On n'a plus eu de nouvelles d'eux depuis au moins cinq ans. Je le regrette.

— Moi aussi. C'étaient de bons voisins et de bons amis. Julie s'est beaucoup occupée de toi après la mort de ta mère. Heureusement qu'elle était là.

— Oui...

Pendant un instant, les deux hommes laissent des souvenirs d'amitié les envahir. Puis Karl rompt le silence et revient à la fête.

— Tu te joins à nous, papa ? Nous allons faire un peu de musique.

Du salon, grand ouvert sur le spectacle des réjouissances, Georg jette un regard distrait sur les invités. Quelques-uns ont quitté la table et se sont lancés dans des discussions enjouées. D'autres rient autour d'un jeu de cartes. Il hésite.

— Pas tout de suite. Je... j'ai quelque chose à te dire.

Son air grave inquiète son fils.

— Tu n'es pas malade au moins ? Tout va bien ?

— Rassure-toi, je suis en pleine forme. Et c'est justement pour cela qu'il me faut prendre une décision rapidement. Avant qu'il ne soit trop tard.

— Quelle décision ?

Même en sachant qu'il va blesser son fils, l'officier ne peut cacher plus longtemps le désir qui l'obsède depuis tant d'années.

— Je retourne en Allemagne, dit-il en regardant le jeune homme droit dans les yeux.

— En Allemagne !

— Oui. Je dois retourner là-bas.

— Mais...

— Écoute-moi d'abord. Laisse-moi t'expliquer.

Karl est abasourdi. Son père adoptif a quitté l'Allemagne depuis dix-sept ans. Il y avait été malheureux, il le sait. Georg lui a tout raconté de sa triste enfance et de la façon cruelle dont son père l'a renié. Personne ne l'attend là-bas. Ici, il a des amis et un poste enviable. Les gens de Québec l'ont finalement accepté, non sans lui avoir fait quelques misères. Comment renoncer à ces acquis ? Comment partir alors que son fils a tellement besoin de lui ? Ils ont toujours été si proches ; jamais Karl ne pourra vivre sans le savoir là, accessible, loyal. Lien indéfectible avec le passé.

— Tu sais qu'à la fin de la guerre, continue Georg, je voulais retourner en Allemagne avec mes soldats. Mais je ne l'ai pas fait parce que ta mère et toi désiriez si fort rester ici. Je suis resté pour vous deux... Et quand ta mère est morte, j'ai su que je n'avais pas le droit de t'enlever à ton pays d'adoption, le seul bien qu'il te restait. Tu avais tout perdu. Nous étions tous les deux, seuls, et je t'aimais tellement. Je t'aime tellement…

Karl met sa main sur le bras de son père et ce geste simple crie la réciprocité de l'affection.

Après quelques secondes d'un silence joyeusement accaparé par les rires et la musique venant de la salle à manger, Georg reprend :

— Nous avions besoin l'un de l'autre. Pour survivre à Karine… Mais maintenant, tu es un médecin, un bon médecin. Tu es marié, tu as deux beaux enfants, un autre sera là bientôt, et ton avenir est assuré. Tu as recréé une famille, tu t'es assuré une descendance dans ce Nouveau Monde auquel tu appartiens dorénavant. Ce pays t'offre une belle vie. Tu peux continuer sans moi.

D'un geste, il interrompt son fils qui allait protester.

— Oui, Karl. Tu peux continuer sans moi. Je le sais et tu le sais. Et c'est bien ainsi.

— Mais pourquoi retourner en Allemagne où tu n'as jamais été heureux ?

— Parce que j'y ai laissé une partie de moi-même que j'aimerais retrouver avant de mourir. Je n'ai plus peur du passé maintenant. Karine et toi m'avez trop appris du bonheur pour que les souvenirs m'attristent. Il me faut pourtant les rassembler, redevenir un être complet, triompher une fois pour toutes de ce petit garçon aux yeux noirs que j'ai été et qui me hante. Pour cela, je dois retourner en Allemagne. Chez lui. Chez cet enfant d'un autre temps. Tu comprends ?

Du regard, il supplie son fils de comprendre, cachant gauchement son immense douleur de le quitter. Karl supporte mal cette désertion, mais l'affection et les souvenirs chaleureux font taire les reproches égoïstes prêts à surgir. Il décide de s'abandonner à la volonté de son père, relève la tête et regarde en souriant l'officier allemand dont il est le seul à connaître la grande bonté. Il voit alors un vieux soldat fatigué aspirant au repos, et il comprend qu'il n'a pas le droit de s'opposer à son rêve.

— *Du kannst gehen*... Pars tranquille, papa...

Les deux hommes restent silencieux, immobiles l'un à côté de l'autre jusqu'à ce que la petite main de Mary-Ann les agrippe, en quête de caresses. Le père et le fils, d'un même geste, hissent la petite entre eux. Ils l'embrassent, la cajolent, l'enlacent et, à travers l'enfant, ils s'offrent toute la tendresse que leur condition d'homme leur refuse.

— *What are you thinking about*?

Trop pris par ses pensées, Karl ne répond pas à sa femme.

La carriole, en route vers Montréal, crisse durement sur la neige. Le froid mordille les joues des enfants, blottis sous les fourrures.

— Rentrez la tête ! dit Élisabeth.

Mais la curiosité les pousse à mettre le nez au-dehors malgré la morsure de l'air. Ils veulent tout voir du Chemin du Roy. Peut-être, sans le savoir, jettent-ils les yeux sur des lieux qu'ils ne reverront plus. Qu'iraient-ils faire à Québec après le départ de Georg ?

Bien sûr, Karl y a des amis fidèles, dont le docteur Pagé, mais Élisabeth n'acceptait d'aller à Québec que pour éviter un déplacement fatigant à son beau-père, et ces voyages l'ennuient. Elle ne respire librement qu'à Montréal, sa ville natale, où elle avait d'ailleurs exigé de vivre après son mariage.

C'est lors d'une soirée où son père et elle s'étaient rendus avant de s'embarquer pour l'Europe qu'elle avait, pour la première fois, rencontré Karl. À son retour, quelques mois plus tard, elle avait fait les premiers pas en lui adressant une courte lettre. Claire, directe. Le jeune homme savait qu'en l'épousant, il renonçait à s'associer au docteur Pagé, trop attaché à Québec pour en partir. Il n'avait pourtant pas hésité ; Élisabeth avait su plaider sa cause.

Karl sourit aux deux petits dont il n'aperçoit que les yeux. À mesure que les patins du traîneau étirent leur trace dans la neige, le temps file dans sa tête.

Pendant des années, Georg et Karine lui ont tout offert d'eux-mêmes.

Le docteur Pagé également, et les Champagne, et les Lapierre, tous gens de ce pays où il a pris racine. Fort de cet amour prodigué sans compter, il pourra s'inscrire à son tour dans une histoire à laquelle son nom même a su se fondre. Karl, Beyer pour les uns, Payeur pour les autres, croit avoir maintenant des droits sur ce pays. Le petit garçon a mêlé son odeur à celle des longues épinettes et des nobles bouleaux. Il a semé ses larmes dans le sol, lancé ses rires à la face du vent. Le petit garçon a gagné ce pays rudement et patiemment à la façon des grands ressacs venus du large pour mordre les rochers. Dix-sept ans de cohabitation, de luttes, de rage, de peines et d'espoirs, lui permettent aujourd'hui de s'approprier le fleuve, le froid, les grandes forêts et les mots.

— Tu dois le comprendre, Karl. Ton père a le droit de retourner chez lui.

Karl enlace sa femme et l'embrasse.

— Je sais cela, lui souffle-t-il à l'oreille. Chacun a des droits chèrement acquis. Surtout celui de choisir son avenir… comme j'ai choisi le mien.

En même temps, ils tournent les yeux vers les enfants assis sur la banquette devant eux. Les petits se sont endormis, bercés par la longue plainte de la neige griffée par les patins.

Quelques instants plus tard, à Batiscan, une frénésie inhabituelle surprend les voyageurs. Des chevaux galopent en tous sens, des cris s'entrechoquent, des ordres résonnent aux quatre vents.

Pris dans la mêlée, Karl et sa famille réussissent à interpeller un homme qui les renseigne sans ralentir sa course.

— C'est chez les Gauthier, crie-t-il. Le feu ! Il paraît que la mère Gauthier et ses petits-enfants y sont restés.

Karl saute en bas de la carriole sans tenir compte des supplications d'Élisabeth. Il court lui aussi vers la maison des Gauthier.

Comme autrefois quand il avait voulu se cacher, fuir son père qui le ramenait en Allemagne malgré lui, fuir sa mère qui acceptait sans rien dire... Il court dans la neige vers les gens qui l'ont sauvé d'un nouvel exil. Vers Johann Vogel, devenu Loiseau pour les Canadiens, soldat de l'Empire germanique venu lui aussi défendre un pays qui n'avait peur de rien, vers Marie Gauthier, la belle Canadienne devenue l'épouse du mercenaire, vers Louise Gauthier, la mère de Marie, vers les petits, les petits...

« La mère Gauthier et ses petits-enfants y sont restés... Restés... »

La fumée monte droit dans le ciel, dominant l'agitation déjà inutile. Les gens viennent de partout, de la forêt, des prairies, des rangs voisins. Parmi les arrivants, Karl reconnaît Johann et Marie, précédés de leur fils aîné, Francis. Où étaient-ils donc pour avoir échappé à l'enfer ?

Le brasier empêche les curieux de s'approcher, mais, soudain, quelqu'un jaillit de la fumée épaisse. C'est un voisin, arrivé sur les lieux avant tout le monde. Il porte le corps inanimé d'une fillette.

L'homme, à demi étouffé, explique péniblement :

— Je l'ai vue tomber de la fenêtre, comme si on l'avait poussée. J'ai bien failli ne pas pouvoir aller la chercher à cause de la fumée.

Karl bouscule tout le monde pour se rendre auprès de l'enfant.

Johann est déjà là, près du petit corps inerte. Des hommes offrent leurs manteaux pour le couvrir. Marie et son fils aîné restent derrière, pétrifiés, incapables de réagir.

«J'aurais dû les emmener, se répète Marie, j'aurais dû les emmener… »

Ils n'étaient partis qu'une heure saluer leurs amis installés dans la clairière.

«J'aurais dû les emmener… »

Lorsque Karl s'agenouille, Johann lève les yeux et reconnaît le jeune médecin. Celui-ci s'affaire déjà. Il donne des ordres, ausculte.

L'enfant respire encore mais les brûlures couvrent son corps.

« Si seulement nous étions à Montréal, pense le médecin. Que puis-je faire ici ? » Désemparé, ridiculement impuissant, il baisse finalement la tête et ferme les yeux pour prier. « Seigneur, aidez-les. »

Jamais il ne s'habituera à la mort. Toujours cette lassitude dans tout le corps, cet anéantissement après l'espoir, le désir de mourir aussi. Quand il ouvre les yeux, l'enfant ne respire plus.

Le silence emplit la campagne. Seul le crépitement du bois hante l'espace. Tous les yeux se tournent vers le brasier qui emprisonne la mère Gauthier et son petit-fils.

Le feu meurtrier, cruellement déguisé en feu de joie. La même musique, la même chaleur. La même présence ensorcelante qui fait danser l'univers.

— Va-t'en ! Va-t'en !

Le cri retentit au-dessus de la brunante. Il se mêle à la fumée, monte, monte. Le jeune Francis repousse le médecin, le frappe à coups de poing.

— Va-t'en ! Ils disent que tu es un médecin. Ce n'est pas vrai ! Les médecins guérissent les enfants ! Ils ne les laissent pas mourir sans rien faire. Va-t'en ! Tu n'es pas un vrai médecin ! Tu as laissé mourir ma petite sœur.

Johann empoigne son fils qui se débat jusqu'à ce que la douleur l'emporte sur la rage. L'homme et l'enfant se blottissent l'un contre l'autre, se communiquent le reste de vie qui les habite.

Marie les rejoint et passe ses bras autour d'eux.

Ils ne voient pas le désespoir de Karl qui retourne lentement vers les siens.

— Nous l'appellerons Eva.

— *A german name*?

— Oui, s'il te plaît.

Karl tient beaucoup à ce nom. Le nom d'une petite fille aux boucles blondes... Petite sœur malmenée par la mer. Morte avant de connaître le Nouveau Monde qui l'effrayait.

Le bébé ressemble tellement à son père. On devine déjà les cheveux blonds, les yeux qui prendront le même bleu, la rondeur malicieuse du visage. Élisabeth ne peut pas refuser. Même si elle avait rêvé pour tous ses enfants d'un nom et d'un avenir bien anglais. Depuis son mariage, elle travaille sans relâche à faire entrer son mari dans le monde à l'aise des Montréalais anglophones. Elle veut lui faire oublier que les Canadiens français l'appellent Payeur, lui dont le nom véritable est Beyer. Prononcé à l'anglaise, bien sûr.

Eva... Un accroc à ses principes... Sa dernière-née se nommerait Eva. Elle est tellement fatiguée.

— Je vais dormir un peu.

— Oui. Repose-toi, ma chérie. Ne t'inquiète de rien, je m'occupe d'Eva.

— N'oublie surtout pas que tu en as deux autres, dit-elle, moqueuse.

— Je n'oublie pas, lui répond-il, en effleurant sa joue. Trois enfants plus beaux que les étoiles. Merci, mon amour.

Élisabeth s'endort et la petite Eva fait de même. Karl la garde dans ses bras. Sa chaleur le réconforte et il ne se résout pas à la remettre dans son berceau. Il voudrait ne jamais se séparer d'elle.

Il voudrait avoir porté et enfanté cette merveille, plus précieuse que sa vie même.

— Eva, murmure-t-il, petite enfant, ne me quitte jamais.

Joie douloureuse. Nostalgie. Eva, c'est toute la vie qu'il réchauffe de ses bras d'homme.

La mort également.

Toute petite Eva d'un passé heureux.

Petite sœur perdue qu'il n'avait pas su protéger.

Karl serre le bébé endormi sur sa poitrine. Pour que personne, jamais, ne puisse la lui enlever.

II

Printemps 1796

Selon un rituel qui lui est propre, le docteur Fraser bourre sa plus belle pipe tandis qu'un nègre de stature impressionnante sert le thé.

Élisabeth regarde le Noir avec insistance. « Le docteur Fraser sait choisir ses esclaves, pense-t-elle. Quelle prestance dans la soumission ! Quelle arrogance dans la servitude ! »

Le domestique se retire après avoir salué discrètement. Impeccable. La jeune femme le suit du regard sous l'œil amusé de son hôte.

— Magnifique bois d'ébène, n'est-ce pas, ma chère ! s'exclame ce dernier. J'y ai mis le prix mais il en valait la peine. Une santé à toute épreuve, une force herculéenne et, ma foi, une certaine élégance, je ne le nie pas. Je ne pourrais plus m'en passer.

— Il est superbe ! admire Élisabeth, envieuse comme une enfant devant un beau jouet.

Les docteurs Fraser et Beyer sont maintenant associés depuis presque deux ans et leur complicité grandit de jour en jour.

L'expérience solide du premier allié à l'audace et à la fougue du second font de cette équipe de médecins l'une des plus recherchées par la clientèle fortunée et exigeante de Montréal. Les deux hommes ne peuvent que se réjouir de leur association. Et leurs femmes ayant rapidement développé une franche amitié, leurs rencontres se teintent toujours d'un agréable petit air de fête.

Tous les quatre s'installent au salon sans interrompre leur conversation.

— Je m'étonne que vous n'ayez pas encore d'esclave, dit Mme Fraser.

Comme toujours elle porte un costume taillé sur mesure dans un tissu de qualité. Sobre, classique, mais d'un raffinement incontestable.

Devant le silence obstiné de Karl, Élisabeth, mal à l'aise, tente une explication :

— Jusqu'à maintenant, nous n'en avons pas vraiment éprouvé le besoin. Il faut dire qu'aucune véritable occasion ne s'est présentée.

Elle tait volontairement la répulsion de son mari pour l'esclavage. Karl incline plutôt vers la liberté pour tous, bien qu'il reconnaisse que certains esclaves trouvent leur compte dans cet échange. Un logis, des vêtements, de la nourriture pour services rendus. Rien à redire. C'est l'aliénation de soi-même qui le dérange. Un principe qui se défend mal dans son milieu et qu'il préfère taire, car la possession d'un ou de plusieurs « bois d'ébène », comme on appelle les esclaves noirs, constitue en ces années fastes le nec plus ultra de la profession.

— J'ai justement quelque chose pour toi, s'exclame le docteur Fraser, en feuilletant fébrilement un journal posé sur une table basse devant lui. Tiens ! Voilà ! Écoute bien : « Nous avons à vendre quelques esclaves dont un jeune nègre fort, déjà éprouvé par la petite vérole et la rougeole, entraîné au service domestique, qui sait raser et coiffer, parle l'anglais et le français. » Qu'est-ce que tu en dis ?

Karl se renfrogne, gêné par l'enthousiasme de son associé.

— Il faudrait voir, dit-il enfin, après avoir jeté un rapide coup d'œil vers Élisabeth, visiblement excitée par cette opportunité.

— C'est tout vu ! déclare le docteur Fraser, péremptoire. Tu m'accompagnes demain à une heure, place du Marché. C'est là qu'a lieu l'encan.

Pris au piège, Karl ne peut qu'acquiescer.

Sur le chemin du retour, survoltée, Élisabeth ne cesse de l'encourager.

— Ce sera très bien d'avoir un serviteur à la maison. Ça ne pourra que nous libérer de bien des tracas. Sans compter les enfants qui grandissent et qui ont de plus en plus d'exigences. Notre pauvre vieille Thérèse ne suffit plus à la tâche.

Si bien que le jour suivant, Karl accompagne à contrecœur son associé à la vente d'esclaves, avec le mandat bien précis de se procurer un nègre de forte constitution possédant toutes les qualités d'un bon serviteur.

La petite Eva, malgré les objections d'Élisabeth, y est aussi, juchée sur les épaules de son père. Abasourdie, elle observe l'agitation échevelée de la place. Les ventes d'esclaves sont rares et les acheteurs doivent profiter de toutes les occasions. Ils viennent donc en grand nombre, Anglais ou Français, militaires, commerçants, médecins, notaires ou autres. Toute personne prête à y mettre le prix peut repartir avec un « bois d'ébène ». Aujourd'hui, il y en a cinq, debout sur l'estrade, offerts en pâture aux regards scrutateurs : trois jeunes hommes musclés, à la peau huilée par la sueur, et deux jeunes filles, craintives et résignées.

L'encanteur s'égosille à vanter leurs attributs à travers un brouhaha où se mêlent gouaillerie, défis, hâbleries. Belles poitrines, hanches fortes, dents saines, talents innombrables... Il est sur le point d'épuiser son vocabulaire lorsqu'un mouvement se dessine dans la foule. Les gens s'écartent pour livrer passage à cinq Iroquois qui se dirigent orgueilleusement vers l'estrade. Au milieu d'eux, une jeune femme superbe, de la tribu des Panis, tient par la main un petit garçon sans âge. Après quelques minutes de pourparlers avec l'encanteur, les Iroquois poussent la jeune Panise et l'enfant sur l'estrade. Ils repartent en empochant deux cents livres pendant que l'encanteur, convaincu d'en tirer au moins le double, quitte à tricher un peu sur l'âge, se frotte déjà les mains.

— À nos magnifiques bois d'ébène, crie-t-il, nous ajoutons maintenant une Panise et son fils, deux belles pièces d'Inde ! Même pas vingt ans ! Solide ! Faites vos mises !

Devant la foule salivante, il procède ensuite avec assurance à l'inspection détaillée de la nouvelle marchandise. La peau cuivrée de la jeune femme ruisselle au soleil. Ses longs cheveux noirs emmêlés coulent comme source sauvage, auréolant un visage d'une beauté mystérieuse. Ses yeux regardent loin devant elle pendant que le négrier dévoile et tâte ses seins pour prouver aux éventuels acheteurs leur fermeté. Il lui ouvre la bouche, puis relève ses cheveux pour découvrir la noblesse du cou. Les hommes l'envient.

Un murmure court dans l'assistance lorsque le négrier, consciencieux, baisse la jupe de l'Indienne, dévoilant ses hanches rondes, son sexe, ses cuisses fermes.

— Faite pour les grosses besognes, déclare-t-il, satisfait, misant gros, sans le laisser paraître, sur ce superbe spécimen. Et le petit a de qui tenir, continue-t-il. Sain et facile à dresser. Le propriétaire d'une telle paire fera une bonne affaire. J'attends vos mises, mesdames et messieurs.

Charles Fraser pousse son associé du coude :

— Voilà ce qu'il te faut, murmure-t-il avec un clin d'œil.

Karl ne peut détacher son regard de la jeune Indienne. Subjugué par son étonnante beauté, il n'entend pas les mises qui grimpent à un rythme effarant. La jeune femme a relevé sa jupe mais son bustier découvre un sein vers lequel rampent tous les désirs masculins. Elle ne regarde personne. Absente. Une illusion étrange d'imperméabilité émane d'elle.

Devant le silence de Karl, Charles se décide à miser avant que cette merveille ne lui échappe et il enlève la prise, enfant compris, pour la somme exorbitante de 550 livres. Comme un conquérant, il passe devant tous les miseurs déçus et prend possession de son bien. La jeune femme le suit sans le regarder, en tenant toujours le garçonnet par la main. Dès qu'ils ont rejoint Karl et Eva, cette dernière saisit la main libre du petit garçon et se colle affectueusement contre lui.

— Tu ne veux pas tenter ta chance avec le plus jeune nègre ? insiste le docteur Fraser. C'est une belle pièce, tu sais. Et je m'y connais.

— Non, répond Karl, de plus en plus troublé par la présence de l'Indienne. Non... Une autre fois... Eva est fatiguée. Nous allons rentrer.

— Bon. Comme tu voudras.

Les deux associés prennent le chemin du retour, suivis des deux esclaves et d'Eva, tous trois se tenant par la main. Devant la maison, Karl veut séparer la fillette de son nouvel ami mais la petite ne l'entend pas ainsi. Elle s'agrippe à l'enfant, pleure et rage malgré les remontrances et les câlineries de son père. Le garçon ne fait rien pour la repousser. Au contraire. Il resserre la pression de ses doigts sur la petite main potelée.

— Ta fille a plus de goût que toi pour les esclaves, mon cher Karl, se moque le docteur Fraser, amusé de l'embarras de son associé.

Incapable de sévir, celui-ci cherche un moyen de faire entendre raison à la petite en colère.

— Écoute, lui dit soudain l'heureux propriétaire, je te fais cadeau du garçon. Ça ne vaut pas un bon Noir, mais il me semble solide et je suis sûr qu'il pourra te rendre bien des services. Je t'avoue, je l'ai pris seulement parce qu'il venait avec la femme. Je n'en ai pas vraiment besoin.

Karl demeure muet, mais déjà Charles sépare l'enfant de l'Indienne. La mère et l'enfant laissent leurs mains entrouvertes, prêtes à se rejoindre, comme s'ils pouvaient encore sentir la chaleur de l'autre. Des larmes silencieuses coulent des yeux du garçonnet qui a peur de comprendre. On lui enlève sa mère, son seul bien, sa seule certitude... Entraîné par Eva, il pénètre dans sa nouvelle demeure sans pouvoir répondre à la petite fille qui, troublée par ses larmes, lui demande avec gentillesse :

— Où bobo?

L'Indienne fixe la porte refermée sur son fils, puis dirige son regard vers Karl. Ses yeux noirs ordonnent et supplient en même temps, pleurent et hurlent, menacent et prient. Karl voudrait la rassurer, prendre les belles mains désespérément vides et les porter à ses lèvres. Il voudrait pleurer aussi sur la douleur d'être différent, d'être étranger là où le vainqueur a volé jusqu'aux miettes de passé.

Une douleur qu'il connaît.

Mais la jeune femme lui tourne brusquement le dos et donne elle-même le signal du départ. Charles Fraser la suit en saluant son ami:

— À demain, Karl.

Il rejoint l'esclave et tous les deux s'éloignent côte à côte, lui, le dos légèrement voûté dans son habit élégant, elle, souple et fière dans ses vêtements usés.

Il faut longtemps à Karl pour se décider à rentrer.

La rivière Batiscan chante à tue-tête, printemps et création réconciliés. Johann et Marie l'écoutent en se berçant sur la galerie.

Ils apprécient ces moments de recueillement où la douleur, jamais totalement engourdie, s'assoupit pourtant, enveloppée par la douceur de l'air. Leur nouvelle maison, blanchie à la chaux, a la virginité irresponsable des objets neufs.

— Je crois que le petit Frigon ira loin s'il veut bien se donner la peine de travailler, dit Johann.

— Tu penses encore à tes élèves! le raille Marie en lui touchant tendrement la main.

La petite école patiemment mise sur pied par Johann a finalement acquis une solide réputation à travers toute la région. Ceux qui, il y a dix ans, dénigraient cruellement l'étranger sont les premiers aujourd'hui à se vanter d'envoyer leur fils ou leur petit-fils chez le maître allemand. Ils viennent même de Sainte-Anne-de-la-Pérade, de Champlain, et certains d'entre eux paient grassement en s'imaginant pouvoir acheter le savoir. Ceux-là acceptent mal cependant la politique non sélective de Johann. Jamais le maître n'a refusé un élève, riche ou pauvre, jeune ou vieux, garçon ou fille, doué ou non, Français, Anglais, Allemand ou Indien. Le seul critère d'admission reste le désir d'apprendre. Il leur a bien fallu s'y faire.

— Oubliez vos disciples, maître Loiseau, dit Marie. Nous avons une visite.

Johann sourit à ce nom que lui ont affectueusement donné les habitants. Parce que Vogel, étrange patronyme en ces lieux, signifie oiseau. C'est d'ailleurs le seul nom que se connaît son fils Francis, lui qui arrive justement en compagnie de Waldgeist, le génie des bois, l'ami des premiers jours d'exil. La quarantaine sculpte à l'Indien un corps à la mesure du pays. Immense. Robuste. Sauvage.

— Papa ! Maman ! J'ai une lettre de mon oncle Julien !

Après avoir salué leur ami, Marie ouvre fébrilement l'enveloppe.

Son frère Julien est parti depuis si longtemps. Julien le rebelle. Toujours en quête de liberté… À sa dernière visite, il y a bien cinq ans de cela, il est reparti avec Louis, le plus jeune frère, que les travaux de la ferme ennuyaient. Ils sont partis à la merci du hasard, comme de vieux adolescents incapables d'affronter la vie dans ce qu'elle a de plus simple, toujours à la recherche du péril, somme toute moins exigeant. Quand ils ont appris, du fin fond de leurs aventures, la mort de leur mère et des petits, ils ont écrit pour dire leur peine, mais ils ne sont pas venus. C'est la première fois, depuis ce grand malheur, que Marie a de leurs nouvelles.

— Il écrit de Lachine, Louis est toujours avec lui, dit Marie sans interrompre sa lecture.

— Et qu'est-ce qu'ils font? demande impatiemment le jeune Francis, depuis toujours fasciné par ces oncles légendaires.

— Ils sont voyageurs pour la compagnie du Nord-Ouest.

— C'est quoi ça, des voyageurs?

— Ils servent sur les canots qui vont à Grand-Portage pour la traite des fourrures.

— C'est où ça?

— Écoute ce qu'écrit ton oncle et cesse de poser des questions!

« Nous partons dans quelques jours pour livrer 65 paquetons de marchandises de traite à Grand-Portage, à 1 100 milles de Lachine. Nous prendrons l'Outaouais, la Mattawa, le lac Nipissing, la rivière Française, le lac Huron, le Sault Sainte-Marie, le lac Supérieur...

— C'est dangereux? questionne Francis, trop excité pour tenir sa langue.

Marie ne répond pas et termine sa lecture en silence pendant que l'adolescent de 14 ans laisse vagabonder les images dans sa tête. Il imagine la force des courants et les bras arqués sur les avirons, les feux sur la grève, les chansons à boire scandées par les rameurs, les portages, les rapides...

— Ton fils a le rêve dans les yeux, remarque Waldgeist.

Marie lève la tête et observe Francis, inquiète un moment de l'influence que ces oncles pourraient avoir sur son fils. Sentant tous les regards braqués sur lui, l'adolescent revient à la réalité du rang Huit. Il y revient d'autant plus facilement que ses ambitions diffèrent totalement de celles de ses oncles.

— Tu rêvais à des voyages? lui demande son père.

— Tu ne voudrais pas partir, n'est-ce pas? s'inquiète Marie.

— Mais non, la rassure le garçon. Ce doit être une belle vie, mais...

Il hésite.

— Mais?... insiste Johann qui devine que son fils brûle de leur dire quelque chose.

— Mais ce n'est pas de ça que je rêve.

— Qu'est-ce que tu veux faire ? questionne Marie un peu rudement, prise d'angoisse, comme chaque fois qu'elle imagine son fils loin d'elle.

— Je... Je voudrais... être médecin.

L'enfant a baissé la voix, apeuré par son propre désir. Les trois adultes se taisent, émerveillés par ce petit homme aux rêves si beaux. Il se croit obligé de préciser :

— Si c'est possible.

Émue, Marie se tourne vers Johann qui sourit, heureux.

— Ce sera possible, dit-il, si tu le veux vraiment.

— Tu seras un grand sorcier, dit Waldgeist. Que les dieux te donnent leurs secrets.

III

La fillette insiste, mais Karl, engourdi de soleil, résiste encore à ses supplications. L'urgence de la situation ne lui semble pas évidente.

— Viens papa ! Viens ! crie Eva, désespérée, en le tirant par le bras.

— Attends, Eva. Pas tout de suite. Papa est trop bien au soleil.

— Non, viens ! hurle-t-elle avec des larmes rageuses dans les yeux.

Karl tente une diversion.

— Va chercher ta poupée. Papa va vous bercer.

— Non ! réplique-t-elle en tapant du pied. Viens !

Plutôt que de risquer la crise d'hystérie, le médecin s'extirpe péniblement de la confortable berceuse, installée pour l'été dans le jardin, et suit sa fille à l'intérieur. Les fenêtres toutes grandes ouvertes n'arrivent pas à rafraîchir la maison où une touffeur de fin d'été alourdit l'atmosphère. Karl regrette l'ombre rafraîchissante de l'érable argenté mais, sans égards pour ses doléances, la fillette le tire jusqu'à la cuisine où Élisabeth s'est réfugiée pour faire ses comptes.

— Mais qu'est-ce que tu fais ? lui demande Karl, étonné de la trouver là.

— Des papiers à classer, lui répond-elle distraitement, ne désirant visiblement pas poursuivre la conversation.

— Papa !

En se retournant, Karl voit sa fille penchée sur le petit Thomas, lui-même à genoux à côté d'une chaudière aussi grosse que lui. Sans s'occuper d'Eva qui le pousse, le tire, tente de le redresser, l'enfant frotte le plancher avec une énorme brosse dont ses deux mains ont peine à faire le tour.

Surpris, Karl regarde sa femme absorbée par le monceau de feuilles, notes et cahiers étalés en désordre sur la table.

— Qu'est-ce qu'il fait ?

— Il lave…

— Je le vois bien qu'il lave, lui répond Karl, irrité. Mais pourquoi aujourd'hui, un samedi, et par une telle chaleur ? Ça ne pouvait pas attendre ? Il me semble que ce plancher a été lavé il y a à peine deux jours.

Élisabeth se redresse et laisse brusquement éclater sa colère.

— Oui, en effet, le plancher a été lavé il y a deux jours, mais il a été mal lavé ! Il restait des taches dans tous les coins. Alors, il a bien fallu que je l'oblige à recommencer ! Si je le laisse faire, il fera toujours tout de travers, sans y apporter aucun soin.

Décontenancé par cette subite agressivité qui lui paraît sans aucune mesure avec l'incident, Karl a reculé imperceptiblement, comme pour esquiver une gifle. L'acharnement de sa femme l'inquiète depuis quelque temps. Il sait qu'elle ne lui a jamais pardonné de ne pas avoir acheté d'esclave noir et de lui avoir ramené ce petit Indien secret dont la mère attise tant de convoitises masculines. Celles de son mari, surtout… Elle en perd le sens de la justice et de la pondération. Karl tente encore une fois de la raisonner :

— C'est un enfant. Il a bien le droit de faire des erreurs. Laisse-lui une chance.

— Je dois le dresser et je sais que je ne peux pas me fier à toi. À t'entendre, il faudrait le traiter comme un de nos enfants. Comment veux-tu qu'il se rende utile un jour si on n'exige jamais rien de lui !

— Tu exagères, Bettie.

— Ne m'appelle pas Bettie ! J'ai horreur de ce nom vulgaire !

— Bon... Bon...

Pendant toute cette discussion, Eva n'a pas cessé de harceler le petit Indien. Elle trépigne devant sa résistance obstinée et, à bout de ressources, se met soudainement à pleurer bruyamment.

— Qu'est-ce qu'elle a ? demande Karl.

— Elle veut que Thomas joue avec elle, maugrée Élisabeth.

— Et pourquoi ne peut-il pas jouer ?

— Parce qu'il doit d'abord finir son travail !

Ennuyé par la chaleur écrasante, peiné par les larmes de sa fille, Karl perd patience.

— Je veux que cet enfant cesse ce travail immédiatement et s'occupe d'Eva. Le plancher peut attendre.

Il a crié. Regrettant de s'être emporté, il va vers Élisabeth, mais celle-ci se lève, passe devant lui sans le regarder et sort de la cuisine. Confiant que l'altercation n'aura pas de suite, Karl aide le petit esclave panis à ranger seau et brosse, puis il entraîne les deux enfants dans le jardin où ils peuvent jouer en toute quiétude.

Après un repas où il n'a eu droit qu'à des bribes de conversation polie, Karl retrouve Élisabeth dans leur chambre. Il veut lui demander d'oublier cette petite dispute et tend les bras. Il aime tant serrer contre lui cette petite femme énergique dont les cheveux embaument une fleur sans nom qu'on aurait inventée pour elle.

Comme si tous les savons, crèmes ou poudres se noyaient en elle et prenaient au contact de sa peau une même odeur subtile et forte à la fois. Il a envie d'elle et, sans dire un mot, il pose les mains sur sa taille nerveuse.

D'un geste brusque, elle le repousse.

— Écoute, tu ne vas quand même pas bouder pendant des jours pour un plancher.

Dégoûtée par tant d'inconscience, Élisabeth s'arrime solidement au regard implorant de son mari.

— Il ne s'agit pas d'un plancher. Il s'agit de notre avenir.

Karl est sidéré par la violence contenue dans la voix de sa femme.

— Il ne s'agit nullement d'un plancher ! insiste-t-elle. Il s'agit de ton manque d'envergure, de ton manque total d'ambition ! Si tu avais acheté un esclave noir comme nous en avions décidé, rien de tout cela ne serait arrivé ! Mais non ! Monsieur rapporte un petit Indien sale et sans classe, un enfant incapable de se rendre utile et dont personne ne voulait. Nous sommes la risée de tous tes collègues et tu ne t'en aperçois même pas !

— Mais…

— C'est inadmissible ! J'ai tout fait pour que les relations de mon père te respectent et t'admettent dans leur cercle. J'y ai mis du temps, de l'énergie, de l'argent. Beaucoup d'argent ! C'est grâce à notre mariage si le docteur Fraser a voulu de toi comme associé. C'est grâce aux relations de mon père si nous avons pu avoir cette maison. Et toi, au lieu de profiter de cette chance extraordinaire, tu t'encrasses dans ton petit monde de pauvres. Si tu le pouvais, tu refuserais la brillante clientèle que t'attire ton association avec le docteur Fraser pour te pencher sur des miséreux, sur des pouilleux.

Oui, des pouilleux ! Des petits Canadiens français sans cesse à mendier tes soins, incapables de te payer le moindre sou. Des profiteurs ! Tu ne perdras donc jamais ta mentalité de petit exilé ? Je t'ai offert la célébrité et la fortune en t'épousant et ta médiocrité a tout gâché. Accablé, Karl reste muet devant ce délire injurieux. Il a toujours cru devoir l'avancement de sa carrière à son adresse et à son savoir, et non pas aux influences de son beau-père. Il le croit encore. Sa clientèle est maintenant établie et ses revenus procurent à sa famille une vie décente et confortable. Qu'il s'offre la joie de soigner quelques personnes moins fortunées, dont la reconnaissance le paie grandement, n'enlève rien aux siens. Il est vrai que souvent ces malades parlent français. Mais ses premiers vrais amis ici étaient des Canadiens français et ils l'ont initié à la musique de cette langue rude, belle comme le sucre du pays et qu'il aime parler. Jamais il ne pourra refuser son aide à ces gens. Jamais il ne pourra appartenir entièrement au monde anglophone dont il apprécie le raffinement mais non l'arrogance. Bien sûr, son mariage l'a aidé à ouvrir certaines portes, mais jamais il n'avait vu d'aspect bassement mercantile à leur union.

Le courroux d'Élisabeth, ses attentes frustrées, si durement exprimées, le heurtent de plein fouet.

Consciente tout à coup de sa propre cruauté, Élisabeth tente doucement de ramener la discussion à son point de départ.

— Si, au moins, tu ne t'en occupais pas plus que de ton propre fils. On dirait parfois que tu l'aimes plus que John-Henry… Et si tu ne passais pas tout à Eva. Cette enfant te fait marcher par le bout du nez. Tu ne peux rien lui refuser.

En parlant, elle avance la main pour toucher l'homme qu'elle aime. Le besoin urgent de sa peau contre la sienne. Comment lui dire l'amour, la tendresse, la douceur ? Comment effacer la hargne déversée sans contrôle ?

— Karl…

La main tendue ne touche que la solitude. Karl a quitté la chambre.

IV

Les froidures de janvier s'éternisent et débordent sur février, histoire de déjouer les prédictions des anciens, inhabiles à démasquer les roueries du temps. Même le vieux Frigon, trahi lui aussi par sa mémoire ancestrale, avait annoncé un redoux qui ne vient pas.

Les bras chargés de bûches, Francis pousse la porte du pied et dépose son fardeau près du foyer d'où s'échappent déjà des odeurs d'érable et de merisier. Il attise le feu et y ajoute une belle bûche dont l'arôme s'emmêle aux autres.

— Si le froid continue, on va manquer de bois pour finir l'hiver, remarque Marie, occupée à confectionner un chapeau de paille dont l'odeur lui donne secrètement envie du printemps.

Adroitement, elle coud une lisière de mousseline blanche autour de la calotte tressée, en rêvant de soleil et de fleurs.

— Je ne crois pas, lui répond Johann, nous avons de bonnes réserves.

Marie lui sourit et il retourne à ses corrections non sans avoir remarqué l'agitation inhabituelle de Francis qui tourne autour de la table, s'arrête puis repart sans jamais se décider à s'asseoir.

— Viens près de moi, lui dit enfin Marie, étourdie par ce manège. Tu vas tenir ce chapeau. J'arrive pas…

Heureux de cette occasion de rapprochement, le garçon se rend auprès d'elle avec tellement de précipitation qu'il en renverse une chaise.

Johann et Marie rient gentiment.

— Je crois que tu as quelque chose à nous dire, déclare Johann. Ne nous fais plus languir.

Le contraste entre ses cheveux blonds et ses yeux d'un brun vif donne au regard du garçon une profondeur et une acuité remarquables.

Il relève la chaise et s'assoit bien droit en soupirant.

— À te voir on te croirait amoureux, se moque Marie.

— Ben non ! réplique-t-il avec cet accent charmant qui le distingue des autres, héritage allemand et français, comme si deux pays s'étaient tendrement unis pour créer un être unique. Vous n'y êtes pas du tout !

— Alors ? questionnent-ils en même temps.

— C'est que... j'ai 15 ans et je vais avoir 16 ans bientôt.

— Jusque-là, tu ne nous apprends rien de vraiment nouveau. Personne ne te contredira là-dessus.

— J'ai... Je...

— Tu ?...

— Je veux commencer à étudier la médecine.

— Tu n'es pas un peu jeune ? demande sa mère, tout de suite sur la défensive.

— Mais non ! Pour obtenir une licence, je dois étudier cinq ans avec un médecin. Ensuite, je dois passer un examen devant le Bureau d'examinateurs.

— Comment sais-tu cela ?

— Je me suis renseigné. C'est comme cela depuis l'Acte médical de 1788.

— Mais il n'y a pas un âge minimum requis pour avoir le droit de pratiquer ?

— Oui. Vingt et un ans. Alors si je commence à l'automne après les travaux d'été, ce sera tout juste.

Fiers en même temps qu'inquiets devant la détermination de leur fils, les deux époux se regardent. Marie a trente-huit ans maintenant et ce fils épargné, elle voudrait le garder toujours auprès d'elle, comme une revanche sur le destin, comme un bien précieux que l'on ne prête à personne. Elle porte la main à son ventre comme si elle y ressentait déjà la douleur de la séparation.

Johann la caresse de ses yeux gris.

— Si vous êtes d'accord, continue Francis, je pourrais demander au docteur Cazeau de m'enseigner ce qu'il sait.

— Lui en as-tu parlé ?

— Il doit venir ce soir. Je... Je lui ai dit que vous vouliez le voir.

Johann et Marie éclatent d'un grand rire, amusés de l'initiative de leur fils.

— Toi ! Je te dis ! lui lance sa mère en le pointant du doigt.

On frappe à la porte et le docteur Cazeau pénètre à l'intérieur sans attendre qu'on lui ouvre.

— Bondance qu'il fait froid !

Le vieux médecin secoue sa crinière blanche puis donne son manteau à Francis et va s'asseoir près du feu. Il en vient vite à apprendre le stratagème inventé par le garçon.

— Alors ? dit-il en riant. Tu voulais me voir ? Eh bien me voilà ! Je t'écoute.

Gêné, Francis révèle son grand rêve en rougissant. Ému, le médecin hésite à répondre. Il sait l'importance de ce qu'il va dire et chaque mot doit être clair.

Après un moment de silence, il parle enfin :

— Je suis heureux que tu veuilles devenir médecin. Je te remercie de ta confiance et je vais t'aider du mieux que je le peux...

Il arrête l'élan de joie de Francis.

— Mais je ne serai pas ton professeur. Non... Je suis trop vieux... trop fatigué... et trop ignorant.

Indifférent aux gestes de protestation des Loiseau, il continue :

— Tu es jeune, Francis, intelligent, audacieux. Tu seras un grand médecin, j'en suis sûr. Mais il te faut les meilleurs maîtres. Moi, je soigne plus par instinct que par savoir. Ma science, glanée ici et là, au hasard des rencontres et des lectures, est périmée, limitée. Seule l'affection que je porte à mes malades me permet encore de les guérir tandis que, chaque jour, les médecins des grandes villes peuvent profiter de nouvelles découvertes, de nouveaux instruments, de nouveaux remèdes. Tu dois aller là où tout te sera possible, là où la connaissance est la nourriture quotidienne. Moi, je te montrerai ce que je pourrai, si peu... une autre forme de savoir...

Le vieil homme se tait et Johann met sa main sur la sienne, si chaude de toutes les souffrances apaisées.

Dans l'âtre, les bûches se chamaillent les flammes et leurs chuintements se mêlent à la conversation. Rassemblés autour du feu, les Beyer et leurs hôtes bavardent avec nonchalance, plus enclins à se réchauffer qu'à discourir. La ville claque des dents et chacun se terre en espérant l'armistice.

— Comment t'arranges-tu avec ton jeune esclave, Karl ?

La question du docteur Fraser fait frissonner ses invités, comme si le froid intense et cruel de l'extérieur pénétrait soudain le salon. Karl et Élisabeth n'ont plus reparlé du petit Indien. Ils n'ont plus reparlé, simplement. Les amants se sont perdus ; les époux se supportent. Et bien qu'ils en souffrent tous les deux, ils s'obstinent dans leur bon droit, pris au piège de l'orgueil.

— Ça va très bien ; il nous rend de grands services, répond Élisabeth, flegmatique.

Après un regard sévère de sa femme, plus perspicace, Charles Fraser aiguille la conversation sur un sujet plus neutre.

— J'ai eu un cas aujourd'hui qui me rappelle étrangement le mal de la Baie.

— Qu'est-ce donc que le mal de la Baie ? demande Élisabeth, désireuse de dissiper le malaise.

— Tu étais bien jeune quand tout cela a commencé en 1773. Et Karl aussi. On a mis quinze longues années à enrayer cette épidémie. La maladie a vite été identifiée cependant ; il s'agissait de la syphilis.

— J'ai lu des choses là-dessus, remarque Karl. Les traitements laissaient souvent le malade édenté et intoxiqué.

— En effet. Et cette terrible épidémie devant laquelle la médecine s'est révélée quasi impuissante a poussé Sir Carleton à prendre des mesures importantes pour améliorer la qualité de la médecine.

— L'Acte médical de 1788 a vu le jour un peu grâce à cet événement, n'est-ce pas ?

— Oui. À partir de ce malheur qui a tué tant de gens, tous ont été d'accord pour travailler à relever le niveau de la médecine.

— Il faut dire qu'il y a dix ans, les charlatans étaient plus nombreux que les véritables médecins, souligne Mme Fraser. N'importe qui pouvait dispenser des soins sans aucune préparation.

— C'est encore le cas, renchérit Élisabeth.

— Tu as raison, approuve Charles Fraser, mais l'Acte médical a largement contribué à rayer ces ignorants de la pratique de la médecine. Le Bureau d'examinateurs ne laisse pas passer n'importe qui.

— L'idéal serait encore d'avoir une école où former les futurs médecins, affirme Karl, obsédé par cette idée.

Un serviteur noir interrompt la conversation en annonçant une visite.

— De qui s'agit-il ? demande Mme Fraser, surprise.

— La personne n'a pas dit son nom, madame. Elle demande à voir le docteur Beyer.

Intrigué, Karl se rend au vestibule où l'attend un homme pauvrement vêtu, de forte carrure.

— Ma femme est malade. J'ai fait venir le rebouteux mais y fait rien. Y dit qu'elle est finie. Gaspard Duchêne m'a dit comment vous avez guéri sa femme. Il a dit: « Va voir le docteur Payeur, il va t'aider ».

L'homme semble indifférent à l'air glacial accumulé dans le vestibule. Il implore le jeune médecin du regard.

— Comment vous appelez-vous?

— Joseph Lemoyne.

— Attendez-moi un moment, M. Lemoyne. Je vous suis.

De retour au salon, Karl explique la situation à ses hôtes et leur demande de faire reconduire Élisabeth s'il tarde trop à revenir.

Sans malice, mais avec un rien de commisération, le docteur Fraser se moque de son jeune associé:

— Risquer de se geler les fesses pour une Canadienne sans le sou, insensible au froid et beaucoup plus solide que nous tous réunis, alors qu'une clientèle huppée se bouscule tous les jours à son bureau. Voilà bien mon jeune collègue aux grands idéaux.

Karl soupçonne un peu d'admiration et d'envie dans cette envolée lyrique. Sans répondre, il quitte la maison et s'engouffre au cœur du froid.

Il a remarqué avant de partir la pâleur soudaine de sa femme et son sourire méprisant.

V

La petite voix d'Eva chante à travers les cris de ses aînés. Elle emploie parfois des mots allemands.

— *Schnell*, ordonne-t-elle. *Schneller*.

Élisabeth tressaille. Karl sourit pour lui-même. Ces mots-là flattent comme une caresse.

— *Don't touch me* ! *Don't touch me* !

Le ton a soudainement changé. En colère, Eva emploie instinctivement l'anglais. Les parents, alertés, lèvent la tête de leur livre. Quatre secondes plus tard, la petite surgit dans le salon suivie de Mary-Ann. La plus grande, du haut de ses six ans, explique la rage de sa cadette.

— John-Henry ne la laisse pas. Il la traîne par le bras et ça lui fait mal.

— Ce n'est pas vrai !

L'accusé fait irruption dans la pièce et sa crinière rousse flambe sur ses épaules. Il est en guerre, de tout son corps. Ses bras s'agitent, vindicatifs. Ses petites jambes frêles frappent le sol. Karl l'observe, étonné comme toujours de sa vivacité. Cet enfant de cinq ans lui fait peur. Trop de passion inattendue dans son comportement.

— Ce n'est pas vrai ! répète le garçon. Ce n'est pas moi ! C'est Thomas qui m'a poussé !

Élisabeth sursaute.

— Il m'a poussé ! insiste le garçon, les yeux rivés sur ceux de sa mère.

— Il t'a poussé pour que tu lâches Eva ! réplique Mary-Ann. Tu lui faisais mal.

Élisabeth est debout. Elle prend son fils contre elle.

— Cet esclave ne touchera jamais à mon fils, siffle-t-elle entre ses dents.

Elle repousse gentiment le garçonnet maintenant apaisé et se dirige vers la cuisine.

— Où vas-tu ? questionne Karl.

— Je vais m'occuper de mon serviteur ; il doit être puni.

— C'est une chicane d'enfant.

— Thomas n'est pas un enfant. C'est un esclave.

— À cet âge, esclave ou pas, Indien ou Blanc, on est encore un enfant. Reste ici. Je m'en occupe.

Il passe devant sa femme, suivi d'Eva triomphante, et retrouve le jeune Indien à la cuisine. Le garçon est debout dans un coin, près du foyer. Il attend. Sa condition d'esclave ne lui permet rien d'autre. Sans élever la voix, Karl le questionne.

— Que s'est-il passé, Thomas ?

L'enfant garde le silence. Malgré la confiance que cet homme lui inspire, il sait bien jusqu'où vont ses droits. En le prenant par la main, Eva l'encourage :

— Dis à papa !

D'une voix assourdie par la crainte, le jeune garçon explique dans un français hésitant, la seule langue de Blanc qu'il arrive tant bien que mal à apprivoiser :

— John-Henry tirait Eva. Il la tournait. Elle se faire mal. J'ai dit arrêter ; lui pas voulu. J'ai tenu son bras pour que lui arrête.

En posant sa main sur l'épaule de l'enfant, Karl lui parle doucement :

— Je te remercie Thomas d'avoir veillé sur Eva. Maintenant allez jouer tous les deux et ne pensez plus à tout cela. Je m'en occupe.

La main dans la main, les deux enfants s'éloignent et la petite tête blonde et bouclée de la fillette, touchante, confère aux longs cheveux noirs de l'Indien une force venue de temps anciens.

Élisabeth n'a pas tardé à venger son fils. Thomas a été privé d'une visite à sa mère sous prétexte d'un surcroît de travail causé par la venue de visiteurs de marque. L'argenterie à frotter, les tapis à battre, la patine sombre des meubles à faire reluire...

Eva, assise à la table, regarde son jeune ami frotter délicatement les cuillères d'argent. Tous les deux songeurs, ils jouissent du silence sans rien exiger de plus que la présence de l'autre. La fillette suit le mouvement presque tendre de l'Indien sur les objets délicats. Elle décèle à travers ce geste une souffrance, une nostalgie contagieuse. Elle tend le bras pour toucher les doigts du garçon. Il s'interrompt, relève la tête et lui sourit. Eva est la seule à connaître ses sourires. Pour elle, il laisse parfois tomber sa rancœur.

— C'est beau, dit la fillette.

Et le garçon ne sait pas si le compliment s'adresse à son travail ou à ses mains. Il se remet à la tâche, mais Eva en a assez de cette corvée inutile qui lui ravit son meilleur ami.

— Viens jouer, dit-elle.

— Je ne peux pas. J'ai le ménage.

— Après, le ménage.

— Pourquoi toi toujours vouloir jouer?

— Parce que je t'aime.

L'Indien, peu habitué à tant d'affection, baisse la tête, soudainement pris d'un vertige. Eva a remarqué l'éclair dans ses yeux noirs. Elle se lève précipitamment, fonce sur lui et enserre son cou de ses deux bras en l'embrassant fougueusement sur la joue. Son petit nez frôle les tempes du garçon et se glisse dans ses cheveux.

Il a mal de tant de tendresse. Immobile, il cesse un moment de respirer, inquiet et ravi en même temps de la chaleur qui monte en lui.

Taquine, la fillette lui pince le nez de ses petites mains dodues. Il se tourne vers elle et l'embrasse doucement, surpris du velouté de sa peau dont la blancheur l'éblouit. Il ferme les yeux et laisse ses lèvres fermées sur la joue d'Eva, comme une offrande à une déesse.

— Je vais le dire à maman !

Les deux enfants se séparent brusquement. John-Henry se dirige vers eux, menaçant, et son regard vindicatif déforme ses traits poupins. Un visage d'enfant auquel on aurait dessiné une cruauté d'adulte.

— Je vais le dire à maman ! répète-t-il, et il sort en courant, sachant très bien qu'il tient là une formidable vengeance sur l'esclave.

Les deux amis, pantois, le voient bientôt revenir accompagné d'Élisabeth, rouge de colère. Ils ont repris leur siège. L'Indien frotte nerveusement l'argenterie ; la petite s'amuse avec ses doigts.

— Toi, suis-moi ! crie Élisabeth en tirant l'Indien par les cheveux. Et toi, tu vas dans ta chambre immédiatement ! ordonne-t-elle à Eva qui allait protester.

L'enfant n'a pas eu le temps de ravaler sa peur que déjà son ami a disparu. Écrasée par l'impuissance, elle s'assoit sur sa chaise et murmure :

— Papa…

Mais Karl n'est pas là.

Retenu toute la journée, il revient à la maison à l'heure du souper et s'inquiète aussitôt de ne pas voir Eva l'accueillir comme à l'accoutumée. Il s'ennuie déjà de ses petits bras potelés autour de son cou. À Mary-Ann venue le saluer il demande en l'embrassant :

— Où est donc Eva ?

L'enfant répond tête basse :

— Dans sa chambre.

— Dans sa chambre à cette heure ! Mais qu'est-ce qui se passe ? Elle est malade ?

La petite fille n'a pas tout compris. Elle murmure simplement :

— C'est Thomas.

Intrigué, Karl monte à la chambre de sa fille. Il la trouve étendue sur son lit, secouée de sanglots, pâle.

— Qu'est-ce qui se passe, ma chérie ?

Elle se blottit dans ses bras :

— *Wo ist* Thomas ?

— Je ne sais pas où est Thomas, lui répond son père, de plus en plus déconcerté. Viens, nous allons demander à maman.

Eva recule, apeurée. Il la serre contre lui, furieux de toute cette douleur d'enfant qu'il ne peut endiguer. Il voudrait pleurer aussi.

— Viens, dit-il doucement, dans les bras de papa il n'y a pas de danger.

Elle se laisse prendre et cache son visage mouillé dans le cou de son père. Élisabeth les reçoit avec animosité.

— Que s'est-il donc passé aujourd'hui ? questionne Karl. Où est Thomas ?

— Je l'ai vendu.

— Quoi !

La jeune femme, blême, attend l'orage.

— Pourquoi ? demande simplement Karl.

— Je ne parlerai pas devant la petite. Je ne veux pas la troubler davantage.

Sans se départir de son calme, le médecin sonne Thérèse et lui confie l'enfant.

— Va manger un peu. Thérèse va te donner un gros morceau de gâteau. Je parle avec maman et je vais tout de suite te retrouver.

— Avec Thomas ?

Karl essuie tendrement les larmes qui glissent vers les lèvres de la petite fille.

— Ne pleure plus.

Dès qu'ils sont seuls, Karl exige une explication.

— John-Henry a surpris Thomas en train de… de caresser Eva. Je ne pouvais plus le garder.

Impassible, Karl questionne :

— Tu l'as vu faire ?

— Non, mais John-Henry…

— John-Henry a cinq ans. Il ne sait pas ! Tu as parlé avec Thomas ?

— Non.

— Avec Eva ?

— Non.

Karl se tait. Il a trop de choses à dire à cette femme qu'il désire tant aimer. Qu'il aime malgré tout. Il lui faut peser chacun de ses mots.

— Cet esclave m'appartient. Tu n'as pas le droit de vendre ce qui m'appartient. Je n'accepterai jamais que ma femme me vole. Tu vas aller chercher Thomas où qu'il soit et le ramener ici.

— Jamais ! Je l'ai vendu aux McMurray et j'en ai obtenu quatre cents livres ! Tu auras ton argent, mais cet Indien ne remettra jamais les pieds ici ou sinon…

— Sinon ?…

Élisabeth hésite, mais elle a déjà été si loin…

— Ou sinon je pars avec les enfants, hurle-t-elle, et tu te retrouveras dans la rue, sans famille, sans relations.

Les menaces d'Élisabeth écorchent le jeune médecin. Non pas tant par le mauvais sort qui lui est lancé, mais bien par la haine et le mépris qui l'accompagnent. Comment peut-on haïr autant ? Il regarde les hanches étroites de sa femme, ses jambes courtes et vives, ses seins de jeune fille, ce corps nerveux capable de se donner jusqu'à l'extase.

Où s'en est allée l'amante, l'amie ? Où, à quel moment la passion a-t-elle disparu ? Quelles secrètes convoitises ont donc eu raison de la tendre complicité ?

«Je pars avec les enfants». Karl n'a peur ni de l'abandon, ni de la pauvreté. Ses qualités de médecin sont unanimement reconnues dans tous les milieux de la société montréalaise et les relations d'Élisabeth et de sa famille n'ont rien à y voir. Il n'a peur ni des qu'en-dira-t-on, ni de la solitude. «Je pars avec les enfants... » Mais il ne pourra vivre sans ses enfants. Sans l'énigmatique John-Henry que sa mesquinerie d'enfant insécure et couvé par sa mère rend attachant. Sans la douce et si belle Mary-Ann, la tendre, la juste. Sans Eva...

Non, jamais sans Eva.

Il quitte la chambre, sort de la maison et marche jusqu'à la rue Notre-Dame, la plus belle et la plus large de la ville. Il erre le long des édifices publics qui se donnent un air d'importance. La mélancolie l'empoigne, toute faite d'incompréhension et d'impuissance.

Fatigué, il s'arrête un moment pour regarder le fleuve, celui-là même qui l'a mené jusqu'ici, qui lui a volé son père, sa sœur, ses racines. Il lui en veut de sa désinvolture de géant impassible, témoin distant de la souffrance humaine.

Quand il revient enfin sur ses pas, les volets de fer, peints tantôt en rouge tantôt en vert, ont déjà été fermés sur les maisons de pierre brute de la rue Saint-Gabriel. Un serviteur revenant en toute hâte de quelque corvée le heurte au passage et se confond en excuses. Karl le rassure et en le regardant s'éloigner à longues enjambées, il pense au petit Thomas. Les McMurray sont de bonnes gens. Une femme gaie. Un homme avenant. Sans enfants et qui le regrettent. Des gens à l'aise qui gèrent avec honnêteté et succès un commerce de tissus et de vêtements faits sur mesure.

Sans le vouloir, Élisabeth a offert au petit Indien une famille capable de l'aimer. Il trouvera là tout ce dont un enfant a besoin.

Reste à en convaincre Eva.

Pendant deux jours, l'enfant erre dans la maison comme un génie sans maître. Elle a abandonné ses jeux, tourné le dos à son père incapable, pour la première fois, d'exaucer ses vœux. Délaissé sa grande sœur prête à toutes les pitreries pour la faire rire.

Karl a longuement tenté d'expliquer. Vainement. Jusqu'à douter lui-même de la justesse de ses arguments.

Après quelques jours, à bout de ratiocination, il rentre à la maison avec un petit chaton en espérant que l'animal sera plus éloquent que lui et ranimera les joues hâves de la fillette.

Celle-ci prend la bête encore craintive dans ses mains et la serre contre elle. Le chaton grimpe dans le cou de l'enfant, enfouit sa tête sous les cheveux bouclés en cherchant à téter.

— Je vais l'appeler Bébé, dit Eva, parce qu'il fait comme le petit bébé de Mme Richards.

Un faible sourire insuffle un peu de vivacité à ses yeux fiévreux.

Et de la voir si triste, accablée d'une détresse trop grande pour ses trois ans, Karl a du mal à retenir ses larmes. Et sa colère.

— Il me chatouille ! dit la fillette. Et son rire dévale à travers les lourdes écluses de sa peine.

— Viens, nous allons lui donner du lait. Regarde comme il a soif. Il te prend pour sa maman.

En tenant précieusement son fardeau solidement accroché à son chandail, Eva suit son père jusqu'à la cuisine où Élisabeth et la vieille Thérèse les reçoivent avec des exclamations enjouées.

— Comme il est mignon !

— Il a la couleur d'un champ de blé.

— Mais il est affamé !

— Il s'appelle Bébé, déclare fièrement Eva.

— J'ai un beau petit lit pour lui, dit la servante.

Elle s'absente un moment et revient avec un petit panier d'osier tapissé de flanelle dans lequel elle installe le chaton qui ronronne de plaisir.

— Il sera bien pour dormir près du feu de la cuisine, dit Élisabeth en embrassant la fillette.

Celle-ci sursaute, prête à défendre son petit bonheur, encore fragile.

— Non, dit-elle d'une voix tremblotante. Avec moi. Dans la chambre à Eva.

Karl et Élisabeth se regardent. Pendant un moment, ils hésitent, démunis, mesurant à tâtons cette douleur enfantine dont ils avaient mal jaugé l'importance.

— Je crois que ce soir le chaton peut dormir avec elle, dit enfin Karl.

— Oui, approuve Élisabeth. Demain, nous verrons.

La petite fille et la vieille servante, aussi heureuses l'une que l'autre, emportent le chaton à l'étage.

Le lendemain matin, Mary-Ann réveille toute la maison en hurlant.

— Eva est partie ! Eva est partie !

— Pourquoi cries-tu comme ça ? lui demande sa mère. Calme-toi !

— Eva est partie ! Elle est pas dans la chambre. Elle est pas dans la maison. Elle est pas dehors. Je voulais jouer avec le chat et je les ai pas trouvés.

Tous se dispersent, inquiets, prêts à entreprendre des fouilles sérieuses tout en gardant l'espoir de trouver la fillette accroupie derrière quelque fauteuil avec son chat.

— Je vais jusqu'à la rue Notre-Dame, crie Karl en enfilant son manteau. On ne sait jamais.

Une brume légère papillonne dans la ville, dentelle de mystère sur fond d'aurore. Les marchands n'ont pas encore ouvert leurs boutiques. Karl se presse, sans hésiter, poussé par son instinct.

Arrivé à la hauteur de la rue Notre-Dame, il s'immobilise.

Eva est là-bas, à l'autre bout de la rue.

Elle s'accroche à la main de l'Indienne.

Plus elles se rapprochent du médecin, plus il a peur.

La femme et l'enfant s'arrêtent enfin devant lui et la petite explique sans embarras.

— J'ai vu Thomas. Pour montrer Bébé. J'étais perdue. La maman de Thomas, elle est gentille.

— Tu ne dois pas partir comme ça, sans prévenir. Nous étions inquiets.

— Pas besoin, répond la fillette, frondeuse. La maman de Thomas m'a montré.

— Elle vouloir voir Thomas. Pas vouloir rentrer. Je l'ai amenée, dit l'Indienne sans baisser les yeux.

Mal à l'aise, Karl ne sait comment remercier.

— Thomas, il aime sa maison, dit la fillette, rassérénée quant à la situation de son ami. Le monsieur et la madame, ils aiment les chats et les enfants, ils ont dit.

Sans plus d'explication, la fillette enlève le panier à l'Indienne et prend la main de son père.

— *Schnell.* Bébé, il est fatigué. J'ai froid.

Écartelé entre la hâte de l'enfant et la fascination qu'exerce sur lui la belle esclave, le médecin s'éloigne en saluant de la main d'un geste enfantin.

En se retournant une dernière fois, il constate avec gêne que l'Indienne les regarde encore.

VI

— Tu es trop fort, je ne rivalise plus avec toi. Tu auras terminé ta planche avant que j'aie fini d'affûter ma faux.

Le Noir de dix-sept ans, le front ruisselant sous son grand chapeau de paille s'arrête un moment de faucher et tire de sa jambe de botte une pierre à aiguiser.

— Donne ta faux. C'est parce qu'elle est mal aiguisée que tu te fatigues si vite.

Francis observe les gestes alertes de Jean-Baptiste. La pierre, manœuvrée avec dextérité, glisse rapidement de chaque côté de l'instrument.

— Voilà, dit Jean-Baptiste avec un sourire narquois, maintenant tu vas pouvoir me suivre.

Tous les deux savent très bien que la qualité de la faux n'y est pour rien. Le Noir, robuste et entraîné aux durs travaux, peut battre tous les hommes du canton. Il est taillé à même la misère et le travail, à même l'humiliation. La rage contenue de ses ancêtres s'échappe de chacun de ses gestes.

À midi, Marie vient les retrouver.

— Vous avez bien travaillé, constate-t-elle en étalant leur dîner sur une nappe étendue à même le sol.

Soupe aux pois, pain, beurre, lard salé, radis, sirop d'érable. De quoi ragaillardir les muscles défaits.

— Vous allez pouvoir commencer le fanage après le dîner, explique Francis la bouche pleine.

— Oui. On va y être. Dans une demi-heure à peu près, le temps que ton père revienne du village avec Florence et ses enfants.

— Le temps est au beau. Ce sera vite fait.

Restés seuls, les deux amis, l'un aussi blond que l'autre est noir, s'assoient sous un arbre. Dos à dos, séparés par l'écorce rugueuse, ils refont doucement leurs forces.

— Tu pars quand pour Montréal ? demande Jean-Baptiste.

— Tout de suite après les foins. Le docteur Payeur m'attend pour le début d'août.

— Tu le connais bien ce docteur-là ?

Francis hésite.

— Pas vraiment. Je ne l'ai vu qu'une seule fois... quand il y a eu le feu... Je ne me rappelle pas très bien. Sa mère était une grande amie de mon père. Ils sont arrivés ensemble au pays. Quand mon père l'a rencontré pour lui parler de moi, il n'a pas hésité un instant. Il se dit ravi de m'enseigner la médecine. J'espère que nous allons bien nous entendre. J'en ai pour cinq ans à travailler avec lui. On dit que c'est un excellent médecin.

— Tu as hâte ?

— Oui et non. Je veux tellement être médecin que je suis prêt à bien des sacrifices... Mais je vais m'ennuyer de Batiscan, de ma famille... De toi... beaucoup.

Les deux amis se taisent un moment. Un oiseau criard remplit l'espace.

— Tu vas venir nous voir souvent ! Montréal ce n'est pas si loin avec un bon cheval.

— Ou deux... réplique Francis en riant. Je vais venir souvent, c'est vrai. Chaque fois que je vais pouvoir. Et comme tu restes ici avec mes parents, je ne te manquerai pas. Je voulais... Je voulais te remercier. Je serai moins inquiet de te savoir auprès d'eux.

— C'est moi qui dois tous les remerciements. Non seulement tes parents ont acheté ma liberté aux Lamothe, mais en plus ils m'ont pris comme engagé. Je veillerai sur eux comme sur mes propres parents. Ne sois pas inquiet.

En se retournant, l'œil moqueur, Francis rétorque :

— Il faut dire qu'ils ne t'ont pas acheté très cher. Les Lamothe ne demandaient qu'à t'éloigner de leur fille.

Les amis s'esclaffent au souvenir de la pauvre Louise Lamothe poursuivant inlassablement l'esclave avec lequel elle avait été élevée, le seul être du sexe masculin qui supportait ses avances, parce qu'il y était obligé. Son nez trop gros, ses yeux trop grands, son corps trop maigre. Et son amour pour Jean-Baptiste, aussi voyant que ses dents trop longues. Pauvre Louise ! Ses parents, affolés, préféraient la condamner à rester vieille fille plutôt que de la voir racoler un esclave, noir par surcroît, acheté à un prix dérisoire il y a quinze ans, avec l'espoir de procurer à leur fillette un protecteur fidèle. Un protecteur ou un serviteur, mais surtout pas un mari !

— Je crois qu'ils auraient même payé pour que tu disparaisses de leur vie !

Les jeunes hommes, ravigotés par la nourriture, le repos et le rire se remettent gaillardement à la tâche, juste au moment où toute la bande venue au fanage dévale la pente en piaillant comme une volée d'étourneaux.

VII

Montréal profite pleinement d'un mois d'août exceptionnel.

Des citadins en calèche se dirigent vers la montagne ou l'île Sainte-Hélène. D'autres, moins entreprenants, se promènent sur le Champ de Mars où un combat de boxe improvisé a rassemblé un petit groupe d'hommes.

Francis, accompagné par son père, découvre avec ébahissement ce mouvement perpétuel. Tout l'attire et le rebute en même temps. La foule, le bruit, la fanfare, les rues larges, les édifices publics, plus impressionnants que séduisants, l'Hôtel-Dieu, l'église Notre-Dame, le couvent des Sœurs grises. Il avale goulûment sa première gorgée de ville.

Épuisés et déroutés par l'extravagance citadine, les deux voyageurs ne s'attardent pas et frappent bientôt à l'opulente demeure de la rue Saint-Gabriel.

Une vieille femme vient leur ouvrir, talonnée de près par une petite fille moqueuse, elle-même suivie par un petit chat aux couleurs de blé trop mûr qui vient aussitôt s'accrocher aux jambes des visiteurs.

— Attention à toi, petit chaton, dit Francis en prenant l'animal enjoué qui se met à ronronner de contentement.

— Il fait le moulin. C'est parce qu'il t'aime, dit l'enfant dans un français enjolivé par un charmant accent.

Et elle ajoute, polie :

— C'est Bébé. Toi, c'est quoi ?

— Je m'appelle Francis Loiseau.

— Tu chantes ?

— Non, répond Francis en riant.

— Et le monsieur, c'est qui ?

— C'est mon père. Il s'appelle Johann Loiseau.

Satisfaite, Eva récupère son chat et retourne à ses jeux tandis que les visiteurs suivent Thérèse jusqu'au salon où Élisabeth les rejoint quelques instants plus tard. Peu familier avec la langue anglaise, Francis laisse à son père le soin d'entretenir la conversation.

Pendant que ce dernier tente d'amadouer Mme Beyer, il regarde autour de lui. La richesse des couleurs lui plaît. Le confort également. Enthousiaste, il a hâte de se mettre au travail. Il se sent prêt, disponible, confiant.

— *Herr Vogel*! *Wie geht es Ihnen*?

Instinctivement, Karl s'est adressé à Johann dans sa langue maternelle et Francis s'associe à leur conversation. Élisabeth prétexte des ordres à donner pour le repas du soir et quitte la pièce.

Après leur avoir expliqué sommairement en quoi consistera l'apprentissage de Francis, après leur avoir répété combien il se considère choyé que Johann ait pensé à lui pour diriger son fils, Karl leur fait visiter la maison puis les conduit à la salle à dîner où toute la famille est réunie. Les visiteurs sourient à Eva et saluent gentiment John-Henry et Mary-Ann avant de prendre place autour de la table. Tout au long du repas, les deux enfants ne s'expriment qu'en anglais et, malgré l'affabilité de Karl qui s'empresse de traduire les drôleries de ses enfants, Francis éprouve un sentiment d'isolement.

— Ne t'en fais pas, le rassure Karl, conscient du malaise. Tu apprendras vite à te débrouiller en anglais. Et d'ailleurs, il serait très bon que les enfants apprennent un peu de français. Eva se débrouille déjà très bien, ajoute-t-il en adressant un clin d'œil de connivence à sa cadette.

— John-Henry, il dit que le français c'est pour les pauvres, déclare celle-ci, insouciante du désarroi causé par sa remarque. Il voudra pas apprendre.

Mal à l'aise, Karl sait gré à Johann de reprendre la conversation sans relever l'affront bien involontaire de la fillette. Le repas se poursuit tant bien que mal, voguant dangereusement entre l'allemand, le français et l'anglais.

Le lendemain matin, Johann quitte son fils avec regret, éprouvant à la fois un sentiment de reconnaissance et une anxiété incontrôlable.

Francis, indifférent à tout ce qui n'est pas son apprentissage, s'adapte facilement à sa nouvelle vie. Après quelques mois, la langue anglaise n'a plus de secrets pour lui. Ni Montréal. Ni les humeurs du docteur Fraser…

Particulièrement irascible depuis quelque temps, celui-ci pratique sa profession avec de moins en moins de patience. Aujourd'hui encore, il brusque ses patients qui se retiennent de bouger pour ne pas le contrarier. Karl se désespère de l'humeur de son collègue.

Après le départ du dernier patient, Francis nettoie et replace les instruments tandis que Karl tente d'intéresser le docteur Fraser au cas d'un vieillard ravagé par les ulcères.

— Pour M. Galt, je crois que nous devrions essayer, commence-t-il.

Mais Charles ne le laisse pas continuer.

— Si les infusions de capillaire n'agissent plus, il faudra passer à la chirurgie. Il n'y a pas d'autre solution et vu le grand âge de M. Galt, l'opération même est à déconseiller. Ça lui fera plus de tort que de bien.

Le médecin a déjà condamné le vieillard. Toujours un peu intimidé par ce collègue plus âgé et plus expérimenté, Karl décide tout de même de le questionner.

— Qu'est-ce qui vous tracasse, Charles ? Vous n'êtes plus vous-même depuis quelques jours.

Heureux de déverser son trop-plein d'acrimonie, le docteur ne se fait pas prier.

— C'est cette histoire de négresse en fuite et libérée. Quelle infamie !

— Quelle histoire ?

— Mon pauvre Karl ! On ne parle que de cela à travers toute la ville. Et tout ça à cause de cet Osgoode !

— Le juge en chef Osgoode ?

— Oui, celui-là même qui s'est donné comme mission de nous priver de tous nos esclaves !

Devant l'ignorance manifeste de son interlocuteur, le médecin explique avec impatience :

— Déjà le mois dernier, il a pris sur lui, étant donné la vacation des tribunaux, de libérer une négresse sans exiger qu'elle revienne comparaître devant la cour.

— De quoi était-elle accusée ?

— Elle avait été mise en prison parce qu'elle avait abandonné le service de sa maîtresse et refusait de rentrer dans le devoir. Elle a demandé le privilège de l'*habeas corpus* et le juge Osgoode le lui a accordé avec plaisir. Vous imaginez, Karl ? Maintenant tous les esclaves de Montréal ne rêvent que de conquérir leur liberté de la même façon. Tout est possible ! Même une révolte générale !

— Pourquoi dites-vous ça ? Ce ne sera peut-être qu'un cas isolé.

— Parce que c'est déjà commencé ! Une autre négresse a voulu s'enfuir, celle du marchand Smith. On l'a heureusement retrouvée et emprisonnée mais elle a demandé de comparaître devant un juge et le juge désigné est William Osgoode.

— Et vous croyez... ?

— Je ne crois pas, j'en suis sûr. Il va la libérer !

Deux jours plus tard, en effet, le juge en chef William Osgoode libérait la négresse et déclarait séance tenante que sur l'*habeas corpus* il déchargeait tout nègre, apprenti sans brevet et domestique qui dans de semblables cas serait commis à la prison par ordre des magistrats.

Ulcérés, le docteur Fraser et une poignée de propriétaires d'esclaves se réunissent aussitôt.

— Nous ne pouvons plus compter sur la protection des tribunaux tant que le juge en chef persistera à libérer les esclaves sous prétexte que, pour lui, ce ne sont pas des esclaves.

— Il est l'auteur de la loi de 1793 passée au Haut-Canada, ne l'oublions pas. Il ne faut pas se surprendre qu'il soit contre l'esclavage.

— Je me contenterais bien d'une telle loi. Au moins, on saurait à quoi s'en tenir. Sans compter que le Haut-Canada apparaît maintenant comme une terre de liberté pour tous les esclaves. Ils ne pensent qu'à s'enfuir puisqu'en atteignant le Haut-Canada ils deviennent libres.

La loi de 1793, votée au Haut-Canada, prohibe, en effet, l'importation de nouveaux esclaves et stipule que les enfants qui naîtront esclaves obtiendront leur liberté dès l'âge de vingt-cinq ans. Par contre, elle rassure les propriétaires d'esclaves en précisant que ceux qui y sont déjà le demeurent.

— Qu'on nous assure des droits sur nos esclaves ou qu'on supprime carrément l'esclavage, mais qu'on fasse quelque chose !

— Il faut présenter une requête à la Chambre d'assemblée.

Enflammé par la cause à défendre, le docteur Fraser rapporte dès le lendemain cette résolution à son jeune collègue qui l'écoute poliment sans comprendre vraiment l'acharnement démontré par ce petit groupe à vouloir sauver ce qui lui reste. Pour lui, l'esclavage est un anachronisme. Depuis des années, l'anti-esclavagisme se présente à travers le monde comme une manifestation organisée. En 1774, le Rhode Island a mis fin à l'esclavage, en 1776, la Virginie a fait de même et en 1780, c'était au tour de la Pennsylvanie. Les journaux européens rapportent la même tendance, et Karl se réjouit en secret de ce qui lui apparaît comme la fin d'une imposture.

Mais il n'ose pas s'en ouvrir au docteur Fraser, histoire de ne pas attiser sa colère.

VIII

Les saisons se pourchassent. Les années se noient dans le courant des heures. Et le siècle s'achève. Lentement. Doucement. Indifférent à l'histoire qui se vit. Ignorant de lui-même et de sa nostalgique empreinte sur les êtres.

— Je me demande ce que nous réserve ce siècle…, pense Karl tout haut, encore affecté par la mort toute récente de son mentor, le docteur Pagé.

— Je n'en verrai pas grand-chose, j'en ai bien peur, lui répond Charles Fraser d'une voix teintée d'un défaitisme heureux.

À l'orée de la cinquantaine, il n'a rien à regretter. Il a saisi de la vie tout ce qu'il y avait à prendre. À pleines mains. Les yeux grands ouverts. Et il entend bien continuer le plus longtemps possible. Le médecin s'inquiète bien un peu du faiblissement des artères, mais l'homme hausse vite les épaules devant l'inévitable. Et s'empresse d'en rire.

Réunis autour d'un repas copieux, les Fraser et les Beyer accueillent le siècle nouveau avec tous les égards qui lui sont dus. La journée a commencé très tôt. À l'aube, les enfants ont trouvé des étrennes sous le sapin illuminé. Leurs cris ont réveillé la maison. Au cours de l'avant-midi, quelques voisins et amis sont venus pour une courte visite.

— Tu as encore planté ton arbre ! se sont-ils moqués, gentiment.

— Oui, et j'ai pris le plus beau, leur a fièrement répondu le jeune médecin, indifférent à leurs sarcasmes.

Puis sont arrivés les Fraser et tous, grands et petits, se gavent maintenant de délices de toutes sortes. Confitures, gâteaux, friandises : l'abondance des jours de fête.

Après le repas, les hommes s'isolent au salon pour fumer une pipe avant de poursuivre les joyeuses célébrations.

— Le jeune Francis ne me semblait pas très bavard aujourd'hui, remarque le docteur Fraser.

— Non. Je crois qu'il a le mal du pays. Il n'a pas vu ses parents depuis l'été dernier et il leur est très attaché. Pour le moment, j'ai besoin de lui, mais dès que le gros de l'hiver sera passé, je compte bien l'envoyer à Batiscan pour quelques jours.

— C'est vrai qu'il nous est presque devenu indispensable. Après deux ans et demi passés avec toi, j'ai parfois l'impression qu'il en sait plus que nous deux réunis.

— C'est un bon élève. Il a l'instinct qu'il faut pour comprendre et l'intelligence nécessaire pour soigner. Il fera un bon médecin.

— Ne t'attache pas trop à lui. Tu auras du mal à t'en séparer.

La remarque de son collègue étonne Karl. Son affection pour Francis serait-elle si visible ? Il essaie pourtant de n'en rien laisser paraître, même si Francis représente beaucoup pour lui. À cause peut-être de l'accent du pays, à peine perceptible, ou de la confiance dans son regard. Karl ne peut s'expliquer la complicité qui s'est tout de suite établie entre eux. Une complicité qu'il alimente tout en la craignant et qui lui rappelle le lien très fort qui l'unissait au docteur Pagé.

— Nous verrons bien, répond-il enfin. Le XIXe siècle a peut-être déjà tout décidé pour nous.

Il oriente sciemment la conversation sur des sentiers moins périlleux, l'année nouvelle se prêtant bien à des conjectures de toutes sortes.

Pendant ce temps, Francis, retiré dans sa chambre, regarde sa nouvelle montre en or. Encore ému de la générosité de son professeur, il se jure d'en être digne en continuant à se donner entièrement à l'apprentissage difficile mais exaltant de la médecine. Jamais il n'aurait pu soupçonner tant de misère physique et morale, tant de douleur et tant d'injustice. Il aime chacune des facettes de la profession, ne recule devant aucune tâche, assimile avec avidité toutes les connaissances. Plus encore que son travail à l'hôpital, il apprécie tout particulièrement les nombreuses visites à domicile chez des gens pauvres, souvent éloignés, et qui recourent à leurs services parfois trop tard, à la limite de leurs souffrances. Les observer chez eux l'aide à comprendre comment soigner la douleur morale autant que la douleur physique. Auprès d'eux, il apprend le courage et le sens des autres, ce savoir particulier dont lui avait déjà parlé le docteur Cazeau.

Sans frapper, John-Henry fait irruption dans la chambre avec son arrogance habituelle. Âgé de huit ans et peu impressionné par Francis, de dix ans son aîné, l'enfant agit en maître de la maison. Derrière lui, Mary-Ann, trop grande et trop sérieuse pour son âge. Son teint laiteux au grain parfait lui confère une pureté délicate, éthérée. Seul l'éclat de ses yeux verts éclaire sa discrétion naturelle. Mal à l'aise, elle tire son frère par la manche, mettant le plus d'autorité possible dans le geste et dans la voix.

— Viens. Il faut te préparer ; nous partons chez grand-père.

— Non, rage l'enfant.

Il bouscule sa sœur et ordonne à Francis :

— Montre-moi la montre que mon père t'a donnée.

— Laisse-le donc tranquille, insiste Mary-Ann, tu vois bien que tu déranges.

— Je veux voir la montre.

Amusé par cette jalousie enfantine, Francis tend la montre au garçon qui s'en empare en tremblant. Ses joues s'enflamment et d'un geste brusque il lance la montre par terre.

— C'est à moi qu'il aurait dû donner une montre. Tu n'es pas son fils !

Il quitte la chambre en claquant la porte. Mary-Ann, triste, ramasse délicatement le précieux cadeau et le tend à Francis.

— Ça va aller ; elle n'est pas brisée, la rassure-t-il après avoir porté le bijou à son oreille.

La petite fille sourit, réconfortée :

— Tu viens avec nous chez grand-père ?

— Non, je vais plutôt étudier. Regarde la pile de livres que je dois lire.

Impressionnée, Mary-Ann tend la main vers les volumes mais la voix impérative de sa mère arrête son geste.

— Viens vite, Mary-Ann ! Nous partons !

Le jour de l'An oblige traditionnellement aux visites de famille. Déjà le docteur Fraser et sa femme sont partis chez des parents, et les Beyer n'échappent pas aux coutumes. Après le grand-père, ce sera le tour des oncles et des tantes, des grands-oncles et des grands-tantes, puis des amis, puis des connaissances. Tous mangeront à s'en rendre malades en échangeant des vœux qui parlent de prospérité, santé et bonheur. Karl sortira son violon, histoire d'apprivoiser ce siècle qui s'éveille.

Bien emmitouflés, ils s'apprêtent tous à partir pour leur tournée lorsqu'on frappe nerveusement à la porte.

Un homme mal rasé, aux yeux boursouflés à force de veilles, demande le docteur Payeur. Élisabeth serre les lèvres.

— Pouvez-vous venir ? supplie l'homme en apercevant Karl. Ma femme va accoucher et ça se passe mal. La sage-femme a dit de venir vous chercher.

Le Canadien n'a pas pris le temps de mettre une tuque, et des filets de glace se forment sur ses cheveux. Il tremble.

— Je vous suis, dit Karl sans hésiter.

Il se tourne ensuite vers sa femme :

— Partez sans moi. Je vous rejoindrai.

Il court ensuite chercher sa trousse et hèle Francis, toujours dans sa chambre.

— Viens vite ! Nous avons un accouchement !

L'étudiant se précipite et les deux hommes quittent la maison en suivant leur guide qui court plus qu'il ne marche.

Dans la carriole, John-Henry se retourne et suit Francis et son père du regard jusqu'à ce qu'ils disparaissent.

IX

— Vite papa !

— *Ich komme...*

Ils chuchotent comme des voleurs. Des enfants en cavale. Papillons d'aurore diaphanes, menacés par la brillance du jour.

Les deux complices se tiennent solidement par la main, alertes, prêts à fuir, à mentir, à fabuler, à agresser s'il le faut. Unis dans le danger.

Parvenus à la hauteur de la rue Saint-Claude, Eva et Karl montent dans une carriole tirée par un cheval noir qui, d'un trot joyeux, les conduit aux portes de la ville. Une fois franchis les murs de fortification, ils sont à quelques galopades de la maison des McMurray. Ceux-ci ont choisi de s'éloigner de la ville. Ils ont vendu leur commerce, acheté un lot, des bêtes, de la semence.

Thomas n'est pas étranger à cette décision. James et Maggy McMurray ont adopté l'enfant, lui ont donné leur nom à l'instar de plusieurs autres propriétaires d'esclaves. Mais certaines gens s'accrochent désespérément à leurs vieux préjugés et pour épargner à Thomas leurs sarcasmes et leur mépris, ses parents adoptifs ont opté pour un endroit plus retiré, à l'abri des ragots.

Devant la mine superbe de Thomas, Karl se réjouit de la décision impulsive d'Élisabeth. En le vendant aux McMurray, elle a offert à l'Indien toutes les chances de s'épanouir. À douze ans, il est déjà un homme. Aussi beau que sa mère. Seules les pommettes saillantes subsistent de l'enfance.

Après être restés un moment avec les adultes, Eva et son ami trouvent vite un prétexte pour s'éloigner. Des cadeaux à échanger, des petits veaux à nourrir, un bonhomme de neige à inventer, des chatons à caresser. À midi, ils reviennent à la maison, rouges de plaisir, essouflés, avec des odeurs de lait chaud, de foin et de fumier collées à leurs vêtements.

— Il faut partir, Eva…

La fillette, avec l'intolérance de ses six ans, accepte mal de laisser son grand frère. Car elle a toujours affirmé avoir deux grands frères : Thomas et John-Henry. Ce qui, à chaque fois, ajoute une ride au joli visage de sa mère.

— Vous ne pouvez vraiment pas manger avec nous ? insiste Mme McMurray.

— Non, je regrette. Nous devons absolument partir. Une autre fois…

Karl jette un œil de connivence à Eva qui, redevenue raisonnable, explique ce qu'elle aurait peut-être dû taire :

— On doit rentrer à la maison avant que maman revienne de ses pauvres.

Les adultes, un moment saisis par son innocente franchise, prennent le parti d'en rire et Karl emporte sa fille sur ses épaules comme une poche de patates.

— Revenez vite ! leur crie Mme McMurray en posant son bras sur l'épaule de Thomas.

De retour à la maison, Karl confie Eva à Thérèse et court à l'hôpital retrouver Francis. Celui-ci disparaît sous une masse de fioles, de pilules et de liquides plus ou moins douteux. Karl rit de le surprendre ainsi empêtré.

— Tu as du mal avec tes potions magiques ?

— J'ai presque terminé mais la prescription de Mme Lawrence m'embête.

Karl entreprend de lui expliquer lorsque deux étudiants pénètrent en trombe dans la petite pièce réservée aux décoctions.

— Tu viens Francis ? Nous avons une dissection !

Intrigué et amusé, le docteur Beyer tente de calmer ses deux jeunes collègues, mais ils pressent Francis :

— Un pendu nous a été livré hier soir et les docteurs Blake et Loedel se sont offerts pour nous donner un cours. Personne ne veut manquer ça.

— Je peux y aller ? supplie Francis.

— Bien sûr. Et je t'accompagne ! Ça nous changera des fioles et des comptes. Ce n'est pas tous les jours que nous avons un cadavre à notre disposition. Je vous suis, messieurs.

La petite salle transpire déjà de la nervosité des quelque huit ou neuf spectateurs, tous jeunes, crâneurs et rouges d'excitation.

Le cadavre attend, un rictus comique aux lèvres, la face noire comme son âme. Le docteur Blake, sérieux, reproche d'abord aux étudiants le mauvais soin qu'ils ont pris du pendu.

— Vous l'avez remisé la tête en bas, voilà pourquoi le visage a pris la couleur de l'encre.

Ce qui vaut aux médecins en herbe une longue et savante explication sur l'infiltration et le niveau des fluides. Soigneusement, le professeur indique ensuite aux spectateurs attentifs les principales lignes à tirer sur le cadavre pour découvrir les viscères.

Après une courte pause pendant laquelle quelques-uns s'empressent d'aller prendre une bouffée d'air, une deuxième leçon, beaucoup plus éloquente, amène le docteur Loedel à pratiquer une coupe parfaite dont il est très fier. Il soulève le sternum avec sa canne :

— Messieurs, voici les poumons, précise-t-il, les soufflets de la vie. Deux lobes, un droit et un gauche, comme vous pouvez le constater. La cloison qui les sépare s'appelle le médiastinum. Voici le plancher diaphragme.

Sans s'inquiéter de la blancheur de plus en plus marquée de certains étudiants, il continue sa démonstration sans ménager les manipulations.

— Nous arrivons à l'estomac, le sac à tout mettre…

Avec un lyrisme mal approprié à la circonstance et une envie de rire de plus en plus pressante, le professeur continue, non sans avoir jeté un coup d'œil entendu à ses collègues.

— Ah ! Voici enfin les intestins ! Le gros et le petit. Et puis ce que certains compatriotes appellent la foi !… « Le » foie, messieurs, le foie !

En fouillant sans façons dans les entrailles du pendu, le médecin s'inquiète :

— Mais je ne vois pas la rate ! Où es-tu donc, petite rate ?

Manifestement déçu, il invite ses élèves à une troisième démonstration.

— Nous commencerons par la rate, spécifie-t-il.

Malheureusement, les autorités de l'hôpital ayant eu vent de cette macabre opération et les dissections de cadavres étant très peu prisées du grand public, il n'y eut jamais d'autre démonstration, ce dont Francis fut un des rares à se plaindre, ses jeunes amis ayant, pour le moment, satisfait leur curiosité professionnelle.

Appelé à l'aube au chevet d'un moribond, Karl laisse dormir son élève. Celui-ci a lu jusque tard dans la nuit, probablement pour mieux assimiler les notions apprises la veille, lors de l'autopsie improvisée.

S'enfouissant du mieux qu'il peut au creux de sa chaleur, le médecin se jette résolument dans l'air glacial d'un janvier agressif. Il passe d'abord au bureau, chez le docteur Fraser, pour prendre un peu de gomme d'épinette rouge.

La belle maison offre son élégance orgueilleuse aux attaques vaines du froid. Doucement, pour ne réveiller personne, Karl ouvre la porte et sent la chaleur lui caresser les joues. « Les domestiques ont dû se relayer toute la nuit, pense-t-il. Le froid n'a aucune chance de pénétrer ici. » En entrant dans la salle d'attente, minuscule mais propre et décorée avec goût – clientèle oblige – il entend un cri étouffé provenant de la pièce contiguë.

Poussé par un mauvais pressentiment, il ouvre la porte et surprend, médusé, son collègue en train de s'habiller. Derrière lui, étendue par terre, gît la jeune Indienne dénudée. Ses cheveux emmêlés courent sur le sol comme s'ils voulaient fuir dans les interstices. Ses vêtements, éparpillés dans toute la pièce, témoignent d'une lutte, de même que son œil rougi et le filet de sang qui coule de son nez. Délicate broderie née de la violence.

Karl ne peut détourner son regard de ce corps nu, bafoué, vibrant de détresse.

— Ce n'est pas ce que tu crois, ricane Charles Fraser. Elle se débat, mais elle aime ça. Elles sont toutes comme ça. Elles en redemandent.

L'Indienne s'est relevée. Elle rassemble ses vêtements, une chemise taillée dans du chanvre rude, un jupon de flanelle, un tablier de coton. Avec des gestes lents et précis. Nobles.

Karl n'arrive plus à distinguer le vainqueur du vaincu. Il ne sait plus qui plaindre.

Quand la femme a quitté la salle, il se tourne vers son collègue dont le visage n'exprime ni regrets, ni fierté, ni colère, ni peur, ni gêne, rien de tout ce qui fait un homme.

Incapable de supporter ce visage plus longtemps, Karl sort de la maison sans rien dire. La morsure franche et vivante de l'hiver lui fait du bien, dissipe la nausée.

Encore pétrifiée par le sommeil et le froid, la ville s'étire paresseusement, se résigne à contrecœur au rythme envahissant du jour. Les chevaux renâclent et piaffent dans les écuries, impatients d'obtenir leur première ration. Ici et là, des volets claquent. Sur le parvis de l'Hôtel-Dieu, un esclave noir s'affaire à déneiger les marches. Acheté il y a environ cinq ans par les autorités de l'hôpital, le jeune homme, joyeux comme toujours, salue de loin le médecin qui lui répond d'un geste de la main. L'hôpital, imposant, semble refermé sur lui-même, inaccessible. À travers les nombreuses fenêtres ne filtre aucune lumière, aucun bruit. Et pourtant, Karl peut facilement imaginer l'activité fébrile de cette heure difficile où les malades se réveillent à leur mal et constatent avec désarroi qu'il ne les a pas quittés.

Il regrette de n'avoir pas pris la carriole. Il abhorre ces attelages compliqués auxquels il ne comprend rien. Quand Thomas était là, il s'acquittait avec beaucoup d'adresse de cette tâche.

— Il faudra que j'engage quelqu'un, murmure le médecin en pressant le pas pour fuir ses propres pensées.

Il ne veut pas s'arrêter maintenant au souvenir douloureux de la belle Indienne humiliée. Trop d'interrogations sans réponses. Trop de doutes à débrouiller au risque de comprendre l'inexcusable.

Place du Marché, il loue une carriole et se fait conduire à toute vitesse rue Saint-Alexis où l'attendaient impatiemment la femme et les enfants du malade. Penché sur le moribond, il observe, impuissant, la tranquille invasion de la mort. Il ne peut rien faire, à peine soulager, les vivants autant que le mourant.

Par terre, à côté de la paillasse inconfortable, il distingue une petite fiole, à moitié remplie d'un liquide verdâtre.

Il questionne la femme :

— Qu'est-ce que c'est ?

Coupable, elle cache son visage dans ses mains en hoquetant :

— Je croyais bien faire.

Karl a compris. Elle a fait venir un guérisseur, un de ces innombrables charlatans qui inventent les remèdes les plus farfelus et les présentent comme des panacées universelles. Le médecin s'indigne en son for intérieur de tant de naïveté. Pourquoi la population se confie-t-elle encore aux soins de ces ignorants sans aucune formation scientifique ? Pourquoi tant d'ignorance d'un côté et de perfidie de l'autre ? Bien sûr, le guérisseur affirme tenir ses dons du ciel et les âmes simples, apeurées par la mort, ont du mal à résister à cet espoir.

Le médecin touche l'épaule de la femme :

— Vous avez eu raison, dit-il. Il fallait tout essayer. Ça ne pouvait pas lui faire de tort.

La femme découvre son visage enlaidi par le chagrin et Karl y décèle une immense reconnaissance. Il retourne au chevet du malade que son fils aîné n'a pas quitté et tous les deux ils attendent ensemble la fin de la vie.

Sur le chemin du retour, troublé, Karl demande au conducteur de le mener jusqu'au faubourg Québec, à l'extérieur des fortifications.

Il a besoin de voir Thomas, de s'abreuver à la force naissante du jeune adolescent. Constater de visu la fin heureuse de certaines histoires. Ses trente et un ans lui pèsent et le bilan qu'il trace de sa vie le chagrine. Son association avec le docteur Fraser tire à sa fin. Ils sont trop différents, trop éloignés l'un de l'autre dans leurs ambitions et leurs principes. Il leur faut se séparer avant de se haïr. Il éprouve pourtant envers son collègue plus âgé une admiration professionnelle inaltérable. Charles Fraser a fait ses preuves et son savoir ne cesse d'éblouir. Il a du corps humain une science certaine, rarement déjouée. Il sait le mal dans tous ses subterfuges et emploie à le combattre une sagesse méthodique et savante. Mais, obsédé par la maladie, il oublie l'être souffrant, celui précisément que Karl s'acharne à rejoindre. Comme il voudrait rejoindre sa femme… Comme il voudrait rejoindre son fils… Tous ces êtres inaccessibles, aussi loin de lui que Georg sur l'autre rive d'une mer implacable.

Son père lui manque. Ses mots. Ses gestes. Sa façon de rire à travers la peur. Sa façon de ne pas être heureux à travers la joie.

Le souvenir de sa mère lui vrille le cœur et il regrette de ne plus savoir bien pleurer.

— J'ai le mal du pays, je crois, marmonne-t-il.

— Vous dites ?

— Rien, je réfléchissais tout haut. Faites demi-tour, je vais rentrer.

Élisabeth l'accueille avec une mine revêche. D'une voix contenue, mais indignée, elle somme son mari d'agir :

— Francis a une visite et j'exige que cela ne se reproduise plus.

— Mais… Ce jeune homme a le droit de recevoir des visites. Il est ici chez lui.

Élisabeth sursaute comme sous l'effet d'une gifle.

— Je n'accepterai jamais une telle conduite, siffle-t-elle.

Totalement confondu par la colère incompréhensible de sa femme, Karl ne trouve qu'une explication plausible :

— Il est avec une femme ?

— Mais non ! s'écrie Élisabeth. Si ce n'était que cela, ce serait au moins normal ! Vas-y. Tu verras bien ! Et mets de l'ordre dans tout ça !

Karl frappe à la porte de Francis en s'attendant au pire.

— Entrez ! lui répond une voix joyeuse.

Les deux amis, assis sur le lit, offrent un visage épanoui au visiteur qui saisit immédiatement la source d'indignation d'Élisabeth. Malgré le grand verre de lait qu'il vient visiblement d'ingurgiter et qui lui a laissé des moustaches immaculées, Jean-Baptiste n'arrive pas à dissimuler sa noirceur étincelante.

— C'est mon ami, Jean-Baptiste Lamothe. Il arrive de Batiscan, précise Francis.

— De Batiscan ? C'est une longue route ! s'exclame Karl en serrant la main du jeune Noir. Et qu'est-ce qui nous vaut cette visite ? Aucune mauvaise nouvelle, j'espère ?

— Oh non ! répond Jean-Baptiste, impressionné par le médecin.

— Il m'a apporté une lettre de mes parents. Ils disent qu'ils s'ennuient de moi. Ils demandent quand je pourrai aller les voir.

Karl a bien saisi tout l'espoir dans la voix de Francis. Il sourit en imaginant Johann toujours penché sur quelque livre, le crayon à la main. Le soldat du Brunswick a su tirer le meilleur parti de ce pays. Il a imposé sa différence en manifestant son amour.

— Nous partons après-demain, dit-il, poussé par une étrange impulsion. Le temps de confier mes malades à Charles, de classer quelques affaires et je vous amène tous les deux à Batiscan.

Il ne sait quelle urgence lui a dicté ces mots mais il ressent une grande douceur. Comme un malade qui aurait enfin trouvé le bon remède.

— Prends bien soin d'Eva. Veille à ce qu'elle ne mange pas n'importe quoi.

Les yeux pers d'Élisabeth, agressés par le soleil, ont pris un reflet jaune. Une mèche de cheveux blonds striés de lignes rousses s'échappe du bonnet de fourrure. La main agrippée au rebord de la carriole, elle hésite à laisser partir les voyageurs. Karl se prend du désir de la serrer dans ses bras, comme autrefois, il y a de cela tant de disputes.

Il pose sa main sur la sienne, nerveuse.

— Ne t'inquiète pas, dit-il. Nous ferons un bon voyage et ça ne pourra que lui donner des couleurs.

Elle n'a pas retiré sa main, comme si le contact de leur peau la rassurait. John-Henry, à moitié vêtu, sans chapeau ni bottes, fait irruption et les sépare de ses cris.

— Pourquoi je ne peux pas y aller et tu emmènes Eva ?

Karl veut répondre mais Élisabeth attire le garçonnet vers elle et lui explique d'une voix ferme qui ne supportera pas de réplique :

— Non. Toi, tu restes ici. Nous en avons déjà discuté ; tu ne peux pas manquer l'école. Entre vite à la maison, tu vas prendre froid.

L'enfant, poussé par sa mère, retourne vers la maison. Ses cheveux flamboient au soleil et sa démarche lente témoigne de sa déception. En faisant un dernier signe aux voyageurs, Élisabeth le rejoint et le pousse énergiquement. Ses arguments obscurs n'ont convaincu personne, mais il y a entre la mère et son fils un lien féroce duquel Karl se sent exclu. Une entente tacite donne à Élisabeth tous les droits sur John-Henry et jamais Karl n'a eu le courage de percer une brèche au cœur de leur énigmatique symbiose. Ils forment un couple fermé, au langage secret, se suffisant à lui-même.

En serrant Eva contre lui, le médecin donne le signal du départ et sourit à Francis et Jean-Baptiste dont le bonheur explose aux quatre vents. Un bonheur qui ne se démentira jamais tout le long du voyage, malgré la froidure qui gerce les lèvres, les longues haltes et l'état parfois lamentable des routes.

À Batiscan, Johann et Marie les reçoivent avec des cris de joie entrecoupés d'embrassades et de larmes. Marie, aussi fraîche qu'une jeune fille malgré ses quarante et un ans, toise avec fierté et émotion cet enfant devenu un homme loin d'elle et, pendant les trois jours que durera leur visite, elle se soûlera de sa présence, de sa beauté, de son affection, de sa généreuse tendresse.

Karl et Johann s'entretiennent de mille choses ; ils discourent sans fin de tout et de rien, comme s'il n'y avait pas de limite à leurs intérêts communs. Johann s'intéresse à un nouvel instrument chirurgical. Karl se penche sur les problèmes des habitants qui négligent d'étendre leur fumier malgré les bienfaits qu'ils pourraient en retirer. Ils discutent du foulage, du battage des céréales, des fabriques de potasse, de la Chambre d'assemblée de plus en plus puissante, des écoles de médecine malheureusement inexistantes, de la pluie et du vent. À travers une langue commune, ils transplantent leurs racines dans un quotidien apprivoisé. Comme deux enfants effrayés, ils se tiennent la main pour traverser une histoire parfois ingrate. Ils refont le plein de souvenirs pour mieux se propulser dans le présent qu'ils ont choisi.

Tout en aidant Marie à terminer une courtepointe, Eva les écoute, ravie de cette musique dont elle saisit le sens sans en comprendre tous les mots.

Jean-Baptiste et Francis disparaissent pendant de longues heures, occupés à profiter pleinement de chaque minute. Raquettes aux pieds, ils sillonnent les bois en quête de gibier et rentrent fourbus, fiers de leurs prises.

Pendant trois jours, chacun vit en marge de sa vie.

Deux semaines après leur retour, Karl et son élève doivent faire face à un problème de taille. Charles Fraser, mal en point, leur confie ses malades pour une période indéterminée. Affaibli, le quinquagénaire se désintéresse totalement de ses dossiers et tous craignent le pire. Plusieurs collègues appelés à son chevet n'osent se prononcer. Au bout de quelques jours, visiblement très souffrant, Charles Fraser refuse les visites. Seul Karl est autorisé à le voir et, malgré leurs différends, la souffrance de son associé l'affecte durement.

De temps à autre, il croise l'Indienne. Elle le regarde à peine, hautaine, protégée par sa beauté et la puissance qu'elle lui confère auprès des hommes.

Un matin, cependant, lors d'une de ses visites à son collègue, Karl tombe sur deux officiers de milice qui tiennent solidement l'esclave malgré son peu de résistance. La jeune femme, imperturbable, effleure le médecin du regard.

— Que se passe-t-il ? demande Karl à Mme Fraser venue l'accueillir.

— J'ai fait arrêter cette crapule. Elle me vole ! Je m'en doutais depuis longtemps mais je...

Laissant sa phrase en suspens, comme un détail n'exigeant pas plus d'explications, elle entraîne le visiteur vers la chambre du malade.

— Je suis inquiète. Je n'arrive plus à lui assurer les soins nécessaires.

— Je vais le faire transporter à l'hôpital.

— Il ne veut pas. Il veut... mourir chez lui.

Mme Fraser détourne la tête pour cacher ses larmes pendant que Karl pénètre dans la chambre de son collègue. Au premier coup d'œil, il sait que tout est fini. Charles ne souffrira plus et ses mains savantes ne pourchasseront plus la maladie.

La société médicale du Bas-Canada perd un grand clinicien.

X

À peine un mois plus tard, à la surprise générale, Harriett Fraser annonce son départ pour l'Angleterre. Elle convoque Karl et lui explique sa décision :

— Je n'ai plus personne ici... sauf quelques amis précieux qui sauront bien se passer de moi.

— Ne craignez-vous pas de vous sentir plus seule encore en Angleterre ?

— J'ai une sœur qui vit à Londres et plusieurs cousins, neveux et nièces. Comme je n'ai pas eu d'enfant, c'est la seule famille qui me reste. Et j'en ai besoin. Peut-être avant de mourir doit-on se raccrocher à l'enfance...

Karl pense à son père dont les lettres se font rares. Le même âge, la même quête.

— Avant de partir, j'ai beaucoup de choses à régler, continue Harriett Fraser. En tant qu'associé, vous savez que plusieurs choses vous reviennent. Nous n'avons pas à discuter de cela. Cependant, j'aimerais, à titre personnel, vous laisser, à vous et à Élisabeth, quelques biens en souvenir : quelques bijoux, quelques meubles, et mes trois esclaves, Montréal, William et l'Indienne dont vous ferez ce que vous voudrez quand elle sortira de prison.

Embarrassé, Karl veut refuser mais son interlocutrice insiste :

— Je vous en prie, Karl. Acceptez. Je sais qu'avec vous ils seront bien traités. Montréal et William ont été de fidèles serviteurs et je voudrais que quelqu'un en qui j'ai toute confiance les prenne en charge. C'est important pour moi. Je sais bien que l'idée d'avoir des esclaves ne vous plaît guère, mais vous êtes la seule personne à qui je peux demander ce service. Faites-le pour moi, s'il vous plaît. Vous ne le regretterez pas. Montréal et William sont de braves garçons qui seraient complètement perdus sans un bon maître. Et l'Indienne pourra vous rapporter un bon montant si vous la vendez, ce que je vous conseille. Je n'ai ni le cœur ni le temps pour ces marchandages.

Le médecin ne peut se dérober.

Il n'aurait jamais cru que la présence des deux Noirs dans la maison bouleverserait autant leurs habitudes. Élisabeth a retrouvé une fierté depuis longtemps mise en veilleuse. Elle reçoit plus souvent, heureuse d'exhiber ses nouvelles acquisitions. Elle reprend peu à peu sa place dans la société montréalaise et remise sa rancœur. Les enfants se sont facilement habitués à la soumission respectueuse des deux serviteurs et recourent sans gêne à leurs services. Même la vieille Thérèse, de plus en plus vieille d'ailleurs, a vu sa vie chamboulée. Seule, peut-être, à ne pas apprécier la présence des esclaves noirs, elle se sent envahie, rejetée, inutile. Ses vieux os la font de plus en plus souffrir et il n'y a guère que les grimaces de John-Henry pour la dérider un peu. Entêtée, elle refuse pourtant d'être mise au rancart.

— Restez donc tranquille, ma bonne Thérèse, proteste Élisabeth. Reposez-vous. Vous avez assez travaillé, personne ne vous reprochera de prendre soin de vous.

— Jamais de la vie, riposte la vieille femme. Vous me garderez pas à rien faire, c'est moi qui vous le dis. Le printemps se repose pas, lui, il faut que je fasse le jardin.

— Laissez ! Montréal va s'en occuper.

— Il n'y connaît rien aux jardins, maugrée la servante en empoignant les sacs de bulbes et de graines et en se dirigeant d'un pas chancelant vers l'emplacement réservé au potager.

La terre a déjà été retournée par le Noir. Il a ensuite formé des planches d'une symétrie exemplaire, de chaque côté d'une allée centrale parfaitement nettoyée. « Il travaille bien », pense Thérèse, tout de même heureuse que le gros du travail ait été fait. À l'aide d'un petit bâton, elle creuse des sillons sur chaque planche. Le soleil l'enveloppe d'une chaleur écrasante. La vieille femme transpire à grosses gouttes et chaque mouvement l'éreinte un peu plus.

Au bout de quelques minutes seulement d'un travail trop ardu pour ses faibles forces, elle s'effondre sur le sol, incapable de se relever ou même d'appeler à l'aide.

Une heure plus tard, Montréal et William la transportent dans son lit devant la famille ébranlée par la triste découverte. Pour Élisabeth, la mort de Thérèse est une perte inestimable. La vieille femme est au service de sa famille depuis sa naissance. Elle l'a élevée, a remplacé sa mère morte très jeune, a remplacé les sœurs qu'elle n'a jamais eues. Elle a été une amie, une confidente, une conseillère, une conscience. Élisabeth perd une part de sa vie et Karl, témoin de sa douleur, ne trouve pas de mots apaisants. Les enfants, émus, se taisent, conscients de la gravité du moment. Ils observent leur vieille complice en espérant la voir se relever, bourrue comme à son habitude, mais si bonne et si clémente pour leurs fredaines. Malheureusement, la mort ne joue pas avec la vie. La famille Beyer devra s'habituer à l'absence.

À Karl et Francis, le temps ne laisse aucun répit. La mort fait partie de leur quotidien. Tous les deux, ils s'épuisent à soigner des patients de plus en plus nombreux. La clientèle du docteur Fraser a gardé sa confiance en l'associé du défunt et les journées de Karl s'allongent à perte de souffle. Il part souvent de la maison à l'aube pour y revenir très tard, à bout d'énergie.

Ses préoccupations ne l'empêchent cependant pas d'aller chercher l'Indienne à sa sortie de prison.

Un moment qu'il redoutait tout en le désirant.

Elle a maigri. Son visage émacié disparaît sous l'avalanche de ses cheveux noirs. Ses vêtements sales et usés laissent voir sa peau lustrée.

Elle le suit en silence.

Touchante de fierté.

En la voyant, Élisabeth ne peut dissimuler un haut-le-cœur.

— Je ne pourrai jamais endurer cette femme dans la maison !

— Il le faudra bien. J'ai promis à Mme Fraser de m'occuper d'elle.

— Tu peux la vendre dans une bonne maison.

— Ce serait dommage, je suis sûr que tu le regretterais. Elle peut remplacer Thérèse.

Élisabeth s'indigne.

— Cette sauvagesse ne remplacera jamais Thérèse !

— Ce n'est pas ce que je voulais dire, excuse-moi. Elle peut nous rendre beaucoup de services, nous avons besoin d'une aide, tu le sais bien.

Il interrompt sa femme qui allait riposter :

— Tu vas voir. Bien propre et avec des vêtements soignés, tu seras fière d'elle.

Fière, en effet ; jalouse surtout. Les regards cupides des hommes quand l'Indienne déambule au milieu des marchands de la rue Saint-Paul n'échappent pas à Élisabeth. Ni le voile gris et triste qui couvre les yeux bleus de Karl en présence de l'esclave. Ce dernier a bien du mal à supporter une situation qu'il a pourtant imposée.

Sa gêne, mal dissimulée, empoisonne ses relations avec ses proches. Le prive d'une paix chèrement acquise. En présence de la jeune femme, il devient maladroit, distrait. Une chaleur trouble l'inonde. Il en vient à redouter l'heure où il rentrera à la maison… tout en la souhaitant… Sa pratique en souffre.

— Je me demande où ils vont en venir avec cette loi pour régler la condition des esclaves. Vous devez suivre cela de près, vous qui avez maintenant trois esclaves.

Karl a cru déceler une pointe de mépris dans la voix de son patient. M. Ames, huissier de son métier, affiche un sourire ironique.

Tout en continuant son examen, Karl tente de mettre fin à cette conversation.

— Je regrette. Je ne suis pas au courant.

Mais on n'échappe pas aussi facilement aux inquisitions de M. David Ames.

— Mais oui, vous savez bien ! C'est la deuxième ou la troisième fois que les propriétaires d'esclaves tentent de faire adopter une loi pour régler la condition des esclaves au Bas-Canada. Ils ont formé un comité en avril.

Se résignant à subir la verve intarissable de son patient, Karl fait mine de s'intéresser.

— Formé de qui ?

— Joseph Papineau, William Grant, Johan Craigie, James Cuthbert et Alexandre Dumas.

« Trois sur cinq sont reconnus pour leurs intérêts à conserver l'esclavage », pense Karl pendant que son interlocuteur continue :

— Et ils s'entendent pour demander une loi, mais il semble bien que ce ne sera pas pour demain. La session a pris fin la semaine dernière, le 29 mai ; le projet de loi en était à sa troisième lecture et il n'y a pas eu de suite. C'est surprenant, non ?

— Peut-être cette question n'intéresse-t-elle plus personne.

— Sauf les derniers propriétaires d'esclaves…

Après le départ de son patient, Karl, mal à l'aise, confie à Francis les quelques personnes qui restent et dont il connaît par cœur les petits bobos. Il remonte la rue Saint-Paul aux mille odeurs, aux mille visages, bruyante et colorée sous les brasillements du soleil. Place du Marché, il s'égare au milieu des fleurs, s'imprègne du parfum des thés de trèfle rouge, de goultherie, de chiogène ou de lédon. La place grouille de vie. Les acheteurs de tourtes se bousculent tandis que les vendeurs d'alose vantent à grands cris la saveur délicate de leur produit. Leurs quelques prises disparaissent rapidement car les Montréalais, désireux de varier enfin les menus monotones d'un trop long hiver, attendaient ces arrivages avec impatience.

Des mains avides se tendent parmi lesquelles celles de l'Indienne.

Troublé, Karl la suit un moment. Il devine les hanches souples et les jambes musclées sous la jupe ample au tissu léger. Il s'émerveille des longs cheveux rebelles. Son amour éclate, son désir, son tourment. La tête lourde, il fuit ce qui ne peut pas être, cet embryon condamné à l'avance. En courant, il emprunte la rue Saint-Joseph pour ensuite déboucher sur la rue Notre-Dame. Là, il trouve refuge à l'intérieur d'une petite église où il restera claustré le temps de l'apaisement.

Quand il s'extirpe douloureusement de son recueillement, la brunante assourdit les jacasseries de la ville. Il entre chez lui, triste mais réconforté et, tôt le lendemain matin, il convoque Montréal et William à son nouveau bureau, à quelques pas de la maison. Les esclaves pénètrent avec respect dans le château fort de la connaissance.

Une odeur âcre de médicaments flotte dans l'air. Les patients n'ont pas encore commencé à affluer et Francis a été dépêché auprès d'un malade dont l'état chronique réclame une visite quotidienne. Les trois hommes sont donc seuls, face à face.

Heureux, Karl tend une feuille à Montréal. Celui-ci, nerveux, lit en silence et, à mesure que ses yeux avalent les lignes, un sourire incertain flotte sur ses lèvres. Sa lecture terminée, il ne relève pas la tête tout de suite, indifférent à l'inquiétude de William.

Karl brise le silence :

— Je ne veux plus d'esclaves. Je n'en ai jamais voulu… murmure-t-il tout bas, pour lui-même.

— Vous allez nous vendre ? demande William, peu rassuré.

Karl et Montréal le regardent, étonnés par cette remarque si peu à propos, et constatent enfin que le Noir ne peut deviner de quoi il retourne.

— C'est notre liberté, lui dit Montréal en brandissant la feuille de papier.

— Notre liberté… répète son compagnon, la voix brusquement éraillée par des rires entassés dans sa gorge. Notre liberté ?…

— Oui. Et cinq cents livres pour chacun, ajoute Montréal.

— Je veux que les choses soient claires, précise le médecin d'une voix ferme. Je vous affranchis et je vous donne cinq cents livres pour vous aider à commencer une nouvelle vie… même si je sais que ce ne sera pas facile pour vous. Cependant, j'ai toujours besoin de domestiques et si vous voulez rester à mon service, vous serez payés comme n'importe quel employé.

Les deux Noirs se regardent, incrédules.

— Vous n'avez pas à me répondre immédiatement, reprend le médecin. Prenez le temps d'y penser et…

— C'est tout pensé pour moi, l'interrompt William. Avec l'argent, je vais louer un atelier et je vais travailler le bois.

— Tu as raison, l'encourage Karl. Tu as vraiment tout le talent qu'il faut pour réussir dans ce métier. Les meubles que tu as faits ont été admirés par tous ceux qui les ont vus. Tu n'auras pas de mal à te trouver une clientèle. Je te souhaite bonne chance.

Il se tourne ensuite vers Montréal dont la stature et la prestance l'ont toujours impressionné.

— Et toi ? Sais-tu déjà ce que tu vas faire ?

— Oui. Je... Le Noir hésite. Je... J'aimerais rester à votre service. C'est ce que je connais le mieux.

Heureux, Karl se lève et lui serre la main.

— Je suis content. Ma femme et moi apprécions beaucoup ton travail.

En les congédiant, il leur demande de garder le secret pour quelque temps et de lui envoyer l'Indienne. Elle arrive quelques minutes plus tard, les cheveux décoiffés par le vent. Ses yeux noirs toisent le médecin.

Il lui tend un feuillet. Elle ne sait pas lire.

— Je te rends ta liberté avec cinq cents livres pour t'aider en attendant que tu te trouves du travail.

Elle ne bronche pas. Aucune émotion. Elle le regarde et ses prunelles sombres l'emprisonnent. Il offre la liberté mais l'esclave, c'est lui. Comment se libérer de l'emprise ensorcelante de ces yeux ? Comme il voudrait qu'elle pose sa tête sur son épaule et que leurs désirs se confondent dans une commune tendresse.

Le souffle court, à la remorque de ses pulsions, il se lève et va vers elle. Le mouvement réveille dans son corps une douleur que l'immobilité apaisait. Il se rapproche, aspiré par quelque force secrète. Elle ne bouge pas, le laissant seul face à son désir, tout entier responsable de ses gestes. Elle n'invite ni ne repousse. Elle attend.

Désemparé, Karl jette des mots entre elle et lui :

— Tu es libre, tu peux aller où tu veux maintenant. Mais tu peux également rester chez nous... Nous avons besoin de toi.

— Pas pouvoir rester, dit-elle simplement.

— Pourquoi ? supplie Karl.

Il a presque crié. Son cœur prend un rythme échevelé. Son sang, hystérique, ne sait plus la cadence de la vie. Lentement, leurs mains se touchent, puis leurs odeurs s'entremêlent et il sent sur ses lèvres le goût sucré de sa bouche. Leur baiser, implacablement, scelle la fin d'une histoire d'amour dont ils n'auront jamais connu l'extase.

L'Indienne le repousse doucement. Une nuit sans issue voile son regard.

— Pas pouvoir rester, répète-t-elle. Tu sais.

— Je t'aime…

— C'est pour ça. Je t'aime aussi.

Elle touche sa joue puis, sans hésiter, elle quitte la petite pièce tout envoûtée par son odeur. Karl n'a rien fait pour la retenir. Il sait qu'elle a raison, mais il ignore s'il saura survivre à son départ.

— Je t'aime tant…

Une heure plus tard, Francis retrouve le médecin en pleine consultation. La salle d'attente s'est mystérieusement remplie. Un moment il n'y avait personne, le moment d'ensuite, c'était la cohue.

— Je suis content de te voir arriver, Francis. Tu vas t'occuper de Mme McTavish. Tu sauras refaire le pansement ?

L'étudiant a cru déceler un léger reproche dans la voix du maître. « C'est pourtant lui qui m'a demandé d'arriver plus tard » songe-t-il, étonné.

Tout l'avant-midi, il s'active en redoublant d'ardeur, désireux de chasser la souffrance physique et morale qui a envahi l'espace. Son enthousiasme fait du bien à Karl qui ne trouvait plus à soigner ses malades le réconfort habituel. L'exubérance de son élève l'amuse malgré lui. L'intrigue également. Et la visite du jeune Alexander Conway n'est pas sans ajouter à son questionnement.

L'étudiant, avec lequel Francis s'est lié d'amitié dès leur première rencontre, traîne une réputation inquiétante. Frondeur, d'une intelligence remarquable, élève de premier ordre, entreprenant et novateur, il perturbe sans pudeur les vieilles conceptions des médecins en place et ébranle sans vergogne leur rassurante quiétude. Dans le milieu médical, on l'adore ou on le redoute, mais on ne l'ignore jamais.

— Alors ? C'est d'accord ? Tu viendras ?

— Oui. Comptez sur moi. J'y serai...

C'est tout ce que Karl a pu surprendre de leur brève conversation, mais il échafaude déjà des plans diaboliques et son imagination ainsi orientée le distrait un moment de sa peine.

La journée terminée, il rentre à la maison, fourbu, et retarde le moment d'instruire Élisabeth de sa décision d'affranchir les esclaves. L'Indienne reste à la cuisine et il résiste mal à l'impérieux besoin de la serrer dans ses bras. Il pense à elle avec l'ardeur d'un adolescent. Sa Louve farouche, douce et cruelle à la fois.

En montant à l'étage, il surprend Francis qui, sans faire de bruit et en jetant des regards circonspects autour de lui, quitte furtivement la maison. Il voudrait le suivre, mais il doit parler à Élisabeth.

Il se sent vieux, fatigué.

Soupçonnant quelque histoire de femme sous ces airs de conspirateur, il sourit malgré tout en regrettant l'insouciance de ses vingt ans.

Au-dehors, Francis retrouve Alexander et deux autres étudiants en médecine. Ils cherchent à cacher leur nervosité mais leurs fous rires les trahissent.

— Heureusement que le docteur Loedel a accepté de nous aider, dit Alexander. J'en ai assez des drogues à préparer et des livres à ingurgiter bêtement. Ce n'est pas en lisant que je vais apprendre à guérir les gens !

— Je n'ai pas à me plaindre, lui répond Francis. Le docteur Payeur est très compréhensif. Il me fait confiance et me laisse beaucoup d'initiative. Il me demande même des choses que je ne me croyais pas capable de faire.

— Tu es bien chanceux ! Moi il y a des journées où tout ce que je fais c'est les comptes ! Et mon patron me donne des conseils bizarres : ne guéris pas tes malades trop vite, donne des pilules envers et contre tous, cela assure le salaire, d'une maladie de trois jours, apprends le secret d'en faire une de trois semaines. Tu vois le genre ?

Tout en riant de la fourberie du médecin, les carabins marchent rapidement vers le cimetière à l'entrée duquel ils s'arrêtent, impressionnés par la noirceur lugubre des lieux.

— Tu es sûr que l'homme a été enterré aujourd'hui ?

— Oui. Et on ne lui connaît aucune famille. C'était un quêteux.

— Je me demande…

— Écoutez, les interrompt Alexander. Maintenant qu'on est ici on ne va pas reculer. Tout se passera bien. Fiez-vous à moi ; j'en suis à ma cinquième expédition. Vous voulez être des médecins, oui ou non ? Comment voulez-vous disséquer sans cadavre ? Et nous avons la bénédiction du docteur Loedel ; il nous attend à son bureau. Je lui ai dit que nous serions là dans une heure, il n'y a pas de temps à perdre.

Pour adoucir leur sentiment de culpabilité, il ajoute :

— C'est le seul moyen que nous ayons d'apprendre et toute la société médicale le sait et nous approuve ; même si personne n'a le courage de l'avouer.

En retenant leur souffle, les compagnons, guidés par Alexander qui a déjà repéré les lieux et caché des pelles, pénètrent dans le cimetière. Ils frôlent les croix noircies par l'obscurité, trébuchent en étouffant des jurons et atteignent enfin la bonne tombe.

— Allons-y, ce sera facile. La terre est encore toute molle.

Ils touchent très rapidement le cercueil qu'ils ouvrent délicatement.

Le bois qui craque, les clous qui grincent les font frémir.

Le froid les attaque, venu de la peur, s'infiltre sous la peau, court jusque dans les os. Alexander soulève le couvercle qui râle comme un moribond. À la lueur de la chandelle vacillante, les voleurs distinguent un drap blanc, une bouche ouverte, une joue maigre et bleuâtre.

— Dépêchez-vous, souffle le chef en passant une corde autour du cou du cadavre. Aidez-moi.

Tous les quatre, ils hissent l'homme jusque sur la terre des vivants qu'il avait cru ne plus revoir. Ses jambes se sont croisées, prêtes pour une conversation mondaine. Les pilleurs de tombes restent figés. Ils n'entendent que leur respiration haletante avec le sentiment étrange de ne plus pouvoir happer l'air ambiant. Une respiration d'outre-tombe.

— Amenez-le vite, dit Francis. Je referme la tombe.

— N'oublie pas les pelles, lui rappelle Alexander.

— Non. Allez vite. Je vous rejoins chez le docteur Loedel.

Resté seul, l'étudiant s'affaire rapidement sans chercher à voir autour de lui. Il entend des bruits, des cris, des larmes, des plaintes. Un chien jappe au loin. Francis voudrait lui couper le cou comme si ces aboiements n'avaient pour unique but que de le dénoncer. Un autre chien répond du côté opposé. C'est une conspiration. Des milliers de chiens aux babines retroussées attendent le voleur, épient ses gestes sacrilèges. Son imagination entraîne l'étudiant dans un monde lugubre, menaçant. Le souffle court, il quitte le cimetière et s'empresse de rejoindre ses amis déjà penchés sur le mort, attentifs aux enseignements précieux du docteur Loedel. Ils ont repris leurs couleurs, heureux de se retrouver enfin en majorité, alors que le cadavre, arraché à son univers, a perdu tout pouvoir.

XI

— Amenez-le vite à mon bureau ! Francis !... Vite !... Va avec eux. Fais ce que tu peux. Je te rejoins dès que l'on aura conduit les plus mal-en-point à l'hôpital.

La voix de Karl se brise, hachurée par les crépitements des flammes. Autour de lui, des hommes se bousculent, des enfants courent, des femmes appellent. L'eau lancée sur le feu revient lentement dans la rue, en rigoles inoffensives, sans force véritable contre la cruauté insatiable de l'incendie.

— Dépêchez-vous !

— Par ici !

— Toute la basse-ville va y passer !

— J'ai un blessé, venez m'aider !

Déjà le collège Saint-Raphaël n'est plus qu'un souvenir, un amas risible de cendres fumantes. Et la lueur maléfique rôde autour des maisons avoisinantes. Elle caresse puis étreint, puis embrase d'une passion destructrice, impitoyable.

— Le feu gagne la résidence des Jésuites !

— On ne pourra rien sauver ! Dépêchez-vous ! Amenez l'eau par ici !

Dans l'aube à peine éclose, des flammes encerclent bientôt la chapelle des Jésuites. Danse rituelle. Prière de mort. Impuissants, prêtres et curieux assistent à la cérémonie funèbre. Derrière la frénésie du feu se lève un soleil radieux.

Karl et ses collègues, réunis à l'Hôtel-Dieu, constatent la gravité de la situation. Le dieu de l'enfer s'est gavé de chair fraîche. Il a marqué de son sceau des dizaines de victimes qui geignent, pleurent, hurlent. Il faudra du temps pour venir à bout des souffrances comme des peurs. Des siècles ne suffiront pas.

En rentrant chez lui après une nuit de veille, Karl retrouve Francis, lui aussi exténué, lui aussi imprégné d'une odeur de fumée et de médicaments.

— Je nous offre un gin. Nous méritons bien cela. Ensuite, tu vas te coucher.

— Je crois que je ne pourrai plus jamais dormir.

— Il le faudra bien. Surtout que tu passes devant les examinateurs cet après-midi. Avec cette mine, tu n'impressionneras personne.

— Je comptais faire une dernière révision cet avant-midi.

— Je crois que tu as plus besoin de repos que de révision. Je ne suis pas inquiet, tu sauras très bien répondre. Et tu seras un bon médecin, le meilleur… Le meilleur… La postérité se souviendra longtemps de ce mois de juin 1803.

— À cause du feu ?

— Non ! Parce que Francis Loiseau, de Batiscan, accède aujourd'hui à la noble profession médicale !

— Vous êtes bien optimiste…

— Et bien fatigué… J'ai l'air de me moquer, mais je pense ce que je dis. Tu seras un bon médecin.

— Grâce à vous…

Les deux hommes se regardent et oublient l'épuisement pour revoir les cinq dernières années. Les petits matins frisquets, les nuits sans étoiles, les guérisons et les morts. Durant ces cinq années, le lien maître-élève s'est mué en un respect réciproque, en un attachement privilégié, tissé à même les espoirs et les souffrances partagés.

— Puisque tu n'as pas sommeil et moi non plus, je crois que je vais en profiter pour te faire une offre.

— Une offre ?

— Oui. Si cela t'intéresse, j'aimerais que nous devenions associés.

— Associés !

— J'ai une bonne clientèle. Mes patients te connaissent bien et t'apprécient. Quelques-uns ne jurent que par toi ! Et je crois qu'à deux, c'est plus facile, plus rassurant. Tu n'as pas besoin de me répondre tout de suite. Prends le temps d'y penser. Peut-être avais-tu d'autres projets ?

— Non, je n'avais aucun projet, répond Francis, ému. J'espérais que vous me le proposiez mais je n'osais y croire.

— Puisque c'est comme ça, serrons-nous la main, associé !

— Attendons quand même que j'aie passé l'examen, dit Francis en riant. On ne sait jamais.

À deux heures cet après-midi-là, Karl reconduit son protégé aux portes de la salle où siègent solennellement les examinateurs. Alexander Conway est là également, hâbleur comme toujours, indiscipliné. Il serre son ami dans ses bras et lui souhaite bonne chance.

— Ne te laisse pas impressionner, dit-il, pour dérider Francis et se donner confiance du même coup. Ils n'en savent pas plus que nous.

Les étudiants se serrent la main et Francis pénètre le premier dans l'enceinte sacrée où se jouera son avenir. Karl, trop anxieux pour rester en place, préfère aller marcher à l'extérieur en espérant que les bruits de la ville le calmeront.

La salle n'est pas très grande. Francis ne peut échapper au regard scrutateur des juges, tous nommés par le gouverneur pour désigner qui, des aspirants à la pratique de la médecine, sera reçu. Aucun d'eux n'a un geste de sympathie envers l'étudiant qui répond du mieux qu'il peut à leurs questions. À la fin de l'examen, qui a duré plus d'une heure, on lui signifie son congé sans plus d'affabilité, sans rien qui pourrait le laisser présumer des résultats.

Les joues en feu, il quitte la salle d'examen, encourage Alexander d'un geste amical et se retrouve à l'extérieur, au grand soleil. Une odeur de fumée flotte encore sur la ville. Des hommes s'affairent à réparer les dégâts causés par l'incendie. Leurs cris résonnent étrangement dans l'embellie du jour. Francis se sent bien, libéré. Il a fait ce qu'il devait faire. Il a répondu selon ses connaissances. Il a confiance. Le docteur Payeur lui a tout appris et jamais il n'a douté de sa compétence. Il veut être médecin, il le veut de toutes ses forces. Aucun examinateur, aussi sévère soit-il, ne pourra le distraire de son destin. Il sera médecin.

À la maison, Mary-Ann se rue sur lui.

— Alors?

— Il faut attendre, lui répond l'étudiant, amusé et touché de l'intérêt de la jeune fille.

— C'était difficile? Tu as trouvé les réponses? insiste-t-elle.

— Je crois que oui, mais je ne suis pas sûr.

— Raconte-moi.

Mary-Ann entraîne Francis au salon et lui offre un thé et des biscuits préparés à son intention. Sa sollicitude calme le jeune homme qui décrit du mieux qu'il peut l'atmosphère de la salle d'examen.

— Il y en avait un qui clignait constamment des yeux. Je me suis demandé s'il me faisait de l'œil.

La fillette rit en rougissant. Encouragé, Francis continue:

— Un autre posait les questions et à la fin de chaque phrase, il relevait le menton en faisant un drôle de bruit de gorge. Comme ça…

L'étudiant, moqueur, imite le juge et le rire de Mary-Ann s'enroule au sien.

La jeune fille de douze ans dévoile chaque jour une femme en devenir, de plus en plus belle. Ses cheveux blonds, toujours soigneusement attachés, lui donnent une allure de petite fille sage démentie par la hardiesse de ses yeux verts. Un nez parfait. Une bouche aux lèvres pulpeuses et rosées. Un sourire timide mais franc. Tantôt rêveuse, tantôt réaliste. Capable de discussions soutenues d'une logique surprenante. Indomptable romantique. Mary-Ann grandit avec la beauté d'un orme, solidement enracinée, mais la tête offerte aux nuages.

Francis aime assister à cette transformation. Il apprécie cette présence farfelue et sage à la fois, cette beauté fascinante.

— Quand tu seras un médecin, tu me soigneras ?

— Non.

— Pourquoi ? demande l'enfant, déçue.

— Parce que tu ne seras jamais malade ; je ne le supporterais pas.

Mary-Ann rougit encore en tendant un biscuit.

XII

— Alors c'est vrai, c'est bien vrai ? Tu es médecin ?

— Oui, maman.

Francis s'amuse de l'ébahissement de sa mère. Elle n'en revient pas. Depuis une semaine qu'il est à Batiscan, elle répète sans cesse les mêmes choses, pose les mêmes questions.

— Tu saurais vraiment guérir quelqu'un qui serait malade ?

— Oui, je saurais… s'il n'est pas trop tard. Souvent, les gens, pour épargner un peu d'argent, viennent nous voir quand il est trop tard. C'est beaucoup plus difficile de les guérir.

Marie découvre en son fils un homme puissant. Sa fierté est sans limites. Son regard va de Francis à Johann. Blonds tous les deux, le premier avec ses yeux bruns à elle, le second avec des yeux gris, uniques, envoûtants. Toutes les calomnies qu'elle a dû supporter à cause de son amour pour cet homme, l'étranger ! Toutes les ignominies, les injustices, les bassesses aujourd'hui vengées.

Elle touche le bras de Johann.

Celui-ci, à cinquante et un ans, continue d'être le chef de file de la petite paroisse. Les enfants qu'il a instruits sont maintenant des hommes et des femmes et ils continuent à lui demander conseil à propos de tout et de rien. Leur confiance l'oblige à s'instruire encore. À sa demande, Francis a apporté toute la documentation qu'il a pu trouver à Montréal concernant le renouvellement des sols et depuis une semaine le vieil homme est plongé dans sa lecture.

— Tu crois qu'il fera beau demain, papa ?

Johann relève la tête, hésite un moment.

— Sûrement.

Puis il retourne à sa lecture.

— Tu cherches quelque chose de précis dans ces livres ?

— Oui. Le glaisage.

Cette fois-ci, il ne s'est même pas arrêté de lire pour répondre.

Intrigué, Francis questionne sa mère du regard.

— Laisse-le faire, dit-elle en haussant les épaules, sinon tu vas avoir droit à tout un discours sur la glaise.

— La glaise ? Qu'est-ce que c'est que cette histoire ?

Johann s'extirpe douloureusement de son livre et s'attelle à la tâche d'expliquer pour une centième fois son idée de glaisage.

— Les terres des environs sont souvent arides et sablonneuses. Je suis sûr qu'en répandant des bancs de glaise nous aurions là un fertilisant extraordinaire. C'est...

Marie l'interrompt en pointant son fils du doigt :

— Je t'avais averti !

Tous éclatent de rire et Jean-Baptiste qui entre à ce moment se croit l'objet de la risée. Jusqu'à ce qu'on lui explique.

Le lendemain matin, tous se rendent aux champs pour la corvée annuelle des foins et le soir même des dizaines de meules ornent le pré. Satisfaits, les travailleurs rentrent pour une nuit de sommeil bien méritée. À la barre du jour, ils reprennent le travail et Francis s'aperçoit avec plaisir qu'il sait encore fouler le foin bien dur, bien large et bien haut. Jean-Baptiste, solide gaillard de vingt-trois ans, l'emporte encore par la force et l'endurance, mais ils ont quand même retrouvé leur ancienne rivalité.

Le dernier voyage bien d'aplomb sur la charrette et immobilisé à l'aide d'une perche tendue entre les deux échelettes, tous grimpent au sommet de l'échafaudage. Johann a insisté pour conduire l'attelage et il donne au cheval le signal du départ. L'animal, dérangé par sa charge, a du mal à trouver son équilibre. Le pré, parsemé ici et là de roches, de souches, de rigoles est long à franchir et exige une grande dextérité, autant pour la bête que pour le conducteur. Le cheval avance lentement, guidé par les mains expertes de Johann. La maison est enfin en vue lorsque l'animal dévie brusquement de sa route pour éviter quelque obstacle, visible de lui seul. La roue avant grimpe sur une roche. La charrette, déséquilibrée, se renverse.

Agile, Jean-Baptiste a sauté. Francis a saisi sa mère par la taille et l'a entraînée très loin pour lui éviter d'être écrasée par la charge. Tous les trois se relèvent, contusionnés mais sains et saufs. Ils se débarrassent des brins de foin qui collent à leurs vêtements, se tâtent pour découvrir quelque blessure, heureux de s'en tirer aussi bien, prêts à rire de la mésaventure, lorsque Marie pousse un cri :

— Johann !... Johann !...

Tous se précipitent. Francis est le premier auprès de son père. Celui-ci, écrasé sous la charrette, s'est fracassé la tête sur une roche. Pas de plainte. Pas de sang. Rien qui appelle la mort. Sauf les yeux, ouverts, incrédules.

D'un geste tendre, Francis passe sa main sur le visage de son père.

Johann dort sur la terre qu'il a pétrie, façonnée, sauvée tant de fois. Et tellement aimée.

— Johann...

Francis serre sa mère dans ses bras et la berce doucement pendant que Jean-Baptiste, après avoir dépêtré le cheval de son attelage entremêlé se rend chez le voisin le plus proche chercher de l'aide.

Seuls, Marie et Francis s'assoient près de Johann pour attendre avec lui. L'air embaume le foin fraîchement coupé. Les mésanges lancent leurs remerciements au créateur. Le soleil, de toute sa rondeur, tire sa révérence. Il disparaît lentement derrière les longues épinettes.

Le jeune médecin, désemparé, refait inutilement les gestes qu'il a appris. Il observe les signes vitaux, ausculte, prie. Maladroit, il cherche vainement un espoir, une brindille de vie dans le vieux corps meurtri. Marie lui prend la main.

— Dieu t'a permis de guérir. Il t'a pas donné le pouvoir de redonner la vie à ceux qu'il désire auprès de lui.

Elle touche les cheveux blanchis de Johann. Cet homme venu de la mer, amené par une guerre dont il ignorait le langage. Venu pour elle de l'autre bout du monde. En silence, elle le remercie, lui redit son amour, l'enlace, prolonge amoureusement sa vie au creux de sa mémoire.

Des oiseaux, heureux de l'été et de l'abondance, se posent près d'eux.

— Viens à Montréal avec moi, maman.

Les yeux bruns de Marie pétillent, incapables de s'accorder à l'affaissement du corps et de l'esprit.

— Que veux-tu que j'aille faire à Montréal, Francis ? Je dois rester ici.

Elle s'agrippe à ses souvenirs, aux odeurs de Johann accrochées aux murs. Elle ne veut pas quitter ce qui reste de lui. Sa pipe, ses livres, sa veste, ses mots qui chantent encore dans la douceur du temps. À sa façon, elle repousse l'hiver et les rafales de solitude qui ne manqueront pas de venir. Elle résiste.

— Je vais acheter une maison pour nous deux. Mon association avec le docteur Payeur m'assure d'une bonne clientèle. Nous pourrons bien vivre. Je veux t'avoir près de moi. Je ne pourrai pas supporter de te savoir toute seule ici.

— Je ne suis pas toute seule. Il y a Jean-Baptiste. Je sais que je peux compter sur lui. Et Florence est tout près au village.

— Oui, mais…

— Allez, Francis. Pars tranquille. Tu as déjà trop fait attendre le docteur Payeur. Je me débrouillerai bien.

XIII

Un hiver à couper le souffle. 1804, à peine installée, renverse tout sur son passage, efface toutes les traces. Rafales, poudrerie et froidure. Maladie, souffrance, mort. Tellement de morts et si peu de guérisons. Les docteurs Payeur et Loiseau ont beau faire ; ils n'arrivent pas à vaincre leur ennemie, trop solidement accrochée à l'hiver.

Francis a loué une chambre tout près du bureau malgré l'insistance de Karl qui aurait bien voulu le garder tout près de lui. Le jeune homme comblait ainsi les attentes d'Élisabeth et, du même coup, il échappait à la malveillance de plus en plus évidente de John-Henry. Le garçon de douze ans supporte difficilement la présence envahissante de Francis auprès de son père. Leurs relations, naguère froides mais polies, s'enveniment un peu plus à chaque rencontre, attisées par l'ardeur passionnée du jeune adolescent. Comme s'il cherchait à défendre fiévreusement un bien que personne ne convoite. Francis ne regrette pas sa décision, il a bien fait de partir.

Il loge chez les Lareau, un couple âgé, sympathique et accueillant, qui traite ses logeurs comme les enfants qu'il aurait tant souhaité avoir. Les sexagénaires inondent leurs jeunes protégés de recommandations, surveillent leur alimentation, s'inquiètent quand ils rentrent trop tard. Ils les aiment à leur façon et Francis apprécie leur sollicitude.

Avec le printemps, la maladie fait relâche. Moins accaparé, le jeune médecin passe d'agréables soirées en compagnie de son collègue. Ils aiment s'asseoir dans le jardin et discuter de tout et de rien. Quelquefois des amis se joignent à eux. Souvent, Mary-Ann, emmitouflée dans un châle, les écoute sans dire un mot, jusqu'à ce que son père l'envoie se coucher. Eva, plus expressive, se mêle à la conversation au grand plaisir des adultes que cette petite fille blonde aux joues piquetées de taches de rousseur et aux yeux malicieux amuse. Minuscule, elle ne fait guère ses dix ans mais sa verve lui donne des allures de jeune dame à l'aise dans la société.

Elle les fait bien rire quand, de sa petite voix claire mais impérieuse, elle déclare :

— Moi aussi, je vais être un médecin.

Tous les hommes présents, Karl le premier, s'esclaffent en se détournant rapidement de cette lubie d'enfant. Comme s'ils avaient peur. La fillette les laisse rire, nullement impressionnée.

Doucement, d'ondée en arc-en-ciel, d'une hirondelle à une autre, de fleurs en fruits juteux, l'été gagne le pays et ramène les marchands ambulants, les « charrieurs » d'eau, les raccommodeurs de faïence et les quêteux.

Il ramène également les coureurs des bois, les aventuriers, les voyageurs.

— On a eu du mal à te trouver, mon Loiseau, mais ça valait la peine.

Abasourdi, Francis en perd la parole et le sens de l'hospitalité. Il regarde Louis et Julien, les yeux exorbités, reconnaissant difficilement en ces deux gaillards musclés et au teint hâlé les oncles taquins et joueurs de son enfance.

— Si on te dérange, tu le dis.

En s'excusant de son impolitesse, le médecin les invite à entrer dans sa chambre exiguë, vite envahie par leurs histoires incroyables, ahurissantes. Mésaventures, dangers, femmes, sueur, toute leur vie se frappe aux murs de la pièce trop petite pour la grandeur de leur misère. Une vie sans entrave autre que la passion de la liberté.

D'une nouvelle à l'autre, il faut en venir aux morts.

— Ton père, c'était quelqu'un, déclare Julien.

Un court silence, puis il retrouve sa gaieté.

— Pis là on s'est dit qu'on méritait bien un congé. On monte à Batiscan. Tu viens avec nous autres ?

Ravi, Francis ne se fait pas prier. Le départ étant prévu pour le lendemain, il passe la journée avec Karl pendant que ses oncles s'égayent dans la ville comme des oiseaux après la pluie.

À l'aurore, sac au dos ou valise à la main, chacun est prêt pour l'expédition. Louis et Julien se moquent cavalièrement de l'allure guindée de leur neveu mais celui-ci, trop heureux à l'idée de revoir sa mère et Jean-Baptiste, hausse les épaules. Il devine aisément l'affection et la fierté derrière les railleries. Arrimé à son bonheur, il sursaute en entendant frapper à la porte.

— Tu aurais dû nous dire que tu attendais de la visite, se moque Julien avec gouaillerie.

Francis ouvre la porte et pousse un cri.

— Waldgeist ! Mais... qu'est-ce que tu fais ici ?

Derrière le vieil homme au visage raviné apparaît son fils, réplique du premier. Les yeux surtout qui explorent au-delà du regard.

Visiblement épuisé, l'Indien ne s'embarrasse pas de politesse.

— Jean-Baptiste dit que tu viennes. Ta mère est très malade. Mon fils et moi t'amener dans notre canot.

Louis et Julien se ressaisissent et prennent les choses en main. Ils louent un canot pour eux-mêmes et pressent leur neveu que l'angoisse et l'impatience paralysent.

Les hommes, habiles et forts, enfoncent les avirons dans le fleuve hostile. La sueur colle à leur peau, ruisselle en larmes d'espoir, puissance risible face à la mort.

Ils arrivent trop tard.

Marie a rejoint Johann. Ils rient quelque part en se tenant la main, pieds nus et cheveux au vent dans l'herbe bonne et douce.

Malgré Jean-Baptiste, malgré les voisins, malgré Florence et Josette et Louis et Julien réunis autour de lui, Francis se meurt de solitude. À cause peut-être de ces présences qui rendent l'absente encore plus désirable.

— Elle voulait plus vivre, dit Jean-Baptiste. Elle voulait pas que je t'appelle.

Francis rassure son ami:

— Je sais que tu as fait tout ce que tu pouvais.

Désemparé, il en veut un moment à cette femme de l'avoir rejeté, abandonné. Il est jaloux de l'amour infini qui l'unissait à Johann.

— Maman, murmure-t-il, agenouillé près du lit de la défunte. Tu aurais dû lutter. Pour moi… Pourquoi m'as-tu laissé tout seul?

Julien le rejoint dans son exil et les deux hommes se parlent à travers des émotions communes, sans unité de temps, mais inscrites dans l'âme de Marie, des émotions forgées dans la même matière, les mêmes lieux, les mêmes souvenances.

Francis comprend qu'il n'est pas seul.

Moyennant une somme plus que raisonnable, il vend la terre à Jean-Baptiste, offrant ainsi à l'ancien esclave l'opportunité de matérialiser sa liberté, puis il retourne à Montréal où Karl l'accueille avec sympathie et compréhension. Devant tant de sollicitude, le jeune homme cède à l'intenable sentiment de culpabilité qui l'étreint.

— J'aurais dû être là, dit-il d'une voix embrouillée par le chagrin. J'aurais dû être auprès d'elle. Elle me tendait la main à travers sa peine et je n'ai pas su la retenir auprès de moi.

Ces paroles ravivent chez Karl une souffrance enfouie dans les méandres du fleuve. Une autre main tendue vers la vie, qu'un enfant ne peut retenir… Celle de son père qu'il a vu disparaître dans le fleuve.

Sensible au désespoir de son jeune ami, il l'écoute se raconter, l'aide à retrouver les racines de sa douleur, à les extirper de sa mémoire.

Lancé à corps perdu dans une lutte enragée contre la mort, Francis ne voit pas courir les saisons. Entièrement tourné vers ses malades, toujours à l'affût des dernières découvertes susceptibles de faire échec à sa cruelle ennemie, il aborde l'été 1805 avec l'enthousiasme de ceux qui défendent une cause.

Harcelé par Élisabeth, Karl a accepté de passer quelque temps à Kamouraska, un village très fréquenté, considéré comme la principale place d'eau du Canada. Ni l'un ni l'autre n'espère plus rien de ces vacances ; ils sauvent la face, sans plus.

Inquiet pour les enfants laissés à la garde de Montréal et de Marguerite, une toute jeune bonne engagée il y a à peine un mois, le médecin a prié son associé de jeter un coup d'œil discret à la bonne marche de la maison. Francis se prête avec d'autant plus de plaisir à cette tâche que Mary-Ann le reçoit chaque fois avec beaucoup d'empressement. La jeune fille, d'une beauté étonnante, cache sa timidité sous une prestance royale. Elle ne peut s'empêcher d'être belle comme d'autres ne peuvent s'empêcher d'être bons.

Subjugué, Francis laisse courir son regard sur la silhouette harmonieuse dont la sveltesse trahit les dernières traces de l'enfance, sur le cou, long et gracieusement révélé par un chignon sévère d'où s'échappent quelques mèches blondes légèrement ondulées, sur les jambes vives. Il se prend à sourire devant tant de charme naïf.

La jeune fille dépose sur la table les fleurs qu'il lui a apportées.

— Elles sont si belles ! Je te remercie. Tu ne trouves pas que ce vase les met en valeur ?

Elle discourt précieusement ne sachant encore que faire de toute cette irradiante beauté qui réclame le silence plus que le babillage.

Francis se contente de la regarder, simplement heureux de la sentir près de lui. Apaisé en même temps que surpris de trouver dans ces monologues tant de réconfort.

— Je dois partir; je reviendrai demain voir si tout va bien.

— Tu es toujours le bienvenu. Tes visites me rassurent.

Il n'a pas sitôt refermé la porte que John-Henry jaillit derrière sa sœur, le cheveu embroussaillé, plus roux que raisonnable, l'œil ni vert ni bleu, strié de minuscules points violets.

— Tes visites me rassurent... répète-t-il sur un ton ridicule. Tu n'as pas fini de faire du charme? On ne peut pas dire que tu aies un goût évident pour choisir tes soupirants! Tu les aimes vieux...

Ulcérée, la jeune fille fulmine:

— Tu nous espionnais! Et puis ce n'est pas mon soupirant! C'est un ami de papa, son associé même, et nous devons le recevoir avec respect. Es-tu jaloux?

— Jaloux! De quoi? De qui? De ça?

Il désigne la porte par laquelle vient de sortir Francis.

— Oui. De Francis! Tu lui en veux parce que papa l'aime et qu'il l'a choisi comme associé.

— Je ne suis pas jaloux, crie le garçon en poussant violemment sa sœur contre le mur.

La jeune fille sent une douleur au bras. Elle court à la cuisine mettre de l'eau froide sur une contusion qui risque de passer au bleu rapidement. Pour échapper aux questions de Marguerite, elle prétexte une distraction stupide, mais à Eva, elle ne peut cacher la vérité. La fillette prend alors son air buté. Sérieux. Grave.

— Je ne laisserai jamais un garçon lever la main sur moi.

Mary-Ann la regarde avec envie. C'est vrai. Eva n'acceptera jamais les frontières érigées par les hommes.

XIV

Les dernières fleurs disparues, la clarté se mue en pénombre. Le foin parfume les granges ; marchands ambulants et poissonniers rentrent chez eux. Les chevaux prennent leur poil d'hiver. Une zone d'ombre enveloppe peu à peu les habitants.

Le pays tout entier se terre. La ville prend des allures de chatte capricieuse. Le froid court dans les rues à pas feutrés et prend les citadins par surprise, les oblige au recueillement. Leurs gestes s'ankylosent, s'harmonisent à la lenteur du jour. Seuls les enfants échappent à l'emprise du froid. Ils savent encore apprivoiser la saison sauvage.

Karl et Eva ont profité d'une visite d'Élisabeth à son père pour se rendre chez les McMurray. Eva se réjouit de ce secret qui, les années passant, l'a toujours rapprochée de son père.

Thomas reçoit ses visiteurs avec un sourire timide, une retenue qui accentue son allure indépendante. Les deux amis ne disparaissent plus comme naguère, ne souhaitent plus se dérober aux regards. Maintenant un homme, Thomas s'émerveille de la ténacité enfantine d'Eva. Chaque fois, il craint de la décevoir et de ne plus la revoir, mais elle revient toujours, pleine de détermination, d'audace, de fébrilité. Elle secoue la vie sans ménagements, emmêle le quotidien aux rêves, intarissable, déjoue les convenances, ne capitule jamais.

Les McMurray ont maintenant une fabrique de potasse et ils apprécient grandement la présence de Thomas à leurs côtés même si celui-ci ne peut résister bien longtemps à l'invite de la forêt.

— Nous allons manger de l'orignal. Vous serez nos invités, déclare Mme McMurray avec entrain.

— Où avez-vous donc trouvé de l'orignal ? Il n'y en a plus dans nos régions.

— Thomas en a trouvé. Il est resté parti un mois, mais il en a trouvé, explique M. McMurray non sans fierté.

— Raconte-nous ton expédition Thomas, supplie Eva. Ce doit être tellement extraordinaire !

Le jeune homme n'aime pas beaucoup parler de ces excursions de chasse qui l'entraînent parfois très loin. Il voit là un rite sacré, appartenant plus à un univers mythique qu'au monde réel et, de ce fait, quasi indescriptible.

Des coups frappés à la porte le dispensent de répondre, en tout cas pour le moment car, connaissant l'entêtement d'Eva, il devine qu'elle y reviendra.

En apercevant l'Indienne dans l'embrasure de la porte, Karl perd contenance. Il ne l'a pas revue depuis son affranchissement. Elle n'a rien perdu de son étrange beauté, de cette noblesse ancrée dans chacun de ses mouvements. Sa maturité donne à son regard une nouvelle plénitude où la rage a cédé la place à la sagacité. Subtile intelligence des êtres et des événements.

Ce n'est pas sa première visite et elle est reçue à bras ouverts.

Invitée par Mme McMurray, elle s'assoit en face de Karl sans chercher à éviter son regard. Il respire difficilement, malade de regrets devant cette femme superbe, cette Louve farouche qu'il aime tant. Le cœur griffé à mort, prisonnier des convenances, des préjugés, il ne réussit pas à cacher son émoi.

Mme McMurray, pétillante de malice malgré ses cheveux blancs, lui tend une perche :

— Avez-vous lu la *Gazette*, ce journal dont on parle tant ?

Reconnaissant, Karl s'accroche.

— Bien sûr ! Il est publié par M. Edwards.

— L'ancien maître de poste ?

— En effet. Je le connais bien, c'est un de mes patients.

Après le repas, il faut songer à repartir. L'Indienne a fait le voyage à pied et Karl offre de la reconduire.

— Vous me laissez à la porte des Récollets. Le reste, je fais à pied.

— Où dois-tu aller ?

— L'autre côté du faubourg Saint-Joseph.

— Je vais te reconduire.

— Non.

Triste comme un chien abandonné de son maître, il la ramène en silence puis la regarde s'éloigner, forte et droite. Plus forte que lui. Elle a chaussé des raquettes car elle ne compte pas emprunter le chemin des Blancs. Ses pas dessinent un sentier dans la neige.

Karl laisse couler ses rêves dans les traces fraîches.

Frileusement, Eva le rappelle à l'ordre :

— On rentre papa ? J'ai froid.

Dans la soirée, Élisabeth, sans préambule, informe son mari d'une démarche faite le jour même.

— J'ai rencontré le docteur Jackson et je lui ai demandé d'enseigner les rudiments de la médecine à John-Henry.

Interloqué, Karl perd toute contenance. Au bord des larmes, de la rage, du désespoir, de la honte, il crie sa répulsion devant tant d'inélégance.

— Le docteur Jackson ! Mon fils chez le docteur Jackson ! D'où te vient donc cette folie ? Pourquoi ne pas m'avoir dit que John-Henry voulait être médecin ? Pourquoi t'acharner ainsi à nous séparer ? Pourquoi vouloir à tout prix me détruire, me rabaisser ? Comme si je ne pouvais pas enseigner à mon fils tout ce que je sais ! Cet arriviste de Jackson ne sait que faire de l'argent ! Il ne sait pas soigner ! Il ne sait que parader !

Il repousse sa chaise bruyamment et se lève en pointant John-Henry du doigt.

— Tu n'iras pas ! Et d'ailleurs tu es trop jeune. Tu as beaucoup d'autres choses à apprendre avant.

— J'ai quatorze ans et je suis le meilleur de ma classe !

— Quatorze ans ! Tu n'es qu'un enfant qui n'a pas encore appris le prix du mensonge et de la veulerie.

— Et ce n'est pas toi qui vas me le montrer ! Tu mens sans arrêt ! Tu ne dis pas à maman les visites que toi et Eva rendez à Thomas. Et tu ne lui dis pas que tu y vas avec l'Indienne.

— Quoi !

— Je vous ai vus aujourd'hui même. Elle était avec vous deux dans la calèche.

— Nous ne faisions rien de mal, crie Eva méprisante. Tu es jaloux, tellement jaloux que ça va finir par te rendre malade !

Décontenancé, Karl se tourne vers Élisabeth. Il veut lui expliquer mais elle ne lui en laisse guère la chance. Sans un mot, elle quitte la salle à dîner, abandonnant à son inquiétude sa famille sidérée. Quelques instants plus tard, la porte claque dans le silence. Élisabeth disparaît dans la neige folle, soufflée par un vent grisé de nuit.

Marguerite n'a pas encore desservi lorsque des coups impatients tambourinent sur la porte.

— Docteur Payeur ! Vite ! C'est votre femme ! Elle a glissé. Je sais pas. Elle s'est retrouvée sous mes roues. Je sais pas comment. Je comprends pas... Il faisait noir. J'ai pas vu... Je comprends pas...

L'homme est bouleversé. Il dépose son fardeau dans le lit que lui indique Karl.

— Va chercher ma trousse, Eva... Montréal, cours chez le docteur Loedel. Dis-lui de venir. Marguerite, prépare des linges propres.

Quand la blessée reprend conscience quelques instants plus tard, Karl, malgré ses appréhensions, tente de la réconforter du mieux qu'il peut.

— Karl, murmure-t-elle, je ne sens plus mes jambes...

— Ce ne sera rien, répond-il en lui serrant la main. Ce ne sera rien.

XV

Élisabeth, paralysée, regarde s'évanouir l'hiver puis s'égayer le printemps. Prisonnière de sa chair, elle cherche dans le défilé des saisons un indicible espoir. Enroulée à sa propre souffrance, elle se tait, laissant à ses proches le défi du remords. L'été ne la réchauffe pas. Les chatoiements dorés de l'automne se noient dans sa mélancolie. Elle ne participe pas aux fêtes saluant la nouvelle année, se désintéresse de tout ce qui n'est pas son supplice.

Le temps passe et la maison tout entière se plie au rythme de sa prostration. Un autre hiver, très doux, caresse furtivement Montréal que le printemps surprend en flagrant délit de paresse. Les bateaux venant d'Europe et des États-Unis apportent des nouvelles inquiétantes. Les agents de Napoléon fomenteraient une insurrection des sauvages de l'Ouest.

— Décidément, les Anglais ont l'espionnite facile.

— À les entendre, la France ne vivrait que pour reprendre le Canada.

— Il faut dire que le journal *Le Canadien*, fondé à Québec par un groupe de députés, ne les rassure guère.

— Il est vrai que les Canadiens français n'ont jamais oublié la mère patrie.

Karl et Francis discourent des problèmes de l'heure en profitant des premiers beaux jours pour refaire le plein de soleil. Plus près chaque jour l'un de l'autre, ils ont acquis, au fil des ans, une réputation de médecins consciencieux et habiles. Solitaire, Francis réserve ses seules sorties pour son associé qui l'entraîne parfois à quelque spectacle, mais sa vie rangée s'accorde mal à l'exubérance mondaine. Quelques-uns, choqués, ne demandent pas mieux que de suspecter quelque anomalie en ce jeune homme ténébreux, mais attirant. Car sa mystérieuse indifférence attise la concupiscence des jeunes filles. Certaines, plus perspicaces, l'ont déjà marié à Mary-Ann tandis que d'autres, peut-être plus éprises, ne désespèrent pas encore de faire sa conquête. Il les trouve constamment sur son chemin et, timide, s'en débarrasse comme il peut, gauchement, en mentant, en fuyant, ce qui ne fait qu'ajouter à son charme.

— Tiens, voilà Mary-Ann et John. Ils font un beau couple, n'est-ce pas ?

La question de Karl, lancée à tout hasard, écorche son jeune associé quelque part dans le ventre, entre le cœur et le sexe. Il ne dit rien. Se contente de regarder Mary-Ann et son prétendant. Oui, ils sont beaux. Pleins d'énergie. Harmonieux. Comme il regrette, à ce moment-là, sa maladresse avec les femmes.

Mary-Ann, flattée par ses seize ans, égaye toute la rue. Sa beauté irradie, enflamme la nuit. Depuis l'accident de sa mère, elle s'est chargée de la maison, et son père, intimidé, s'est alors trouvé devant une femme volontaire et douce à la fois, intelligente, raffinée, généreuse.

— Vous avez fait une belle promenade ?

— Oui. L'air est délicieux. Nous sommes allés jusqu'au nouveau marché. Les travaux avancent rapidement.

— Je ne savais pas que tu devais venir ce soir, dit la jeune fille en s'adressant à Francis. Je ne serais pas sortie.

Gênée de son audace, elle ne peut camoufler une petite rougeur qui lui colore légèrement les joues.

— Je dois partir, déclare à regret le prétendant. J'ai un article à finir avant huit heures pour l'édition de demain.

— Tu nous donnes une primeur ? demande Karl en riant.

— Je ne peux pas. M. Brown ne badine pas avec les fuites.

Étudiant en droit, John travaille à la *Canadian Gazette* comme pigiste.

— Je comprends, le rassure le médecin. Allez ! Va vite si le devoir t'appelle.

Après avoir remercié Mary-Ann pour cette agréable promenade, le jeune homme s'éloigne d'un pas rapide, comme un écolier qui n'a pas vu passer l'heure. Au bout de la rue, il se retourne pour un dernier salut et disparaît dans l'agitation coutumière de la rue Saint-Paul. Mary-Ann pousse un soupir et s'assoit sur les marches de la galerie entre son père et Francis.

— Je ne te connaissais pas ce prétendant avant aujourd'hui, la taquine Karl. Il faut dire qu'il en vient un différent chaque soir.

— Papa !... s'exclame la jeune fille sur un ton de reproche.

— Tu fais bien. Ne te presse pas de choisir, tu as tout le temps.

Francis détourne la tête pour cacher son malaise. Il voudrait partir et pourtant son corps engourdi le retient là de force, contre tout entendement.

Soudain, la porte claque. Eva, vive et passionnée, fait irruption dans le calme de cette soirée printanière. Elle rejette du revers de la main cette tranquillité presque paysanne, comme un enfant rageur qui repousse un jouet offert par un adulte pour le détourner de son désir réel.

— Papa, supplie-t-elle. Viens m'aider.

— Qu'est-ce qu'il y a encore ?

— Je ne trouve pas la rate.

— Quoi !

— Je veux dessiner la rate et je ne la trouve dans aucun de tes livres.

— Tu as encore fouillé dans mes livres !

— Comment veux-tu que je termine mon dessin, autrement ?

Fascinée par le fonctionnement mystérieux du corps humain, la jeune adolescente a entrepris de reproduire l'intérieur du corps avec tous les détails. Grandeur nature.

— Viens vite, insiste-t-elle.

— Excusez-moi, dit Karl en se levant. Je dois y aller sinon elle serait bien capable de déterrer un mort et de le dépecer pour arriver à ses fins.

Cette remarque accompagnée d'un clin d'œil s'adresse plus particulièrement à Francis qui comprend que son associé n'a pas ignoré longtemps ses lugubres activités d'étudiant. Il lui sait gré de n'en avoir jamais parlé.

Resté seul avec Mary-Ann, le jeune médecin ne sait comment rattraper le fil perdu de la conversation. Elle s'en charge avec une détermination étonnante.

— As-tu une amoureuse, Francis ? demande-t-elle sans le regarder.

— Non…

— Il doit pourtant y avoir des jeunes filles qui t'intéressent.

— Oui.

— Je les connais ?

— Oui, tu la connais.

— Oh ! Il n'y en a qu'une ?

Mary-Ann a relevé la tête, intriguée et inquiète. Tant que le nombre y était, elle se sentait rassurée, mais maintenant que Francis a précisé : « Tu la connais », elle sent l'urgence de tout dire avant qu'il ne soit trop tard.

— Tu veux me dire son nom ?

— Oui… Je… C'est toi…

Les yeux verts de Mary-Ann s'accrochent à ceux de Francis pour dire la réciprocité et l'immense tendresse. Doucement, Francis prend la main de la jeune fille. Il tressaille, surpris par le grain soyeux de sa peau. Des passants les saluent :

ils ne les voient pas, enveloppés d'une passion impudique, toute de recueillement.

— Je t'aime, Mary-Ann Payeur. Plus que tout.

— Je t'aime aussi, Francis Loiseau.

Leurs déclarations frôlent leurs corps, les embrasent et les calment en même temps. Cernés de toutes parts par cette révélation, ils n'entendent pas le fauteuil roulant d'Élisabeth poussé par John-Henry. La malade, pressée par son fils, avait accepté une promenade. En passant par la porte arrière, plus facile d'accès, puis en longeant le jardin, ils pensaient faire le tour de la maison, lentement, au rythme d'un enfant qui fait ses premiers pas. Ils ont tout entendu.

D'un geste impatient, Élisabeth ordonne à son fils de la ramener à l'intérieur.

XVI

Francis et Mary-Ann ont désiré une réception intime, très peu conventionnelle. La société anglophone de Montréal qui s'attendait à être conviée à la fête accepte mal d'être mise à l'écart, et le mariage Beyer-Loiseau fait jaser. D'abord par sa soudaineté, quoique certains l'avaient prédit. Ensuite par sa discrète simplicité. Enfin par la différence d'âge et d'origine des époux. Mais la beauté lumineuse de la mariée, le talent et la gentillesse du marié ont vite fait d'attirer la sympathie des passants et curieux venus saluer le cortège.

L'automne butine sur les feuilles. Le vent danse dans les rues, pourchassé par le soleil. Ce 30 août 1807 hésite entre menuet et cotillon.

Les nouveaux mariés pénètrent avec émotion dans la maison où ils se sont connus. Quelques amis, dont Alexander, et quelques parents les y reçoivent avec une retenue faisant foi de leurs origines britanniques. Francis et Mary-Ann vont de l'un à l'autre comme il se doit, recevant les félicitations d'usage. Leur bonheur serein étonne et émerveille.

Au milieu du décorum, Eva tient compagnie à Jean-Baptiste, délaissé par les autres convives. Rejeté plutôt. Ses habits de paysan endimanché l'isolent plus sûrement qu'une barricade ; sa couleur rebute les invités, indignés.

On parlera longtemps de ce mariage.

— As-tu eu une bonne récolte ?

Il lui parle de sa ferme, de ses projets ; elle écoute, attentive. Puis Francis les rejoint.

— Je vous laisse ! lance Eva. Vous avez tant de choses à vous dire !

Intimidé par ce monde étrange dans lequel évolue maintenant son ami, le Noir croise et décroise les bras, mal à l'aise. Il a hâte de quitter cet endroit, ces gens, cette ville où ceux de sa race ne sont qu'esclaves.

— Je te remercie d'être venu de Batiscan pour me servir de témoin. J'aurais eu l'impression de n'être pas vraiment marié si tu n'étais pas venu.

— Tu pars toujours avec moi, demain ? Avec ta femme, bien sûr. Tes oncles et tes tantes t'attendent. Ils ont préparé toute une fête !

— Sois certain que je ne manquerai pas ça.

— Ta tante Josette a bien dit de te dire que ta belle-famille est invitée.

— Je leur ai transmis l'invitation mais je crois bien que seule Eva nous accompagnera. Karl doit rester pour les malades et Mme Beyer n'est pas en état de voyager. Tant qu'à John-Henry…

— Il ne t'aime pas beaucoup celui-là…

Francis hausse les épaules et entraîne le paysan vers la longue table remplie de victuailles. Tous prennent place et mangent avec appétit. Karl surtout que ce mariage réjouit. Francis fait maintenant partie de la famille, et en regardant les jeunes mariés une grande joie le submerge, aussitôt assombrie par le regard glacial que lui oppose Élisabeth. Elle désapprouve cette union et seule la peur de peiner Mary-Ann la retient de s'opposer trop ouvertement. John-Henry, assis à côté d'elle comme toujours, prêt à répondre à ses moindres caprices, semble inquiet, impatient. Comme un gamin qui prépare un mauvais coup et qui voudrait fuir avant que tout n'explose.

Après le dessert, alors que Montréal et Marguerite servent le thé, Élisabeth lève la main dans un geste autoritaire pour faire taire les convives. Ceux-ci s'attendent à quelque toast oublié mais leur étonnement ne cesse de grandir devant les révélations étonnantes de la paralytique.

— Je profite que vous soyez tous réunis aujourd'hui pour vous faire part d'une grande nouvelle. Je dois vous faire mes adieux.

Un murmure s'élève autour de la table. Karl, blême, regarde John-Henry. Le visage fermé du jeune garçon ne laisse passer aucun sentiment. Le père d'Élisabeth veut parler mais sa fille lui impose le silence d'un geste éloquent.

— Ne vous inquiétez pas, continue-t-elle, cynique. Je ne songe nullement à me suicider.

Choqués par une attitude aussi cavalière en une telle circonstance, les invités ne demandent qu'à quitter la pièce, mais sans égards pour leur puritanisme outré, Élisabeth reprend son curieux discours.

— Non, je pars en voyage. Avec mon fils.

Les invités respirent.

— Où allez-vous donc ? demande l'un d'eux.

— Nous partons pour Édimbourg, en Écosse.

— Et vous serez partis longtemps ? demande Mary-Ann au bord des larmes.

— Le temps qu'il faudra. John-Henry ira étudier la médecine à l'Université et au Royal Infirmary. Les plus grands médecins du monde ont été formés dans cette école.

Les médecins présents, Karl le premier, accusent l'affront avec élégance. Aucun d'entre eux n'a étudié en Écosse quoique certains aient fréquenté l'Université de Londres. Le parti pris d'Élisabeth les blesse même s'ils font mine de l'approuver.

Fier de l'audace de sa fille, le père d'Élisabeth est le premier à la féliciter.

— Ton courage est exemplaire, ma fille. Je reconnais bien là ton sens du devoir.

Enfin libérés, les convives s'empressent de quitter la table.

Certains ne comprennent rien à cette décision, peu convaincus de la nécessité d'aller si loin. D'autres déplorent l'absence d'école reconnue au pays, un problème qui revient souvent dans les discussions au sein du milieu médical.

— Si seulement nous avions une bonne école de médecine, dit l'un des médecins. Nos jeunes n'auraient pas à s'expatrier.

— Nous n'avons pas d'école, réplique un collègue, mais nous avons de bons médecins qui ne demandent qu'à communiquer leur savoir aux étudiants.

Karl ne se mêle pas aux discussions. Il se retire à l'écart, un verre à la main pour se donner une contenance. Eva vient le retrouver. Sans dire un mot, elle l'embrasse sur la joue puis se blottit contre lui en le serrant très fort. La petite femme a tout saisi de ce duel implacable entre les deux époux. Aimante, elle vient panser les plaies du vaincu, un blessé à mort auquel on a cruellement extirpé un morceau de sa vie. Karl n'a jamais su ou n'a jamais pu dire son amour à son fils. Aujourd'hui, on lui enlève tout espoir, on détruit leurs dernières chances. Jusqu'où ira la haine d'Élisabeth ? Comment remonter à la source de l'aigreur ? Où trouver l'amour pour contrer la hargne, pour lui arracher son âme et la jeter en pâture aux milliers de voyeurs que le malheur nourrit ? Qu'a-t-il fait ? Qu'a-t-il donc fait de si répréhensible pour mériter un tel châtiment ? Où commence sa faute ? Où finira l'horreur ?

Le lendemain, Karl part pour Batiscan avec Francis, Mary-Ann, Eva et Jean-Baptiste. Ses malades attendront ou verront quelqu'un d'autre. Il doit d'abord guérir de lui-même.

À leur retour, Élisabeth et John-Henry ont déjà pris le dernier bateau pour l'Europe. Ils ont emmené Montréal et Marguerite avec eux. Dans la maison trop grande, Eva et

Karl errent malheureux, à l'affût des odeurs, des ombres. Désemparés, ils s'endorment dans le même lit après avoir longuement parlé, rassurés de se savoir si près l'un de l'autre.

L'automne rôde autour de la maison. Il s'empare de la ville, du pays. Il éclate en grains de pluie, tambourine aux fenêtres, lacère la nuit d'éclairs fougueux.

Karl et Eva rêvent d'arcs-en-ciel inaccessibles.

DEUXIÈME PARTIE
GERMES

To this building, which was situated on Craig Street, the name of Montreal General Hospital was first given.

Maude A. Abbot
History of Medecine in the Province of Quebec

I

Été 1813

Montréal a endossé son costume de guerre.

Des cavaliers du huitième Dragon, plus amateurs d'équitation que chevaliers, paradent fièrement. Des soldats du Corps de Voyageurs, recrutés parmi le personnel des gros négociants, offrent leur bravade à tout venant.

Place du Marché, les affaires prospèrent. Les habitants des « côtes » vendent sans mal leur viande, leurs légumes, leur fourrage. Les articles de luxe, tels sucre, thé et café trouvent également preneurs.

Les taverniers encaissent allègrement. Des buvettes de la rue Saint-Paul sort une clientèle bruyante et bigarrée. L'Auberge des Trois Rois, tout particulièrement, fait de bonnes affaires. Une horloge, nichée dans la mansarde, sonne fidèlement les heures à l'aide de trois statues de fer représentant trois rois du Moyen Âge qui frappent le temps sur des timbres fixés au-dessus de leur tête. Leur manège semble attirer les clients qui s'engouffrent à l'intérieur où, dans une atmosphère virile et gaillarde, mais pourtant sans vulgarité – une attitude non prisée par le propriétaire, l'Italien Thomas Delvecchio – les hommes discourent en paroles et en gestes éloquents.

Ils ont adopté le langage des combattants, langue guerrière où s'entremêlent régiments, convois d'intendance, munitions, approvisionnements, prolonges d'artillerie, défaites et victoires.

— Si les Américains pouvaient nous envoyer un autre général Hull ! glousse un des clients. Des comme ça, on peut en prendre !

Les hommes rient bruyamment à l'évocation de l'infortuné général. C'est que la guerre, déclarée à l'Angleterre le 12 juin 1812 par le président américain James Madison et le Congrès, avait mal débuté pour les rebelles des États-Unis. Le général William Hull devait se rappeler avec une grimace la journée du 16 août où il avait dû se rendre à Sir Isaac Brock à Détroit. Le général américain, ses vingt-cinq officiers et ses trois cents soldats avaient alors été envoyés sous escorte à Montréal où ils avaient défilé dans les rues illuminées sous les railleries des Canadiens. Le *Herald*, persifleur, avait amusé le pays tout entier en écrivant: « On ne s'attendait pas à ce que le général Hull, à la tête de son armée, dût entrer si tôt dans nos murs… » Après quelques victoires, les Américains avaient été repoussés à Presqu'Île, à Queenston Heights, à Salmon River. De victoire en défaite, ils s'étaient ainsi rapprochés de Montréal, cible de choix dans leur stratégie militaire.

Malgré les boutades, on sent chez les Montréalais une certaine nervosité. Deux régiments étrangers, ceux de Meuron et de Wateville, ont envahi les rues. Objets de curiosité pour tous les citadins, les soldats, Suisses pour la plupart, se font remarquer par leur allure sévère, démentie par leurs yeux d'enfants émerveillés par un mirage. Ils abordent le Nouveau Monde avec respect et crainte, ce qui pousse même quelques-uns à l'esbroufe.

Karl, Francis et Eva déambulent dans la ville en désordre.

Seule femme dans ces rues abandonnées aux soldats, Eva attire les regards. Ses cheveux bouclés et ses taches de rousseur artistiquement piquées sur son nez retroussé ne laissent pas la soldatesque indifférente. Karl regrette d'avoir encore cédé à ses caprices même s'il sait pertinemment qu'elle aurait, de toute façon, satisfait seule sa curiosité. Il préfère quand même la savoir près de lui, plutôt que de l'imaginer livrée sans défense aux convoitises. Il sourit en associant l'épithète « sans défense » à cette petite sauvageonne indomptable, fière de ses vingt ans, éclatante de force vive.

« Malheur à qui s'y frottera », songe-t-il en se rapprochant instinctivement de sa fille pour s'abreuver à sa vitalité. Leur commune solitude a créé un lien solide entre eux ; ces longues années en tête-à-tête ont donné à leurs relations une magique connivence.

Ils sont devenus inséparables. La jeune femme, curieuse de tout, assiste son père auprès des malades. Elle écoute, réconforte, observe et, trop heureux de l'avoir près de lui, Karl joue le jeu. Il répond à ses questions, encourage ses initiatives, se confie, va même jusqu'à lui demander conseil.

— On aurait dû amener les garçons.

— Mary-Ann préfère qu'ils ne soient pas en contact avec les soldats. Ils sont encore trop petits, rétorque Francis, toujours sur la défensive quand on lui parle de ses garçons.

— Mary-Ann n'y connaît rien !

— Tu oublies qu'ils n'ont que quatre et deux ans. Ce sont des bébés encore !

— Papa m'aurait amenée à cet âge, j'en suis sûre.

Elle regarde son père, moqueuse, consciente d'avoir toujours su tout obtenir de lui.

Karl veut rouspéter, pour la forme, mais la jeune femme s'arrête brusquement et pose un doigt sur ses lèvres pour le faire taire.

— Écoute…

Dans l'agitation débridée de la rue Saint-Paul, des voix leur parviennent auxquelles Karl sourit. Il entend les mots de l'enfance encore empreints de l'odeur du pays, purs de toute influence. À sa mémoire remontent des images entremêlées qui disent le tendre bonheur, la mort, la peur. Il a été jadis avec ces soldats, en d'autres temps. Il a été l'un d'eux. Il a porté le drapeau, fièrement, sans crainte. Avec Georg… Son père adoptif lui manque. Cet homme qui a préféré mourir en sa terre natale et qui l'a abandonné à son nouveau monde, sans nid où s'abriter.

— *Wie heissen Sie*?

Effrontée comme toujours, Eva s'est déjà adressée aux soldats allemands, ravis. Ils entreprennent volontiers une conversation animée à laquelle se joint Francis. Karl les écoute sans les entendre, embrouillé dans ses souvenirs.

De jour en jour, les Américains se rapprochent. Les Britanniques, pourchassés, doivent bientôt abandonner Détroit. De Sackett's Harbor, à la tête de huit mille hommes, Dearborn et le général Wilkinson descendent le Saint-Laurent. De Plattsburg, Wade Hampton et ses hommes s'ébranlent vers Montréal. L'étau se resserre dangereusement. Inquiet, Prévost qui assume alors la défense de la ville charge le général de Wateville de repousser l'envahisseur. Le spectre de la guerre assombrit la cité et tous se sentent concernés par les événements. L'air grésille du cliquetis des armes, des palabres interminables. Des peurs.

Partout autour de la ville, les habitants, fébriles, parsèment chemins, sentiers et passages d'immenses abattis. Protégés et encouragés par Charles-Michel d'Irumberry de Salaberry et ses voltigeurs, ils coupent, arrachent, traînent et empilent d'énormes troncs d'arbres, des branchages, des roches. Tout ce qui pourra nuire à l'avance ennemie.

Francis, médecin volontaire des voltigeurs, applique chaque soir des baumes sur les mains gercées, crevassées. Anxieux, il attend l'affrontement de plus en plus imminent en pensant aux siens. Il voudrait que ses fils ne connaissent jamais la guerre.

Il n'aura pas à attendre longtemps car, pressentant la manœuvre de Hampton cantonné à Lacolle, Charles-Michel d'Irumberry de Salaberry, audacieux, décide d'attaquer le premier.

— Nous les aurons par surprise, crie-t-il à ses hommes en les entraînant derrière lui.

Les trois cents voltigeurs et une centaine d'Indiens font irruption dans le camp ennemi, y sèment le désordre et l'affolement et retraitent en hâte. La stratégie a réussi. Les Américains, désemparés, divisés en deux colonnes se sont fusillés entre eux dans la confusion la plus totale.

Francis, assisté du docteur Pierre Benoît, un tout jeune médecin, soigne les blessés tout en observant l'infatigable colonel de trente-quatre ans. Il s'étonne de sa rude vitalité. Sans aucun doute quant à l'issue des combats, habile stratège et d'une intelligence remarquable, Charles-Michel de Salaberry houspille sans cesse ses hommes, ne les laisse pas s'endormir sur leur victoire.

Le médecin croit deviner ses plans, et ses pressentiments se confirment lorsque, le lendemain, l'officier ordonne aux soldats de remonter la rivière Châteauguay.

Çà et là, le long de la rivière, il cache des estafettes équipées de clairons, bien convaincues de l'importance de leur rôle.

— Vous attendez le signal, leur répète-t-il une dernière fois, pendant que ses officiers ordonnent aux hommes de détruire tous les ponts des alentours.

Cette corvée terminée, les soldats recommencent à assembler des abattis. La fraîcheur de ce mois d'octobre coule sur leurs muscles endoloris et luisants de sueur mais, secoués par la foi énergique de leur chef, aucun ne rechigne ni ne cède à l'épuisement.

Bientôt protégés par un formidable abattis d'un mille et par de profonds ravins, ils peuvent surveiller l'arrivée des quatre cents cavaliers, des douze canons et des sept mille hommes d'Hampton.

Les deux médecins, tapis à l'orée du bois, entendent d'abord un grondement pareil à celui de l'orage au loin. Puis le bruit devient tapage, envahissement, guerre. Les deux hommes respirent à peine, à la fois grisés par l'imminence du combat et captifs d'une peur insolite, presque sensuelle.

Soudain, dans l'air vide éclatent les appels stridents des clairons, éparpillés sur les rives de la rivière. Bien orchestrée, cette musique trompe les Américains, convaincus que de nombreux détachements canadiens marchent vers eux. Une première colonne se hasarde pourtant en territoire ennemi. C'est le moment qu'attendait le colonel de Salaberry pour commander l'assaut. Aux prises avec une nature farouchement hostile, essoufflés par leur marche difficile, décontenancés par les attaques imprévisibles venues de nulle part, assaillis par des clairons qui vibrent de partout, victimes de l'agilité de ces anciens coureurs des bois, habiles et rusés, les fantassins américains ne réussissent pas à installer leurs canons, les cavaliers tournent en rond, aussi effrayés que leurs bêtes.

Totalement désemparés, les sept mille quatre cents soldats américains reculent devant les trois cents voltigeurs de Salaberry. Ils ne pourront jamais rejoindre Wilkinson.

Fatigués mais heureux, les soldats canadiens reprennent le chemin de la maison.

II

Au même moment, à Montréal, Karl livre un autre combat. Accablé par une forte fièvre, il a du mal à parler. Ses jambes ne le portent plus. Entêté, il refuse de faire venir un collègue pour ce qu'il considère un mal passager. « Il n'y a qu'à attendre ; le repos est le seul remède » répète-t-il.

Mary-Ann et Eva le veillent sans relâche. L'aînée fait la navette entre la maison de la rue Saint-Gabriel et celle de la rue Saint-Vincent où la brave Madeleine s'occupe avec dévouement des deux garçons. Eva, quant à elle, met en pratique tout ce qu'elle a appris en accompagnant son père au chevet des malades.

— Si la fièvre ne baisse pas, je lui fais une saignée, qu'il le veuille ou non.

— Crois-tu que tu sauras ? questionne Mary-Ann, terrifiée par l'audace de sa jeune sœur.

— Bien sûr ! Je l'ai vu faire des centaines de fois. Je peux le guérir, j'en suis sûre.

— Je crois que nous ferions mieux de faire venir le docteur Williams. Papa a confiance en lui.

— Et pas en moi, bien sûr ! Et toi non plus ! Je ne suis qu'une femme, c'est cela ! Comment une femme pourrait-elle être un bon médecin ? J'en ai assez de ce mépris. Vous êtes tous les mêmes !

Les boucles blondes, rebelles, s'évadent du chignon mal fait. La jeune fille, rouge de colère, quitte la chambre pendant que Mary-Ann se penche sur son père que cet esclandre a réveillé.

— Que se passe-t-il ?

Le malade accuse une enflure de plus en plus inquiétante.

Mary-Ann touche sa main brûlante et le rassure.

— Ce n'est rien. Essaie de boire ce remède.

Elle lui soulève la tête doucement. Il trempe les lèvres mais le goût de la potion lui soulève le cœur. Il ne veut plus se soigner. Il veut dormir.

Dès qu'il s'est rendormi, Mary-Ann fait mander le docteur Williams. Elle ne peut plus attendre. Celui-ci accourt et passe trois heures au chevet du malade en reprochant à la jeune femme de ne pas l'avoir appelé plus tôt.

— C'est un cas de tétanos, c'est très grave.

— Comment cela a-t-il pu arriver ?

— Vous avez vu la plaie sur le pied gauche ?

— Oui. Une petite ecchymose. Ça ne…

— Le mal vient de là.

— Que peut-on faire ?

— Son état est grave. J'ai fait tout ce que j'ai pu. Je reviendrai demain à la première heure.

Devant la supplication muette de Mary-Ann, il ajoute :

— Il ira mieux, j'en suis sûr.

Au milieu de la nuit, alors qu'Eva s'est endormie auprès de son père et que Mary-Ann tente de se reposer à l'étage, des coups frappés durement à la porte bousculent les ténèbres. Les deux femmes se précipitent mais hésitent à répondre. Elles sont seules, sans domestiques et cette intrusion les inquiète. Eva se ressaisit la première :

— Ce doit être quelqu'un qui a besoin d'un docteur.

Les coups redoublent d'ardeur. Eva ouvre la porte. Un homme d'une quarantaine d'années, la barbe longue et le cheveu sale pénètre dans la maison.

Les jeunes femmes reculent.

— Je veux voir le docteur Payeur.

Son haleine répand des effluves d'alcool dans tout le vestibule.

— Mon père est très malade, lui explique Eva en regrettant d'avoir ouvert la porte. Il ne peut pas venir.

L'homme avance d'un pas et à la lueur de la chandelle, Eva distingue mieux son visage crispé.

— Je vous en prie… supplie-t-il, la voix enrouée, défaite.

— Que se passe-t-il ? demande Eva. Pourquoi voulez-vous voir mon père ?

— Ma fille… C'est ma fille… Elle va mourir. Par ma faute… Il y a du sang partout. Elle ne se relève plus. C'est ma faute. Elle n'a pas voulu l'enfant. Sauvez-la, mademoiselle. Sauvez-la. Je ne la toucherai plus…

Rassurée par le calme d'Eva, Mary-Ann s'adresse à l'homme :

— Allez chez le docteur Williams ; il pourra vous aider.

— Non, il vient pas chez les pauvres. Et les autres restent trop loin. Il sera trop tard.

L'homme pleure bruyamment en tenant son visage dans ses mains. Des larmes tournées contre lui. Et malgré son aspect répugnant, l'odeur d'alcool et la saleté, Eva a pitié de lui, plutôt que mépris.

Elle enfile son manteau devant Mary-Ann médusée qui n'ose croire ce qu'elle voit.

— Je vous suis, dit-elle à l'homme.

Il la regarde.

— Vous savez ?

— Oui. Partons vite.

Elle empoigne la trousse médicale de Karl, toujours prête pour les urgences, et suit l'homme qui guide ses pas de son fanal.

— Eva, reste ici ! N'y va pas. Tu ne connais pas cet homme, ce n'est pas ta place. Eva… Eva…

La voix de Mary-Ann se dilue dans l'ardeur nouvelle qui empoigne la jeune fille. Le vent d'octobre cherche des interstices à travers la ville tandis que l'homme entraîne Eva vers des rues sombres, sans issues. Les maisons de bois exhalent une odeur de pauvreté de plus en plus prenante. L'air vicié emprisonne les marcheurs, plus solidement qu'une geôle. Enfin, l'homme pousse une porte et Eva plonge au cœur de la misère. Devant le spectacle macabre, elle croit un moment défaillir, mais son énergie la pousse à l'action. Elle se dirige vers la jeune fille étendue sur le plancher de terre battue. Sa jupe relevée découvre des jambes maigres sur lesquelles courent des sillons de sang. Filets de fécondité qui fuient le corps. Elle se penche et comprend au premier coup d'œil. Elle a déjà vu des avortements ratés. Son père lui ordonnait à chaque fois de sortir de la pièce, mais elle a toujours désobéi. Elle sait aujourd'hui qu'elle a bien fait.

Des froissements se rapprochent. Elle détourne la tête. Des enfants sortis de l'obscurité l'entourent. Ils sont sans âge ; leur visage émacié n'ayant retenu de la vie que la douleur. La jeune femme se sent prise d'une rage de vivre intolérable. Elle réclame la vie à grands cris. Ses mains fouillent avidement le corps pareil au sien. Elle y sème l'espoir, le désir de se battre. Vivre ! Elle hurle avec ses mains, lutte contre le sang, désinfecte, cherche là où la mort prend sa source. Pendant des heures, elle veille, cajole, caresse, complote avec la vie jusqu'à ce que la jeune fille reprenne le tempo du temps présent.

Quand l'aube force la petite fenêtre sale, seul regard sur le monde, quand la clarté, souillée par la crasse, cherche malgré tout une brèche à travers la détresse, Eva a installé la malade, si frêle, sur un amas de vieux journaux éparpillés. Elle regarde le petit visage et se surprend à sourire. Le front buté trahit la volonté de vivre. Exténuée, elle se tourne vers le père endormi dans un coin de la pièce où une caisse constitue tout le mobilier. Des bouteilles traînent autour de lui. Il échappe à sa manière à l'horreur. En relevant les yeux, Eva rencontre le regard d'un petit garçon. Des yeux noirs comme une nuit d'orage. Elle s'approche de lui. Il ne bronche pas.

— Comment t'appelles-tu ?

— François.

— Tu peux me rendre un service ?

— Oui.

— Tu vois cette bouteille. Il y a un remède dedans. Je voudrais que tu en donnes à ta sœur toutes les heures. Ça va lui donner des forces. Tu sauras quand c'est les heures ?

— Oui. L'horloge de l'Auberge me le dira.

Eva sourit au petit garçon. Elle lui fait confiance.

— Je compte sur toi. Je vais revenir bientôt.

Dans le petit matin, Montréal s'étire. Quelques commerçants ont déjà ouvert leurs portes gardant les habitudes de l'été alors qu'ils travaillent de cinq heures du matin à dix heures du soir. D'autres se gardent plutôt au chaud, dans un sommeil qui éloigne l'hiver, déjà si près.

Eva relève son col, serre son manteau autour d'elle. Elle court en longeant la rue Saint-Paul, inquiète pour son père avec, pourtant, le cœur à chanter.

Mary-Ann l'attendait, incapable de dormir, affolée.

— Eva ! Enfin te voilà ! Je me mourais d'inquiétude.

— Il ne fallait pas, lui répond la jeune femme en l'embrassant fougueusement. Je l'ai sauvée, Mary-Ann. Je l'ai sauvée, tu m'entends ! Sauvée !

Radieuse, elle ne peut résister à l'envie de crier la joie qui lui court dans les veines. Elle tient sa sœur par les épaules et la secoue avec exubérance. Mary-Ann hésite à se réjouir. Son instinct sûr pressent les difficultés à venir sans pouvoir les nommer ou leur donner un visage.

— Es-tu certaine ? demande-t-elle timidement, ne voulant en aucune façon détruire les espérances d'Eva.

Celle-ci se calme. Son visage s'assombrit au souvenir de l'horreur, du sang, de la misère.

— Oui. J'en suis certaine. J'ai fait ce que je devais faire. Quelqu'un m'a aidée; une force invisible a guidé mes mains.

Les deux sœurs se taisent, habitées étrangement par une présence insaisissable, perceptible à l'âme seulement. La cloche agitée impatiemment par leur père les rejette dans un quotidien douloureux.

— Comment va-t-il? s'enquiert Eva pendant qu'elles se rendent toutes deux au chevet du malade.

Mary-Ann retient sa sœur par le bras.

— Il t'a réclamée cette nuit. Je... J'ai dû lui dire où tu étais.

— Puis?

— Il était en colère et il a eu du mal à se rendormir. Il n'approuve manifestement pas ce que tu as fait.

— Il va comprendre; j'en suis certaine.

Eva pousse la porte de la chambre. Au premier coup d'œil, elle sait que son père va plus mal. Son regard a perdu le monde. Ses cheveux blonds, parsemés de fils blancs auxquels l'ondulation confère une éternelle jeunesse courent sur l'oreiller. Elle se précipite auprès de lui, couche sa tête sur la poitrine haletante où la sueur de la fièvre a collé le vêtement de nuit. Karl caresse les boucles dorées qui lui lèchent les lèvres en tendant l'autre main à Mary-Ann qui n'ose pas s'approcher. Il respire l'odeur emmiellée de ses filles, tète goulûment la vie qui vibre en ondes d'énergie autour d'elles. Comme un enfant assoiffé de vivre. Jusqu'où saura-t-il défendre ce bonheur qu'elles lui offrent? Il a mal soudain à force d'aimer.

— Tu veux manger? lui demande l'aînée.

Il acquiesce d'un mouvement de tête.

— Je reviens dans un instant.

Resté seul avec Eva, le malade repasse dans sa tête les reproches tissés pendant la nuit. Mais sa fille ne lui laisse pas le choix des armes. Elle sourit, confiante. Ses yeux bleus agrandis par la joie clignent comme des lucioles ardentes.

— Je l'ai sauvée, murmure-t-elle, croyant ainsi tout dire.

Karl reste silencieux, affolé en même temps que touché par la passion dans la voix de sa fille. Une passion qu'il reconnaît.

— Il fallait que j'y aille. Je n'avais pas le choix. Je devais y aller. Tu comprends ?

Le médecin comprend mais le père a peur. Et le second se sert du premier pour donner à ses craintes force de loi.

— Tu n'as pas le droit de pratiquer la médecine.

— Pourquoi ?

— La loi dit qu'il faut avoir vingt et un ans. Et avoir étudié pendant cinq ans avec...

— J'ai étudié avec toi ! Tu m'as toujours permis de t'observer et tu as toujours répondu à mes questions.

— Ce que tu as fait là est illégal. Tu n'es pas médecin.

— Francis non plus n'était pas médecin et tu l'envoyais souvent visiter des patients à ta place.

— Ce n'est pas pareil.

— Pourquoi ?

— Parce que...

— Parce que je suis une femme !

Le ton a monté. Eva, blessée par ce manque de confiance, déverse son trop-plein de rancœur.

— Vous croyez tous qu'une femme ne peut pas être médecin ! Vous avez tort ! Et je vais vous le prouver ! Je peux soigner les gens aussi bien qu'un homme et peut-être mieux !

Apeuré par tant d'arrogance et de détermination, épuisé par cette discussion, Karl laisse son angoisse filtrer sa colère. Terrassé par une toux violente, il a du mal à poursuivre. Il supplie pourtant Eva de comprendre.

— Je t'en prie, Eva. Écoute-moi. Je sais ce que tu ressens, mais ton désir est irréalisable.

— Tu ne comprends rien, au contraire !

— Je comprends… Je comprends. Mais… ils ne te laisseront pas faire. La médecine est une science d'homme… une vocation… inconciliable avec la condition féminine.

— Pourquoi ?

— Parce qu'une femme ne doit pas se promener la nuit dans des endroits qu'elle ne connaît pas, entre autres choses…

— Je l'ai fait cette nuit et il ne s'est rien passé !

Karl, confronté à l'obstination de sa fille, hausse le ton malgré la douleur dans tout son corps :

— Tu as eu de la chance. Remercie le ciel de t'avoir protégée !

— Je n'ai besoin de personne pour me protéger.

— Et que feras-tu quand un homme te demandera de le soigner ?

— Je ferai ce que tu fais quand une femme te demande de la soigner.

— Tu ne comprends donc pas ?

— Toi, tu ne comprends pas !

— Je t'en prie, essaie d'être raisonnable. Promets-moi de ne plus recommencer.

Karl a mis des larmes dans sa voix. Des larmes nées d'un avenir trouble. Présages d'une lutte inégale d'où sa fille si tendrement aimée émergera meurtrie à jamais. Elle ne pourra vaincre la loi absurde des hommes. Il le sait pour connaître leurs armes. Comment la détourner de ce destin qu'elle se façonne avec des mains aveugles ?

— Eva, murmure-t-il, à bout de forces. Je t'en prie. Promets-moi.

Le retour de Mary-Ann dispense la jeune fille de répondre. Elle quitte la chambre pour ne pas succomber à la détresse de son père dont elle se sent responsable.

Poussé par Mary-Ann, Karl mange sans appétit. Il a sur le cœur des saisons à venir grossièrement fardées d'ostracisme et de solitude. Car de la chasse aux sorcières les hommes retirent une grande jouissance.

Tous les médecins le savent; la maladie croît sans remords dans un terrain de morosité.

L'état de Karl empire. Le docteur Williams ne garde pas beaucoup d'espoir.

Enragée par tant d'impuissance, Eva décide de se battre à sa manière, jusqu'au bout.

— Je vais lui faire une saignée. Il faut le débarrasser de tout ce mauvais sang qui l'empoisonne.

— Le docteur Williams en a déjà fait une.

— Il n'est pas assez agressif; il a peur.

Mary-Ann, désespérée, la laisse faire. Blessée par le renoncement du docteur Williams, elle veut espérer encore et la détermination d'Eva lui fait du bien.

— Si Francis était là... murmure-t-elle.

Elle est sans nouvelles. Des rumeurs assurent qu'ils sont sur le chemin du retour, mais comment savoir? Ses enfants la réclament. Ses veilles l'ont épuisée.

— Je t'en prie, Mary-Ann, fais-moi confiance. J'ai besoin que toi, au moins, tu m'accordes ta confiance.

En deux jours, Eva retire deux litres et demi de sang du corps brisé de son père. Elle agit avec précision, nourrie par une volonté qu'elle ne se connaissait pas.

D'un commun accord, les deux jeunes femmes taisent ce traitement au docteur Williams et à ses collègues venus à la rescousse. Pendant trois jours, Eva donne à son père soixante grains d'opium et soixante grains de calomel.

— Viens m'aider, Mary-Ann. Nous allons lui administrer quatre onces d'huile de ricin par le rectum.

Mary-Ann, tremblante, assiste sa sœur en priant en silence. Elle ne sait plus que prier.

— Rentre chez toi. Va te reposer. Je vais rester auprès de lui cette nuit. Je ne suis pas fatiguée.

Trop lasse pour résister, la jeune femme retrouve la maison de la rue Saint-Vincent plongée dans la noirceur. Elle regarde un moment ses enfants dormir. Leur respiration tranquille la calme. Elle se rend ensuite à sa chambre mais des coups à la porte la font sursauter. Elle pense immédiatement à son père et se précipite pour ouvrir.

Francis est là. Vivant. Vivant ! Elle s'effondre dans ses bras, ferme les yeux pour mieux respirer son odeur. Elle avait oublié combien cet homme était grand et fort. Ses bras autour d'elle, ses épaules larges, son odeur chaude. Elle avait oublié.

Mis au courant du traitement prescrit par Eva, Francis ne peut réprimer un frisson. Il court chez son beau-père après avoir convaincu Mary-Ann de se reposer.

Eva ne dort pas ; elle tient la main de son père.

— Comment va-t-il ?

— Je ne sais pas. Je ne sais plus...

— Tu lui as vraiment donné soixante grains d'opium et soixante grains de calomel ?

— Oui. Et huit onces d'huile de ricin dont quatre *per os* et quatre par le rectum.

— Comment réagit-il ?

— Il se bat...

— Va dormir. Je reste avec lui.

— Non, je reste... Tu... Tu crois que j'ai eu tort ? Je ne savais plus que faire. Les médecins l'avaient condamné et je ne pouvais pas le regarder mourir sans rien tenter.

Francis n'aurait pas osé une médication aussi sévère mais il ne servirait à rien de le lui dire.

— Nous verrons demain. Il repose bien ; il faut espérer.

Eva a eu raison. Le lendemain et les jours suivants, Karl, petit à petit, s'extirpe des rets de la maladie.

Avec, pour seule séquelle, le besoin de vivre pleinement au rythme alangui d'un survivant.

III

La victoire de Châteauguay a préservé Montréal d'une nouvelle occupation américaine, et les Canadiens s'enorgueillissent un moment de leur force avant de se détacher complètement de cette guerre qui ne leur appartient plus. Libéré de Napoléon, après son abdication à Fontainebleau, le roi d'Angleterre a pu envoyer seize mille hommes à la rescousse. Britanniques et Américains se partagent les honneurs de la guerre et le traité de Gand, signé par les deux parties le 24 décembre 1814, marque la fin des hostilités.

Le pays oublie vite cet interlude guerrier. Les problèmes législatifs, commerciaux, sociaux pourvoient amplement aux conversations quotidiennes, nourrissent les journaux, animent les réunions mondaines et relèguent cette petite guerre au musée des légendes.

L'île de Montréal croît sans cesse. Le gros commerce reste l'apanage exclusif de la rue Saint-Paul prolongée jusqu'à la rue McGill, mais le commerce de détail gagne les faubourgs. Montréal devient une force économique avec ses quartiers somptueux, ses rues animées, ses constructions modernes, son ouverture sur l'avenir. Des commerçants de la rue Saint-Paul n'ont-ils pas fait installer à leurs frais vingt-deux lampadaires à l'huile entre la place Royale et la rue McGill ? Étoiles fragiles aux dimensions humaines. Tous s'accordent à le dire : Montréal devient une grande ville. Avec ses tanneries, ses brasseries, ses journaux, ses hôtels de luxe. Avec également son hideuse misère.

Encore très faible, Karl se repose de plus en plus sur Francis, ne se réservant que des patients de longue date dont il ne saurait plus se passer. Ni eux de lui. Les rares lettres de John-Henry et d'Élisabeth ne lui donnent guère d'espoir quant à leur retour prochain et leur absence, à laquelle il croit s'être habitué, embrouille sa vie d'une couleur diffuse. Comme les embruns d'une journée d'automne.

Sans pour autant négliger ses fils, Mary-Ann s'occupe activement d'une œuvre de charité qui vise à nourrir les plus démunis. Car le flot d'immigrants, un peu ralenti par la guerre, a repris de plus belle et le nombre des miséreux croît sans cesse.

Thomas vient de plus en plus souvent en ville. Il apporte à Eva des produits de sa chasse, des plumes d'oiseaux, un animal blessé qu'ils s'emploient à guérir pour ensuite le ramener aux siens. Toujours le bienvenu dans la grande maison de la rue Saint-Gabriel, l'Indien réalise avec émerveillement et crainte son amour sans limites pour Eva. Celle-ci, prise par son propre combat, n'accorde pas encore ses lettres de noblesse au sentiment qui l'habite vis-à-vis son ami d'enfance. Elle appelle encore amitié, affection, tendresse cette rougeur qui lui vient aux joues en apercevant le grand corps cuivré, les jambes fortes, les yeux noirs enfermés dans un univers immense où le regard s'accroche à l'infini. Thomas attend. Sans s'imposer. Il sait apprivoiser. Il sait la patience.

Aujourd'hui pourtant sa fébrilité surprend Eva.

— Que se passe-t-il ? Tu es tout essoufflé. Entre !

— Ma mère est malade. Tu crois que ton père pourrait venir ?

— Il est dans sa chambre. Je vais le chercher. Va vite atteler la jument baie.

Les routes, malmenées par le printemps, obligent les voyageurs à ralentir leur allure plus qu'ils ne le souhaiteraient. Il leur faut quatre longues heures pour atteindre le faubourg éloigné où l'Indienne a choisi de vivre, à l'orée du bois dans une cabane mal construite, partagée entre l'appel sauvage des grandes forêts vierges et l'attirance de la civilisation, rassurante par son animation même.

Malgré l'âge et la maladie, l'Indienne demeure la même Louve farouche. Avec émotion, le médecin pose les mains sur le corps ferme et musclé auquel la sueur donne des reflets de bronze. Tendrement, il caresse les bras affaiblis, un peu amaigris, et les jambes au galbe parfait. Aucune contusion, aucune enflure. Rien que le mal invisible, sournois.

— Je vais te faire une saignée. N'aie pas peur.

— Je n'ai pas peur.

C'est de cette fierté sauvage et belle, de ces yeux sombres dont Karl avait si forte souvenance au plus lointain de lui. Il a eu mal de cette femme pendant toutes ces années. Il se mourait d'elle sans le savoir.

Tout en prodiguant ses soins à la malade, il s'installe pour la nuit, prêt à la veiller. Au petit matin, les progrès sont minces. La fièvre persiste.

— Je vais rester ici. Elle n'est pas en danger mais elle a encore besoin de moi. Thomas, je te demanderais de reconduire Eva.

— Mais papa…

— Allez, retourne à la maison et ne t'inquiète pas pour moi. Ça va aller.

Il leur donne une liste de choses à apporter quand ils reviendront puis il confie sa fille à Thomas.

Après leur départ, il passe la journée à assister la malade puis vient la nuit. Une longue obscurité. Où il accouchera de lui-même.

Louve farouche dort paisiblement, confiante. Il glisse un doigt sur ses cheveux emmêlés, rebelles. Quel dieu a eu assez de bonté pour lui accorder la survie loin d'elle ? Une longue nuit d'amour. À se regarder. À s'aimer en silence parce que les mots ne savent pas tout dire. Une nuit immortelle, inscrite à jamais à la face même du soleil. Éternelle. Qui échappe à la cruauté de l'aube.

Quand Thomas et Eva viennent le chercher, quelques jours plus tard, il a rangé la cabane, cuisiné un repas dont l'odeur alléchante s'échappe par les fentes. Sans se préoccuper de leur air ahuri, il annonce qu'il ne part pas encore.

— Je prends des vacances, dit-il en riant. J'en avais besoin.

Amusée de la déconfiture des jeunes gens, l'Indienne, toujours alitée mais les yeux pétillants, échange quelques mots dans leur langue avec son fils et celui-ci entraîne Eva vers la calèche.

— Ils ont du temps à rattraper, dit-il. Il faut les laisser.

Sans qu'elle puisse le rejeter, le visage d'Élisabeth s'impose à l'esprit de la jeune fille et des larmes lui montent aux yeux, qui se butent à une étrange folie de rire.

Seule dans la grande maison de la rue Saint-Gabriel, désœuvrée, elle reçoit avec plaisir les patients de son père, déçus par son absence.

— Je peux peut-être vous aider, propose-t-elle.

— Je ne sais pas... C'est pour mon rhumatisme. Votre père m'avait donné un onguent.

— Je sais ce que vous voulez dire. Ne vous en faites pas, je vais renouveler votre médicament.

— Vous êtes sûre ?

Tous ils hésitent, perplexes devant cette toute jeune femme qui affirme pouvoir les soigner. Quelques-uns refusent même de lui parler de leur maladie et s'en retournent les mains vides. D'autres acceptent de décrire leurs symptômes. D'autres enfin la laissent les ausculter. Mais aucun ne se sent véritablement en confiance. Et les diagnostics d'Eva demeurent lettre morte tant qu'ils ne sont pas confirmés par un médecin reconnu.

Le 4 avril, en début de soirée, un homme trempé jusqu'aux os frappe à la porte des Payeur.

— Un client a été blessé à la buvette de l'Allemand. Une bataille au couteau. Dites à votre père de venir, c'est urgent. L'homme est à l'agonie.

Il repart précipitamment, désireux de se tenir à l'écart de cette affaire douteuse, sans même laisser à Eva le temps d'expliquer.

— Monsieur !

Il a déjà disparu et la jeune femme reste un moment sur le pas de la porte, hésitante, perplexe. « L'homme est à l'agonie… À la buvette de l'Allemand… » Tiraillée un moment entre son sens des convenances et son désir d'agir, elle repousse vitement le premier d'un geste impatient, court chercher quelques médicaments et une trousse d'urgence et s'empresse vers la buvette de l'Allemand, rue Saint-Paul. À l'intérieur de l'établissement, seuls demeurent quelques braves qu'une enquête policière n'effraie pas, spécimens rarissimes dans un tel lieu, chacun des habitués ayant inévitablement quelque crime à cacher. Un milicien questionne les témoins tandis qu'un autre surveille l'entrée. En apercevant Eva, ce dernier lui interdit rudement le passage.

— Où pensez-vous aller comme ça ?

En tentant de calmer le tremblement de ses membres et de dissimuler le mouvement involontaire de sa bouche, la jeune femme repousse ses épaules vers l'arrière, relève le buste et toise l'homme avec arrogance.

— Vous avez un blessé. Je viens le soigner.

— Vous voulez rire, ma p'tite dame ? Allez, partez. Ce n'est pas une place pour vous.

— Je suis la fille du docteur Beyer, réplique-t-elle. Je l'assiste depuis des années. Il n'a pas pu venir et il m'a envoyée à sa place.

— Laissez-la donc passer, grogne un homme à l'aspect crasseux. Mon ami ne peut plus attendre. Il perd son sang comme un cochon éventré.

En se retournant vers la table où gît le malade, le soldat ainsi hélé préfère se laver les mains de cette histoire. Il n'est pas dit qu'on l'accusera d'avoir refusé les soins d'un docteur à un mourant.

Si on peut appeler docteur cette petite femme aux yeux moqueurs malgré la colère. En haussant les épaules, il fait signe à Eva de passer et celle-ci s'empresse vers le blessé. Des gouttes de sang tombent sur le plancher de bois à un rythme régulier, comme si le liquide ne voulait pas perdre le tempo du cœur. Le visage barbouillé de sang, de morve, d'eau n'a plus rien d'humain. Le blessé a placé sa main sur ses joues et le sang court sur ses doigts.

Lentement, Eva enlève la main. L'homme gémit et entrouvre les yeux. Elle lui sourit. Il la regarde sans parler, rejoint au creux de sa souffrance par la délicatesse de la jeune femme. Électrisée par le combat à livrer, celle-ci lave patiemment la blessure. Elle n'est pas inquiète. Elle sait les gestes, sent la vie qui palpite en elle, au bout de ses doigts. On l'aide. On la supporte quelque part. Une force mystérieuse s'empare de son cerveau et la gouverne. Le coup de couteau a tailladé la joue jusqu'au lobe de l'oreille dont il a emporté un morceau. Avec ça, de nombreuses contusions sur les épaules et les bras.

Avec une précision et un talent qui subjuguent les témoins, Eva endigue le flot de sang. Elle recouvre ensuite la blessure de baume du Pérou puis exécute une saignée digne d'un grand praticien.

Une heure plus tard, le blessé, encore chancelant mais remis sur pied, fouille gauchement ses poches et lui donne vingt livres.

— Prenez, murmure-t-il. Ma pauvre vie vaut bien ça.

Eva ne peut refuser sans risquer de le vexer. Il la remercie d'un sourire et quitte l'établissement. Les clients reviennent un à un dans la petite pièce sombre. La présence d'une femme en ce lieu consacré à leur masculinité les affole et ils ne se cachent pas pour signifier leur désagrément. Sans relever les sarcasmes, Eva rassemble instruments et potions et sort avec assurance.

La nuit a pris les rues en otage. Frissonnante, la jeune femme court vers la maison. Sa longue cape frôle les murs refermés jalousement sur les petites histoires des hommes. Après avoir verrouillé la porte, elle s'appuie contre le mur du vestibule, et le miroir lui renvoie l'image d'une jeune femme aux joues rougies par la vie, aux cheveux enbroussaillés, aux yeux vifs et gais. Une femme jeune. Et qui vit de tout son corps, de toute son âme. Et qui vit. Et qui vit !

Elle relève la tête et éclate d'un grand rire, magnifique.

— C'est vrai ce qu'on raconte à travers la ville ? Tu es allée à la buvette de l'Allemand ? Tu as soigné un blessé ? Un homme qui s'était battu ? Tu es restée là pendant deux heures ? Avec des hommes ?

Mary-Ann ne peut croire à toutes ces calomnies incohérentes, irrationnelles, à la limite du sens commun. Elle en a le raisonnement confus et espère encore recevoir les démentis les plus violents. En sachant pourtant, quelque part en elle-même, que toute cette aberration risque de se révéler réelle.

— Et où donc est papa ? continue-t-elle sur le même ton soupçonneux.

Comme si elle s'attendait à tout moment à ce qu'on la réveillât. Que ce cauchemar se termine dans un grand éclat de rire !

— Tu ne dois pas rester seule ici. C'est mal vu… et c'est dangereux, surtout que tu ne te gênes pas pour recevoir Thomas, en plein jour, au vu et au su de tous !

— C'est qu'on n'a rien à cacher, réplique Eva qui, d'abord choquée par cette intrusion matinale et ce délire de questions, a pris le parti d'en rire, sa sœur caricaturant avec trop de talent les bien-pensants offensés.

Mary-Ann, à court de souffle et d'indignation, se tourne vers Francis pour l'appeler à son secours. Celui-ci réfléchit, encore incapable de se ranger d'un côté ou de l'autre. Il comprend le trouble de Mary-Ann ; il admire l'audace d'Eva. Bien sûr, elle n'aurait pas dû se rendre seule dans un établissement aussi peu recommandable pour une jeune fille bien ; elle n'aurait pas dû prendre le risque de soigner le blessé. Bien sûr, elle ne devrait pas recevoir Thomas sans chaperon. Elle ne devrait pas se promener seule le soir. Bien sûr on jase ; bien sûr elle se fait remarquer. Mais elle a admirablement soigné l'homme ; tout le monde le dit entre les calomnies. Et elle a sauvé Karl… Personne ne peut nier son habileté, et ses connaissances, et sa terrible intelligence, toute d'instinct raisonné, de science instinctive. Elle a vingt et un ans. Et souvent lui-même, lors de son apprentissage, a été dépêché seul auprès de malades. Il n'y a pas de meilleure façon d'apprendre.

Tout ce que lui et Karl savent, Eva le sait aussi, ou le devine. Il ne lui manque que l'expérience. Pourquoi priverait-elle la société montréalaise de ses talents ? Il n'y a pas trop de médecins et les bons sont encore plus rares. Pourquoi alors ? Parce qu'elle est une femme ? Seulement parce qu'elle est une femme ? Et que les femmes ne sont pas médecins…

Francis en est là de ses réflexions lorsque Mary-Ann, impatientée par son silence, le presse de prendre parti.

— Fais-lui entendre raison, je t'en prie. Peut-être que toi elle t'écoutera.

— Je me demande s'il n'aurait pas été préférable de lui faire un emplâtre, dit tranquillement Francis, s'adressant à Eva comme à un confrère, indifférent au haut-le-cœur de Mary-Ann.

— J'y ai pensé, mais l'homme était pressé de quitter la ville. Il n'a pas voulu venir au bureau et je n'avais pas ce qu'il fallait avec moi.

— De toute façon, le baume du Pérou devrait aider à la cicatrisation.

— Je lui en ai laissé un peu.

— Je n'aurais pas fait mieux.

Eva regarde Francis. Elle le trouve soudain magnifique. Jamais auparavant elle n'avait remarqué le pétillement moqueur dans ses yeux bruns, la candeur dans les boucles blondes. Ni le profil parfait. Ni les lèvres roses si bellement dessinées. Des lèvres complices. Un ami.

— Tu ne vas pas l'encourager, tout de même ! crie Mary-Ann, affolée.

Francis se lève et pose ses mains sur les épaules de sa femme. Il la sait inquiète, et avec raison, plus anxieuse qu'excédée. Il lisse les cheveux blonds toujours bien mis, suit les lignes parfaites du visage. « Comment tant de beauté a-t-elle pu être offerte à un seul être ? », pense-t-il, émerveillé.

Mary-Ann pose sa tête sur l'épaule de son mari. Qu'il ne cesse jamais de l'aimer ou elle cessera d'être belle. Comme les princesses des contes auxquelles de méchantes sorcières ont jeté un sort.

— Viens, murmure-t-il. Eva sait ce qu'elle a à faire. Cela ne nous regarde plus.

La jeune femme le suit, bouleversée. Elle voudrait revenir à l'enfance. Pouvoir encore veiller sur Eva sans qu'il y paraisse, pour ne pas blesser sa fierté de petite fille en révolte. Mais la petite fille a grandi et la révolte avec elle.

Mary-Ann pleure en quittant la maison, sentinelle inutile, tendrement rejetée hors du fort.

IV

Mary-Ann et Francis parlent beaucoup d'Eva. Pour comprendre. Ou du moins pour accepter. Mais aucun ne soupçonne jusqu'où elle peut aller dans la clandestinité.

Des femmes, accablées par une grossesse non désirée, ont de plus en plus souvent recours à ses services et à sa discrétion. Elles sont de tous les milieux, de toutes les allégeances, anglaises ou françaises, jeunes filles désemparées ou femmes d'âge mûr surprises dans leur « retour d'âge ». Eva les libère de la servitude, de l'opprobre auxquels les condamne la loi des hommes. Elle n'aurait jamais cru qu'un été puisse receler autant de misère.

Heureuse cependant de se savoir utile, elle retrouve Thomas avec plaisir et s'accroche à son bras pour oublier toute l'horreur dissimulée dans la ville joyeuse. Tant de souffrance… Et tant de joies également ! Car tout n'est pas que douleur. Il y a la guérison, la délivrance. L'enfantement. Dans le corps des femmes se joue le sort du monde et Eva y découvre la vie. L'enchantement et la honte. Ivresse. Épouvante.

— J'ai vu ton père, lui dit l'Indien. Il va bien.

— Et ta mère ?

— Elle va bien aussi.

— Il revient bientôt ?

— Il n'a rien dit.

Les jeunes gens marchent lentement, sans but précis. Avec pour seule mission de s'imprégner des odeurs de la ville accentuées par la chaleur torride. Les rues désertes leur appartiennent, les citadins se réfugiant à l'abri des jardins ombrés ou déambulant le long du fleuve pour profiter de la brise légère. Thomas, mal à l'aise sur les dalles de pierre, s'enivre de la présence d'Eva, aussi rafraîchissante que le vent d'est dans les érables. Il ajuste son pas au sien, s'accorde à son silence, s'abreuve à ses pensées. Il aime sans le dire.

— Tu as vu les McMurray?

— Oui. Je suis passé par là; ils te saluent.

Leur marche les a menés jusqu'à la rue Saint-James. Ils tournent à droite et se retrouvent bientôt au Champ de Mars où ils s'assoient à l'ombre d'un pommier. Eva songe à son père dont l'étrange attitude l'étonne et lui plaît en même temps. On n'abandonne pas tout ainsi pour... pourquoi?... Pour une histoire d'amour? Et pourquoi pas! L'esprit aventureux et romanesque de la jeune femme s'arrange bien de cette idée: tout quitter pour vivre un grand amour, aussi déplacé puisse-t-il paraître aux yeux du monde. Elle s'en sait capable et pendant un moment, elle rêve d'évasion. Elle court dans des contrées inconnues, vers des bras qui se tendent. Sans s'en rendre compte, elle s'appuie sur Thomas qui rit en dedans. Lentement, il passe un bras autour des épaules de sa compagne. Tout doucement, comme on sangle un cheval rebelle. Pour ne pas l'effaroucher. Il n'a pas terminé son geste que déjà la jeune femme se redresse. Vive, sans retenue, elle en a assez de cette langueur.

— Tu sais ce que j'aimerais?

L'Indien secoue la tête. Il ne sait jamais ce qu'Eva désire. Trop imprévisible. Trop spontanée. Il sait les saisons, les ruses des bêtes sauvages, les chemins secrets à travers les ronces. Mais il ne devine pas Eva. Elle le surprend toujours.

— J'aimerais que tu m'amènes à la chute du rang 3.

— De l'autre côté du faubourg Québec?

— Oui. Il est tôt, nous avons le temps d'y aller, de piqueniquer et de nous baigner. Et même si on revient à la nuit tombée, qu'est-ce que ça peut faire?

Thomas se lève d'un bond.

— Vite ! dit-il en la tirant par la main. On n'a pas le temps de rêvasser.

Quand ils reviennent, des étoiles grimacent dans le ciel comme lutins espiègles. Les cheveux trempés de Thomas collent à ses joues tandis que ceux d'Eva s'enroulent en mille bouclettes malicieuses. Ils sentent encore la fraîcheur de l'eau sur leur corps. Enroulée dans un châle, la jeune femme ferme les yeux en priant pour que cette tendre quiétude ne finisse jamais.

Un trou sur la route fait tressaillir la carriole. Thomas met sa main sur les genoux de sa compagne pour lui éviter le choc. Elle le regarde, surprise par cette attention. La nuit marbrée des lueurs de la lune ruisselle sur le visage sombre. Des brindilles d'étoiles miroitent dans les cheveux noirs. Le torse nu, sculpté à même la puissance brute des légendes, Thomas lui apparaît dans toute sa noblesse. Prince de l'ombre et du soleil. Dieu de l'arbre éternel.

Rue Saint-Gabriel, une activité inhabituelle autour de la maison les alerte. Des calèches s'éparpillent en tous sens, quelques-unes vers la rue Saint-Paul, d'autres vers la rue Notre-Dame. Aux fenêtres tremblent des lueurs. La maison semble hantée.

Ils ouvrent la porte avec des gestes de voleurs et sont accueillis par Élisabeth, solidement campée sur ses jambes. Celle-ci s'arrête un moment, le temps de reconnaître Eva. Puis elle s'avance et embrasse sa fille, sans chaleur. Politesse oblige.

— Maman…

— Oui, c'est bien moi.

— Tu marches…

— Eh oui !

— Tu ne l'as pas dit dans tes lettres.

— Je voulais vous faire la surprise.

Sans plus d'explications, comme si elle revenait d'un voyage d'une semaine, elle reprend les rênes de la maisonnée.

— Où étais-tu donc ? Nous t'avons cherchée toute la journée.

Elle n'a pas eu un regard pour Thomas.

— Nous avons profité du beau temps pour nous promener.

— Et où est donc ton père ?

Livide, Eva regarde son compagnon.

— Il est en vacances, déclare l'Indien.

De l'entendre ainsi s'adresser à elle, Élisabeth a un mouvement de répulsion.

— Il est grand temps de rentrer, ma fille.

Elle entraîne Eva sans se soucier de Thomas à qui la jeune fille, abasourdie, jette un regard suppliant à la dérobée. Il fait signe qu'il a compris et disparaît dans la nuit en mettant le cheval au trot pendant qu'Élisabeth se désespère de l'état lamentable de la maison.

— Depuis quand n'as-tu pas rangé cette maison ? Vous n'avez donc pas de domestique ! Comment ton père a-t-il pu te laisser seule ici. Ma fille, seule dehors le soir, les cheveux défaits comme une bohémienne !...

— Je n'étais pas seule.

Élisabeth grimace.

— Nous aurons beaucoup de choses à mettre au clair. En attendant, je vais me coucher. Je suis épuisée. Dis à Montréal de monter la grosse malle rouge. J'en aurai besoin. Bonne nuit.

Eva regarde sa mère, plus belle encore que dans son souvenir, monter l'escalier avec souplesse. Un sentiment trouble mêlé de joie et de tristesse l'emporte vers l'enfance. Elle redevient une petite fille prise en flagrant délit d'insubordination par une mère soucieuse de bienséance. Et comme elle l'a fait si souvent quand elle était petite, elle se tourne vers les étoiles pour implorer leur aide. Seule avec la nuit, elle lutte pour effacer la cruelle indifférence. Oublier l'abandon. Elle se rebelle encore une fois. Comme pendant les longues nuits de l'enfance où elle apprenait à s'aimer malgré le mépris maternel.

Dans la petite cabane picorée par les appels stridents des cigales, la nouvelle de l'arrivée d'Élisabeth répand un crachin infect. Karl, touché par l'absurdité du destin, rassemble difficilement ses désirs en une réalité cohérente. L'image de sa femme s'impose à son corps, en plaisirs douloureux. Une soif obsédante de la revoir, de la toucher. Retrouver la douceur de son cou, son rire étonnant. Remonter le torrent et redécouvrir la source claire, pure.

— Louve farouche...

Il tend les bras. Elle ne bouge pas. L'Indienne sait depuis longtemps l'issue du voyage. Elle n'exige rien, trop libre pour s'amarrer à un vil chantage. Elle se retire avant d'être rejetée, habituée qu'elle est aux promenades interrompues par l'orage.

Le médecin saisit mal son indifférence. Il a besoin d'elle. Un mot, un geste. Pour le retenir malgré lui.

— Louve farouche...

— Pars, dit-elle avec de la pitié pour cet homme qui souffre tant de l'aimer. Pars. Quand tu sauras, tu reviendras. Si tu le désires encore.

Il quitte l'été et s'enfonce en trébuchant dans l'abdication de l'automne.

À la première accolade, froide et visqueuse comme le mensonge, il regrette sa décision. Le frottement de la joue d'Élisabeth sur la sienne le glace d'indignation. La petite femme n'a renoncé à rien de sa vindicte ou de sa suffisance. Son corps fébrile envahit l'espace, s'accapare la vie, ne laissant aux autres que des restes.

Eva observe ces retrouvailles à la dérobée. Elle a mal pour son père. Elle le voudrait rebelle, libre de souvenirs, prêt à s'accorder à sa révolte, mais elle perçoit, imprégnée dans la chair de Karl, une angoisse qui brouille les cartes, maquille toute vérité, masque l'évidence. Le rêve s'accroche encore à de faux espoirs. L'identité s'effrite sous l'étau de l'illusion. Karl se cherche, incertain de lui-même et des autres. Eva, triste, voudrait l'arracher au fleuve qui l'obsède, le libérer de ses racines, de ses devoirs, le révéler à lui-même sans l'entrave de la mémoire. Elle s'offre là une guerre sans merci contre une puissance obscure, rusée. Elle n'a pas peur, prise sans le savoir au jeu de la vengeance.

Résolue, elle rejoint les deux époux. John-Henry revient au même moment d'une course rue Notre-Dame. En apercevant son fils, Karl blêmit. L'adolescent s'est mué en homme sans se départir de son visage poupin. Condamné à une éternelle jeunesse, malgré le corps qui s'affirme. Sa tignasse rousse, plus flamboyante que jamais, ondule jusque sur ses épaules. Ses yeux clignent sans se dérober.

— John-Henry… Comme je suis heureux de te voir.

— Bonjour, père. Comment vas-tu ?

Les deux hommes s'épient, se défendant contre l'élan qui les pousse l'un vers l'autre. Élisabeth les sépare d'une voix tranchante.

— As-tu pu louer un bureau, John-Henry ?

— Oui. Il ne me reste plus qu'à emménager.

— Comme je te l'ai écrit, dit Élisabeth en se tournant fièrement vers Karl, John-Henry a obtenu sa licence de médecin avec une mention d'honneur. Il compte bien commencer sa pratique le plus tôt possible.

— Il devra passer devant le Bureau d'examinateurs.

— J'ai déjà tout arrangé cela par écrit avec le docteur Richardson.

— John-Henry pourrait se joindre à nous...

« Non, papa ! Non ! » Eva voudrait le bâillonner ; qu'il se taise. Elle a honte et douleur de ce regard suppliant qui mendie l'amour, le pardon. « Tais-toi, papa ! Ne vends pas ta liberté au plus offrant... » Mais Karl ne se résigne pas.

— Les connaissances que tu as acquises en Europe nous seraient sûrement d'un grand secours, à Francis et à moi.

Élisabeth ne laisse pas à son fils le loisir de répondre.

— Je crois qu'il est préférable que John-Henry possède son propre bureau. Vous aurez sûrement un genre de pratique différent.

Son ton dédaigneux...

« Ne dis plus rien papa, ne les laisse pas te blesser. »

Karl touche l'épaule de son fils.

— Comme tu voudras. Je te souhaite bonne chance. N'oublie pas que je suis là.

Puis il tend la main à Eva dans un geste semblable à celui d'un enfant apeuré. La jeune femme lui offre le bras sur lequel il s'appuie lourdement et l'entraîne vers sa chambre.

Lovée au creux d'elle-même, une tristesse indicible.

V

John-Henry, appuyé par quelques personnes influentes de la société médicale, mit très peu de temps à se créer une clientèle dans le milieu anglophone. Fort de ses connaissances nouvelles et du prestige d'un diplôme européen, il ne tarda pas à acquérir une grande renommée. Ses collègues le prièrent à maintes reprises de prononcer des conférences auxquelles la gent médicale se fit un devoir d'assister.

En le regardant évoluer avec une aisance et une confiance en soi remarquables, Eva souffre encore plus cruellement de la clandestinité à laquelle la relègue son sexe. Elle n'a pas renoncé à ses aspirations, et son nom circule de plus en plus librement dans les milieux illicites. Des hommes blessés par un coup de poignard, des femmes battues, mutilées, bafouées, des enfants abandonnés, des jeunes filles en mal de délivrance, des Indiens méprisés l'appellent au secours et elle s'infiltre dans les coulisses laides de la misère en tentant d'y semer un peu de beauté.

Elle n'a pas choisi cette forme de médecine ; elle s'est imposée à elle, urgente et nécessaire.

Ce soir encore, elle éprouve l'horreur dans toutes ses artères. Le sang monte à son front, projeté à travers les veines par une immense colère. L'homme qui l'a conduite ici a disparu. Elle se retrouve seule avec trois enfants dont l'un, étendu par terre, ensanglanté. Deux petites filles, agenouillées près de lui, pleurent en silence, avec pour seules larmes une totale incompréhension dans leurs yeux hagards.

Eva les repousse doucement et se penche sur le garçonnet. Il n'a pas six ans et déjà toute la misère de la terre coule sur lui. Il a été battu sauvagement et la jeune femme cherche, impuissante, un espoir de vie dans le petit corps meurtri. Le pouls est faible ; le cœur bat pour lui-même, incapable de régénération. Pressée par le temps, elle donne à la plus âgée des fillettes un bout de papier sur lequel elle a inscrit l'adresse de Francis.

— Cours vite à cette adresse et dis au docteur Loiseau qu'Eva a besoin de lui. Immédiatement.

Quand, une heure plus tard, Francis la rejoint dans son enfer, elle tient l'autre fillette dans ses bras et la berce en chantonnant. Elle a posé une poche de jute sur le petit garçon mort et les yeux qu'elle lève vers le médecin racontent son martyre.

— Il est mort…

Francis se penche sur l'enfant et le découvre pour l'examiner. Pris de dégoût devant toute cette bestialité, il ne peut que confirmer le décès.

Eva n'a pas cessé de bercer la fillette endormie dans ses bras. Elle pose sa joue sur la petite tête brune.

— Il est mort, Francis…

Le médecin, désemparé devant la détresse de la jeune femme, tente de la relever. Elle résiste.

— Il est mort, répète-t-elle. Il est mort… Je n'ai pas su le guérir. Je ne sais rien. Je ne suis rien.

Francis s'agenouille près d'elle sur le plancher de terre battue gelé par le froid de l'hiver.

— Tu ne pouvais pas le sauver ; personne ne le pouvait.

— Tu aurais pu. Un vrai médecin l'aurait sauvé. Les gens ont raison ; une femme ne peut être médecin. Ils ont raison… tous.

— Eva, ne dis pas ça. D'autres enfants auront besoin de toi. Tu ne pouvais rien faire pour lui, même si tu avais été le meilleur médecin de la terre. Un bon médecin doit aussi savoir accepter la défaite.

Elle se jette dans les bras de Francis et éclate en sanglots. La fillette, abritée par leur étreinte, ne se réveille pas. Après un moment, le médecin repousse doucement sa belle-sœur et prend la petite dans ses bras.

— Viens, il faut s'occuper d'elles ; elles ne peuvent pas rester ici.

— Et de lui…

— J'enverrai quelqu'un.

Eva prend la main de l'autre petite et tous les quatre se dirigent vers la maison de Francis où Mary-Ann saura prendre les deux enfants en charge et les diriger vers un foyer.

Épuisée, Eva s'endort chez sa sœur.

Le lendemain, en rentrant à la maison, la jeune femme se heurte à la fête. L'année 1816 pousse la porte, s'impose, et les êtres humains s'entendent à l'accueillir en grande pompe. Ceux qui le peuvent.

Trop écorchée pour se joindre aux préparatifs, Eva doit pourtant répondre aux questions incisives de sa mère qui semblait l'attendre depuis l'aurore.

— Où étais-tu donc ? On ne peut jamais savoir où tu vas ! Une vraie sauvage !

Eva hausse les épaules, trop lasse pour le combat. Sa mère prend Karl à témoin.

— Il va falloir que ta fille change de vie. Je ne peux plus supporter ses cachotteries. On jase beaucoup et j'aime mieux me boucher les oreilles plutôt que d'entendre tout ce qu'on dit sur son compte. Une telle réputation ne peut que nuire à John-Henry. Une femme qui ne sait pas où est sa place peut faire beaucoup de tort aux siens.

— Je sais très bien où est ma place. Je suis un médecin et je dois être auprès des malades qui me réclament.

— Un médecin ! s'exclame Élisabeth, méprisante. Tu ne sais même pas ce que ce mot veut dire. Tu rêves, ma pauvre fille !

La dérision de sa mère rend à Eva toutes ses forces.

— Je ne rêve pas ! Je vais passer l'examen. On ne pourra pas refuser de m'entendre. Je serai médecin, que tu le veuilles ou non !

— Oublie ces folies ! Je ne te laisserai pas détruire la carrière de John-Henry. Un médecin, toi ! Un charlatan, plutôt ! Qui se moque des malades. Tu n'es rien et tu ne seras jamais rien !

Des coups à la porte interrompent Élisabeth. Eva court répondre.

— Thomas ! Thomas !... Que je suis heureuse de te voir ! Entre vite !

En se retournant pour livrer passage à l'Indien, la jeune femme se heurte à sa mère qui, arrogante, bloque le passage.

— Je ne crois pas qu'il soit nécessaire de faire entrer ton visiteur.

— Ce que tu crois m'importe peu, répond Eva en prenant la main de Thomas pour l'entraîner dans la maison.

— Tant que je serai dans cette maison, les invités y seront triés sur le volet. Je me refuse à recevoir n'importe qui.

Blême mais sûre d'elle, Eva enfile un manteau puis, très droite, elle regarde cette femme qui a déjà été sa mère.

— Tant que tu seras dans cette maison, je n'y mettrai plus les pieds.

Élisabeth serre les dents mais ne tente aucun geste pour retenir sa fille. Celle-ci sort de la maison en compagnie de Thomas.

— Eva !

Karl n'a pas eu le temps de se couvrir. Il regarde Eva qui revient sur ses pas puis s'arrête sans le rejoindre. Il tend les bras dans un geste enfantin et touchant.

— Je ne peux plus, papa. Je dois partir. Je voudrais tant t'amener avec moi. Mais tu dois te libérer toi-même. Les gens changent, papa. Tu ne dois rien aux souvenirs. Ne les laisse pas te détruire. Ne sois pas aveugle. Je t'aime…

Elle s'éloigne, rejoint Thomas et lui prend la main. Karl pleure comme un petit garçon en deuil.

Réfugiée chez les McMurray, Eva se laisse bercer par la sérénité du vieux couple avec lequel elle et Thomas saluent la Nouvelle Année.

Fragile, le désespoir à fleur de peau, elle se rive à l'Indien devenu balise, amarre, tanière, forteresse dans sa vie en dérive. En le chassant, Élisabeth a révélé sa valeur, l'étendue de son influence. Eva réalise maintenant toute l'ampleur du lien qui les unit l'un à l'autre et sans lequel le présent se désagrège. Elle a besoin de cet homme comme on a besoin de l'enfance. Ils s'appartiennent, s'entrelacent, se respirent. S'aiment.

— Thomas…

L'Indien la serre dans ses bras.

— Ne t'inquiète pas. Ça va s'arranger.

— Qu'allons-nous devenir ?

Le jeune homme épris de forêts et de liberté trouve étrangement son avenir résumé dans cette interrogation. « Elle a dit nous », pense-t-il. Il pose ses lèvres sur le front troublé de la jeune femme. Pacte de tendresse.

— Nous allons être heureux.

C'est tout ce que sa timidité lui permet pour raconter l'amour, les projets, les enfants à venir, les heures douces ; mais Eva, fouettée par ces mots, se redresse, prête déjà à fendre la vie, à briser le malheur, à repousser ces petites morts dévastatrices.

— Nous allons partir, dit-elle.

Interrompue par Mme McMurray, toute rouge d'avoir passé un long moment devant ses fourneaux, Eva remet à plus tard l'élaboration de ses projets et suit son hôtesse avec empressement, affamée soudain par toute cette route à parcourir.

Dans la somptueuse maison de la rue Saint-Gabriel, Mary-Ann, Francis et leurs enfants se sont joints à John-Henry et sa mère pour des politesses mal travesties en réjouissances. Car personne n'a le cœur au rire.

Karl, après avoir salué sa fille aînée et sa famille, a préféré se retirer prétextant un malaise. Il a tant d'années à revoir, d'erreurs à corriger, de fautes à effacer. Et cette introspection le prive de ses ressources, le laisse haletant, à bout d'énergie.

Johann et Peter, ses petits-enfants, ne se formalisent pas des absences. Âgés de sept et cinq ans, ils mordent aux délices de la fête à pleines dents et déridenț un peu l'atmosphère empesée, roidie de sous-entendus. Par-dessus leurs cris, Mary-Ann tente de nouer une conversation avec sa mère.

— Tu connais Mme Gibb ?

— Vaguement.

— Elle veut mettre sur pied une société de bienfaisance pour aider les démunis, les sans-logis.

— Ce sont surtout des immigrants qui profiteront des bontés de ces dames, glisse Francis pour se joindre à la conversation.

— Irlandais pour la plupart, déclare John-Henry avec suffisance. Ces étrangers finiront par nous apporter toutes leurs maladies. On ne devrait pas les laisser débarquer.

— Le pays est grand, rétorque Francis, blessé dans ses racines. Et les immigrants peuvent nous apporter beaucoup.

— À part la vermine, je ne vois pas ce qu'ils ont à offrir.

Mary-Ann intervient pour ramener le débat sur un terrain moins sensible.

— Il y a également beaucoup de misère chez nos gens. Plusieurs Montréalais vivent dans le dénuement le plus total. J'en vois tous les jours qui n'ont pas mangé parfois depuis une semaine. Des enfants meurent de faim tout près d'ici et ils ne viennent pas des autres pays.

— Il faut évidemment faire quelque chose pour ces pauvres gens, intervient Élisabeth, mais on ne peut quand même pas les nourrir et les loger jusqu'à leur mort.

— Non, bien sûr ! Mais on peut voir au plus urgent. Les rendre à la vie, leur donner de nouvelles raisons d'espérer, plaide Mary-Ann. C'est ce que Mme Gibb veut faire. Je l'ai rencontrée ; nous avons longuement parlé. Elle a beaucoup de projets et j'ai accepté de l'aider. Et nous allons avoir besoin d'aide. Mme Gibb pense faire appel aux médecins très bientôt.

— Il vous faudrait une maison pour recevoir tous ces gens.

— C'est un hôpital qu'il faudrait, rétorque John-Henry. L'Hôtel-Dieu n'a que trente lits et n'admet pas les malades contagieux. Pour une population de quinze mille habitants, c'est nettement insuffisant.

— Je suis d'accord, approuve Francis. Le nombre de lits ne correspond plus aux besoins réels.

— Et il faudrait vacciner tous les arrivants. Pour éviter une épidémie.

— En effet, c'est capital. J'ai conseillé à Mary-Ann d'insister sur ce point auprès des responsables.

L'impatience des enfants à goûter au dessert crée une diversion chez les adultes, trop heureux d'avoir miraculeusement trouvé un terrain d'entente. Le repas se termine sur des propos plus légers s'accordant mieux à la circonstance et aux sucreries, et tous s'apprêtent ensuite à partir pour la tournée traditionnelle.

Par la fenêtre de sa chambre, Karl les observe un moment. Johann et Peter façonnent la neige en lourdes pelotes qu'ils se lancent à la figure ; John-Henry tend le bras à sa mère pour l'aider à monter dans la carriole ; Francis et Mary-Ann se tiennent par la main comme des adolescents encore passionnés par leur amour. La neige les caresse de ses cristaux opalins.

Karl aperçoit ce qui aurait pu être et ne sera plus. Le néant l'empoigne, le fouille, le vide de ses résistances.

Ne reste qu'une évidence.

VI

— Qu'est-ce qui nous vaut ce front plissé ?

— Je dois écrire une lettre et je n'y arrive pas.

— Une lettre ?

— Oui. Pour les médecins de Montréal. Mme Gibb veut faire appel à eux car plusieurs des gens que nous aidons ont besoin de soins médicaux mais ils ne peuvent pas payer. Nous voulons demander aux médecins de dispenser leurs soins gratuitement à ces malades.

— Tu en as déjà trouvé un ! Recrue Loiseau, à vos ordres, mon général !

— Ça ne compte pas ; je t'avais déjà inscrit.

— Et si j'avais dit non !

— Impossible ! Tu ne sais pas dire non !

— Surtout pas à toi…

Francis l'enserre dans ses bras.

— Je ne peux plus écrire. Laisse-moi !

— Pas avant que tu ne m'aies remercié de mes bontés.

Elle se retourne et l'embrasse longuement.

— Voilà ! Maintenant, laisse-moi en appeler à la générosité de tes collègues.

— J'espère quand même que tu ne les remercieras pas tous de la même façon…

— Pourquoi pas !

Il se sauve en grimaçant, poursuivi par le rire cristallin de Mary-Ann.

Chère Eva,

J'espère que tu vas bien. J'ai passé la semaine à recruter des médecins «bénévoles» pour nos pauvres. Tous ont été rejoints. Il ne manquait que toi.

Je sais que, devant la loi, tu n'es pas médecin mais je voulais quand même te dire que je t'admire et que j'apprécie ton travail. Je ne te demande pas de nous aider; tu l'as déjà fait. Tu as été le premier médecin bénévole de cette ville et je t'en remercie.

Continue. On a besoin de toi.

Voilà. J'ai maintenant rejoint tous les médecins.

Je t'aime,
Mary-Ann

Eva ne se lasse pas de relire cette lettre. Ses mains tremblent. Elle ferme les yeux pour emprisonner en elle cette grande joie.

Toujours hébergée chez les McMurray qui la traitent comme leur propre fille, elle n'a pas cessé ses activités médicales. Elle œuvre dans la pénombre, secrètement, sans rien demander en retour que la confiance.

Mary-Ann lui a fait un cadeau somptueux: celui de la reconnaissance.

— Deux femmes veulent te voir, Eva.

Mme McMurray introduit les deux visiteuses, deux pauvresses aux vêtements rudes. Elles pressent aussitôt Eva de les suivre. Une des leurs est mal en point. Elles n'en disent pas trop, juste assez pour qu'Eva devine quelque histoire d'avortement qui aura mal tourné.

En sortant, elle croise Thomas de retour d'une courte expédition dans les bois.

— Où vas-tu?

— On a besoin de moi, rue Saint-Charles. Je reviens dès que je peux.

— Sois prudente.

Eva s'éloigne rapidement en compagnie des deux femmes.

Thomas voudrait l'accompagner mais il se sent exclu de cette partie d'elle qu'il admire et redoute en même temps. Sous son masque de sorcière des villes, la guérisseuse revêt à ses yeux un voile de mystère qu'il préfère ne pas soulever. Par respect ancestral.

Eva est partie depuis une heure lorsque son père arrive chez les McMurray.

— Elle est partie, l'informe Thomas.

— Pour longtemps ?

— Je ne sais pas.

— Tu me caches quelque chose, s'inquiète Karl. Elle est allée soigner quelqu'un ?

— Oui.

— Elle n'a donc pas cessé, malgré le danger…

— Elle doit le faire.

Karl ne comprend rien à cet acharnement. L'inconscience de sa fille le bouleverse. Il a peur.

— Tu sais où elle est ?

— Oui, rue Saint-Charles.

— Viens, nous allons la rejoindre.

Au même moment, une femme meurt. Eva est arrivée trop tard. La malade avait perdu trop de sang. Les orphelins se regroupent autour du cadavre. Ils sont une dizaine, de tous les âges. La femme n'a pas voulu du onzième ; elle est disparue avec lui.

Dans la pièce délabrée, la mort semble à son aise et Eva sait maintenant qu'elle ne pouvait rien contre elle, sinon se recueillir. Triste mais paisible, elle aide les enfants à tout nettoyer et à installer leur mère sur un lit de fortune. Elle s'apprête ensuite à partir lorsque la porte s'ouvre brusquement et va battre contre le mur. Les enfants frissonnent de peur autant que de froid. Leur père, accompagné de trois hommes, tous éméchés, pénètre dans le silence comme on viole un sanctuaire.

En apercevant sa femme étendue sur le lit, les mains en prière, l'homme blêmit. Il s'approche de la morte, la regarde un moment, hébété, soupçonnant quelque mauvais tour. Il se tourne enfin vers Eva en brandissant le poing.

— C'est toi qui as fait ça ! C'est de ta faute !

Prenant ses compagnons à témoin, il continue à vociférer :

— Cette femme-là est une sorcière ! Elle a juré de tuer toutes nos femmes et tous nos petits. Je la connais ! Il faut l'empêcher de continuer.

Les enfants se terrent dans un coin de la pièce, les plus petits enfouis dans les jupes des plus grandes. Ils connaissent tous la colère de leur père et sa brutalité.

Eva se trouve bientôt encerclée par les quatre hommes dont elle respire la sueur mêlée aux relents d'alcool. L'un d'eux lui agrippe les cheveux et l'attire vers lui.

— Tu vas payer, bave-t-il. Pour tout ce que tu nous as fait !

— Il faut la brûler ! crie un autre. C'est une sorcière !

En la bousculant, ils l'entraînent à l'extérieur et déchirent sa robe.

— Tu vas goûter au feu de l'enfer, démone !

Eva n'a pas froid malgré la nuit glacée qui lui pince la peau. Elle n'a pas peur. Ils ne peuvent rien contre elle, contre ses certitudes. Elle va peut-être mourir et tout est bien ainsi. Elle voudrait seulement ne plus sentir leurs mains calleuses sur son corps.

— Si on s'amusait un peu. Elle a peut-être jamais eu d'homme, la sorcière. Il faut qu'elle connaisse ça avant de brûler. On va la servir comme une princesse.

Les hommes l'attachent à un arbre. Derrière elle, la ville endormie, indifférente. Devant, la forêt immense, maîtresse du monde. Elle colle son dos sur l'écorce glacée, s'accroche à cette présence. Un homme s'avance, les yeux exorbités par la flamme.

Une bouche grimace près de ses lèvres. Des hommes rient. Des hommes crient. Des hommes courent, se plaignent. Des hommes jouent. Avec sa vie. Avec la vie de toutes les femmes. Des hommes…

Les yeux fermés, elle reconnaît la main de Thomas. Une froidure cruelle fige ses muscles, enfin révélée par la caresse. Main vivante et douce. Rédemption des hommes. Elle se laisse aimer éternellement tandis que la carriole l'emporte elle ne sait où.

Au bout de sa nuit, elle les retrouve tous près d'elle, attentifs. La soupe de Mme McMurray répand son arôme bienfaisant. Thomas, Francis, Karl, Mary-Ann. Elle voudrait dormir encore, rêver le drame encore une fois, l'exorciser. Mais elle doit ouvrir les yeux et les entendre. Entendre leurs angoisses, recevoir leur amour, se vautrer dans leur présence régénératrice.

— Vous allez partir pour Batiscan. J'ai fait prévenir Jean-Baptiste, il va vous attendre.

Francis, doux ami.

— Vous devez partir aujourd'hui ; les hommes peuvent revenir.

Mary-Ann, femme de raison et de bonté. Femme…

— Ils ne vont pas se gêner pour répandre des mensonges. Tu peux être arrêtée pour avoir pratiqué la médecine illégalement. Personne ne te défendra ! Surtout pas celles que tu as sauvées.

— Papa… je t'aime tant.

Ils ont pensé à tout. Une carriole les attend ; les bagages sont prêts. Eva monte et Francis la couvre d'une épaisse fourrure.

Elle n'aura pas froid. Surtout, ne plus avoir froid. Le soleil éclate, arrogant. Karl s'approche de la carriole et pose sa main sur les genoux emmitouflés de sa fille, sa petite fille.

— J'ai quitté ta mère, murmure-t-il. Tous les deux, nous commençons une nouvelle vie…

Vie nouvelle.

Au soleil.

Eva s'enroule dans la chaleur de Thomas. Elle n'aura plus jamais froid. Plus jamais peur. Elle quitte les ténèbres. Jaillit dans la lumière. Vie nouvelle.

VII

Chaussé de raquettes, Karl fonce tête baissée sous la neige sans malice. Une neige fine, sans prétention, qui ne recouvre pas entièrement les traces. Les camoufle tout au plus. Pudique.

Le cœur du médecin galope dans sa poitrine soulevée par l'essoufflement comme par l'émotion. Déjà, il sent la fumée qui s'échappe de la petite cabane. L'odeur familière grimpe aux arbres, telle une vigie.

Quand il ouvre la porte, elle l'invite à s'asseoir.

— Le repas est prêt.

Comme s'il avait rêvé ce temps passé loin d'elle. Les trop nombreux hiers de leur réunion s'évanouissent et ils se recommencent où ils s'étaient sacrifiés. Avec, pour partage, la certitude.

Pendant des jours, des semaines, des heures fugaces, ils se détournent du monde, enlacés aux mêmes voluptés, à la même urgence d'être.

Les saisons se partagent inéquitablement le temps autour d'eux et Karl, ébahi, apprend leurs splendeurs. Il n'avait jamais senti le printemps sur sa peau, ni bu l'eau des sources si généreusement offerte par l'été. Il jouit de l'hiver, splendide dans ses colères, drôle dans ses caprices.

Il mange quand il a faim, dort quand il a sommeil, parle sans contrainte.

L'Indienne écoute.

Du monde leur parviennent parfois quelques nouvelles. M. McMurray leur apporte, entre autres, une lettre de Thomas et d'Eva.

— Ils ne sont pas restés à Batiscan. Ils sont allés dans les Cantons de l'Est. Eva dit que tout est à faire là-bas et que les gens les acceptent très bien. Thomas travaille comme guide; Eva s'est déjà fait une réputation de sage-femme. On vient la chercher de très loin. Ils se sont mariés...

Francis et Mary-Ann sont venus à l'automne. Ils ont promis de revenir mais l'hiver a passé et ils n'ont pas donné de nouvelles.

— S'ils ne viennent pas, je vais me rendre en ville la semaine prochaine.

Le voyage sera inutile; Francis arrive quelques jours plus tard. Seul.

— Mary-Ann n'est pas venue? Ni les enfants?

Karl n'avait pas réalisé à quel point ils lui manquaient.

— Mary-Ann ne va pas bien, lui apprend Francis. Elle est épuisée. Elle a travaillé d'arrache-pied cet hiver. Les dames bénévoles ne suffisent plus à la tâche.

— Mais comment se fait-il qu'il y ait tant de gens dans le besoin dans un pays si généreux?

— Les récoltes ont été très mauvaises l'été dernier. Plusieurs n'ont pas mangé à leur faim depuis un bon bout de temps. Les bénévoles ont dû faire appel à toute la population par la voix des journaux. Heureusement, les gens ont été compréhensifs; ils ont donné généreusement. Et le mois dernier, le gouverneur en chef a fait distribuer du blé aux plus pauvres.

— Tu es sûr que ce n'est que de la fatigue? Tu ne me caches rien?

— Si je peux la convaincre de se reposer, tout rentrera dans l'ordre. Vous lui manquez...

— Elle me manque aussi...

— Et ce n'est pas tout… Je… Je voudrais savoir si vous comptez revenir. Comme plusieurs autres médecins, je donne beaucoup de temps aux protégés des Dames bénévoles. Mais je n'y arrive plus. La salle d'attente est toujours pleine. Si vous ne revenez pas, je devrai trouver un associé. J'ai bien un jeune étudiant qui va commencer son apprentissage avec moi dans un mois ou deux, mais avant qu'il ne soit de quelque secours, il faudra au moins un an. Je ne tiendrai pas jusque-là. J'ai besoin de vous. Comptez-vous revenir bientôt ?

Il n'a pas pu répondre et Francis est reparti en le suppliant de prendre rapidement une décision. Tiraillé, le médecin se tourne vers sa compagne. Il sait qu'elle ne dira rien mais sa tranquille assurance l'éclaire.

— Viens avec moi à Montréal, Louve farouche. Je vais acheter une maison. Nous allons être heureux.

— Non, je ne vais pas avec toi. Je ne vis pas chez les Blancs. Je ne serai plus jamais une esclave.

— Je dois partir… Et je ne pourrai pas vivre sans toi.

— Je suis là.

Elle sait que chacun doit vivre avec le génie de sa naissance, celui que les dieux ont jumelé à chaque âme. Elle sait aussi qu'ils se retrouveront toujours.

— Nos esprits se tiennent par le cœur, dit-elle, et Karl l'enlace et la prend avec une force venue d'ailleurs, en d'autres saisons du désir.

Il n'avait pas encore aperçu ce printemps-là, tout emprisonné qu'il était dans le giron tyrannique de l'hiver. Un printemps tardif qui l'a attendu. Juillet commence à peine à ressembler à l'été. L'air sent encore la neige.

Johann et Peter se jettent dans ses bras. Mary-Ann sourit et sa beauté le conforte, le réconcilie avec l'avenir.

— Francis ne m'avait pas dit que tu attendais un autre enfant.

— Il a peut-être cru que ça ne t'intéressait pas.

À travers la détresse de sa fille, Karl retrouve celle de tous les enfants abandonnés, quel que soit leur âge. Il s'approche de la jeune femme et lui tend les bras. Elle s'y blottit en tremblant.

— Ma petite fille… Ma toute petite fille. Si belle et si grande. Ne dis plus jamais une chose pareille. Je t'aime… Je t'aime tant.

— J'ai cru que tu ne reviendrais jamais.

— Mais pourquoi ?

— Parce que maintenant qu'Eva n'est plus à Montréal, tu n'y as plus d'intérêt…

— Je t'aime Mary-Ann… Je t'aime…

Il la berce sous le regard intrigué de ses petits-fils que la gravité du moment oblige au silence.

— Pardonne-moi de te l'avoir si mal montré… Je t'aime.

Mary-Ann ferme les yeux. Des larmes jaillissent joyeusement à travers ses paupières closes.

— J'étais si seule…

— Je sais… Je sais.

Il comprend puisque, malgré l'amour, lui-même est revenu vers les siens. Il est des liens si forts que leur déchirure peut entraîner la mort.

Francis les retrouve au souper et la brillance dans les yeux émeraude de Mary-Ann le réjouit. Tout comme le retour de son associé. Très vite, la conversation se tourne vers le flot d'immigrants irlandais toujours croissant.

— Ils débarquent dans un état lamentable. Les enfants meurent sans que nous ne puissions rien faire. Il nous faudrait une maison pour les accueillir et leur permettre de reprendre des forces. Il faudrait aussi leur trouver du travail. Heureusement, les médecins nous aident beaucoup. Ils suivent l'exemple de Francis.

Mary-Ann touche la main de son mari pour lui montrer sa reconnaissance.

— Même John-Henry a accepté de nous aider bénévolement, continue-t-elle en riant, consciente de l'effort de son frère. Il ne pouvait passer à côté de cette opportunité de se faire connaître et apprécier. Son nom étalé en lettres de gratitude dans le journal n'a jamais nui à personne.

— Il va bien ? demande Karl sans regarder personne.

— Oui, lui répond Francis, il va bien et c'est un excellent médecin. Il est très apprécié et son idée de bâtir un nouvel hôpital à Montréal sourit à de plus en plus de gens. Je crois qu'il va réussir.

Karl lui sait gré de cette appréciation.

— Et Élisabeth ? murmure-t-il.

Mary-Ann répond sèchement.

— Elle va bien.

Puis elle appelle la servante pour lui demander d'apporter le dessert.

— Vous allez rester ici, n'est-ce pas, Karl ? Avec nous ?

Mary-Ann regarde son père, pleine d'espoir.

— Si on veut bien de moi…

Johann et Peter répondent à leur façon en poussant des hurlements de joie et en renversant un pichet de lait qui se répand allègrement sur la table.

VIII

Lentement, prudemment, Karl se rapproche de son fils. Il assiste à ses conférences, lui demande conseil, offre ses services, se trouve sur son chemin, par hasard.

Il constate rapidement que Francis n'avait pas exagéré. Le travail ne manque pas. Partageant son temps entre les immigrants amenés par les Dames bénévoles et les autres, il reprend avec passion les gestes du guérisseur sans pour autant oublier Louve farouche. Elle bouge en lui, intercepte ses pensées, le hante.

— Papa, tu m'écoutes ? dit Mary-Ann.

— Oui, excuse-moi.

— Avec l'argent recueilli auprès de la population, nous allons pouvoir louer une petite maison dans le quartier des Récollets. Elle a quatre chambres et Sir Clarke nous fournit toute la literie et les meubles.

— Où a-t-il pris tout cela ?

— Ça vient de baraques désaffectées, je ne sais trop. Et le docteur Blackwood va travailler à temps plein à notre maison.

— C'est un chirurgien de l'armée, non ?

— Il est retiré.

— C'est bien.

— Bien ? Mais c'est magnifique ! Tu te rends compte ? Nous sommes parties de rien et nous avons maintenant un abri pour nos protégés. Et des lits ! Et un médecin à temps plein !

— Vous aviez quand même votre volonté et votre intelligence. Ce n'est pas rien quand on veut faire œuvre de charité.

— Je t'adore !

Mary-Ann n'avait pas prévu un achalandage aussi important à la maison du quartier des Récollets. L'espace est toujours occupé à pleine capacité. Certains médecins, dont John-Henry, Francis et Karl, sont restés fidèles à l'œuvre. Le docteur Blackwood, même en y consacrant tout son temps, ne peut suffire seul à la demande toujours grandissante.

— Il nous faut plus d'espace, déclare-t-il aux docteurs Beyer, Loiseau et Stephenson réunis par les responsables de la société bénévole pour tenter de trouver une solution.

— Il nous faudrait un hôpital d'au moins deux cents lits.

— Il faut envoyer une pétition à la Chambre et exiger la création d'un hôpital public.

Trois jours plus tard, soit le 6 janvier 1819, la pétition présentée par l'honorable John Molson faisait l'objet d'un débat à l'Assemblée législative. Le principal adversaire du projet, M. Michael O'Sullivan, député de Huntingdon, rappela en termes satiriques qu'il convenait d'aider les Sœurs de l'Hôtel-Dieu avant de songer à bâtir un nouvel hôpital. Sa harangue, bien tournée, et ses appuis convainquirent aisément les membres de l'Assemblée. La pétition fut rejetée.

— Ça ne se passera pas comme ça !

Le docteur Caldwell, un des signataires de la pétition, accepte mal la morgue du député.

— Que veux-tu faire ?

— Je vais lui servir la même cuisine.

Quelques jours plus tard, un article du *Daily Courant* prend cavalièrement à partie le député O'Sullivan. Celui-ci reconnaît aussitôt la plume du docteur Caldwell et, impulsif, le met au défi de régler leur différend dans une rencontre au duel.

— Tu ne vas pas accepter ! s'insurgent les compagnons du médecin.

Celui-ci, frondeur, s'amuse de cette histoire.

— Rendez-vous demain à la Pointe-du-Moulin-à-Vent ! Vous allez voir un député mordre la poussière. Apportez vos trousses, on ne sait jamais...

— Tu n'es pas sérieux !

— Aussi sérieux que mon adversaire est Irlandais !

Renversés par autant de désinvolture, le petit groupe attend avec anxiété l'issue du duel. Chacun respire mieux le soir du 11 avril en apprenant que le docteur Caldwell n'a qu'une blessure au bras mais aucun ne se réjouit ouvertement car son adversaire a eu moins de chance : il est entre la vie et la mort.

IX

— La souscription populaire a été un succès ! Je ne croyais pas que les gens nous appuieraient de cette façon.

— Il faut dire que quelques contributions individuelles ont passablement fait la différence.

John-Henry regarde ses collègues avec cet air à la fois enjoué et suffisant qui le caractérise. Tous savent le montant imposant donné par sa mère et son grand-père lors de la souscription populaire visant à amasser des fonds pour fonder un nouvel hôpital à Montréal.

Karl observe son fils à la dérobée.

— Je ne me serai pas battu en duel pour rien, déclare en riant le docteur Caldwell. Le pauvre Sullivan ne l'oubliera pas de sitôt. Il boite encore.

Les médecins se désolent sans véritable compassion pour un homme qui n'a pas cessé de leur mettre des bâtons dans les roues. De nature revêche, le politicien s'acharne à faire avorter tous leurs projets. Il colporte ses préjugés comme un marchand de querelles, heureux dans la dissension. Sauvé de la mort grâce à sa forte constitution, le député de Huntingdon est quand même resté handicapé. Sa santé, encore précaire, continue d'inquiéter ses proches.

— Nous avons réussi malgré toutes les oppositions mais maintenant il nous reste l'énorme tâche d'organiser cet hôpital. L'argent recueilli nous permettra d'abord de louer la bâtisse de la rue Craig et d'y transporter les malades de la petite maison des Récollets.

— Je propose que nous l'appelions le Montreal General Hospital et que les docteurs Stephenson, Robertson, Caldwell, Blackwood et Beyer y soient affectés.

Dans le malaise général, John-Henry s'enquiert :

— Vous pensez à quel Beyer ?

— Aux deux bien sûr ! Nous ne pouvons nous passer ni de l'un ni de l'autre.

— Je vous remercie de cette confiance, déclare Karl, mais je préfère laisser la place aux plus jeunes. Je propose Francis Loiseau. Il est un combattant de la première heure alors que plusieurs d'entre nous ne s'intéressaient pas encore à l'œuvre de la société bénévole. Il a mis en évidence le besoin pressant de lits et d'équipement et c'est beaucoup grâce à lui si nous pouvons emménager dans ce nouveau local.

Un silence lourd oppresse les médecins. Seul John-Henry n'hésite pas à trancher :

— Il serait préférable de rester entre nous.

Il a exprimé tout haut ce que les autres pensaient tout bas, sans oser le dire. Tous anglophones, ils ne tiennent nullement à mêler un médecin de langue française à leur aventure. Ils acceptent Karl pour ne pas peiner John-Henry ; ils n'iront pas jusqu'à associer Francis à leurs succès. Les sommes amassées pour ouvrir le Montreal General Hospital viennent de la générosité de la bourgeoisie anglaise et le nouvel établissement doit être clairement identifié à ses bienfaiteurs. Et même si quelques-uns des médecins présents n'adhèrent pas totalement à cette conception des choses, ils se tairont, par solidarité.

— De toute façon, reprend John-Henry, je ne crois pas que ce poste puisse intéresser le docteur Loiseau. Il préfère de beaucoup la pratique privée qui lui laisse une plus grande liberté d'action.

Voilà. Le jeune médecin a habilement libéré ses collègues de leur mauvaise conscience et la discussion s'oriente aussitôt vers des avenues plus joyeuses. Chacun prend en main une partie du dossier afin que les premiers malades puissent être transférés dès le premier mai, soit dans deux semaines.

Désolé de voir Francis écarté d'une œuvre qu'il a portée avec tant de générosité, déçu de l'attitude de son fils, inquiet de la réaction de Mary-Ann, Karl rentre chez lui à reculons. Rue Saint-Paul, il salue l'allumeur de réverbères qui égrène sa lumière dans chacune des cent lampes à l'huile installées depuis l'an dernier à la demande des citoyens dans l'espoir de réduire les vols. Les citadins, malgré la brunante, profitent du printemps. Les calèches se croisent dans un ballet silencieux maintenant que les cloches et les grelots ont été interdits. Heureusement, les sabots des chevaux ont gardé leur musique en mille modulations et leurs échos s'imprègnent dans les pierres de la ville. Sans le vouloir, le médecin a pris la direction de la rue Saint-Gabriel. Sa rue. Vibrante d'émotions.

Il s'arrête, incapable d'aller plus loin. À bout de souvenirs, essoufflé de sa course à l'oubli. Il voudrait rentrer chez lui, l'exilé de tous les pays. Le sans-foyer à l'âme éparse. En deuil d'ancêtres et de patrie.

— Papa !

Il se retourne, surpris, et aperçoit Mary-Ann. Et Johann et Peter. Mais il ne voit qu'Eva, sa petite Eva au nez retroussé. C'est bien elle, cette femme aux épaules carrées, aux bras musclés. C'est bien elle cette explosion d'énergie, cet éclatement de vie. La rue se fond en elle, la ville bat à son rythme, le pays, le ciel, l'univers se coulent en Eva. Karl, muet, l'enlace sans retenue. Comme amante. Comme sœur. Comme mère.

— Tu as vu le petit bébé ?

Peter les tire de leur hypnose. Il se pend à son grand-père qui le soulève difficilement.

— Peter, tu es trop grand ! Laisse ton grand-père !

— Ta mère a raison, mon bonhomme. Bientôt, c'est toi qui pourras me prendre.

Essoufflé, le vieux médecin dépose l'enfant par terre mais celui-ci poursuit son idée :

— Regarde le bébé ! crie-t-il, impatient.

Mary-Ann tient un poupon dans ses bras. Elle le donne à Eva qui l'offre à son père. En tremblant, celui-ci prend l'enfant endormi.

— Je te présente ta petite-fille. Elle s'appelle Catherine.

— Elle te ressemble, crie Peter en tentant de se hisser à la hauteur du bébé.

— Vraiment ? demande Karl, ému.

— Oui, quand elle rit ses yeux rapetissent comme les tiens.

En riant, ils rentrent tous à la maison, rue Saint-Vincent et Karl, heureux, serre la main de Peter tout en offrant son bras à Eva.

« Voilà ma patrie », songe-t-il, apaisé.

— J'ai besoin de médicaments et j'ai pensé que tu pourrais m'en procurer. J'ai fait la liste et tous les gens se sont cotisés pour donner un peu d'argent. Tu crois que ça suffira ?

— Garde cet argent pour autre chose, Eva. Tu auras tous les médicaments dont tu as besoin.

Émerveillé, Karl regarde sa fille sans se lasser. Il l'écoute, se serre contre elle, recrée sa vie loin de lui, conscient de devoir la perdre encore.

— Si tu savais le courage insensé de tous ces colons ! Ils veulent se bâtir un avenir, pour eux et pour leurs enfants et rien ne les arrêtera.

— Surtout pas toi… se moque le médecin.

Elle se jette sur lui et l'embrasse.

— Je les aime tellement, papa. Je vois le bonheur dans leurs yeux chaque fois que j'aide un enfant à naître, chaque fois que je soulage leur douleur ou que je rafistole un bras cassé. C'est extraordinaire. Ils me font confiance et leur foi me protège.

À la lueur de la lampe, les yeux bleus de la jeune femme se teintent de mauve. Elle entraîne son père vers un pays nouveau, elle endigue le malheur, se moque de la nostalgie. Elle n'a guère de temps à consacrer aux soupirs, la noblesse de sa tâche l'astreignant à l'action créatrice.

— Il faudra que tu viennes un jour...

— Je viendrai...

Forte de la promesse de son père et anxieuse de retrouver Thomas, Eva reprend la diligence deux jours plus tard. Elle rapporte des médicaments, des semences, des outils, des provisions, de quoi rebâtir l'univers.

Mary-Ann veut lui faire ses dernières recommandations, mais des larmes l'en empêchent. Incapable d'assister au départ, elle court vers la maison et s'enferme dans sa chambre où Francis la rejoint après avoir embrassé Eva. Il la retrouve effondrée, secouée par des spasmes. Il l'attire vers lui et elle se cache dans ses bras.

— Elle va revenir, murmure Francis.

— Je ne veux pas qu'elle parte, réussit-elle à bredouiller à travers ses sanglots. Je ne veux plus que personne parte.

— Il le faut. Chacun doit faire sa vie.

— Pourquoi ? geint-elle, et sa plainte ressemble à celle d'un animal pris au piège. Pourquoi ? Les gens s'aiment et se font du mal. Je veux tous ceux que j'aime autour de moi. Toute ma famille. Ensemble. Comme autrefois.

— Tu voudrais que rien ne change et ce n'est pas possible.

— Pourquoi ?

— Parce que le temps passe et les êtres se redécouvrent sans cesse.

— Tu ne me quitteras jamais ?

— Je t'aime.

— Ça ne veut rien dire.

— Ça veut tout dire.

— Mon père aime encore ma mère…

— Laisse-les vivre leur vie. Laisse-les être heureux à leur façon.

— Ou malheureux…

— Je t'aime.

X

Chaque fois qu'il croise John-Henry dans le nouvel hôpital, Karl songe étrangement à Eva. Il sait leur commune ambition, leur talent, leur enthousiasme si semblables.

Son fils, comme ses collègues, se dévoue sans compter à la bonne marche du Montreal General Hospital. Tous éclatent de fierté et chacun apporte à la guérison de ses patients un savoir-faire prodigieux. L'établissement peut maintenant accommoder jusqu'à vingt-quatre patients et reçoit des malades de toute origine et de toute confession. Les trois salles, remplies à pleine capacité la plupart du temps, bruissent des pas des infirmières sur les planchers de bois, du craquement des uniformes empesés, du murmure plaintif des malades.

Toujours à l'affût, John-Henry ne laisse rien passer. Il exige, de lui-même et des autres, la perfection en tout. Il lit tout ce qui arrive d'Europe, s'intéresse aux nouvelles théories, se passionne pour une découverte, un instrument. Il est partout, indispensable. À ses qualités de médecin, il allie des dons évidents d'administrateur et ses collègues, touchés par son sens de l'organisation et son enthousiasme, souscrivent volontiers à ses projets.

S'inspirant de son expérience écossaise, il s'acharne à les convaincre de l'urgence de créer une école médicale. Karl l'appuie sans réserve, heureux de le voir reprendre le flambeau. Mais il n'osera pas le lui faire remarquer, lui rappeler combien il a défendu cette idée depuis ses premières années de pratique. Il ne dira rien de tout cela à John-Henry ; il va se contenter de l'aider à réaliser son rêve. Leur rêve.

C'est d'ailleurs uniquement pour suivre son fils qu'il a finalement accepté le poste au Montreal General Hospital. Pour suivre John-Henry dans ses combats, partager avec lui des parcelles de vie, discuter avec lui de problèmes médicaux, seules préoccupations pouvant encore les réunir. Passionné de science, John-Henry oublie alors sa rancœur. Il oublie le père dont il a autrefois réclamé l'amour pour ne voir que le collègue, le praticien, en guerre contre le même ennemi.

Comblée de les voir ainsi côte à côte, Mary-Ann ne renonce pas à ses chimères. Elle tente encore de réunir sa famille démantelée.

— Tu me ferais tellement plaisir en acceptant de venir, maman.

— Je ne crois pas que ton père soit d'accord.

— Mais oui. Il a trouvé que c'était une excellente idée.

Élisabeth hésite. Cette idée d'un souper chez sa fille la laisse perplexe. Mary-Ann insiste :

— Il faudra quand même que vous cessiez cette dispute un jour. Vous êtes assez raisonnables et intelligents tous les deux pour pouvoir vous parler comme des adultes. Et les enfants seraient tellement heureux d'avoir leurs grands-parents à la même table.

La pensée de revoir ses petits-enfants fait sourire Élisabeth. Elle imagine déjà leur verbiage désordonné et ce repas lui paraît soudain plus alléchant. Elle prévient cependant Mary-Ann.

— Si j'accepte, je ne veux pas que tu t'imagines des choses. Ton père et moi ne vivrons plus jamais ensemble. Nous nous sommes beaucoup aimés… il y a très longtemps… mais maintenant nous n'avons plus rien en commun.

— Sauf vos enfants et vos petits-enfants.

Élisabeth reste coite devant cette évidence qui ne l'avait jamais effleurée.

— Je vais venir, dit-elle enfin.

Mary-Ann lui saute au cou.

— Merci maman ! Merci ! Je n'aurai jamais eu de plus bel anniversaire !

Soudainement pressée par la besogne à abattre avant le grand jour, elle quitte la maison de son enfance en lançant joyeusement ses dernières recommandations à sa mère.

— Soyez là à cinq heures ! Et dis bien à John-Henry que je ne lui pardonnerai jamais s'il ne vient pas.

Touchée par l'emballement contagieux de sa fille, Élisabeth la rassure :

— Il sera là, je te le promets.

La brise de septembre rafraîchit la ville, enfin libérée de la chaleur torride qui défiait l'automne. Mary-Ann presse le pas. Elle veut faire de ce repas le plus réussi, le plus gai, le plus beau de tous. Une fête à se raconter dans les veillées. Un jour où s'arrêter pour les infortunes ultérieures. Le jour de ses vingt-huit ans.

Elle fait une halte chez le boulanger, une autre chez le marchand de fleurs, chez le boucher. Elle achète le meilleur, sans compter, portée par les réjouissances anticipées.

En fin d'après-midi, les bras chargés de paquets, elle rentre à la maison, essoufflée mais satisfaite. Elle n'a rien oublié. Le repas du lendemain sera magnifique. Sa cadette se glisse dans ses jambes comme un chaton turbulent tandis que Madeleine la débarrasse de ses sacs et range précieusement chacun des trésors qu'elle y découvre.

— Je veux que tu réserves ta journée de demain pour moi, lui recommande gentiment Mary-Ann. Nous avons un repas de fête à préparer.

— Ce sera facile avec toutes les bonnes affaires que vous avez achetées. On peut pas manquer not'coup !

— Je l'espère bien ! lance la jeune femme en abandonnant la servante et la petite Hélène à leurs extases culinaires.

Francis se repose, confortablement installé au salon.

— Tu es rentré tôt, dit-elle en taisant volontairement ses projets.

— Oui, j'ai confié les derniers patients à Joseph. Quelques ordonnances à renouveler. Il se débrouille très bien.

— Tu es toujours satisfait de ton élève ?

— Très. Il fera un bon médecin. Il est avec moi depuis un an et demi et je peux sans crainte lui confier beaucoup de tâches. Il travaille consciencieusement. Je suis sûr qu'il réussira.

— Ses parents font de tels sacrifices pour lui permettre de devenir médecin. Ils méritent bien le succès de leur fils.

— Oui. Ils auraient bien besoin qu'il rapporte de l'argent à la maison ; j'espère qu'ils pourront tenir le coup.

— Il faudrait trouver un moyen de les aider.

— J'y ai pensé, mais je ne crois pas qu'ils accepteraient.

— Tiens, tu as reçu une lettre ?

— Oui, de Jean-Baptiste.

— Il va bien ?

— Oui, mais il a perdu beaucoup de bêtes à cause de la chaleur. Comme plusieurs habitants, il avait négligé de construire un abri pour les animaux.

— Personne ne pouvait prévoir un été aussi chaud. Tu crois qu'il s'en remettra ?

— Sûrement, il a déjà racheté trois vaches.

— Qu'est-ce qu'il raconte d'autre ?

— La vie à Batiscan… Il n'y a pas beaucoup de changements, sauf chez les curés… Le curé Beaulieu a remplacé le curé Marcoux.

Mary-Ann rit de bon cœur. Comme d'habitude, Jean-Baptiste est allé dans les détails. Il sait l'importance de son village natal pour Francis et dans chacune de ses lettres, il tente de recréer Batiscan.

— Il aurait dû être journaliste ton ami !

— Aurais-tu encore quelque penchant pour les journalistes ?

Elle fait mine de le frapper mais il la saisit à la taille et l'entraîne sur le divan. Leur jeu les colle l'un à l'autre et

Karl qui rentre de promenade avec ses petits-fils les surprend dans un baiser passionné. Discret, il veut rebrousser chemin, mais les deux gamins, moins courtois, se jettent sur leurs parents et interrompent rudement leurs effusions. Dans la bataille qui s'ensuit nul ne saurait dire qui, des adultes ou des enfants, trouve le plus de plaisir au délire de bras et de jambes qui s'entremêlent.

— Moi aussi, ze veux zouer !

Karl saisit juste à temps la petite Hélène qui allait se joindre à l'échauffourée au risque de recevoir un coup de pied mal dirigé.

— Oh non, ma chérie ! Toi, tu restes avec grand-papa. Tu vas me protéger si ces fous décident de m'attaquer.

— Je peux pas, t'es plus grand que moi. Maman ! Ze veux zouer !

Karl n'a pas à la retenir bien longtemps car les autres, à bout de souffle, ont décidé une trêve.

— J'ai faim ! hurle Johann.

— Je crois que c'est tout ce qu'il sait dire, cet enfant ! le nargue Francis en le bousculant.

Le garçon veut riposter, mais Mary-Ann les arrête.

— Ça suffit maintenant. Assoyez-vous tous, j'ai quelque chose à vous dire.

Elle replace ses cheveux dorés. Si belle malgré ses vêtements froissés et ses joues rougies par la bataille. Ses yeux verts pétillent, parsemés de paillettes lumineuses. Ses longs cils battent, affolés par le trop-plein d'émotions. Elle attend que chacun ait pris place, puis elle les regarde, comblée.

— Demain, c'est mon anniversaire.

Ils ne disent mot, soudain nerveux. Ils ont tous préparé une surprise et craignent qu'elle ne les ait découverts.

— J'ai décidé de m'offrir une fête grandiose. Nous aurons un repas de roi et… des invités de marque.

— Qui ? Qui ?

Johann adore les fêtes, les surprises et la visite. Il veut tout savoir.

— J'ai invité grand-maman et John-Henry.

— Ils vont venir ici ? demande le garçon étonné. Tu as dit qu'ils ne pouvaient pas venir.

Il n'a jamais su pourquoi, mais il avait assimilé ce fait comme une règle absolue. Une autre de ces absurdités cultivées soigneusement par les grands.

— Eh bien ! C'est ça la surprise ! Pour mon anniversaire, ils vont venir.

— Et qu'est-ce qu'on va manger ? demande l'incorrigible garnement.

— Ça, vous le verrez demain ! Maintenant, allez vous laver ou je ne vous accepte pas à table.

Restée seule avec Karl et Francis, elle interroge les deux hommes du regard, cherchant un assentiment. Elle sait l'aversion naturelle entre son mari et son frère. Elle espère que Francis comprendra.

Celui-ci lui prend la main.

— Ce sera un bel anniversaire.

Rassérénée, elle se tourne vers son père qui, après un moment d'hésitation, vient déposer un baiser sur son front.

— Tu as bien fait.

Définitivement rassurée, elle est trop concentrée sur son bonheur pour surprendre le regard préoccupé que se lancent les deux hommes.

XI

La maison frissonne de plaisir. Des odeurs alléchantes s'échappent de la cuisine. Les enfants, surexcités, grimpent, courent, sautent sans considération pour leurs vêtements des grands jours. Une atmosphère surchauffée tourbillonne autour des meubles reluisants. Des fleurs parsemées à travers la maison éternisent l'été, jettent de la couleur dans toutes les pièces.

Mary-Ann a confié à Madeleine les préparatifs de dernière minute et elle se recueille maintenant dans sa chambre. Ils seront là, comme autrefois, réunis autour d'une même table. Elle les imagine devisant avec entrain, riant de leurs errances, prêts à oublier le morcellement. Elle songe un instant à Eva, mais son absence appartient aux bons présages. Il n'y a dans cet abandon ni cruauté ni malentendu. Que la rage de vivre. Elle le comprend maintenant.

— Je peux entrer? La reine de la fête est prête?

Où donc sa femme puise-t-elle sa beauté? Francis ne s'habitue pas à la clarté de son teint, au mystère dans ses yeux, à la plénitude harmonieuse de son corps où tout n'est que rythme et perfection.

— Joyeux anniversaire, mon amour.

Les amants s'enlacent avec tendresse. Ils s'aiment avec retenue, apeurés parfois de l'importance que chacun a prise dans la vie de l'autre. Ils se possèdent avec la force de l'amour tranquille.

— Tu viens? dit-elle en se dégageant de ses bras. Nos invités seront bientôt là.

Ils arrivent au bas de l'escalier juste à temps pour accueillir Élisabeth et John-Henry auxquels Karl vient d'ouvrir. Les enfants, attirés par les voix, surgissent de nulle part comme des chiots mal élevés. Francis les rappelle à l'ordre et chacun tend poliment la main aux visiteurs. Leur air enjoué allège la tension facilement perceptible entre les adultes. Ceux-ci se tournent vers les enfants comme vers une bouée. On s'informe de leurs activités, de leurs études, de leurs rêves, de leurs ambitions.

Une heure plus tard, vient le moment de passer à table. Assis l'un en face de l'autre, Karl et Élisabeth se protègent du mieux qu'ils peuvent derrière une réserve étudiée, toute de politesse et de raison. Conscients de l'importance de cette soirée pour leur fille, ils offrent une performance remarquable de bon sens et de dignité. Alors qu'il y aurait tant de choses à dire… Karl observe les mains d'Élisabeth, des mains fines, aux doigts courts et minces, auxquelles l'âge a dessiné une histoire. Il ne peut arracher sa pensée de ces mains où courent les sillons de la vieillesse. Car ils sont vieux maintenant et leurs mains ne se reconnaissent plus.

— Je crois que le temps est venu d'ouvrir les cadeaux.

— Tu as raison, Francis. Je suis certain que Mary-Ann brûle d'envie de voir ce qu'on lui a offert. Les femmes sont si curieuses !

Mary-Ann fait une drôle de grimace à son frère. Une gaminerie qui divertit tout le monde. Surtout les enfants.

Les présents ont été déposés sur une petite table au salon et quand chacun est bien installé, Francis apporte le premier présent. Mary-Ann n'a pas eu le temps de l'ouvrir qu'on frappe à la porte.

— Pas un malade ! soupire la jeune femme.

Karl et Francis s'adressent un clin d'œil discret teinté d'anxiété tout en se réjouissant malgré tout de la joie à venir.

Ils n'avaient pourtant pas prévu ce cri perçant dont les murs même ont du mal à se remettre.

— Eva ! Eva ! Eva !

Les deux sœurs se précipitent l'une vers l'autre et entreprennent une valse sans élégance qui semble ne vouloir jamais finir. C'est la petite Catherine, blottie dans les bras de son père et apeurée par ces façons peu habituelles qui met un frein aux effusions en réclamant sa mère d'une voix stridente. Thomas, demeuré jusque-là en retrait, tend la fillette à Eva.

Francis fait asseoir tout le monde au salon. Eva salue froidement sa mère et son frère puis elle rejoint son père et lui prend la main discrètement. Elle le trouve changé, fatigué, vieilli. Ils se serrent l'un contre l'autre sans parler, sachant les mots superflus.

— Quelle belle surprise ! s'exclame Mary-Ann, encore rouge d'émotion.

— C'est Francis qui nous a demandé de venir.

— Et tu n'as rien dit ! s'étonne Mary-Ann. Quel cachottier !

— Ton père aussi était au courant, accuse Francis.

La jeune femme pointe le vieux médecin du doigt.

— Toi ! Tu pouvais bien avoir un drôle d'air ces temps-ci !

Mal à l'aise, Thomas prend la chaise qui reste près de John-Henry. Le contraste entre les deux hommes n'a jamais été aussi flagrant. Le premier porte la force du monde dans ses bras. Sa peau basanée exhale un arôme de forêts, de bêtes sauvages. Grand et musclé, il semble prisonnier de la pièce exiguë à laquelle son regard perçant réussit à échapper. John-Henry, la crinière flamboyante, le teint pâle, la taille fine, la bouche précieuse, appartient à la civilisation. Deux formes opposées de savoir.

Eva a pris elle aussi les couleurs ambrées de la terre. Son corps robuste donne à chacun de ses gestes une force brute, sans raffinement. Même ses cheveux ont foncé pour mieux s'accorder aux grands arbres, aux grands mystères d'un monde à habiter, à apprivoiser.

La jeune femme observe sa mère. Celle-ci se tient sur le bout de sa chaise, les lèvres pincées, la respiration haletante, comme si elle craignait quelque contagion. La présence de Thomas y est pour beaucoup dans ce désir criant de prendre la fuite. Eva la déteste pour ce mépris, mais elle ne peut s'empêcher en même temps de l'admirer. Admirer son courage, sa force de caractère, sa volonté. Elle a fait ce qu'elle a voulu. Toujours elle est allée où elle voulait aller. Et personne jamais n'a pu l'écarter de sa route. Indépendante. Libre. Cruelle.

— Il est primordial d'établir une école reconnue de médecine au pays.

John-Henry, en grande conversation avec Francis, a élevé la voix sans s'en rendre compte. Les babillages s'interrompent autour d'eux.

— Je suis d'accord, si cette école est autonome et indépendante.

— Pour qu'il apporte des bénéfices au milieu médical, l'enseignement de la médecine doit être géré par des personnes compétentes.

— Géré peut-être, mais pas gouverné. L'apprentissage de la médecine doit être ouvert à tous et personne ne doit détenir la haute main sur l'enseignement, encore moins sur la pratique.

Francis a parlé doucement ne voulant pas soulever de polémique. Il sait l'importance que les médecins anglophones du Montreal General Hospital accordent à leur projet d'une école de médecine. Il sait également, pour en avoir discuté avec Karl et s'en être inquiété, leur désir d'obtenir le monopole dans ce domaine. Ils rêvent un seul lieu d'enseignement où devraient obligatoirement passer tous les futurs médecins qu'ils auraient ainsi le loisir d'accepter ou de refuser sans qu'aucun recours ne soit permis à l'aspirant. Il n'aurait pourtant pas voulu débattre ce sujet en un tel moment. Il regrette déjà, mais John-Henry, griffé dans ses plus chères aspirations, riposte avec véhémence.

— Je considère qu'un domaine aussi important que celui de la santé de la population ne doit pas être confié à n'importe qui. Certaines couches de la société sont plus aptes à de longues études, c'est évident.

— Et qui fait partie de ces heureux élus ? demande Karl, choqué par l'esprit obtus de son fils.

— John-Henry ne le dira pas par délicatesse, intervient Élisabeth, mais nous sommes entre nous, n'est-ce pas ? Il me semble bien que la population anglophone est beaucoup plus qualifiée. Et dans tous les domaines. J'imagine mal un Canadien français devenir un bon médecin. Ces gens-là se contentent d'ailleurs d'être charlatans. Ils ont une forme de pensée tellement éloignée de la nôtre ! Elle ne leur permet guère de grandes visées.

— Maman ! crie Eva, ulcérée par tant d'inconscience. Tais-toi donc ! Tu ne vois pas que tu peines Francis ? As-tu oublié que sa mère était canadienne-française ? Et c'était une femme fière, intelligente que je suis très heureuse d'avoir connue.

— Tes amitiés ne me surprennent plus guère, ma fille. Quand on épouse un Indien, esclave par surcroît, c'est qu'il n'y a plus de limites à la vulgarité et à la petitesse.

— Tu ne sais pas ce que tu dis ! crache Eva. Tu es une vieille femme fanée dont personne ne veut plus.

Élisabeth se lève brusquement, fouettée par l'affront.

— Nous partons, John-Henry.

Sans saluer personne, la mère et le fils quittent la maison en claquant la porte. Abasourdis, ceux qui restent n'osent pas se regarder, déçus de n'avoir pu être à la hauteur des rêves de Mary-Ann.

— Pardonne-moi, supplie Eva.

— Ce n'est pas de ta faute. J'aurais tellement voulu que tout recommence comme avant. Je n'ai pas réussi… Pardonnez ma naïveté.

Francis serre sa femme dans ses bras. Les enfants se sont tus. Ils écoutent le cliquetis de la pluie.

XII

— Attends, je vais te donner un coup de main pour le pansement.

— Ce ne sera pas nécessaire.

John-Henry a répondu avec cette voix hautaine dont il use de plus en plus souvent avec son père. Son dédain repousse Karl dans les bas-fonds de sa solitude. Mendiant de l'amour, le vieux médecin excuse avec indulgence cette veulerie du jeune homme, influencé, pense-t-il, jusque dans ses affections. Il a trop à faire, se dit-il, trop d'ambitions. Ses priorités sont ailleurs. Pour le moment, il ne voit pas bien l'importance des êtres. Il différencie mal les masques des vrais visages. Un jour, il ouvrira les yeux, il comprendra. Karl rêve, divague, espère jusqu'à en oublier ses malades.

Il quitte parfois l'hôpital sans en aviser personne et il marche de longues heures, indifférent à la pluie, au froid, à la neige qui risque une avance sur l'automne. Mal vêtu pour ces journées imprévisibles, insensible à tout ce qui n'est pas sa méditation, il répond à peine aux salutations. Le quinquagénaire choisit de vivre à rebours le temps qu'il lui reste. Il s'enterre vivant au fin fond de lui-même. Jusqu'à ce qu'à bout de souvenances, il rentre à la maison, souvent trempé, le regard délivré du présent, avec un sourire détaché pour ses petits-enfants. Comme on sourit à une image attendrissante de soi-même.

Mary-Ann s'inquiète de ces absences. Pour sa santé surtout, mais également pour les inévitables répercussions sur sa carrière.

— J'ai surpris une conversation aujourd'hui entre Mmes Duff et Friedel, confie-t-elle à Francis. Il s'agissait de papa. Je n'ai pas tout saisi, mais j'ai compris qu'elles le qualifiaient d'imprévisible. C'est ce qu'elles ont dit : imprévisible… Tu sais ce qu'elles voulaient dire ?

Francis aurait bien voulu retarder le plus longtemps possible cette conversation, mais il ne peut cacher la triste réalité à sa femme.

— Je crois que ton père est fatigué. Il a besoin de repos, de tranquillité.

— Tu voudrais qu'il arrête de travailler !

— Pour un temps…

— Tu sais bien qu'il ne pourra pas ! Ça le tuera !

— Il le faudra bien pourtant. Et nous devons l'aider.

— A-t-il fait quelque chose de grave ?

— Pas encore… Mais les autres médecins ne lui font plus confiance. Il est distrait ; il manque d'assurance ; il oublie. Il est… imprévisible.

Malgré l'évidence, Mary-Ann se rebiffe.

— Ce ne sont que des racontars, j'en suis sûre. Et John-Henry doit être le premier à manigancer pour se débarrasser de lui, pour lui faire encore plus de mal. Il veut tout mener, tout gouverner et l'expérience de papa lui fait peur.

La jeune femme, habituellement si posée, crie sa révolte. Francis a du mal à la ramener à la raison.

— Ce ne sont malheureusement pas des racontars, Mary-Ann. Bien sûr ton frère ne laisse rien passer des écarts de ton père. Il s'empresse même de les mettre en évidence. Mais sur un point, il a raison : Karl se désintéresse de sa pratique et il risque de commettre des erreurs qui pourraient être fatales. D'un médecin chacun est en droit d'exiger le meilleur. Et ton père ne peut plus être parfait. C'est ce qu'on lui reproche. Je t'avoue que j'hésite, moi aussi, à le laisser s'occuper seul des patients.

Troublée, Mary-Ann tente, dans les jours et les semaines qui suivent cette conversation, de se rapprocher de son père. En travaillant comme bénévole au Montreal General Hospital, elle peut l'observer. Essayer de comprendre. Découvrir comment rattraper cette âme à la dérive. Mais le vieil homme demeure insaisissable et elle comprend vite que Francis a raison. Il faudra désormais le protéger de sa propre errance.

— Je rentre, papa. Je suis fatiguée. Tu viens avec moi ? Je crois que tu as, toi aussi, besoin de repos.

— Non, pas encore. Je dois voir John-Henry.

— Il opère dans une heure. Une opération délicate. Tu sais bien : tout l'hôpital en parle. Il doit être très occupé et nerveux.

— C'est pour ça que je veux le voir ; il doit avoir besoin de moi.

Le vieux médecin sourit. Ses yeux bleus se couvrent de bruine. Il ne sait plus se mentir et sa déchéance le trouble. Il répète pourtant :

— Il a sûrement besoin de moi.

Mary-Ann lui touche le bras.

— Je ne crois pas, papa. John-Henry n'a besoin de personne.

— Tu te trompes. Il a besoin de moi. Il a sûrement besoin de moi… Je suis son père…

— Viens avec moi, papa.

— Rentre maintenant, ma chérie. Ne t'en fais pas pour moi.

La jeune femme ne peut insister davantage. Leur conversation a attiré quelques regards et elle ne veut pas alimenter les commérages. Elle le laisse partir, souffrant déjà de la meurtrissure qu'il s'inflige.

Karl, en tremblant, se dirige vers la petite pièce où son fils a installé son bureau. Il frappe nerveusement et pousse la porte sans attendre d'invitation. Il a aussitôt un mouvement de recul en apercevant Élisabeth. Celle-ci, appuyée cavalièrement sur un coin de table, se redresse brusquement. Karl a l'impression d'avoir surpris deux amoureux auxquels l'intimité de quelques minutes avait permis un relâchement.

— Excusez-moi. Je... Je ne savais pas que tu étais ici.

— Que puis-je faire pour toi? questionne sèchement John-Henry.

Karl rougit et baisse la tête en balbutiant:

— Je... C'est... pour l'opération. J'aurais voulu... t'assister.

— Je te remercie de ton offre, mais j'ai déjà retenu les services du docteur Friedel. Il connaît bien ce genre d'opération.

— Je pourrais peut-être vous aider...

Élisabeth, très droite, presque plus grande que lui à force d'arrogance, ne peut se taire plus longtemps.

— Mon pauvre Karl! Tu ne te vois donc pas! Je ne te confierais même pas une ecchymose. Tu n'es plus bon à rien! Un vieillard tremblotant en qui plus personne n'a confiance. Tu pourrais au moins avoir la décence de ne pas faire honte à ton fils.

Karl regarde John-Henry. Celui-ci détourne les yeux. Il s'échappe, disparaît dans les tourbillons diaboliques d'une tempête. Son corps virevolte, emporté par les rafales de vent. Ses cheveux de flamme dessinent un sillon hallucinant de beauté derrière eux. John-Henry rit et sa voix se heurte au corps souffrant de son père. «Je te tiens! Je te tiens! Tu ne vas pas mourir!» Mais John-Henry a disparu avec la vie.

Le fleuve coule, plus fort que l'hiver. La neige le frôle, communie à son mystère, se confond au géant. Assis par terre, immobile, Karl regarde par-delà l'histoire, plus loin que la mort, à la limite de la hantise. Il n'a pas froid. Ni faim. Ni fatigue. Ni espoir. Ni peur. Il attend l'éternité.

— Docteur Payeur…

Georg est mort. Depuis combien de temps ?

— Docteur Payeur… Venez…

Karine chante au pays des morts. Où s'en vont donc les morts ?

— Docteur Payeur… Vous allez être malade.

Petite Eva au corps brûlant. As-tu grandi ? Qu'as-tu fait de ta mort ?

— Venez… Je vous ramène chez vous.

— Papa ! Papa !

Le cri de Karl fait sursauter l'homme qui tendait la main. Et le silence qui suit bouillonne comme un tumulte.

— C'est moi, docteur Payeur. François Lacasse. Vous avez soigné mon garçon. Vous vous souvenez ? Il faut rentrer maintenant.

La voix est douce, attirante. Le geste est bon. Karl le suit.

— Je ne sais plus quoi faire pour l'aider. J'ai tellement de peine.

Francis n'arrive plus à rassurer sa femme. Ni à se rassurer lui-même. Les périodes d'égarement de Karl deviennent de plus en plus fréquentes et sa confusion le place dans des situations délicates.

Depuis la journée où M. Lacasse l'a ramené à la maison dans un état pitoyable, il a bien tenté de reprendre son travail à l'hôpital mais les autres médecins, John-Henry en tête, lui ont vite fait comprendre qu'il était devenu indésirable.

Contrairement aux craintes de Mary-Ann, le vieil homme a accepté ce rejet de ses pairs avec un détachement semblable à un soulagement. Il s'est réfugié en lui-même, visiblement heureux de n'avoir plus à répondre de rien.

— Je ne sais plus comment le retenir à la maison. Il me file entre les doigts. Il m'abandonne…

— Il ne t'abandonne pas. Il cherche quelque chose… Ou quelqu'un… Lui-même peut-être.

— Nous ne pourrons pas continuer comme ça. Il disparaît des journées entières sans nous dire où il va. Il ne voit plus rien de ce qui l'entoure. Il n'entend plus rien. Il ne reconnaît personne. Et cette obsession qu'il a du fleuve ! C'est toujours là qu'on le retrouve, comme s'il attendait quelqu'un. Je suis inquiète, Francis. J'ai peur qu'il lui arrive quelque chose. Les gens peuvent être tellement méchants.

— Laissons-lui un peu de temps encore. Il sait mieux que nous ce dont il a besoin.

— En es-tu sûr ?

Francis ne répond pas. Tant de choses lui demeurent obscures et pourtant il sait que la quête de son vieil ami le mènera là où il doit aller. Et il est prêt à accepter l'issue du combat quelle qu'elle puisse être. Il n'en va pas de même pour Mary-Ann ; il le sait bien. Il voudrait lui faire comprendre, l'aider à se détacher de son amour pour son père, l'aider à accepter le destin que celui-ci érige sur ses blessures. Il la regarde, assise sur le lit, prostrée. L'anxiété donne à son beau visage un éclat peu commun, tout d'intériorité. « Même la douleur pare ses traits », songe-t-il, fasciné comme toujours par le mystère de la beauté gratuite, sans recherche. Une perfection qui ne s'interroge jamais.

Un grand vent cérémonieux, grandiloquent, soulève les volets, lèche les fenêtres dans un geste démesuré de chef d'orchestre, emphatique. Maître du jour, maître à penser, maître des consciences et des émotions. Les âmes résistent mal à la furie du vent.

Après avoir fixé plus solidement les volets, Francis laisse sa femme. Dans le corridor, il rencontre les enfants et embrasse leurs joues encore bouffies par le rêve. En passant devant la chambre de son beau-père, il s'arrête un moment mais, confronté au silence, il décide de ne pas entrer. Karl a besoin de sommeil. « J'essaierai de lui parler ce soir », pense-t-il en affrontant une première rafale de vent qui lui coupe le souffle.

— Ce temps n'aidera pas mes malades, maugrée-t-il avant de plonger au creux de la bourrasque.

Il a à peine tourné le coin de la rue, effacé par la poudrerie, que John-Henry frappe à la porte de sa demeure. Il n'attend pas qu'on lui ouvre pour pénétrer à l'intérieur. Madeleine le conduit au salon où Mary-Ann vient bientôt le rejoindre. Le jeune homme, l'œil pétillant et la crinière aux quatre vents, ne s'embarrasse pas de préliminaires.

— Je viens te parler de notre père, dit-il de sa voix nerveuse au débit rapide et énergique. Ça ne peut plus durer. Il faut le faire soigner, le faire interner, s'il le faut. J'en ai parlé au docteur Christie à l'hôpital du frère Charron. Il accepte de voir notre père.

Mary-Ann sursaute, choquée.

— Que veux-tu dire ?

— Nous sommes la risée de la ville. Notre père se comporte comme un aliéné. Il peut devenir dangereux, pour lui comme pour les autres. Je suis venu te dire que maman et moi avons entrepris des démarches pour le faire soigner.

— Pour le faire enfermer, tu veux dire ! rage Mary-Ann. Évidemment, ta réputation importe plus que sa vie ou même que son bien-être ! Je te préviens, John-Henry, ne te mêle pas de ça ou sinon tu me trouveras sur ton chemin ! Tu ne t'es jamais occupé de lui, tu l'as humilié, et maintenant, tu voudrais le tuer ! Je ne te laisserai pas faire ! Tu ne l'enfermeras pas dans un hôpital pour aliénés !

Abasourdi par la soudaine violence de sa sœur, John-Henry part sans rien ajouter. Qu'y aurait-il d'autre à dire ? Il sait ce qu'il a à faire et personne ne l'en empêchera.

Le bruit de la porte rudement refermée fait tressaillir Karl agenouillé depuis quelque temps en haut de l'escalier, l'épaule appuyée sur la rampe. Il a tout entendu de la dispute et ses yeux, sans larmes, reflètent une profonde détresse. Il s'abandonne, lucide, écorché par la cruelle réalité. Ses épaules s'affaissent et sa tête lourde tombe sur sa poitrine. Il ne croit pas pouvoir trouver un jour la force de se relever, et Mary-Ann qui le découvre ainsi effondré doit demander l'aide de Madeleine pour le porter à sa chambre.

Pendant des jours, elle le soigne, lui parle, le gâte, caresse ses cheveux blancs ondulés comme ceux d'un bambin. Il sourit parfois, mais refuse obstinément de collaborer, peu concerné par cette lutte. La nuit, dans le silence et l'obscurité, il ne dort pas. Il veille ce mourant qu'il ne connaît pas, lui raconte une vie autre, déjà morte et bellement réinventée. La nuit lui appartient. Il la savoure à petites doses, du bout du cœur, avec mille précautions, pour ne pas déchirer la plaie. Il ne fait plus la distinction entre soleil et ombre. La tourmente creuse ses veines. Il ne ressent pas le doux temps de mars, inconscient de l'avance des jours. Les rares fois où il quitte sa chambre, Mary-Ann le surveille discrètement pour l'empêcher de fuir vers le fleuve, tout entier livré à la débâcle.

— J'ai peur, confie-t-elle à Francis, des conspirations de John-Henry et de ma mère. Deux médecins sont venus pour le voir cet avant-midi. Je suis sûre qu'ils étaient envoyés par John-Henry. Ils n'ont pas insisté quand j'ai dit qu'il se reposait mais ils vont revenir et je ne trouverai pas toujours de bonnes excuses.

— Nous ne pourrons pas le séquestrer ainsi très longtemps. Il a besoin de soins et les enfants souffrent de l'atmosphère enfermée de la maison.

— Tu ne veux pas, toi aussi, l'envoyer dans cette maison de fous où on va le maltraiter ? Il n'est pas fou, seulement malheureux. Tu l'as dit toi-même, il a besoin de temps !

— Je t'en prie, ne t'affole pas. Tu sais bien que je l'aime comme mon père.

Mary-Ann se blottit dans ses bras.

— Qu'allons-nous faire ?

— Nous allons chercher de l'aide. Même s'il faut, pour cela, aller jusqu'à Londres. J'ai entendu parler de nouvelles méthodes pour ce genre de maladie.

— Si seulement il voulait parler, raconter sa douleur…

Les deux époux s'enlacent, cherchent dans leur étreinte la force de lutter. Un bruit léger, le glissement d'un pied sur le parquet les fait se retourner. Karl est là. Il a enfilé des vêtements maintenant trop grands pour lui. Son dos courbé et les rides qui creusent son visage font peine à voir mais Francis décèle un éclat nouveau dans les yeux bleus.

Mary-Ann vient vers son père et le pousse doucement vers un fauteuil. Il résiste.

— J'ai entendu quelque chose, dit-il.

Sa voix rauque sourd avec peine d'un univers étranger au monde.

Mary-Ann le soutient.

— Qu'as-tu entendu, papa ?

— Un violon…

Mary-Ann regarde son mari avec des yeux suppliants. S'il l'aime comme il dit l'aimer, il va sauver ce vieil homme. Mais Francis ne peut rien. Le pouls affaibli de l'âme ne se livre pas à la science des hommes.

— Ce doit être le vent, papa. Tu sais comme il peut être trompeur parfois.

— Non, c'est un violon…

Karl se dégage de l'étreinte de tendresse qui l'enserre et se dirige vers la cuisine d'où émergent soudain trois notes grinçantes. Les époux se regardent, surpris. Karl a déjà poussé la porte.

Le petit Peter ne les a pas entendus venir, tout à sa découverte. Il a posé le violon sur son épaule et tente avec des grimaces d'en extraire des sons dignes de ce nom. Ses efforts produisent des notes sans rapport les unes avec les autres, des notes en mal d'harmonie, en quête de sens. Sans parler, Karl s'approche de l'enfant et pose sa main sur celle qui tient l'archet. Le garçon sursaute. Karl le rassure d'un sourire puis prend l'instrument minuscule qui devient touchant dans ses mains d'adulte. Il pose le violon sur son épaule, caresse de sa joue le bois dépoli par le temps puis glisse lentement l'archet sur les cordes tendues. La musique se plaint, triste et sans vie.

— Il est tout désaccordé, dit Karl d'une voix rajeunie. C'est pour ça que tu n'y arrivais pas.

Il plante solidement l'instrument sur ses genoux et serre les clés en vérifiant la justesse du son.

Mary-Ann a pris la main de Francis et tous les deux observent avec émerveillement cet homme bafoué, dépouillé de toute espérance, qui redécouvre la vie. Ses yeux bleus retrouvent la vivacité d'autrefois, son teint se colore, les mains, hier inertes et inutiles, bougent avec assurance. Le dos s'est redressé, sensible à la noblesse de l'instrument, et les sons clairs qui s'échappent maintenant du violon purifient l'air. Insufflent au cœur un regard nouveau. Transfusion de paix pour l'âme en guerre avec elle-même.

Après quelques minutes, Karl tend le violon à son petit-fils.

— Je vais te montrer.

Le vieillard et l'enfant se penchent d'un même geste, attentifs l'un à l'autre.

Francis et Mary-Ann quittent la pièce sur la pointe des pieds.

Quelques jours plus tard, Karl fait ses adieux à sa famille.

— Ne t'inquiète surtout pas de moi, Mary-Ann. Je vais très bien.

Il serre sa fille aînée dans ses bras et la force de l'étreinte la rassure. Son père a retrouvé le fil de sa vie.

— Donne-nous des nouvelles.

— Vous viendrez me voir avec les enfants.

La calèche l'emporte à travers la ville ébouriffée par le printemps.

La rue Saint-Paul a pris des allures de fête qui se propagent jusque dans les ruelles sans réussir à atteindre le faste impérial des forêts verdoyantes où le tumulte citadin s'estompe. Érables et trembles, brise et odeurs, mésanges et hirondelles unissent leurs voix pour chanter le mai nouveau. Karl, secoué par les soubresauts de la calèche, ressent dans tout son corps la sève de jeunesse qui jaillit de la terre. Il presse le cocher qui le dépose enfin avec bagages et espoirs à l'orée de sa vie. L'homme nouveau s'enfonce d'un pas assuré dans une nature amicale où remords et angoisse n'ont guère de prise.

Les rayons du soleil tricotent à travers les arbres et enlacent la clairière où rien n'a changé. Louve farouche relève la tête en entendant des pas. De longues tresses courent sur son corps, dessinent le galbe du sein, caressent la hanche. Elle plisse ses yeux noirs où le soleil pénètre, amant sans pudeur. Son visage ridé comme la mer sous les griffes du vent parle de pluie, de rafales, de souvenirs, de liberté.

Karl dépose sa valise et s'avance vers elle. Elle ne bouge pas. Elle sait son amour pour lui ; elle attend le sien pour elle. Qu'il la choisisse. Encore une fois. Sans parler de lendemain. Pour l'instant qui passe et qu'ils partagent.

Il la prend dans ses bras et elle pose la tête sur son épaule.

TROISIÈME PARTIE

COTERIES

... considerations of a public nature on new modeling the Board of Medical Examiners at Montreal so that it shall in future consist of persons holding diplomas or testimonials from Medical Institutions in Great Britain, or those who are at present Medical Officers of the Montreal General Hospital now about to be incorporated...

Lord Dalhousie
11 février 1823

I

Août 1822

— Tu as vu, chéri ? On dit dans le journal que le docteur Stephenson va donner des cours d'anatomie et de physiologie cet automne et de chirurgie au printemps.

Mary-Ann tend la *Gazette* à son mari, très intéressé. La dernière phrase de l'article retient un moment son attention : « It is in contemplation to give during the 12 months, lectures on others branches of the Profession. For fuller particulars apply to Dr. Stephenson at the house adjoining the hospital. »

— Il fallait s'y attendre, murmure le médecin.

— Qu'est-ce que tu dis ?

— Rien. Je vais m'étendre un moment. Je suis un peu fatigué.

Après avoir embrassé Mary-Ann pour la rassurer, Francis se retire dans sa chambre. Il a besoin de solitude pour repenser calmement toute cette effervescence qui secoue le monde médical en cette année 1822. En mai dernier, le Montreal General Hospital, sis depuis ses débuts sur la rue Craig, emménageait sur la rue Dorchester, avec équipement, malades et personnel, dans un édifice beaucoup plus grand et fonctionnel. Le nouvel hôpital peut abriter quatre-vingts patients ; cinq médecins anglophones y dispensent des soins. John-Henry en tête, ceux-ci ont toujours proclamé bien haut qu'ils comptaient mettre sur pied, le plus tôt possible, une maison d'enseignement. Leur projet semble bien vouloir se concrétiser.

C'est à prime abord une idée emballante que celle d'une institution médicale. Personne ne peut le nier. Surtout si elle s'inspire de l'école d'Édimbourg dont John-Henry vante les mérites avec une verve intarissable ; mais l'approche nouvelle que semblent vouloir privilégier les médecins du Montreal General Hospital inquiète Francis, comme beaucoup de ses collègues. Il pressent un désir inavoué de s'emparer de la médecine et de la façonner au goût d'un clan bien déterminé à envahir la profession et à la soumettre à ses propres lois.

Des rumeurs circulent, rapportées fidèlement par Joseph qui en est déjà à sa quatrième année d'études avec lui, de même que par Antoine, un nouvel étudiant qui commence tout juste son apprentissage. Des rumeurs inquiétantes qui voudraient que les médecins du Montreal General Hospital rêvent non seulement d'une école de médecine où ils seraient les seuls dispensateurs du savoir, mais également d'un Bureau d'examinateurs constitué uniquement par eux et au sein duquel ils détiendraient tous les pouvoirs. Ces rumeurs, de plus en plus précises, troublent Francis. Et il n'est pas le seul à vouloir mettre les choses au clair. Les médecins de l'Hôtel-Dieu, anglais ou français, commencent à regimber. Aucun d'entre eux n'acceptera un tel monopole.

Ses réflexions le mènent capricieusement à Eva dont ils n'ont plus eu de nouvelles depuis longtemps. « Comment la société pourrait-elle se permettre de rejeter un aussi bon médecin ! pense-t-il. Il faut réglementer, surveiller certes, mais sans étroitesse d'esprit. » Un défaut qu'il redoute chez certains de ses collègues du Montreal General Hospital. Chez John-Henry surtout. Si grand parfois, si empli de savoir. Et capable de tant de petitesse.

Il ne peut s'empêcher de penser à Karl, parti depuis deux ans et dont les lettres racontent le bonheur tranquille. Et de Karl, son esprit vagabonde jusqu'à Jean-Baptiste dont la dernière missive remonte au mois dernier. Le cultivateur a subi de lourdes pertes encore une fois à cause d'un orage particulièrement violent, accompagné de vent et de grêle. Francis revoit son ami aux cheveux crépus, au teint chocolaté, doux comme une gâterie. Il sourit. « Il s'en remettra, rien ne pourra jamais l'abattre. Même la cruauté humaine n'a pas pu le détruire. Il est invincible. » Pendant un moment, le médecin rêve de Batiscan. Il entend la rivière, jacasseuse comme une pie, intarissable de commérages ; il sent la terre ; il entend les cris de joie d'un enfant qui se roule dans les épervières orangées. Batiscan. La vie et la mort...

— Docteur Loiseau !

La voix de Joseph le sauve de souvenirs douloureux. Il ouvre au grand jeune homme, trop maigre pour sa forte carrure.

— Oui, Joseph. Qu'est-ce qui se passe ?

— C'est M. Bouchette. Je l'ai amené à l'Hôtel-Dieu. J'aimerais que vous veniez le voir. Je redoute une consomption pulmonaire.

— J'arrive.

La petite Hélène, âgée de six ans, grimpe les marches en catastrophe.

— Papa ! Papa ! Viens vite !

Francis la reçoit dans les jambes.

— Qu'est-ce qui se passe donc, ma chérie ?

— C'est le chien de Geneviève. Il s'est fait ruer par un cheval. Il ne bouge plus.

— Je ne peux pas y aller maintenant. Il y a un monsieur qui est très malade à l'hôpital ; il a besoin de moi.

— Le chien aussi, il a besoin de toi. Il va mourir.

Joseph, conscient de l'embarras de son professeur, sauve la situation.

— Je vais y aller moi. Je suis le meilleur soigneur de chiens de la ville.

Rassurée, la fillette entraîne rapidement l'étudiant qui, empêtré dans ses longues jambes, risque une chute à chaque marche. Francis les suit un moment puis leurs chemins se séparent.

— Bonne chance ! crie-t-il.

— À vous aussi ! lui répond Joseph.

Francis a du mal à effacer un petit chagrin insidieux logé dans la gorge. La tristesse de devoir choisir entre deux douleurs.

À l'hôpital, l'atmosphère l'inquiète. Après avoir examiné son patient et recommandé une médication, il ne s'attarde pas, désireux de retrouver Hélène et Joseph, mais deux de ses collègues anglophones l'interpellent alors qu'il quitte l'hôpital.

— Vous avez lu la *Gazette*, Francis ?

— Oui.

— Qu'en pensez-vous ?

— Rien pour le moment, sinon que nos collègues du Montreal General Hospital poursuivent leurs visées de fonder une école.

— S'ils ne voulaient que fonder une école, je crierais bravo. Mais ils ne s'en tiendront pas là.

— Que craignez-vous ?

— Ils veulent former des médecins et leur but est louable, certes, mais ils veulent également contrôler le choix et l'acceptation des candidats à la pratique de la médecine. Nous ne pouvons les laisser faire. Nos étudiants risquent de se voir refuser à l'examen s'ils ne répondent pas aux exigences particulières de ces messieurs.

— Vous croyez qu'ils iraient jusque-là ?

— J'en suis sûr, vous verrez.

Les craintes des médecins de l'Hôtel-Dieu se confirmèrent rapidement. Les docteurs Stephenson et Holmes, du Montreal General Hospital, adressèrent dès novembre un mémoire à Lord Dalhousie, lui demandant la permission de fonder une école de médecine. Le docteur Robertson, un membre du petit groupe, y ajoutait une lettre personnelle suggérant d'adjoindre les médecins du Montreal General Hospital au Bureau des médecins examinateurs et ceci, « afin de donner à la nouvelle institution d'enseignement un statut légal », précisait-il.

La réponse vint rapidement, soulevant aussitôt la colère du monde médical. Le 11 février 1823, en effet, Lord Dalhousie, gouverneur en chef, non seulement permettait qu'on ouvre la première école de médecine, la Montreal Medical Institution, mais il remaniait du même coup le Bureau des examinateurs et y nommait tous les médecins de la nouvelle institution, en écartant tous les autres.

— Nous ne pouvons pas les laisser faire ! Un tel monopole est inacceptable.

Où qu'il aille, Francis n'entend plus que récriminations, plaintes, menaces. La décision du gouverneur, très impopulaire dans tous les milieux, soulève la révolte. On crie à l'injustice et Francis, rendu suspect par son lien de parenté avec John-Henry, recueille ici et là des bribes de confidences, indices certains d'une immense colère.

Comme pour ajouter à l'acrimonie générale, les nouveaux examinateurs, en fonction depuis à peine un mois, décident de refuser deux candidats, deux Canadiens français de surcroît. Dans un contexte déjà passablement perturbé, une telle attitude tient de la provocation.

Francis a du mal à rassurer Joseph, très ébranlé.

— Je dois passer l'examen dans quatre mois.

— Tu le passeras, j'en suis certain. Ils ne peuvent pas te refuser.

— C'est ce que croyait Daniel... et ils ne l'ont pas accepté.

— Beaucoup de choses peuvent changer d'ici là. Ne t'inquiète pas. Tu es un excellent médecin. Tous mes confrères t'admirent et te refuser à l'examen serait une injustice beaucoup trop flagrante pour que les examinateurs s'y risquent.

Un peu apaisé, Joseph quitte la maison et croise un garçonnet visiblement perdu, porteur d'une lettre pour les Loiseau. Il lui indique le chemin et s'éloigne, les bras ballants, le pas rapide.

— Ma mère a dit c'est urgent, déclare l'enfant avec fierté en tendant son message à Francis quelques instants plus tard.

Le médecin tend une pièce à l'enfant et prend la lettre. Le papier porte l'empreinte de plusieurs doigts et les coins racornis témoignent de la route inusitée empruntée par la missive. La lettre a été adressée à Francis et Mary-Ann Loiseau d'une main malhabile, plus habituée à caresser l'écorce des arbres qu'à courir sur le papier.

Sa femme étant absente, Francis décide de lire le message sans l'attendre. Il reçoit les mots en plein visage. Des mots brusques, sans délicatesse, sans rouerie, incapables de tergiversation.

« Le docteur Payeur est mort dans la nuit.

L'Indienne l'a enterré où il avait demandé.

Voulez-vous ses affaires ? »

D'après l'état de la lettre, Francis devine que la mort de Karl remonte à plusieurs jours, sinon à plusieurs semaines. Il ferme les yeux pour revoir son maître et ami, se recueille un moment pour lui dire merci en refoulant du mieux qu'il peut une grande douleur.

— J'ai eu une étoile, papa !

— Et moi j'ai eu une lettre ! dit Mary-Ann en brandissant un bout de papier. Ils emplissent la maison de leur exubérance, chacun voulant raconter ce qui lui arrive.

— Un à la fois, supplie Francis en s'efforçant à la gaieté.

— Vas-y Peter, concède la jeune femme.

— J'ai eu une étoile à mon cours de violon parce que M. Mechtler dit que je fais des progrès tous les jours. Tu veux que je te joue la dernière pièce que j'ai apprise ? Je la sais par cœur.

Tout en parlant, il a tiré le vieil instrument de son enveloppe toute neuve et les sons qui s'échappent du violon ravivent la peine de Francis.

— C'est très beau, dit-il, la voix enrouée.

— À moi maintenant, déclare Mary-Ann, visiblement impatiente de parler.

— Nous t'écoutons.

— J'ai reçu une lettre d'Eva. Elle a eu un garçon. Ils ont construit une grande maison et elle a obtenu du gouverneur général la permission officielle de pratiquer comme accoucheuse. Elle dit qu'elle s'est décidée à passer l'examen d'abord pour rassurer ses patientes les plus nerveuses et ensuite pour plaire à papa. Elle veut que nous le lui fassions savoir le plus vite possible. Et elle va venir cet été.

Elle a défilé tout ça dans un même souffle, indifférente à l'angoisse de Francis. Celui-ci reste muet, incapable de surmonter sa détresse. Mary-Ann en profite pour lui présenter un projet.

— Si on allait voir papa demain. Tout de suite après la messe. Les routes sont mauvaises mais en allant doucement, il n'y a pas de danger. Il sera tellement heureux et Peter pourra lui jouer du violon. Ce sera une belle journée ! Il y a tellement longtemps que nous ne l'avons pas vu !

— …

— Tu ne peux pas ?

— …

— Allez, accepte. Je m'ennuie tellement de lui.

La jeune femme caresse la joue de Francis. Ses yeux verts scintillent comme l'eau des rivières où le soleil éparpille ses perles de lumière. Elle attend. Francis l'attire vers lui.

— Qu'est-ce qui se passe ? murmure-t-elle, soudainement sensible à la tristesse de l'air.

— C'est ton père… J'ai eu des nouvelles.

— Qu'est-ce qu'il a?

— Il est… Il est mort…

— Non…

Mary-Ann n'a pas élevé la voix. Sa douleur lui ressemble : réservée, raisonnable, belle. Elle appuie sa tête sur l'épaule de Francis.

Peter les regarde s'enfouir au creux du passé, creuser les souvenirs jusqu'à la blessure vive. Il pense à cette fugue de Bach qu'il doit apprendre la semaine prochaine et sourit.

II

En observant son fils, entièrement concentré sur un passage difficile, bien décidé à en venir à bout, Mary-Ann revoit son père, complice lui aussi de la musique. Elle l'imagine petit garçon blond, au milieu des soldats. Et elle courbe le dos, accablée par une tristesse cruelle, sans recours. Elle voudrait que le violon se taise parce que sa voix ancestrale déchire ses souvenirs. Elle voudrait aussi qu'il ne s'arrête jamais pour offrir à Karl le cadeau de l'immortalité.

La jeune femme a rencontré sa mère et son frère il y a quelques jours pour leur apprendre la mort de Karl. La première n'a rien dit ; le second a quitté la maison brusquement. Chacun vit la mort à sa façon. Elle a ensuite écrit à l'Indienne pour la remercier et lui dire de garder toutes les choses de Karl. Et maintenant, elle écrit à Eva. Et chaque mot tache la feuille blanche comme sillon de sang.

— J'ai faim, maman.

Johann, du haut de ses quatorze ans, a pris un ton de reproche pour rappeler à sa mère ses devoirs. Celle-ci s'en amuse. Son petit homme la rassure, calme comme son père, bon également. Il veut être médecin. Depuis toujours, comme si cela allait de soi.

Hélène est derrière lui, admiratrice inconditionnelle. Elle a hérité de sa grand-mère paternelle une magnifique crinière brune, une énergie indestructible et une intelligence pratique capable de solutionner tous les problèmes.

Distrait par leur arrivée, Peter range son instrument et vient près de sa mère qu'il entoure de ses bras.

— Tu as terminé, maman ? Tes enfants meurent de faim.

Celui-là ne fait rien comme les autres. Timide, sensible, il devine les êtres, traduit en gestes simples les sentiments qu'ils camouflent, les rend, sans le savoir, à la conscience d'eux-mêmes. Imaginatif, il invente aux choses des magies envoûtantes comme s'il repoussait la vie réelle.

Mary-Ann caresse la joue du petit garçon et embrasse Hélène qui réclame sa part de tendresse.

— Je ne laisserai pas mes enfants chéris mourir de faim. Je vais voir Madeleine et lui demander de vous préparer une collation. Nous mangerons plus tard aujourd'hui. Votre père a une réunion importante.

Drôle de réunion que celle-là pour le médecin habitué aux contusions, toux, bras cassés, éruptions cutanées. Les trois hommes assis devant lui n'ont rien à faire de ses connaissances professionnelles. Ils font plutôt appel à son sens du devoir, à sa générosité. Mieux encore, à son sens de la justice. En espérant que son charisme servira leurs fins. Des fins selon eux équitables et justifiées par les circonstances.

— Nous avons besoin de vous.

Ils se font convaincants, passionnés par la cause à défendre.

Louis Guy et Denis-Benjamin Viger ne sont jamais à court d'arguments. Ils ont besoin d'hommes comme Francis pour amener les Canadiens français au pouvoir. Il est aimé par la population. Tous lui font confiance. Il ne refusera pas de mettre son intelligence au service de ses compatriotes.

Francis est touché par cette marque d'estime. Ses interlocuteurs ont-ils oublié qu'il n'est qu'à demi canadien-français et qu'il a, de surcroît, épousé une anglophone dont le frère est réputé pour son aversion envers les habitants ? Ou comptent-ils justement se servir de cet état de fait contre une certaine caste qui les affuble de tous les péchés de la terre dont l'esprit grégaire n'est pas le moindre ? Francis serait-il l'Anglais de service qui excuse toutes les discriminations ?

Perplexe, il écoute avec honnêteté leur plaidoirie. Ils en ont contre les commerçants anglais qui projettent une union du Haut et du Bas-Canada. Ils relèvent, dans tous les domaines, des injustices flagrantes, dont celle du Bureau d'examinateurs. Ils rappellent le saccage du *Herald* par une poignée de Canadiens français irrités par les articles résolument pro-anglophones du journal et la naissance du *Canadian Spectator*, un journal réformiste de langue anglaise, fondé par Papineau et un Irlandais, et qui ne se targue pas d'objectivité.

— Il y a du mécontentement partout.

— La révolte est imminente.

— Il faut changer les lois, endiguer le flot de colère avant qu'il ne dégénère en luttes.

— Nous avons besoin de meneurs, d'hommes intelligents, capables d'agir et de s'y retrouver dans les méandres de la politique. Nous devons compter là où se prennent les décisions avant que le peuple, enragé, ne décide de se faire justice lui-même, avec son cœur plutôt qu'avec sa raison.

Francis hésite. Il leur demande un temps de réflexion qu'ils lui accordent à contrecœur, pressés par leur désir de changer le monde.

De retour à la maison, le médecin est assailli par des enfants affamés qui lui enlèvent chapeau, bottes et manteau.

— Madeleine va pleurer toutes les larmes de son corps si tu ne te dépêches pas, menace Peter.

— Et maman va nous enfermer à la cave ! se plaint Hélène.

— Vous êtes donc aussi insupportables ? demande Francis en embrassant Mary-Ann.

— Plus que tu ne pourrais le soupçonner, lui répond celle-ci en le retenant un moment contre elle.

Mais les enfants les poussent vers la salle à manger et Madeleine apporte aussitôt les plats en bougonnant que tout est trop cuit.

— Ce sera délicieux comme d'habitude, la rassure Francis.

Il n'a pas sitôt terminé sa phrase qu'on frappe à la porte. Découragée, la servante ouvre à un homme qui réclame à haute voix le docteur Loiseau.

— Il y a eu une bataille, docteur. Il faut venir.

Francis n'a pas besoin d'expliquer. La mine patibulaire des enfants démontre qu'ils connaissent la suite.

— Mangez sans moi. Je ne sais pas quand je reviendrai.

Arrivé sur les lieux du carnage, le médecin constate rapidement l'ampleur des dégâts. Dans une arrière-cour de la rue des Commissaires, trois hommes gisent ensanglantés, les vêtements déchirés. L'un d'eux a reçu plusieurs coups de couteau au ventre. Francis recueille cette dernière parcelle de vie avec rage et tristesse. L'homme était jeune, musclé, avec des cheveux très longs auxquels la lueur du fanal donne des éclats de jais. Un métis peut-être.

Les deux autres blessés ont eu plus de chance. « Il faut les transporter à l'hôpital. » Francis regarde autour de lui. Tous les témoins du combat ont disparu. Un soldat de la milice, alerté par le va-et-vient inhabituel, arrive en courant. D'un âge certain, l'homme n'en est pas à sa première rixe.

— Ce doit être un règlement de comptes entre Anglais et Français. Ce ne sera pas le premier ni le dernier. Quand la boisson s'en mêle, les hommes se prennent vite pour des héros et ce qui n'avait pas d'importance devient alors une question de vie ou de mort.

— Ce sera précisément le cas pour ces hommes si on ne les transporte pas rapidement à l'hôpital.

— Je vais chercher de l'aide, docteur. Espérez-moi, je reviens.

Quelques minutes plus tard, le milicien est de retour avec une charrette conduite par un cocher et un cheval très peu enthousiastes. Les trois hommes installent les blessés du mieux qu'ils peuvent. L'un d'eux perd beaucoup de sang.

— Faites vite, cocher !

À leur arrivée à l'hôpital, infirmières et médecins les entourent et emploient à les soigner tout l'appareil médical disponible.

— Celui-ci me semble hors de danger pour le moment, déclare au bout d'une heure le docteur Fortier.

— Nous ne pouvons malheureusement pas en dire autant de l'autre.

L'homme a beaucoup souffert d'un coup de couteau qui lui a déchiré la hanche. Depuis quelques minutes, il a cessé de se plaindre, englouti dans quelque bienfaisante inconscience. Mais les médecins s'inquiètent.

— Il faudrait arrêter l'hémorragie interne.

— Nous n'avons pas ce qu'il faut pour tenter l'opération.

Un étudiant risque une remarque.

— Au Montreal General Hospital, ils ont réussi une opération semblable la semaine passée.

Les médecins se tournent vers lui d'un même mouvement.

— Tu en es sûr ?

— Oui, c'est mon ami qui m'a raconté. Il assiste aux cours du docteur Stephenson et c'est lui-même qui leur a expliqué le déroulement de l'opération. Il en était très fier.

— Il a opéré lui-même ?

— Non, c'est le docteur Beyer.

Sans attendre, Francis court vers la sortie.

— Je vais voir John-Henry.

Il n'a pas pris de fanal et quand il emprunte la rue Saint-Gabriel, là où les lampadaires de la rue Saint-Paul n'ont plus prise, il se bute à la nuit et doit ralentir sa course. Il hésite un moment avant de frapper à la porte de sa belle-mère. La maison repose dans l'obscurité comme un animal repu. On ne dérange pas un lion qui dort, mais l'urgence de la situation lui enlève toute inhibition et c'est avec force qu'il heurte le marteau.

Montréal vient répondre d'un pas traînant. La flamme papillotante donne à sa peau d'ébène et à ses cheveux blanchis un aspect fantomatique.

— Je veux voir John-Henry.

— À cette heure-ci, monsieur ?

— C'est urgent.

— Je ne crois...

— Qu'est-ce qui se passe, Montréal ?

John-Henry, aussi alerte que s'il venait de prendre son petit déjeuner, pousse le vieillard avec impatience.

— Francis ! Qu'est-ce que tu fais ici, à cette heure ? Il est arrivé quelque chose à Mary-Ann ?

— Non...

— Aux enfants ?

— Non. J'ai besoin de toi à l'Hôtel-Dieu.

Intrigué, le médecin laisse parler son confrère sans marquer son étonnement.

— Il y a eu une bataille. Un blessé est mourant. On m'a dit que tu avais traité un cas semblable la semaine passée.

Après que Francis lui eut expliqué le cas, John-Henry confirme les dires du jeune étudiant.

— Oui, en effet. J'ai eu un cas semblable la semaine dernière et l'opération a été un succès.

— Peux-tu venir ? L'homme ne tiendra pas très longtemps.

— Il faudrait le transporter au Montreal General Hospital.

— C'est impossible. Il ne supportera pas un tel déplacement. C'est vraiment une question de minutes.

— Alors je ne peux rien faire. Vous n'avez pas l'installation requise pour une telle opération.

John-Henry a été bref. Il voudrait refermer la porte et retourner dormir, mais Francis ne peut accepter une telle réponse.

— Comment peux-tu décider aussi froidement de laisser mourir un homme ?

Ébranlé par cette soudaine harangue, John-Henry veut s'expliquer mais sa mère, soudainement sortie de l'ombre, s'interpose entre les deux médecins.

— Tu ne vois donc pas dans quelle situation délicate tu places John-Henry ! Il ne peut quand même pas se vendre, trahir ses confrères. On attend beaucoup de lui et surtout la loyauté envers ses allégeances. Et puis s'il fallait qu'il accoure chaque fois que des misérables décident de régler leurs comptes avec leurs poings, où trouverait-il le temps pour ses recherches ! Ce n'est pas en s'attachant à la misère qu'on atteint l'excellence !

— Maman…

John-Henry, gêné, veut l'interrompre mais, sourde à ses muettes supplications, elle congédie son beau-fils.

— Ne compte pas sur John-Henry. Il en fait déjà plus qu'il ne peut en faire. S'il veut soigner les honnêtes gens pendant le jour, il a besoin de ses nuits pour dormir.

La lourde porte se referme et Francis ne sait d'où vient ce tremblement qui remue la terre. De la flamme qui vacille en s'éloignant ou des larmes dans ses yeux.

Sans s'attarder, il revient à l'hôpital et apprend la mauvaise nouvelle à ses collègues.

— Si tu le permets, dit le docteur Fortier, j'aimerais essayer quelque chose.

— Il faut tenter l'impossible. Il n'y a plus rien à perdre.

— Venez, je vais avoir besoin de votre aide.

Les trois médecins, assistés de l'étudiant, ne renoncent pas. Jusqu'à l'aube, ils s'affairent autour du blessé. Mais celui-ci a abdiqué depuis longtemps. Il ne verra pas le soleil éblouissant de cette fin d'avril posté par l'aurore au-dessus du fleuve pour veiller sur le bonheur des hommes.

Matinale comme toujours, Hélène accueille Francis avec son merveilleux rire. Elle se moque de sa barbe qui pique, de ses yeux rapetissés par la fatigue. Elle le cajole de ses petites mains indociles. Elle le ramène à la vie et ne lui permet d'aller dormir qu'après lui avoir fait promettre une histoire de fée à son réveil. Doux tyran qui oblige à sourire.

À peine trois heures plus tard, Guy et Viger se présentent chez les Loiseau. Ils veulent une réponse à leur requête de la veille et Francis, mal remis de sa nuit, a du mal à rassembler ses esprits.

— Nous devons savoir si vous êtes avec nous, insiste Viger.

— Nous avons appris ce matin de source sûre que votre beau-frère compte poser sa candidature aux prochaines élections. Vous seul pouvez lui opposer une résistance valable.

Voilà donc pourquoi John-Henry devait ménager les susceptibilités de ses confrères, songe Francis aussi outré que triste. Voilà donc où mène la politique. À la sécheresse et à la mort.

— Je regrette, messieurs. Quoique particulièrement touché par votre confiance et très près de votre cause, je dois refuser votre offre.

— Mais…

— Ma décision est irrévocable. Veuillez m'en excuser et essayer de comprendre. Je suis médecin avant tout. Et désire le rester.

III

— Ils m'ont refusé. Ils ont fait exprès de ne pas comprendre ! rage l'étudiant.

— C'est impossible !

— Ils m'ont fait répéter les mêmes choses plusieurs fois. Ils ont été… méprisants.

— Je ne peux y croire…

Ni Francis ni Mary-Ann ne peuvent accepter cette trop révoltante réalité. Après toutes ces années de travail acharné, de privations. Et malgré le talent évident, la générosité de cœur, l'instinct si sûr ! Ils ont osé refuser Joseph. Il ne sera pas médecin. Les membres du Bureau d'examinateurs de Montréal, la petite clique du Montreal General Hospital, en ont décidé ainsi…

Abasourdi, Francis ne peut s'empêcher de voir là une vengeance personnelle. Comment pourrait-il en être autrement ? Joseph a raconté l'interrogatoire et il est évident qu'il a admirablement répondu à toutes les questions ; il s'est sorti avec adresse de tous les pièges. Il devait être accepté. Une injustice mal camouflée. Inadmissible.

— Tu vas aller à Québec, déclare Francis avec détermination.

— Ce sera la même chose.

— Non, j'en suis sûr. Garde espoir, je t'en prie. Tu seras médecin.

Après un long échange de lettres entre les docteurs Benoît et Loiseau, Joseph peut enfin prendre le chemin de Québec. Francis a tenu à l'accompagner et il a insisté pour défrayer les coûts du voyage. Les deux hommes prennent donc la route avec pour tout bagage un espoir fragile. Le chemin est long et l'inquiétude de Joseph en fait un compagnon peu disert.

Pressés d'arriver, les deux voyageurs écourtent les haltes jusqu'aux Trois-Rivières. Ils empruntent le Chemin du Roy sans se laisser distraire par la farandole écarlate des arbres. Menacés par un ciel de grisaille, ils pressent l'allure et quand apparaissent les premières maisons de Batiscan, l'automne éclate enfin en sanglots. La toiture de la calèche les protège un temps de la pluie, mais l'orage prenant de plus en plus de vigueur, c'est complètement trempés qu'ils atteignent la petite maison blanche où Jean-Baptiste les reçoit avec sa réserve habituelle. La chaleur de l'accueil se devine plus dans le regard et dans le geste que dans les mots.

Francis est ému de retrouver la maison intacte, pareille à ses rêveries. L'odeur n'a pas changé, l'impression de bien-être et de sécurité a survécu au temps.

À la nuit tombée, pendant que Joseph, retiré dans sa chambre, tente de conquérir un sommeil fuyant, les deux amis s'assoient sur la galerie. La pluie a cessé. Elle n'a laissé que des odeurs décuplées, qu'une clarté dans l'air, plus résistante que l'obscurité. Une pureté originelle piquetée ici et là du chant des oiseaux.

Malgré les années, les deux hommes ont gardé de leur jeunesse le courage, la force… la naïveté. Le don du rêve.

Âgé de quarante-trois ans, Jean-Baptiste possède une terre fertile qui, sans offrir l'abondance, pourvoit amplement au nécessaire.

— Je vais me marier.

Le Noir regarde son ami dans les yeux y cherchant une approbation.

— Tu vas quoi ?

— Oui. Avec Bertrande Deschamps.

— La fille de…

— Oui.

— Mais…

— Je sais qu'elle n'a que vingt ans et que j'en ai plus de quarante.

— Je…

— Mais je ne suis pas malade. Je suis fort, solide et j'ai une bonne terre, une bonne maison.

— Est-ce que…

— Elle a dit oui. La noce était prévue pour dans un mois, mais j'aimerais que tu sois là. Je vais demander au curé d'avancer la date. Dans cinq jours, ça irait ?

— Je…

— Tu pourrais…

— Mais vas-tu me laisser parler une seconde ! L'amour te rend bavard !

Les deux amis se regardent et se mettent à rire, le temps que s'estompent la nervosité de l'un et l'étonnement de l'autre.

— Tu n'en as jamais parlé dans tes lettres.

— Non, je voulais être sûr.

— Je suis heureux pour toi.

— Tu ne trouves pas…

— Je ne trouve rien, s'exclame Francis. Absolument rien ! Sauf que c'est extraordinaire et que Bertrande vient de trouver le mari idéal.

Les dents étincelantes du Noir créent un soleil artificiel dans la nuit sombre et Francis ne peut se retenir de serrer son ami dans ses bras malgré la résistance amusée de ce dernier.

— Dans cinq jours, je serai là.

À Québec, le candidat et son professeur sont reçus par MM. Holmes, Morrin et Perreault, tous trois membres du Bureau d'examinateurs, qui les entretiennent quelques instants avant l'audition. Arrivent ensuite les docteurs Lloyd et Fargues, également du Bureau. Ceux-ci n'ont aucun geste ni parole d'encouragement envers l'étudiant.

Plusieurs personnes ont pris place dans le hall et l'atmosphère est plus à la manifestation qu'au recueillement nécessaire à un tel événement. De jeunes hommes, francophones pour la plupart, parlent fort et s'affichent avec un sans-gêne où il est facile de déceler la provocation. Ils veulent, de toute évidence, manifester leur présence à qui de droit. D'autres personnes ont également envahi la place, beaucoup d'hommes, quelques femmes. L'histoire de Joseph a déjà fait le tour de la société médicale québécoise.

— Nous allons commencer dans quelques instants.

À l'annonce du président du comité d'examinateurs, l'agitation augmente. Les spectateurs auxquels on interdit l'entrée de la salle d'audition veulent montrer, une dernière fois et clairement, leur appui au candidat.

Joseph pénètre dans l'enceinte, poussé par ces voix rassurantes comme par des milliers de mains.

On ferme les portes derrière lui.

Francis, nerveux, reste là, impuissant et intrigué par cette atmosphère de mardi gras.

— Venez, nous allons nous asseoir à côté pour attendre la fin de l'examen. Ne vous inquiétez pas pour votre protégé, il réussira.

Le docteur Benoît, bien mis, affiche une assurance peu commune. Francis le suit, perplexe, gêné par les regards amicaux accrochés à chacun de ses pas.

Dans l'immense pièce, les juges ont commencé l'interrogatoire. Les questions se succèdent auxquelles Joseph répond avec brio, stimulé par l'appui inconditionnel de l'assistance dont il perçoit le souffle contre les grandes portes. Il a parfois du mal à trouver le mot juste, son anglais étant assez pauvre, mais à quelques reprises, le docteur Perreault, malgré la désapprobation évidente de ses collègues, l'aide à mieux définir sa pensée. Il lui traduit même une question du docteur Fargues.

À la dernière interrogation, Joseph apporte une solution nouvelle qui séduit quelques juges, en sidère d'autres. On lui signifie la fin de l'examen. Ankylosé, épuisé, il est accueilli à l'extérieur par une salve d'applaudissements. Les bravos ne laissent aucun doute quant au verdict de la foule et placent les membres du Bureau dans une situation délicate. Ces derniers ne délibèrent d'ailleurs pas très longtemps avant d'accorder à Joseph une licence lui permettant de pratiquer la médecine dans la province de Québec.

Transportés de joie, les deux Montréalais acceptent avec plaisir une invitation à dîner du docteur Benoît.

La soirée s'annonce belle. Joseph ne contrôle plus sa joie. Il parle, parle, pour rattraper tout ce temps où l'anxiété le tenait prisonnier du silence. Héros de la fête, il attire à lui les plus jolies filles et se plaît à leur faire la cour.

Le docteur Benoît a réuni chez lui quelques collègues québécois ainsi que des étudiants et des amies de sa fille, toujours heureuses d'être invitées dans cette famille de bonne réputation où l'aisance prend facilement des allures de générosité.

Francis s'entretient avec son hôte. Les docteurs Adam et Gould se joignent à eux.

— Parlez-nous de la société médicale montréalaise, Francis. Il semble bien que vous ayez les mêmes problèmes que nous ?

— Je crois que oui. La maladie est la même partout.

— Les hommes également, hélas ! remarque le docteur Benoît. S'il n'y avait à vaincre que la maladie, nous serions, je crois, à forces égales.

Tous comprennent le sous-entendu. La petite guerre que se livrent les médecins entre eux et qui a amené Francis et Joseph à Québec défraie les manchettes depuis un certain temps.

— Comment les médecins montréalais acceptent-ils les nominations de février dernier ? s'enquiert le docteur Adam.

— Très mal, en général.

— C'est un abus de pouvoir, pur et simple. Le comité d'examinateurs nommé par Lord Dalhousie constitue une attaque à la probité du milieu.

— C'est un monopole éhonté !

— Nous ne laisserons jamais ces gens faire la loi dans notre profession. Nous ne les laisserons pas décider en paix qui sera ou ne sera pas médecin dans la province. Vous avez vu comment nous... disons... influençons le jury.

Francis saisit maintenant le manège de l'après-midi. C'était un complot ourdi par les opposants au Bureau d'examinateurs pour obliger ces derniers à porter un jugement équitable. Comment prendre une décision erronée devant la vigilance d'un aussi grand nombre de témoins !

Le docteur Benoît entraîne Francis à l'écart :

— Comme vous le voyez, à Québec nous n'acceptons pas le contrôle absolu du gouverneur sur la pratique de la médecine à travers des examinateurs nommés par lui et au sein desquels les Canadiens français ne sont nullement représentés. Nous comptons prendre des mesures et nous avons déjà commencé, comme vous avez pu le constater cet après-midi. Croyez-vous que les médecins montréalais seront prêts à appuyer nos revendications ?

— Sans aucun doute ! Qu'ils soient anglophones ou francophones, ils s'entendent tous à critiquer la situation actuelle.

— Tous ensemble, nous trouverons bien un moyen de débouter les médecins du Montreal General Hospital.

À Batiscan, Bertrande rougit de plaisir devant son costaud de mari, encore embarrassé par tant de bonheur. On lève son verre aux mariés, anciens et nouveaux, au médecin frais reçu, au cousin montréalais que l'on ne voit pas assez souvent, à l'automne, à l'hiver, à la Nouvelle Année qui ne manquera pas de venir, aux autres qui suivront, au Carême, à la Chandeleur et au curé, aux morts et aux vivants, à tout ce qui mérite une levée du coude.

La nuit est déjà fort avancée ; chacun tente de refaire ses forces lorsque commence le pire charivari de l'histoire de Batiscan. Le pauvre Jean-Baptiste, désireux de voir disparaître les chahuteurs, leur lance quelques pièces de monnaie. Ils repartent sans insister et leurs cris s'évaporent dans les brumes de l'obscurité. C'est passablement courbatus et éméchés que les voyageurs reprennent la route le lendemain matin.

IV

Mary-Ann, surexcitée, révoltée, lui déballe tout en vrac, dès son arrivée, sans même lui laisser le temps de l'embrasser.

— Antoine a profité de ton absence pour s'inscrire aux cours du docteur Stephenson.

Le petit étudiant a pris peur devant les difficultés rencontrées par Joseph. Il a pris le chemin le plus sûr et, quoique peiné, Francis comprend.

— Et M. Duguay est mort.

Cette nouvelle affecte le médecin. M. Duguay est un patient de longue date auquel la maladie n'a guère laissé de répit depuis quelques mois. Âgé de trente-cinq ans, doté d'une faible constitution, il souffrait d'ulcères accompagnés d'une diarrhée chronique. Francis avait tout tenté et sa mort, même prévisible, le touche profondément. M. Duguay était plus qu'un patient. Un ami.

— Comme tu n'étais pas là, sa femme l'a fait transporter au Montreal General Hospital. J'y étais. Je rendais visite à Mme Bridgette Conway. La pauvre vieille dame est si seule… M. Duguay est mort dans la nuit et ça n'a pas pris deux jours que déjà l'on racontait à travers toute la ville des choses… des mensonges ignobles… des…

— Calme-toi, je ne comprends rien à ce que tu dis.

Mais Mary-Ann a trop couvé sa colère. Elle ne peut plus se maîtriser. Elle ne sait que faire de cette agressivité incontrôlable accumulée en elle.

— Ils ont dit que tu avais mal soigné M. Duguay. Ils ont parlé de négligence. De négligence ! Et… d'ignorance ! Oh ! Francis ! Comment peuvent-ils colporter de telles calomnies, de telles horreurs !

— Qui a dit ça ?

Mary-Ann pleure sans cacher son visage. Parce qu'elle veut regarder Francis, surtout ne pas fuir comme les autres. Elle veut qu'il sache son soutien, malgré la honte et la détresse. Noyé dans les larmes, un nom s'échappe de sa bouche.

— John-Henry… C'est John-Henry…

Moins touché par la mesquinerie de son beau-frère que Mary-Ann, Francis entoure sa femme de ses deux bras. Il lui fait un rempart de son corps pour que les coups ne l'atteignent plus.

— Ce ne sera rien, murmure-t-il. Ce ne sera rien.

Francis mit quelque temps à mesurer les dommages causés par les paroles insidieuses de John-Henry, mais il avait sous-estimé l'influence du jeune médecin dans la société montréalaise, friande de scandales familiaux.

À peine quelques jours avant le Nouvel An, force lui est de constater la diminution révélatrice du nombre de ses patients. La rumeur a fait du chemin dans les esprits les plus crédules et ce qu'il croyait n'être qu'une bassesse sans lendemain devient peu à peu un sabotage dévastateur. Heureusement, la plupart de ses collègues de l'Hôtel-Dieu lui gardent leur estime et lui réfèrent quelques patients.

— Tu devrais poursuivre John-Henry en justice pour diffamation, lui conseille le docteur Blin, son fidèle ami.

— Je ne peux pas, répond Francis.

— Mais pourquoi ? Tu peux facilement prouver que tu n'as rien à te reprocher. Cette histoire peut à la longue te causer énormément de tort. Tu sais comment sont les gens… Ils se rangent facilement du côté du plus tape-à-l'œil. Et crois-moi, ton beau-frère sait se mettre en évidence et se donner le beau rôle. Ta belle-mère également. Cloue-leur le bec une fois pour toutes !

— Je ne peux pas…

— Pourquoi ? insiste le médecin en levant les bras au ciel, ulcéré par tant de pusillanimité. Pourquoi ?

— John-Henry est le frère de ma femme. Elle ne supporterait pas un procès.

— Excuse-moi de n'avoir pas compris. Je suis trop bête…

Mary-Ann souffre beaucoup. Elle a mal à sa famille éclatée dans tous les sens, aux quatre vents de la vie et de la mort. Son père lui manque, sa tendresse. Cruellement, les enfants la sortent de sa léthargie.

— Si j'accroche mon bas, j'aurai une poupée dedans ? demande Hélène.

— Et moi, j'aurai un harmonica ? insiste Peter, déjà collectionneur de tout ce qui produit de la musique.

Mary-Ann ne sait que répondre. L'argent ne rentre plus.

— Cessez donc d'embêter maman. Si elle nous dit tout, il n'y aura pas de surprises.

La jeune femme regarde son fils aîné avec tendresse. Ses quinze ans ne permettent plus à Johann d'ignorer la situation. Des conversations, des regards. Il a tout compris et voudrait aider ses parents à faire face.

— De toute façon, ajoute-t-il, ce ne sont pas les cadeaux qui importent. Vous savez bien que nos parents font tout pour que nous soyons heureux.

Mary-Ann sourit à ce petit homme qui sait déjà la détresse des grands et cherche à l'apaiser.

— Venez avec moi, dit-il mystérieusement. J'ai une idée pour un cadeau.

Il entraîne les deux plus jeunes derrière lui en faisant un clin d'œil à sa mère. Celle-ci, restée seule, ne peut mater la colère qui monte en elle. John-Henry n'avait pas le droit. Il n'a pas fait de mal qu'à Francis. Ses paroles mensongères ont atteint les enfants. Elle ne peut en supporter davantage. Sans réfléchir, elle endosse une pèlerine et sort. Surprise par la douceur de l'air, elle trouve quelque part, entre la mémoire et le devenir, la force de continuer, d'aller jusqu'au bout de sa démarche. Elle remonte donc la rue Saint-Paul sans voir les passants occupés aux derniers achats avant la fête, puis emprunte la rue Saint-Gabriel aux allures mondaines.

Sans aucune hésitation, elle frappe à la porte de la maison de son enfance. Montréal, de plus en plus vieux, vient lui ouvrir. Elle n'attend pas son invitation pour entrer.

— Je viens voir ma mère.

Celle-ci est au salon, confortablement calée dans des coussins. Une vieille dame… Le temps s'est acharné sur elle, l'a ciselée à son gré, sans égards, avec la finesse du bourreau.

— Bonjour Mary-Ann. Tu vas bien ?

La voix n'a pourtant rien perdu de son arrogante assurance, seul vestige d'une volonté capable de surmonter les tortures de la vieillesse.

— Non, je ne vais pas très bien.

Alors que le vieux corps affaibli de sa mère avait un moment assoupi la rancœur chez Mary-Ann, la voix a réveillé sa combativité.

Élisabeth attend sans rien dire.

— John-Henry n'a pas le droit de détruire ma vie.

— Comment le pourrait-il ? ironise la vieille femme.

— Tu sais très bien ! Tu sais tout ! Et je te dis que ça doit cesser !

Élisabeth détourne la tête, désintéressée. Mary-Ann s'avance vers elle et donne un coup de poing sur la petite table d'appoint.

— Tu vas m'écouter pour une fois ! Je te préviens, je ne me laisserai pas faire. Je ne te laisserai pas tout détruire. Car c'est toi qui te caches derrière tout ça. John-Henry est un malheureux pantin qui dit ce que tu lui dictes, qui fait ce que tu lui ordonnes, qui pense ce que tu lui suggères. J'ai eu mal à cause de toi. Tellement mal. Quand tu nous as abandonnés. Quand tu as fait souffrir papa. Quand tu as rejeté Francis, puis renié Eva. Quand j'ai compris que tu ne m'avais jamais aimée. J'ai eu mal, maman ! Et je n'ai rien fait… Rien d'autre que de me torturer à essayer de comprendre. Mais je ne te laisserai pas toucher à mes enfants. Jamais ! Tu m'entends ? Jamais ! À eux, je ne te laisserai pas faire de mal !

Elle n'offre à sa mère ni l'opportunité de se défendre, ni le loisir de se moquer. Elle se sauve dans l'enceinte rassurante de la ville, ouverte à toutes les offrandes. Rien n'a changé depuis tantôt. Les gens courent, rient, s'interpellent, maugréent, tombent et se relèvent. Comme avant. Certains la saluent, lui offrent des souhaits de circonstance. Elle voudrait leur dire : « Je ne suis plus la même. Ne voyez-vous donc rien ? La Mary-Ann que vous connaissez est morte. De chagrin. L'autre a le cœur léger, mais vide encore. L'âme apaisée, mais sanguinolente. L'esprit libéré, mais hagard. N'accueillerez-vous donc pas la nouvelle Mary-Ann ? Ne lui offrirez-vous donc pas vos vœux, votre tendresse, votre compréhension ? Comme on entoure un enfant qui vient de tenir un petit rôle dans une pièce de théâtre de grands et qui tremble encore de sa performance. »

Mais les gens ne voient que le visible des êtres et c'est en courant pour échapper à leurs vaines affabilités que Mary-Ann revient à la maison. Elle claque les portes, monte à l'étage et pénètre dans sa chambre, à bout de souffle. Enfin à l'abri, elle laisse s'échapper d'elle un cri de bête torturée. Elle marche dans la grande pièce aux couleurs douces ; elle s'égare au fin fond de sa douleur, se frappe aux murs, aveuglée. De son ventre ruisselle une longue plainte sans fin, celle du petit de l'homme abandonné par sa mère, le souffle, la raison, la source de toutes choses.

Quelques heures plus tard, Francis la retrouve endormie. Sans bruit, il ramasse les couvertures que sa rage a éparpillées et il la couvre. La chambre est glacée et pourtant les longs cheveux de la jeune femme collent à ses tempes ruisselantes de sueur.

Il fait un feu dans l'âtre et s'étend auprès d'elle.

V

Eva est de retour. Pour une semaine. Trop peu de temps pour Mary-Ann et Francis jamais rassasiés de toute cette vie qu'elle déploie sous leurs yeux. Elle a rapporté le printemps dans ses bagages, comme s'il la suivait partout où elle va. Elle n'a pas vieilli. Trois enfants s'accrochent à ses basques, inquiets de toute cette agitation citadine. Johann, patient, les attire vers le jardin. Les enfants Loiseau y ont construit une cabane où ils prennent tous leurs repas, s'inventent des personnages, jouent à être grands. Les petits d'Eva s'apprivoisent vite à cet habitat aux dimensions enfantines. Fascinés par ces cousins venus d'un univers inimaginable, Hélène et Peter ne leur laissent de temps ni pour les larmes ni pour la peur. Ils les accaparent tout entiers pendant que les adultes se réfugient au salon, loin de leurs cris et de leurs exigences.

— Thomas est allé chez sa mère, explique Eva. Il veut la convaincre de venir avec nous.

— Tu crois qu'elle va accepter ?

— Je ne sais pas. Je l'espère. Thomas le désire si fort. Mais assez parlé de moi ! Depuis que je suis là, je vous ai bien compté ma vie trois fois ! À vous maintenant ! Où en êtes-vous tous les deux ? Vous me semblez si secrets.

Les époux se regardent. Ils ne veulent pas raconter, même à Eva, les longues journées d'hiver pareilles à des nuits interminables.

Elle insiste :

— Dans ton travail, ça va Francis ?

— Ça va…

— Pas plus que ça?… Me direz-vous à la fin ce qui se passe ici?

— Disons que les médecins du Montreal General Hospital me font la vie dure.

— Comment?

Malgré les protestations muettes de Francis, Mary-Ann raconte en détail les manigances de John-Henry. À sa belle-sœur choquée, Francis explique ensuite l'abus de pouvoir exercé par ces mêmes médecins constituant à eux seuls le Bureau d'examinateurs. Il les excuse pourtant:

— Cette école qu'ils travaillent à mettre sur pied, la Montreal Medical Institution, est indispensable, essentielle à l'avancement de la médecine au pays.

Eva ne dit rien. Elle réalise soudain toute l'amertume ressentie par sa sœur aînée. Ce déchirement fraternel qui a dû la marquer à jamais. Lutte fratricide, trop cruelle pour la douce Mary-Ann. Comprenant ce qu'ils taisent, elle va vers la jeune femme, l'entoure de son affection.

Le lendemain matin, rapide comme toujours, elle surprend tout le monde avec une proposition étonnante.

— Venez tous avec nous. On a besoin de médecins là-bas.

Abasourdi et amusé en même temps, Francis ne sait que répondre.

— Tu es là, toi, dit-il enfin.

— Je ne suffis plus à la tâche. Les villages s'agrandissent, les prairies empiètent sur les forêts. Il faut dire que l'Assemblée s'intéresse de plus en plus à nous. On construit des routes et on tente d'établir un district judiciaire. Le Québec a besoin de l'énergie de ce coin de terre. L'avenir est là, Francis, tu devrais venir. La vie s'étend de toutes parts et avec elle la maladie… et la mort. Il y a de la place pour toi et pour bien d'autres.

L'enthousiasme d'Eva ébranle Francis qui rassemble difficilement ses idées.

— Il y a une grande majorité d'anglophones dans cette région, dit-il enfin, craignant que le scénario ne se répète. Quand le parti britannique a fait campagne, il y a deux ans, pour l'unification des deux Canadas, les gens des Cantons l'ont supporté.

— Quelques-uns, pas tous. Les avis étaient très partagés et la plupart se sont finalement rangés du côté de Nelson. Lui et Papineau sont en train d'éliminer le Parti anglais. Remarque que ces chicanes entre les partis nous arrangent assez. Elles nous valent beaucoup d'attentions de la part de tout le monde. Tout d'un coup on veut alléger notre sort. C'est à celui qui nous fera le plus beau cadeau pour mieux nous amadouer.

— J'ai peur que ça ne dure pas. Les affrontements entre le gouverneur et l'Assemblée ne cessent de s'amplifier. Les journaux en sont pleins.

— Les colons ont très peu de temps à perdre avec la politique. Tu sais, Francis, une femme qui accouche, qu'elle soit anglophone ou francophone, ressent les mêmes craintes, les mêmes douleurs, les mêmes joies. Et la même reconnaissance pour le médecin qui la délivre.

— Tu as raison.

— Alors ?

La proposition d'Eva comporte une part d'aventure particulièrement alléchante. Une part de risques également que Francis hésite à courir. Plus pour les siens que pour lui-même.

— Nous allons y penser.

Il regarde Mary-Ann dont le beau visage est tendu par l'inquiétude. Pour la rassurer, il lui touche la main, une main moite, crispée.

— Nous allons y penser, répète le médecin d'une voix calme, ouverte à toutes les avenues.

Quelques heures plus tard, Thomas arrive en compagnie de sa mère. Le visage raviné comme l'écorce de l'orme, la vieille femme a préservé la transparence pénétrante de ses yeux d'automne. Elle parle peu, discrète, avec sur les lèvres un sourire tourné vers ses souvenirs. Très tôt, elle monte se coucher.

— Ta mère me semble fatiguée, Thomas, remarque Francis.

— Oui, elle souffre sans le dire.

Visiblement préoccupé, l'Indien se mêle peu à la conversation bientôt orientée vers le typhus dont on a relevé quelques cas parmi les immigrants irlandais. Il est à peine huit heures lorsqu'il se retire. Mary-Ann l'imite quelques instants plus tard.

— Ça te dirait de marcher un peu? propose Francis à Eva.

Tous les deux se dirigent instinctivement vers le fleuve. Le géant ne se tait jamais. Il hante les pensées des hommes, envoûte la ville. Des oiseaux piaillent, irrespectueux de la nuit; les grenouilles en quête d'amour lancent avec dévotion leur bruyante sérénade, les feuilles des trembles feulent pour effrayer le vent. Peu à peu, la nuit devient vacarme et les deux promeneurs se sentent des intrus dans un univers où leurs pas tranquilles s'abîment dans le chavirement des pouvoirs. Ils n'ont rien à faire en ces lieux étranges où le temps s'écorche à l'éternité. Ils sont l'étranger dans une patrie où la survivance tient aux sons, aux odeurs. La ville s'arrête ici à la limite des confréries secrètes et quiconque ose le sacrilège risque une leçon d'humilité.

— On se croirait ailleurs, loin de la vie. Ensorcelés... murmure Eva.

— L'air sent ma mère lorsqu'elle revenait d'une promenade le long de la Batiscan...

Le lendemain matin, Francis a pris une décision. Il n'en a pas parlé à Mary-Ann, devinant déjà son assentiment. Elle s'en remet à lui, désireuse de n'entraver en rien sa recherche d'équilibre, de bonheur, au risque d'égratigner le sien.

— Nous ne partirons pas avec vous. Merci d'avoir voulu nous associer à votre œuvre mais nous avons nous aussi un travail à effectuer ici et je ne crois pas que la fuite, en de telles circonstances, soit la meilleure solution.

— Je te comprends, le rassure Eva. Je vous souhaite bonne chance et bon courage. Si vous avez besoin de nous, nous serons toujours là.

— Je ne pars pas, mais j'ai un compagnon à vous proposer. Un excellent médecin.

— Qui donc ?

— Joseph... Étant donné son arrivée assez remarquée dans la carrière médicale, il a quelque difficulté à s'attirer une clientèle. Je crois qu'il aimerait vous accompagner, tenter sa chance là où le passé ne compte pas. Il est courageux.

— Qu'il embarque ! Il trouvera les portes toutes grandes ouvertes !

Heureux, les Loiseau et leurs invités se rendent ensemble à l'église pour l'office du dimanche. Peu de gens les saluent, ce dont ils ne se formalisent pas, trop confortés dans leur affection les uns envers les autres pour s'attarder aux mesquineries du voisinage. À la sortie du culte, ils rencontrent Joseph et ses parents qui s'apprêtent à entrer dans l'église pour le prochain exercice religieux.

— Vous vous souvenez de ma sœur Eva ? demande Mary-Ann en embrassant M. et Mme Labbé.

— Mais bien sûr ! s'exclame la vieille dame, chaleureuse. Comme je suis heureuse de vous revoir. Vous me semblez en pleine forme, vous n'avez pas changé.

La cloche coupe court aux retrouvailles, mais Francis s'empresse d'inviter tout le monde pour le repas du midi.

— Eva a quelque chose à te proposer, dit-il en posant sa main sur l'épaule de Joseph. Je crois que ça pourra t'intéresser.

— Vous m'intriguez, docteur Loiseau.

— À tantôt.

Lorsqu'ils se retrouvent tous, deux heures plus tard, il faut aux parents de Joseph faire un effort pour cacher leur timidité. Ils n'ont pas l'habitude de fréquenter la haute société montréalaise et Mary-Ann doit user de toute sa chaleur et de toute sa simplicité pour les mettre à l'aise.

— Vous êtes ici chez vous, insiste-t-elle. Joseph fait un peu partie de la famille, vous savez.

— Nous sommes tellement fiers de lui, murmure Mme Labbé en levant les yeux vers son fils avec ce regard émerveillé unique aux mères.

— Et vous avez raison ! C'est un jeune homme en qui j'aurais toute confiance.

— Si tu leur faisais part de ta proposition, suggère Francis. Je crois que nous avons piqué la curiosité de Joseph.

— En effet. J'avoue être impatient de vous entendre.

Eva prend la parole et chacun se tourne vers elle comme si de sa bouche devaient sourdre des révélations d'une importance capitale. Même les enfants ont fait silence.

— Voilà, commence-t-elle, sûre d'elle-même, sûre de pouvoir convaincre. Comme tu le sais, Joseph, j'habite maintenant les Cantons de l'Est. Tout est en devenir chez nous, tous les espoirs sont permis. Chaque semaine, de nouveaux colons nous arrivent, les bras en mal de défricher, de construire, et ces gens-là il faut les aider, les aimer, les appuyer dans leur combat quotidien, assister les femmes en couches, sauver les nouveau-nés pour qu'ils aient le droit, eux aussi, de participer à ce grand élan créateur. Je fais de mon mieux mais je ne peux être partout à la fois et les besoins sont grands. À la mesure des rêves. Nous avons besoin de médecins, de jeunes médecins capables de relever le défi. Es-tu de ceux-là?

Joseph regarde Eva. Ses yeux irradient. À travers eux, il devine les mains calleuses des hommes, leur hardiesse, le courage et l'endurance des femmes. Il sait qu'il appartient à cette race de bâtisseurs et que sa place est auprès d'eux.

En regardant ses vieux parents, il répond doucement:

— Nous vous suivons. Je suis sûr qu'il y a une place pour nous dans ce pays.

Les deux vieilles personnes sourient au jeune homme en taisant leur inquiétude. Elles ont tellement fait pour le bonheur de cet enfant; elles iront jusqu'au bout.

Joseph se lève et les serre dans ses bras.

— Levons nos verres à l'avenir. Qu'il soit grand et beau pour nous tous!

Ils trinquent à ce recommencement, à l'été nouveau, à l'espérance.

— Quand partons-nous? demande Joseph.

— Après-demain.

M. et Mme Labbé tressaillent. La vieille Indienne, silencieuse jusqu'alors, pose sa main sur celle de Mme Labbé et murmure de sa voix chaude:

— N'ayez pas peur. Le vieux loup est souvent plus sage que le jeune. C'est ce qui fait sa force.

Mme Labbé presse la main de l'Indienne et y puise une nouvelle énergie, modelée par les grands vents.

— Nous allons vous laisser maintenant, dit Joseph en se levant et en se plaçant derrière sa mère pour l'aider à quitter la table.

— Nous nous revoyons mardi matin?

— Nous serons prêts.

Les Labbé partis, Eva et ses hôtes passent au salon. Ils en sont à planifier une promenade familiale à la montagne lorsqu'on frappe à la porte.

Eva ouvre à une femme d'un certain âge, pauvrement vêtue et qui s'exprime difficilement, dans un français très primaire. À travers ses hésitations et son charabia, Francis qui a rejoint sa belle-sœur réussit à comprendre que la voisine de la femme est en difficulté.

— Ne pourrait-elle passer me voir au bureau demain matin ? demande Francis. Je pourrais la recevoir à la première heure.

— Je crois bien que non, le coupe Eva, alertée. Suivons-la. Je crois que ça ne peut pas attendre.

Impressionné par l'autorité de sa belle-sœur, Francis accroche sa trousse au passage et suit les deux femmes. Eva ne parle pas. Il n'y a rien à dire. Elle a reconnu dans les yeux de la visiteuse cette détresse profonde commune aux femmes bafouées, apeurées. Elle sait déjà ce qu'elle va trouver au bout de sa route ; elle devine qui sera au rendez-vous. Elle reconnaît, depuis longtemps, la misère dans l'âme des femmes auxquelles on a volé leur corps. Ces femmes abandonnées à leur honte, qui n'ont même plus la force du désespoir. « Rien n'a donc changé ici », pense-t-elle.

Après leur avoir indiqué le chemin, leur guide les abandonne, visiblement terrifiée. Elle ne désire pas qu'on les voie ensemble. Eva et Francis suivent ses instructions et pénètrent quelques instants plus tard dans une cave de la rue Notre-Dame.

Ils n'ont pas le temps de voir la saleté, ni de ressentir la macabre humidité des lieux. L'urgence de la situation fait appel à toutes leurs ressources d'efficacité, à toutes leurs connaissances.

La femme dont le sang libéré a effacé toute identité gît sur un lit de fortune. Sans âge. Sans passé ni avenir. De la chair à vif, torturée, humiliée. Le bourreau a été sans merci. Il a battu, violé, brûlé.

— Retournons-la sur le dos.

— Doucement...

— La plaie à la tête me semble la plus inquiétante.

— Il faudrait faire baisser la fièvre.

Tout en constatant les dégâts, les médecins s'empressent auprès de la blessée qui respire de plus en plus difficilement. Les muscles du cou sont gonflés et tendus. Eva frissonne, horrifiée, tout en s'efforçant de ne pas penser à l'après. Au dégoût d'elle-même dont personne ne pourra guérir cette femme.

— Il faut la transporter à l'hôpital. Nous ne pourrons pas la sauver ici.

— Les poumons…

— Oui, je sais. Il faut faire vite.

— Tu crois qu'elle supportera le déplacement? s'inquiète Eva.

— Nous n'avons rien à perdre…

— Je vais t'attendre. Fais le plus rapidement possible. Pendant ton absence, je vais la frotter pour faire baisser la fièvre.

— Continue d'appliquer le baume du Pérou. Ça ne peut pas nuire. Tu trouveras tout ce qu'il faut dans ma trousse pour une embrocation émolliente.

— Fais vite…

— Je reviens avec une calèche.

— Fais préparer la salle d'opération.

Les derniers mots d'Eva résonnent étrangement dans la cave obscure et moite où les murs suintants rejettent leur trop-plein d'eau d'hiver. L'odeur qui coule au ras du sol fait lever le cœur. Le printemps n'entrera jamais ici; ça le tuerait.

Tout en pansant la blessée, la jeune femme songe aux Cantons où la vie est si dure et pourtant si noble.

— Un tel cauchemar serait inimaginable chez-nous, murmure-t-elle avec un élan de tendresse pour ce pays qu'elle a tant de plaisir à bâtir.

La blessée gémit faiblement sans ouvrir les yeux.

— Je suis là, chuchote Eva. Tout va bien aller maintenant. C'est fini.

Elle effleure de sa main la joue meurtrie de la femme. Elle voudrait la prendre dans ses bras et la bercer doucement. Que le tourment prenne fin dans le corps supplicié. Elle ne peut que prier son dieu de bonté et les dieux de Thomas, faire appel à leur magnanimité.

— Dieux du ciel, des eaux et de la terre, faites ce qui est bon.

Une main posée rudement sur son épaule la fait sursauter. Elle se relève, prête à fuir, mais un homme la pousse de toutes ses forces contre le mur. Son épaule lui fait mal. Elle sent la chaleur du sang qui perce sa chemise.

— Qu'est-ce que tu fais icitte, traînée ? Laisse ma femme tranquille !

— Elle est malade ; il faut la soigner, répond Eva en obligeant sa voix au calme.

— Elle est pas malade, pantoute ! Je l'ai juste un peu brassée pour qu'elle comprenne le bon sens !

— Elle est gravement blessée. Elle a du mal à respirer. Il faudrait l'amener à l'hôpital.

— Elle a rien j'te dis ! C'est une paresseuse, c'est tout ! Je vais la faire lever, moé, ce sera pas une traînerie !

Il s'avance résolument vers la blessée mais son geste est interrompu par l'arrivée de Francis et de Joseph.

— Ne la touchez pas, ordonne Francis.

— Vous me donnerez pas d'ordre dans ma maison ! hurle l'homme en s'avançant dangereusement vers les arrivants.

Francis tente de le raisonner.

— Laissez-nous nous occuper de votre femme. Nous sommes médecins. Elle peut mourir si nous ne faisons rien.

— Vous dites n'importe quoi pour me soutirer mes derniers écus. Je vous connais ! C'est ma femme ; je fais ce que je veux. J'ai tous les droits sur ma femme !

— Pas celui de la tuer ! crie Eva, enragée par ces discours grotesques.

Rouge de colère, l'homme saisit un pot de grès et l'envoie se fracasser contre le mur, à deux doigts de la jeune femme.

— Sortez d'icitte ! Sortez d'icitte ! J'veux pus vous voir la face !

— Nous sortirons, mais avec votre femme, insiste Eva en se plantant résolument devant lui.

L'homme sort un couteau de sa poche et s'avance, menaçant, vers Eva. Francis et Joseph s'interposent. Ce dernier calme l'homme pendant que Francis entraîne sa belle-sœur à l'extérieur. Devant sa résistance, il lui souffle à l'oreille :

— La femme est morte ; ne restons pas ici.

Quelques secondes plus tard, Joseph les rejoint.

Après avoir raconté leur aventure à Thomas et à Mary-Ann, Eva se retire dans sa chambre, écœurée, avec l'irrépressible envie de repartir le plus vite possible. Thomas la retrouve et sans dire un mot, la serre contre lui. C'est ce dont elle avait besoin. De cette tendresse gratuite.

Le lendemain matin, pendant le petit déjeuner, deux miliciens introduits par la servante envahissent la salle à manger.

— Que se passe-t-il, messieurs ? s'enquiert Francis. Qu'est-ce qui nous vaut votre visite à une heure aussi matinale ?

— Nous avons ordre d'amener Mme McMurray.

Consternée, Mary-Ann vient se placer derrière sa sœur dans un geste puéril de protection.

— Pourquoi ? demande-t-elle aux deux hommes d'une voix tremblante.

— Nous avons reçu une plainte et nous devons interroger Mme McMurray. Si vous voulez bien nous suivre, madame.

Sans dire un mot, Thomas s'interpose entre sa femme et les deux hommes. Son regard fermé en dit long sur ses intentions. Eva se lève et touche son bras.

— Que me reproche-t-on exactement? demande-t-elle calmement au milicien le plus bavard.

C'est l'autre qui répond.

— Vous êtes accusée de meurtre. Suivez-nous.

Il veut prendre le bras d'Eva mais Thomas lui bloque le chemin de sa stature imposante. L'homme porte la main à son arme mais Eva arrête son geste de défense en se prêtant à sa demande. Elle craint la vivacité et la promptitude de son mari. Elle désire avant tout ne pas envenimer les choses. Elle sait d'où viennent les attaques; il lui faut gagner du temps et éviter à Thomas de faire des bêtises.

— Je vous suis, messieurs.

Puis en se tournant vers Thomas:

— Reste ici avec les enfants et ta mère. Ce ne sera rien. Probablement un malentendu. Aie confiance.

Sa sœur veut l'accompagner.

— Non, je t'en prie. Reste avec Thomas.

Mary-Ann a compris.

— Comme tu voudras…

— Je vais avec elle, la rassure Francis.

Les miliciens, impatients, pressent tout le monde et Eva a à peine le temps d'embrasser les enfants avant de se retrouver à l'extérieur, encadrée par les deux hommes qui, brusquement, font comprendre à Francis de suivre derrière.

Eva refuse de penser à ce qui l'attend. Elle laisse le soleil jouer dans ses yeux et sourit aux rares passants qui détournent aussitôt leur regard. D'un pas vif, les policiers l'entraînent au palais de justice où le juge de paix lit l'accusation.

— M. Dubois vous accuse d'avoir tué sa femme. Il semblerait qu'il vous ait surprise au chevet de cette dernière en train de lui administrer quelque médication. M. Dubois vous accuse d'avoir pratiqué la médecine sans autorisation. Il déclare que votre incompétence en la matière a causé le décès de sa femme.

Atterré, Francis veut riposter. D'un geste, le magistrat lui impose le silence.

— Vous comprendrez, madame, qu'une telle accusation exige une enquête. Nous devrons donc vous garder sous surveillance en attendant que la lumière ait été faite sur cette affaire.

Avant d'être amenée, Eva crie une dernière recommandation à Francis.

— Occupe-toi de Thomas. Qu'il ne fasse pas de bêtises !

Francis la rassure et rentre à la maison, révolté par une injustice aussi flagrante. Lorsqu'il annonce la nouvelle, chacun réagit à sa façon et il faut à l'Indienne toute sa sagesse et sa force de persuasion pour calmer son fils.

— Tu connais des gens influents, risque Mary-Ann. Tu devrais aller les voir.

— Je ferai tout ce que je pourrai. Pour l'instant, il faut que chacun garde son sang-froid pour ne pas aggraver les choses. Eva n'a pas besoin d'un esclandre en ce moment. Quand nous aurons la chance d'expliquer comment tout cela s'est passé, tout sera plus simple. Eva n'a posé aucun acte médical ; elle n'a fait que suivre mes recommandations. J'en prendrai toute la responsabilité.

— Ils ne te croiront pas, murmure Thomas de sa voix rocailleuse. Ils croient ce qu'ils veulent.

Francis se rapproche de son beau-frère.

— Je t'en prie, aie confiance. Pour Eva...

Puis il l'entraîne à l'extérieur, vers le fleuve, pendant que Mary-Ann tente de rassurer les enfants embrouillés par les événements.

Aux petites heures du matin sort des presses de la *Gazette* une édition spéciale relatant l'incident avec une précision toute journalistique, c'est-à-dire froide et galvaudée, l'accent étant tout principalement mis sur le sensationnalisme de l'affaire plutôt que sur les faits réels. Le *Canadian Spectator* emboîte bientôt le pas à son concurrent et la ville tout entière se rappelle les Beyer, tantôt avec affection, tantôt avec raillerie, tantôt avec envie. On se gausse bien sûr de la longue séparation des époux Beyer et de cette aventure gaillarde du pauvre Karl avec une Indienne. On ne manque pas non plus d'évoquer la fuite étrange d'Eva et son mariage avec un Indien, fils de l'autre. Dans certains milieux, on remet même en cause la validité de cette union. En notant au passage les allégeances particulières du père et de la fille, ainsi que la mésalliance de la fille aînée qui n'a pas craint de s'unir à un Canadien français. Et on brasse allègrement toute cette boue dont sont friandes les sociétés les plus évoluées. Tellement de boue que John-Henry, ulcéré, se sent vite sali par ce persiflage.

— Nous ne pourrons plus faire comme si toute cette histoire ne nous regardait en rien. Nous sommes concernés, que nous le voulions ou non. Eva est ma sœur et elle est ta fille.

Tranquille, le regard dur, Élisabeth rétorque :

— Nous n'avons plus rien à faire avec ces gens depuis fort longtemps. Et personne, j'en suis sûre, ne tentera de nous associer à leur faute.

— Je n'en serais pas si convaincue à ta place. J'ai surpris des regards éloquents chez certains de mes collègues.

— Rien de cette histoire ne peut nous atteindre. Crois-moi, tu n'as rien à craindre. Tu as là, au contraire, une magnifique occasion de te dissocier publiquement de ces pauvres ratés.

— Tu en parles à ton aise. Tu n'as pas à affronter les sarcasmes. Tu demeures inaccessible, enfermée ici. Je crois, moi, qu'il va falloir nous en mêler.

— Nous n'avons rien à faire dans cette histoire.

La voix tranchante de sa mère oblige John-Henry à retraiter. Il sait qu'elle ne changera pas d'idée et que son entêtement n'aura de cesse qu'il partage la sienne. Il préfère s'en tenir là, pourtant bouleversé par cette histoire.

Au même moment, Francis rencontre maître Alavoine, un avocat réputé autant pour son intelligence que pour son audace.

Celui-ci, comme tous les autres, refuse de l'aider.

— C'est une cause perdue. Vous devez vous rendre à l'évidence. M. Dubois a des témoins et Mme McMurray n'a pas de licence pour pratiquer la médecine. Rien ne pourrait la sortir de là.

Francis pourrait expliquer pour la dixième fois comment tout cela est arrivé ; il pourrait offrir une somme mirobolante qu'il n'a pas, tenter de convaincre une fois de plus. Mais il ne le fera pas. Il sait que les vraies raisons resteront secrètes. Comme tous les autres, M. Alavoine a peur. De la désapprobation générale, de la mauvaise publicité et, surtout, d'Élisabeth et de John-Henry Beyer. À quoi bon s'acharner quand le bon sens a été jeté par-dessus bord et que chacun doit se débrouiller avec ses propres terreurs.

Avant de rentrer il fait un détour jusqu'à la prison. Il croise Thomas qui vient de quitter l'établissement. L'Indien le salue à peine, plus secret que jamais. Francis devine la rage contenue, prête à exploser.

De son côté, Eva résiste avec courage à son incarcération. Elle s'enquiert de chacun, peu intéressée à parler d'elle-même.

— Mary-Ann se débrouille avec les petits ?

— Oui, ne t'en fais surtout pas. Ils vont très bien. Tu leur manques mais ils se comportent comme des grands. Tu les retrouveras bientôt.

— Je l'espère. J'ai écrit une lettre pour Joseph. Il faut qu'il parte ; on a besoin de lui là-bas. Ça ne peut plus attendre. Il n'aura qu'à présenter cette lettre à Mme Lennox. Elle s'occupera de lui.

Francis prend la lettre.

— Je n'ai pas trouvé d'avocat... Je suis désolé.

— Je vais me défendre seule... J'en ai l'habitude.

— J'ai croisé Thomas en arrivant.

Une ombre voile un moment le regard de la jeune femme.

— Il m'inquiète...

— Que t'a-t-il dit ?

— Il veut que nous fuyions. Il n'a pas confiance en la justice des Blancs.

— La fuite ne vous apporterait rien d'autre que la misère. On ne peut pas fuir toute une vie.

— Je sais. Je lui ai dit tout cela, mais je ne crois pas l'avoir convaincu. Veille sur lui. Sa colère peut l'entraîner très loin.

— Je vais tenter de lui parler.

— Il faut que tu réussisses. J'ai tellement peur pour lui.

Francis prend la main d'Eva. Elle est glacée. Une froidure qui sort de l'intérieur de l'être et que mille chaleurs ne pourraient assoupir. Seule manifestation d'un désarroi autrement indécelable.

Après le départ du médecin, Eva retrouve sa solitude. Elle se refuse toute commisération. Les heures à venir réclament toute son énergie, toute sa lucidité. Le temps n'est pas à l'abandon.

Deux jours avant le début du procès, l'anxiété emplit la maison et chacun ressent avec plus d'acuité la gravité de la situation. Même les enfants, pourtant troublés, hésitent à perturber l'atmosphère trop lourde. Johann s'occupe du mieux qu'il peut des plus jeunes mais il a fort à faire avec Peter dont la sensibilité est mise à rude épreuve.

— Pour être une criminelle, il faut être très méchante. Tante Eva n'est pas méchante. Pourquoi ne revient-elle pas à la maison ?

— Il faut attendre. Les policiers ont fait une erreur.

— Pourquoi on ne leur dit pas ? Ils vont comprendre.

— Il ne suffit pas de leur dire, il faut le leur prouver. C'est pour ça qu'il va y avoir un procès.

— J'ai hâte que ce soit fini.

— Tout le monde a hâte !

— Je vais aller pratiquer mon violon. Je prépare quelque chose pour le retour de tante Eva : mon morceau le plus difficile.

— C'est une merveilleuse idée !

Le petit musicien a à peine le temps d'effleurer son instrument que les plus jeunes envahissent la pièce.

— Raconte-nous une histoire, supplie Hélène en s'accrochant au cou de Johann. Personne ne veut jouer avec nous. On n'a pas le droit de faire de bruit et Madeleine ne veut pas nous voir à la cuisine. Elle dit qu'elle a trop à faire. Patrick pleure tout le temps ; il veut voir sa mère. Je lui ai dit que tu connaissais les plus belles histoires du monde.

Johann se libère de l'étreinte de sa cadette et prend le petit garçon dans ses bras. Il passe gentiment la main dans ses cheveux noirs et touche son menton pour le faire rire.

— Tu vas voir, Hélène n'a pas exagéré. Je vais te raconter l'histoire vraie d'un cheval qui ne savait pas courir.

— Il était gros ? demande l'enfant, curieux.

— Écoute bien.

Peter qui a entendu ce récit au moins cent douze fois quitte la pièce pour se réfugier dans sa chambre. Il croise son père.

— As-tu vu ton oncle Thomas ?

— Non.

— Il n'était pas avec vous tout à l'heure ?

— Non, il n'y avait que les enfants. Johann leur raconte une histoire.

Francis continue ses recherches à travers la maison mais il doit vite se rendre à l'évidence. Thomas n'est nulle part.

Poussé par il ne sait quelle certitude, il prend le chemin de la prison et aperçoit enfin l'Indien qui contourne l'édifice et tente de se frayer un passage jusqu'à la cour arrière. Sans hésiter, Francis lui emboîte le pas et le rejoint.

— Thomas ! Que fais-tu là ?

L'Indien sursaute et serre contre lui un sac de jute à travers lequel Francis devine une arme.

— Je fais ce que je dois faire.

— Tu te trompes, Thomas. Reviens avec moi à la maison ; tu n'arriveras à rien de cette façon-là.

— Ils ne pourront pas m'arrêter. Nous allons partir très loin.

— Et fuir le reste de votre vie.

— Nous serons libres… et ensemble.

— Tu mets ta vie en danger et celle d'Eva également.

— Personne ne pourra m'arrêter.

Un bruit oblige les deux hommes à se cacher derrière une corde de bois. Deux policiers sortent de l'établissement et observent les alentours un moment avant de retourner à l'intérieur.

Francis profite de cet incident pour entraîner l'Indien loin de la prison. Après quelques détours, ils parviennent enfin à la maison. Avant d'entrer, le médecin oblige l'Indien à lui remettre son arme.

— Tu ne dois pas entrer chez moi armé.

Dégrisé par la course, Thomas se plie aux exigences de son hôte. Ils rentrent dans la maison où Mary-Ann, soulagée et excitée en même temps, les accueille à bras ouverts.

— Où étiez-vous donc ?

— Nous vous attendons depuis un bon moment.

Les deux hommes, interloqués, se demandent s'ils rêvent. Eva est là devant eux, souriante.

— Comment… murmure Thomas, ébahi, trop heureux pour trouver la force de terminer sa phrase.

— Venez vous asseoir. Je vais vous expliquer.

Comblée, Mary-Ann s'appuie au bras de Francis et tous suivent Eva jusqu'au salon. Comment la vie un moment si pénible et si noire peut-elle le moment d'après devenir si douce ?

— Raconte-nous vite, supplie Francis, déconcerté.

— Voilà. C'est tout simple. Un policier est venu. Il a dit : « Vous êtes libre, vous pouvez rentrer chez vous. » J'ai demandé ce qui s'était passé. Il a répondu : « Le plaignant a retiré sa plainte. » Et je suis rentrée.

— C'est tout ? questionne Francis de plus en plus intrigué.

— C'est tout.

— Nous partons demain, ordonne Thomas.

Il n'a pas confiance. Il veut fuir avant que le rêve ne s'effondre, avant que les ruses des Blancs ne l'atteignent.

— Nous partons demain, répète Eva en se rapprochant de lui.

Ils sont déjà partis depuis plus d'une heure lorsque la nuit libère Montréal. Les Loiseau ont refermé la porte avec une profonde tristesse mêlée à la joie de les savoir libres. Au bonheur également de se retrouver seuls après tous ces tourments. Malgré la séparation toujours pénible, l'atmosphère est à la quiétude.

Très différente du climat orageux qui règne au même moment entre Élisabeth et son fils.

Soupçonneuse, la vieille femme attaque John-Henry de front, sans tergiversation.

— Tu as rencontré Me Walker, hier matin.

— En effet, qui te l'a dit?

— Peu importe, je le sais. Qu'avais-tu de si urgent à lui dire?

— Différentes choses. Des détails, lui répond distraitement le médecin.

— Je ne te crois pas, riposte Élisabeth, blessée par l'indifférence et la suffisance inhabituelles de son fils. Ta sœur a été libérée hier, quelques heures après ta rencontre avec l'avocat du plaignant. Tu me caches quelque chose. Je suis sûre que tu as quelque chose à voir avec l'étonnante conclusion de cette affaire.

— Excuse-moi, je suis pressé. J'ai rendez-vous.

Il embrasse le vieux front ridé en retenant son souffle et sa peur. Il fuit pour ne pas entendre les hurlements de la tornade qui saccage toutes les certitudes dans la tête d'Élisabeth.

VI

Ni l'automne ni l'hiver ne réussissent à faire oublier les événements de l'été. Les Loiseau sont désormais marqués au fer rouge de l'opprobre. Même les médecins de l'Hôtel-Dieu qui, jusque-là, ont supporté leur collègue s'épuisent à cette croisade. Il est des rumeurs qui ne se consument jamais et dès qu'il s'agit de leur santé, les gens deviennent soudain pointilleux. Du moins ceux qui en ont le pouvoir. Les autres ne se formalisent pas de quelques calomnies jetées ici et là sur les consciences. Ils ne paient pas non plus. Et pour Francis, dont la clientèle est constituée principalement de cette dernière catégorie, la vie devient de plus en plus difficile.

Difficile pour Mary-Ann également. Et pour les enfants... Sauf peut-être pour Hélène qui a fait sienne la devise de sa mère : « Il y a toujours un plus pauvre que nous » et qui ramène constamment à la maison quelque amie plus démunie qu'elle.

La petite Irlandaise qu'elle a invitée aujourd'hui a du mal à comprendre les explications de sa nouvelle amie :

— Nous sommes pauvres maintenant, mais avant nous étions riches.

— Mais les personnes pauvres n'ont pas une maison comme la tienne, ni tous ces jouets.

— C'est parce que ça ne fait pas longtemps que nous sommes pauvres.

Loin de convaincre la petite immigrante, ces renseignements ne font que l'embrouiller. Habituée aux étrangetés de ce pays, elle hausse les épaules sur ces discussions somme toute sans importance et s'empresse auprès des poupées d'Hélène.

— Elle est belle, ta poupée.

— Laquelle ?

— Celle-là avec une robe bleue.

— Je te la donne si tu le veux. J'en ai d'autres.

— Mais tu n'en auras plus si tu es pauvre.

— Ça ne fait rien. Je suis trop vieille maintenant pour jouer à la poupée.

Comblée et émue, la petite fille ne sait comment remercier.

— Il faut que tu partes, maintenant. Ta mère avait dit de ne pas rester longtemps. Elle va être fâchée et elle ne voudra plus que tu reviennes.

— Oh ! Je vais revenir ! Tu es mon amie...

Elles quittent la chambre main dans la main et croisent Francis qui rentre après une journée pénible.

— C'est Rose, papa.

— Bonjour monsieur.

— Vous vous êtes bien amusées les enfants ?

— Oh oui ! s'exclame Rose. Hélène m'a donné sa poupée !

— Donné ?

Le médecin se tourne vers sa fille. Sa réaction a été vive ; il a parlé fort. Avec un brin de désapprobation dans la voix qui inquiète Hélène. Craintive, la fillette explique :

— Rose n'a pas de poupée et elle l'aimait beaucoup. Moi, je n'en ai plus besoin ; je suis trop grande.

— Tu n'aurais pas... commence son père.

Mais il ne continue pas. Il allait reprocher à Hélène sa générosité et cette mesquinerie le rend soudainement très malheureux. Il embrasse les deux fillettes pour les rassurer et se retire dans sa chambre où Mary-Ann, mise au courant de son arrivée, le retrouve quelques instants plus tard. Elle le découvre allongé sur le lit, les bras derrière la nuque, pensif.

— Quelque chose te préoccupe ? questionne-t-elle en s'assoyant près de lui.

Il ne répond pas. Elle insiste.

— Tu ne veux pas m'en parler ?

Sans la regarder, il murmure :

— Nous n'y arriverons pas.

— Tu veux parler de l'argent ?

— Mes clients ne peuvent pas payer. Et je ne peux pas refuser de les soigner.

— Nous allons faire plus attention. Je vais dire à Madeleine que nous ne pouvons plus la garder et Peter va arrêter ses leçons de musique.

— Non !

Francis a crié en bondissant hors du lit. Il marche dans la chambre, nerveux, incapable d'accepter cette idée.

— La musique, c'est toute sa vie. C'est ce qu'il aime le plus au monde.

— Je vais lui expliquer ; il va comprendre. Et je suis certaine que ce ne sera que temporaire.

— Non ! Ce n'est pas possible ! Et ensuite il faudra retirer Hélène de l'école, puis Johann. Je vais trouver une solution. Je vais trouver…

En l'entourant de ses bras, Mary-Ann tente de le calmer.

— Laisse-nous partager tes problèmes. Laisse-nous t'aimer ; sinon ça ne vaut pas la peine d'être ensemble. Les enfants sont assez vieux ; ils vont comprendre.

Il la regarde. « Depuis combien de temps porte-t-elle cette robe… » pense-t-il, profondément blessé par toutes ces brimades quotidiennes subies par les siens.

Il attire Mary-Ann vers le lit et la dévêt avec douceur, désireux de retrouver l'odeur de cette femme si belle que ni l'inquiétude, ni la pauvreté, ni le temps ne peuvent enlaidir.

Il la caresse et l'enlace, pénètre en elle avec la gratitude de l'assoiffé auquel on offre la source de vie.

Après une semaine de recherches, Francis annonce triomphalement à sa femme qu'il a trouvé un emploi.

— Mais tu as déjà un travail, rétorque-t-elle. Tu es médecin.

— Un travail payant... J'ai accepté le poste d'apothicaire à l'Hôtel-Dieu.

Mary-Ann ne dit rien. Elle devine le combat. Parce qu'il ne peut plus exercer librement le métier qu'il aime, Francis accepte, pour elle et les enfants, de remiser ses ambitions, ses passions. Elle appréhende l'humiliation, les sarcasmes qu'il devra souffrir dans ce milieu arrogant où la valeur des êtres se mesure souvent à leur fortune et, toujours, à leur notoriété.

— M. Foucher est parti hier. Il est très malade à ce qu'on dit. Je suis navré pour lui, mais je dois dire que ce travail arrive à point. Tu vas pouvoir garder Madeleine.

— Madeleine est déjà partie. Et je me débrouille très bien sans elle.

— Je t'avais pourtant demandé d'attendre !

— Je n'ai pas eu à lui signifier son congé. Elle a trouvé mieux ailleurs...

Les époux se regardent avec une conscience soudain aiguë de l'amour qui les unit. Ils se taisent pour mieux s'imprégner de cette force commune qui les sauve.

— Nous pourrions partir, reprend enfin Mary-Ann. Aller ailleurs. À Batiscan ou à Québec. Dans les Cantons de l'Est peut-être. N'importe où ! Il n'y a pas que Montréal. Le pays tout entier a besoin de toi. Tu ne dois pas gaspiller tes dons de médecin. Ils sont trop précieux.

— Je serai toujours médecin. Mon travail à l'hôpital ne m'empêchera pas de continuer à voir mes malades mais, pour un temps, il nous permettra de… survivre.

— Mais…

— Non, je ne veux pas partir. Ce serait m'avouer coupable alors que je ne le suis pas. Essaie de comprendre. Je ne reste pas par entêtement mais plutôt pour ne pas ouvrir la voie à ce genre d'injustices.

— Je comprends…

— Tout va s'arranger, j'en suis certain. Et grâce à mon salaire d'apothicaire, Peter pourra continuer à suivre ses cours de violon.

Francis remarque un malaise chez Mary-Ann. Elle a baissé la tête.

— Tu ne lui as pas dit d'arrêter?

— Je… Il doit parler à son professeur aujourd'hui.

— Dis-lui de n'en rien faire!

— Il est trop tard; il doit revenir d'une minute à l'autre.

Du bruit et des éclats de voix annoncent les trois enfants qui, les joues rougies par la course et par le froid, font irruption dans le salon. Ils ont encore dans les yeux les rires qui les ont secoués tout le long de la route. Avec pourtant une inquiétude fébrile qui les rend plus démonstratifs qu'à l'accoutumée, si cela est possible. C'est la petite Hélène, incapable de tenir sa langue plus longtemps, qui mêle les cartes dès ses premiers mots.

— Peter a un travail, lance-t-elle. Et Johann aussi. On va être riches maintenant!

— Qu'est-ce que tu racontes?

La petite veut répondre à son père mais Peter lui coupe la parole.

— Hélène dit n'importe quoi, explique-t-il de sa voix douce et indulgente. Je n'ai pas vraiment un travail. M. Mechtler m'a fait une proposition.

— Laquelle?

— Il va continuer à me donner des cours, mais je n'aurai pas à payer si j'accepte de l'aider avec les plus petits. Il a beaucoup d'élèves et il n'est pas très patient avec les débutants. Il voudrait que je leur donne des leçons. Il dit que ça lui permettra de se consacrer aux plus avancés. C'est ce qu'il préfère.

Mary-Ann et Francis se regardent, perplexes, pendant que leur fils attend avec anxiété.

— Qu'en penses-tu ? demande enfin Francis à sa femme.

— Je crois que ce serait une bonne expérience pour lui si, bien sûr, ça ne nuit pas à ses études.

— Oh non ! s'empresse de répondre le jeune garçon. Ça ne prendra qu'une soirée.

Francis hésite. Il devine la charité habilement dissimulée derrière ce stratagème en même temps qu'il constate l'espoir touchant de Peter.

— Je compte sur toi pour exceller dans ce travail. Tu ne dois pas faire regretter à ton professeur la confiance qu'il t'accorde.

— Merci, papa ! Merci ! applaudit le jeune garçon en se jetant étrangement dans les bras de sa mère.

Tous rient avec lui jusqu'à ce que la petite Hélène rappelle à chacun que tout n'a pas été dit.

— Johann aussi a un travail. Il est journaliste !

— Quoi ! Qu'est-ce que c'est que cette histoire ?

Sans se départir de son calme, le jeune homme de seize ans affronte avec détermination la désapprobation de son père.

— J'ai rencontré le propriétaire du *Herald*. Il a accepté de me prendre comme apprenti-typographe. Il dit que je pourrai même travailler comme journaliste à l'occasion.

— Mais tes études ?

— Le journalisme est une autre façon d'étudier.

— Tu voulais devenir médecin ?

— C'était pour aider les autres. J'ai trouvé une autre manière.

— Tu es trop jeune !

— Je suis le meilleur de l'école. M. Christie a vu mes notes. Il m'a engagé sans hésiter. Je suis sûr que je ferai du bon travail.

— Le docteur Christie ?

— Oui.

Francis n'arrive plus à parler. Il ne sait pas comment rejoindre cet homme nouveau, cet inconnu. Émerveillement. Doute. Culpabilité. Reconnaissance. Admiration. Colère. Tout s'éparpille dans sa tête. Il a besoin de réfléchir, de choisir les mots. Pour éviter les blessures.

Sans un regard pour personne, il quitte le salon. Une odeur trouble d'amertume s'accroche à son raisonnement.

Depuis quinze jours, seul le silence a rejoint les membres de la famille Loiseau. Francis part au petit matin pour ne revenir qu'à la nuit tombée. Son travail d'apothicaire exigeant une grande part de son temps, il a besoin d'heures supplémentaires pour se rendre auprès de ses malades. Mary-Ann, quoique confrontée à de nouvelles tâches quotidiennes, trouve le temps de visiter et d'apporter son soutien aux immigrants irlandais que la misère a chassés de leur pays et qui n'ont trouvé au bout de leur périple que la même misère collée à leurs basques, inscrite dans leur peau. « Il y a toujours plus pauvre et plus malheureux que nous », répète la jeune femme à sa fille qui ne manque jamais une occasion de l'assister dans ses bonnes œuvres. Toutes les deux y trouvent un réconfort étrange, un mélange de satisfaction personnelle et de mysticisme. Comme si de donner leur ouvrait les portes de l'espoir, les rassurait quant à leur destinée.

Peter, sensible à l'atmosphère appesantie de la maison se réfugie de plus en plus souvent dans la musique tandis que son frère aîné, conscient du trouble causé par son attitude, n'en découvre pas moins avec émerveillement les rudiments de son nouveau métier. Chaque matin, il s'engouffre dans le sous-sol humide où ont été aménagés les bureaux du *Herald* avec la même fierté qu'Ali-Baba pénétrant dans son antre. Il y découvre des trésors d'habileté, de savoir, d'ingéniosité, de lucidité. Il y observe le monde à satiété, son monde, celui-là même dans lequel il a grandi et qu'il a aujourd'hui pour mission de traduire en mots.

Dès les premiers instants, il a décelé chez chacune des personnes impliquées le souci de la vérité, à tout le moins d'une vérité, la plus plausible, la plus objective possible, celle-là même qui se devine au-delà des mots et des gestes, loin dans l'essence même des êtres. John Sullivan, tout spécialement, l'impressionne. De six ans son aîné, le journaliste allie à l'enthousiasme de la jeunesse une acuité de l'esprit qui appelle aux plus grands dépassements. Une ouverture aux autres, également. John sait écouter et Johann s'accroche à deux mains à cette balise. Les jeunes gens ont immédiatement sympathisé. Leur ardeur commune, de même que leur intelligence les ont poussés l'un vers l'autre, tels un maître et son disciple.

Pour l'instant, Johann se contente d'observer et de comprendre. Collé aux pas du typographe, il a suivi scrupuleusement toutes les étapes de la production et le journal qui sort à la fin de cette journée lui semble un peu le sien puisqu'il a accompagné sa mise au monde. Il s'apprête à participer à la distribution lorsque John lui fait une offre alléchante.

— Que penserais-tu de venir avec moi couvrir une assemblée politique ?

— Tu crois que je pourrais ?

— J'en ai parlé au patron ; il est d'accord. Si tu veux être journaliste un jour, il faut bien que tu commences quelque part. Tu vas voir que ce n'est pas si sorcier. Tu viens ?

Johann ne se le fait pas dire deux fois. Excité, il suit son collègue avec une envie de rire qu'il a du mal à refréner. Il s'imaginait apprenti-typographe pour de longues années.

Il ne croyait pas accéder au poste de journaliste aussi rapidement.

Chemin faisant, il s'enquiert de sa tâche.

— Tu écoutes, tout simplement.

Cette réponse ne le satisfaisant pas, il s'enhardit :

— Est-ce que j'aurai quelque chose à écrire pour le journal ?

— Tu aimerais ça ?

Le jeune homme n'a pas besoin de répondre. Son regard lumineux le trahit.

— D'accord. Tu t'occupes d'un candidat ; je m'occupe de l'autre.

— Qu'est-ce que je fais ?

— Tu rapportes ses propos ; tu interroges les gens à son sujet ; tu lui demandes d'expliquer ses projets… Tu fais comme tu l'entends, tu as carte blanche ! Et je veux ton papier sur mon bureau demain matin !

S'il l'avait pu, l'apprenti aurait tout écrit tout de suite ; il aurait fabulé, inventé de toutes pièces. Pour le seul plaisir d'écrire. Enfin.

Malheureusement, sa patience est mise à rude épreuve. Une assemblée sans éclats, qui s'éternise. Des partisans sans passion. Des curieux indifférents. Des candidats totalement inintéressants. Et quand il rentre à la maison en fin de soirée, le jeune homme se demande désespérément ce qu'il pourra tirer de ce néant. Serait-ce cela aussi le journalisme : créer la singularité à partir du quelconque ?

Il est à sa table de travail, devant cette affreuse page blanche qui se moque de lui lorsque l'on frappe à la porte de sa chambre.

— Entrez.

— Je ne te dérange pas ? J'ai vu de la lumière.

Francis hésite, gêné devant ce tout jeune homme déjà plus grand que lui, attelé à sa tâche, à ses devoirs de grand.

— Tu as du travail ?

— Oui, répond Johann, indécis quant à l'attitude à prendre.

Il aurait tant de choses à dire mais il craint de provoquer l'ire de son père.

— Pour le journal ?

— Oui.

— Un article ?

— Oui. Pour demain.

— Tu peux dire à quel sujet ou tu ne dois pas dévoiler les primeurs ?

Johann sourit.

— C'est au sujet de l'assemblée de ce soir dans le quartier est.

— Tu y étais ?

— Oui et je dois écrire quelque chose au sujet d'un des candidats.

— Tu n'es pas demeuré apprenti-typographe longtemps. Tu avais raison.

— Oh, ce n'est qu'un petit article. Je soupçonne même John d'avoir voulu me jouer un tour. Il n'y a rien à dire.

— John ?

— Le rédacteur en chef. Il est formidable. Il m'encourage, me montre tout ce qu'il y a à savoir sur le fonctionnement d'un journal et sur le caractère des gens.

Johann s'enhardit. L'attitude amène de son père le pousse aux confidences. Il manquait ces longues conversations où père et fils se racontent, se comprennent. Le jeune journaliste parle sans retenue ; il décrit avec force détails, relate avec humour ses hésitations, ses erreurs, ses gaffes ; dépeint avec justesse la réalité nouvelle à laquelle il se trouve confronté, explique. Et Francis ne l'interrompt que pour glisser une question de temps à autre.

Lorsque la faconde du jeune homme se tarit enfin, il est plus de deux heures et Francis, fatigué, doit mettre un terme à la conversation.

— Tu es heureux ? demande-t-il.

— Oui, lui répond tout simplement son fils, avec dans tout le corps un élan vers son père.

— Je suis si fier de toi.

Les deux hommes se regardent un instant et quand le médecin quitte la chambre, Johann sait que son article sera un chef-d'œuvre.

VII

Les médecins du Montreal General Hospital, exaltés par le défi à relever, unissent leurs efforts pour faire de la Montreal Medical Institution un établissement de grande renommée. Cette première année d'opération qui prendra fin dans deux mois leur donne raison sur tous les points. Avec le mois de mars presque terminé, ils sont déjà assurés d'un énorme succès. Ils n'ont perdu aucun des vingt-cinq étudiants inscrits en novembre et les demandes d'admission s'empilent déjà sur le bureau du registraire. Bien sûr, il leur faudra réviser quelques-unes de leurs approches pédagogiques, de même que les rouages fonctionnels de l'établissement. Mais le principal demeure, c'est-à-dire l'enthousiasme, autant du côté professoral qu'étudiant. L'enthousiasme et la foi.

John-Henry retire de cette première expérience d'enseignement une satisfaction profonde, plus grande que celle qu'il trouve à soigner les malades. Une jubilation issue de la connaissance et du bonheur de la transmettre. Sans qu'il puisse vraiment en expliquer les causes, le contact avec les étudiants le transforme, le rassure sur lui-même. Le soulage de la pression constante, engendrée par la pratique de la médecine. Il est toujours médecin mais ces derniers mois, il a consacré de plus en plus de temps à l'école et aux étudiants et personne ne se plaint de cet engagement, ni les élèves ni les dirigeants de l'institution.

Seule Élisabeth trouve à redire.

— Si tu délaisses la pratique, tes patients iront ailleurs. Ils veulent un médecin disponible.

— Il faut parfois faire des choix. J'adore enseigner, je m'y sens à l'aise. Je ne vois pas pourquoi je me priverais de ce plaisir.

— Ce plaisir, comme tu dis, gruge ton prestige. Toutes ces années d'effort pour être le meilleur… et tout mettre en péril pour… pour un… plaisir.

— Cette discussion ne mène à rien. Je compte bien mener ma carrière comme je l'entends.

— Je ne peux te voir courir à ta perte sans réagir !

— Tu n'y comprends rien ! Tu ne te rends pas compte que nous vivons une aventure importante. La première école de médecine au pays ! Nous bâtissons l'avenir de la profession. Je veux en être !

Tous les deux ont élevé la voix et cette discussion ressemble à une dispute. Une de plus. Depuis quelque temps, la mère et le fils communiquent difficilement. Comme si le fil qui les liait l'un à l'autre s'était rompu. Ils vivent en des univers différents, peu compatibles.

Élisabeth a oublié le monde extérieur pour se retirer dans son royaume. Elle vit assiégée par des souvenirs ridiculement fardés en devenir. Ses rêves ne reposent que sur un passé fragile. Elle s'embrouille dans le temps et tente de tromper ses regrets en les niant.

— Tu n'imagines même pas tout l'argent que tu perds en enseignant ! Tous ces patients influents qui vont ailleurs parce qu'ils te savent moins présent à l'hôpital…

— J'y gagne en influence, au contraire, tu devrais t'en réjouir.

— En es-tu si certain ?

Le médecin hausse les épaules, désireux de clore cette discussion.

— Je dois passer à l'hôpital. Ne m'attends pas pour te coucher.

— À cette heure ? Il est plus de neuf heures !

— Tu vois bien que je n'abandonne pas tout à fait ma pratique.

Sur cette remarque malicieuse, il quitte la vieille femme et marche jusqu'à l'hôpital. Le printemps frappe aux portes de la ville. On le sent dans l'air. John-Henry ne se presse pas. Il aime ces longues marches libératoires. Palper le temps. Comme un ami retrouvé. Quelques passants le saluent auxquels il répond d'un signe de la main. Des flammes scintillent à l'intérieur des maisons offrant aux ombres des mouvements gracieux. Le médecin se découvre des envies de frapper aux portes juste pour dire bonjour, pour connaître. Pour parler. Il a tant de choses à dire, tant de pensées qui lui viennent de nulle part, d'un autre temps.

Le temps de la peur…

D'où lui vient donc cette pulsion de dire ?

De respirer enfin…

Cette légèreté inhabituelle.

À l'hôpital, il visite tout d'abord M. Williams affligé d'une vilaine plaie au pied. Le pauvre homme, forgeron de son métier, a malencontreusement posé le talon sur un des clous dont il se sert pour ferrer les chevaux. L'inflammation n'a pas tardé et à son arrivée à l'hôpital, le trou d'un pouce de diamètre était complètement rempli de pus.

John-Henry lui a vite fait enlever le cataplasme de lie-de-bière, beaucoup trop chaud, dans lequel un médecin bien intentionné avait enveloppé le pied et il a recommandé un pansement avec de la charpie trempée dans une solution de soude.

Avec précaution, il enlève le pansement et constate avec satisfaction que la suppuration a cessé.

— Comment vous sentez-vous, M. Williams ?

— Bien mieux. Bien mieux…

— Essayez de dormir, je vous verrai demain.

Il se rend ensuite auprès d'une jeune femme souffrant de pleurésie. La patiente s'est assoupie, mais la sueur qui perle sur son front trahit son extrême faiblesse. Elle a déjà eu plus de cinq saignées en deux jours et John-Henry désespère de la guérir. Il a prescrit une médecine de casse manne et kermesse habituellement très efficace ; rien ne semble vouloir atteindre la malade. Doucement, le médecin éponge le front brûlant.

La jeune femme plisse le front ; elle ne dort pas. John-Henry caresse son visage.

— Ce ne sera rien. Reposez-vous. Vous irez mieux très bientôt. Il faut être patiente et lutter contre la maladie.

La malade ouvre les yeux. De grands yeux noirs auxquels la fièvre donne une intensité presque insoutenable. John-Henry ne peut quitter ce regard. Il sent une force étrange s'emparer de sa volonté. Une force avec laquelle il n'a jamais eu à composer. Captif.

La jeune femme s'est rendormie. Ses joues hâves trahissent son épuisement. Ses longs cheveux noirs fleurissent le lit trop blanc.

Fleurs macabres dont la beauté même appelle la mort. « C'est sûrement une Métisse, pense le médecin, une mère indienne, un père blanc. » Il a déjà vérifié dans le dossier, mais aucun renseignement de cet ordre n'y figure. Il a seulement trouvé un nom : Marcelyne Beaurivage. Il répète ce nom plusieurs fois avec l'impression furtive de le connaître depuis la nuit des temps.

— Vous avez besoin de quelque chose, docteur Beyer ?

Son mutisme et sa présence insolite auprès d'une malade à une heure aussi tardive ont inquiété la religieuse. Il sursaute, honteux d'avoir été surpris, comme si l'infirmière pouvait entendre son trouble.

— Non... non... bredouille-t-il. J'allais partir. L'état de Mlle Beaurivage m'inquiétait. Je réfléchissais aux dispositions à prendre.

— Devons-nous continuer le traitement de casse manne ?

— Oui, s'il n'y a pas de changement demain matin, nous verrons.

Se sentant observé, il quitte à regret la salle des femmes et se rend à son bureau. Il veut étudier quelques dossiers et lire un article très intéressant au sujet de l'homéopathie, cette nouvelle science prônée par Hahnemann, un médecin allemand. Mais tout s'enchevêtre dans sa tête, comme s'il avait perdu la notion du temps et des mots. La logique a fait une embardée du côté du cœur et John-Henry oscille entre l'exaltation et le désespoir. Il voudrait se plonger dans ce sentiment merveilleux, s'enfouir au creux de cette douceur palpable, s'effondrer, rendre grâce, mourir en elle. Mais des siècles de retenue l'obligent à louvoyer. Il se trompe lui-même pour échapper à l'inconnu, aussi attrayant soit-il.

— Docteur Beyer ! Venez vite !

L'infirmière le traîne à la salle des femmes tout en expliquant :

— Heureusement que vous étiez encore dans l'hôpital. C'est Mlle Beaurivage !

John-Henry presse le pas.

— La fièvre a monté tout d'un coup, la respiration est devenue saccadée.

En arrivant auprès de la malade, John-Henry constate immédiatement la gravité de son état. Il donne des ordres puis s'apprête à saigner une nouvelle fois la patiente en espérant qu'elle le supportera malgré sa grande faiblesse. Il veut cacher à l'infirmière le tremblement de ses mains, mais il ne parvient qu'à être maladroit. Fébrile, il pose des gestes mille fois répétés avec l'ardeur et la gaucherie du débutant. Il lui semble que la nuit ne finira jamais et que la vie, soudain, ne ressemble plus à la vie, à ce qu'il croyait être la vie. John-Henry, le médecin, pose des gestes risibles pour l'homme qui voudrait seulement prendre la jeune

Métisse dans ses bras, chanter pour elle en caressant son corps agressé.

— Ne meurs pas, murmure-t-il. Accroche-toi à moi. Je t'aime.

— C'est un miracle que cette femme soit encore en vie ! s'exclament les docteurs Loedel et Stephenson quand John-Henry leur raconte la nuit qu'il vient de passer.

— Je me demande si le miracle n'est pas plutôt que le docteur Beyer soit encore de ce monde, constate un troisième collègue. Mon pauvre John-Henry, tu ne vaux guère mieux que ta patiente en ce moment !

— Je crois, en effet, que j'ai besoin d'un peu de repos, concède le médecin.

Il salue ses collègues qui ne manquent pas de le rassurer.

— Nous allons veiller sur elle. Repose-toi bien.

Mars s'en est allé sans qu'il y paraisse durant cette interminable nuit. Le monde a changé et personne ne semble en avoir conscience. Les marchands offrent leurs marchandises comme ils le faisaient la veille, les hommes discourent au coin des rues, les femmes remplissent leur panier et les enfants, sac au dos, se rendent à l'école. Le monde a changé dans le cœur d'un homme et le monde l'ignore. Même le chien du boucher pousse son grognement habituel à chacun des passants.

La terre tourne, imperméable à cette révolution qui bouleverse l'univers de John-Henry et l'entraîne, dès qu'il s'étend sur son lit, dans un sommeil agité.

Après quelques jours de soins intensifs, Marcelyne prend du mieux. Son état lui permet bientôt de se lever et de marcher un moment. La jeune Métisse s'étonne de cette trêve tout comme elle s'étonne des attentions constantes du docteur Beyer. Elle s'amuse un peu de la précipitation avec laquelle il lui tend le bras et se demande s'il est aussi attentif aux besoins de chacun de ses nombreux patients.

Son intense faiblesse et son combat quotidien pour la survie l'empêchent pourtant de pousser plus avant son questionnement. Elle jouit tout simplement de chaque heure qui passe et la présence du médecin à ses côtés ne fait qu'ajouter à son bonheur. Comme un cadeau que la vie lui ferait en dernière instance.

Pour John-Henry cependant, tout n'est pas aussi simple. Il arrive encore à partager son temps entre l'enseignement, le soin aux malades et ses visites à Marcelyne, mais les journées s'allongent, se brûlent par les deux bouts et le laissent pantelant. Insatisfait. Et terrifié.

Il ne peut plus se passer de la belle Métisse. Il a besoin d'elle ; il est malade d'elle. Sans arriver à le lui dire.

— Où vas-tu ?

— Je vais à l'hôpital.

— Il est tard. Que vas-tu faire à l'hôpital à cette heure ? Je ne te vois plus. Tu n'as plus un instant pour moi. J'ai l'impression que tu me fuis.

— Tu sais combien le travail de médecin est exigeant. Il n'y a pas d'heure pour la maladie.

Il a répondu avec indifférence et ce ton effraie plus Élisabeth qu'un accès de colère.

— John-Henry… supplie-t-elle.

Sa voix résonne lugubrement dans l'immense pièce où elle se retrouve seule encore une fois. Amante délaissée. Dépossédée.

Marcelyne sourit en apercevant la tignasse rousse de John-Henry. Elle l'attendait. Il ne pouvait pas ne pas venir. Le médecin la salue à voix basse pour ne pas réveiller les patientes déjà endormies.

— Vous allez de mieux en mieux.

Elle a brossé ses cheveux noirs, des cheveux raides, libres de toute ondulation comme s'ils n'acceptaient aucune frivolité. Ses pommettes saillantes égaient son visage assombri par ses grands yeux noirs.

— C'est grâce à vous, lui répond-elle sans aucune coquetterie, avec une sincérité touchante.

— Si j'ai pu vous aider, j'en suis très heureux. Et je ne serai satisfait que lorsque vous serez complètement guérie.

Il a parlé avec optimisme pour communiquer sa volonté.

— Il y a quelque chose que j'aimerais vous demander, ose-t-elle d'une voix hésitante.

John-Henry ouvre grands les yeux, attentif à ses moindres désirs.

— Je vous écoute.

— J'aimerais sentir le printemps sur le fleuve.

— Vous voulez sortir ?

— Oui.

— C'est dangereux, vous n'êtes pas encore très forte. Je ne sais pas...

— S'il vous plaît...

Ses yeux brillent d'une nouvelle fièvre. Tout son corps supplie.

John-Henry n'hésite pas longtemps.

— Préparez-vous. Je vous emmène.

Pendant qu'elle enfile des vêtements chauds, il s'occupe de trouver une voiture et un cocher puis il revient auprès d'elle et l'aide à se rendre à l'extérieur sous l'œil scandalisé des infirmières.

Quand la malade est confortablement installée, il l'enveloppe dans une couverture puis s'installe auprès d'elle et ordonne au cocher de partir.

L'air est doux.

Une douceur sans maquillage.

Doux et tendre.

La malade ferme les yeux tout en prenant le bras de son compagnon. Le médecin frémit, comblé par cette confiance. Il voudrait que cette promenade ne finisse jamais.

Les sabots du cheval tambourinent, insolents, sur les dalles de pierre, au cœur du silence. Peu à peu, le ronronnement du fleuve s'impose. Avec sa trame sonore où grenouilles, criquets et oiseaux s'interpellent, font la cour au printemps dans une harmonie pacifiante.

Les deux promeneurs se taisent et le cocher, discret, descend de la voiture en tirant sa pipe de sa poche.

— Quand vous serez prêts à repartir, rien qu'à m'appeler, dit-il en s'éloignant.

— Vous n'avez pas froid? demande John-Henry à sa compagne.

C'est lui qui frémit.

— Non, pas du tout... Je suis si bien.

Le médecin sent la pression sur son bras se resserrer. Il n'ose pas bouger. Après un moment de silence, la jeune femme chuchote:

— Je suis heureuse. Le dieu des saisons a envoyé son plus beau printemps pour saluer mon départ.

Le médecin sursaute.

— Ne parlez pas ainsi, ordonne-t-il brusquement.

— Il faut bien dire ce qui est et remercier pour ce qui est bon.

— Vous verrez encore d'autres printemps tous plus beaux que celui-là.

— Je sais que ce n'est pas vrai. Et vous le savez aussi...

Elle ne s'est pas départie de sa voix basse et calme tandis que John-Henry a haussé le ton.

— Vous ne pouvez pas dire ça! Je vais vous guérir, je vous aime!

Sans répondre, Marcelyne se blottit contre le médecin qui la serre dans ses bras. Il saura la défendre, la sauver, contre elle-même s'il le faut. À ce moment, John-Henry n'a peur de rien. Il ne veut se rappeler que son pouvoir sur la mort en oubliant sa terrible impuissance.

— Je suis fatiguée… Rentrons, s'il vous plaît.

Le lendemain, les deux jeunes gens ne peuvent se parler. Marcelyne, épuisée, ne quitte pas son lit et chaque fois que John-Henry peut s'échapper et lui rendre une visite, il la surprend en plein sommeil et n'ose pas la réveiller. Il l'observe un moment, scrute le moindre signe vital puis quitte la chambre, rassuré.

Dans la soirée, il assiste à un concert où il rencontre, pendant l'entracte, Francis et Mary-Ann accompagnés de leur fils Peter. Celui-ci est le premier à s'adresser à son oncle et sa simplicité dissipe quelque peu le malaise qui étouffait les adultes et les incitait à s'éviter.

— Le violoniste est merveilleux ! s'exclame-t-il. Tu ne trouves pas, oncle John-Henry, qu'il est extraordinaire ?

— En effet, j'ai rarement entendu un tel virtuose.

— Je le connais bien, déclare le jeune garçon avec une fierté non dissimulée. Il habite chez M. Mechtler et celui-ci me l'a présenté aujourd'hui. Il m'a même demandé de lui jouer quelque chose.

— Si tu travailles bien, je suis sûr que tu pourras l'égaler un jour.

Peter rougit de contentement et reste muet devant l'ampleur du rêve. John-Henry en profite pour saluer brièvement sa sœur et son beau-frère avant de retrouver des médecins du Montreal General Hospital qui viennent de lui faire signe.

— Ton frère ne change pas, remarque Francis.

— Je le trouve fatigué.

— Je crois…

— Venez vite ! Ça va recommencer !

Ils n'ont pas le temps de rouspéter que Peter les entraîne déjà vers la salle de concert du Mansion Hotel. Ils prennent place alors que la plupart des spectateurs s'attardent un moment, pris par leurs conversations. Peter s'impatiente. Il gesticule sur sa chaise.

— S'ils ne rentrent pas, le maître ne pourra pas commencer, se plaint-il, drôle et touchant dans son impétuosité.

Mary-Ann l'incite doucement à la patience en jetant un coup d'œil discret à Francis qui s'amuse de l'agitation de son fils. Ils ont bien hésité avant de satisfaire sa requête, mais son ravissement les conforte dans leur décision. Ils ont eu raison de venir malgré quelques regards dédaigneux, malgré une grande indifférence et beaucoup de snobisme.

Mary-Ann, sagement assise, passe ses mains sur sa jupe pour en effacer le moindre faux pli. Elle se cale confortablement dans son siège, oublie tout. Elle ne veut que partager le bonheur de son fils. Sans plus. Tout entière offerte à la musique.

Quelques heures plus tard, alors que les dernières notes du concert tournoient encore au-dessus des rêves des spectateurs comblés, on frappe à la porte des Beyer. Élisabeth, que le sommeil évite, s'empresse d'aller répondre avant que le bruit ne réveille son fils. Elle reconnaît aussitôt le messager de l'hôpital.

— On m'a dit de venir chercher le docteur, explique celui-ci. Une de ses patientes est au plus mal.

— Vous savez l'heure qu'il est ?

— Oui, madame. Mais c'est une urgence.

— Mon fils vient à peine de s'endormir. Il est hors de question que je le réveille.

Devant l'entêtement de la vieille femme, l'homme tente un argument de taille.

— C'est le docteur Loedel qui m'envoie. Il a dit que je devais revenir avec le docteur Beyer.

— Dites au docteur Loedel qu'il s'occupe lui-même de la malade. Il sait sûrement ce qu'il faut faire.

— Mais...

Brusquement, Élisabeth referme la porte. Elle tremble et son cœur semble vouloir s'échapper de sa poitrine. Elle ne sait pas très bien quel instinct l'a poussée à agir de la sorte mais elle sait qu'il ne pouvait en être autrement. Il lui faut reprendre les rênes, redevenir celle qui contrôle, qui décide. Son fils lui échappe et elle doit le reconquérir. À tout prix.

Encore affaiblie par l'émotion, elle réussit péniblement à atteindre sa chambre et s'effondre sur son lit. Elle ne dort pas lorsque, une heure plus tard, elle entend du bruit dans la chambre de John-Henry.

Celui-ci, réveillé en sursaut, enfile rapidement les vêtements qui lui tombent sous la main avant de se précipiter dans les escaliers. En proie à une grande anxiété, il se lance hors de la maison et court jusqu'à la rue Notre-Dame où il hèle un cocher à moitié endormi, trop heureux de rentrer enfin chez lui. Il doit argumenter avec le conducteur un moment pour le convaincre de le conduire à l'hôpital et finalement c'est l'offre d'un cachet alléchant qui l'emporte sur la fatigue du bonhomme.

Assis dans la voiture, John-Henry reprend peu à peu ses sens sans cependant se libérer d'un sentiment d'urgence intolérable. Il s'est réveillé en sueur, le corps endolori, comme labouré par un monstre, avec, lui collant au cœur et l'empêchant de respirer, l'image de Marcelyne, livide. En allée. Après cent années de courses à travers les rues désertes, ils atteignent enfin l'hôpital.

— Hé ! Pas si vite ! Mon argent !

John-Henry n'a que le temps de crier son adresse avant de s'engouffrer dans cet antre de la souffrance et de la mort. Il n'a pas franchi vingt mètres que déjà il sait ce qui l'appelait avec tant de force, de rage. Il s'arrête un moment avant de pénétrer dans la salle des femmes. Pour contempler à l'intérieur de lui ce qui aurait dû être.

— John-Henry…

Le docteur Loedel a mis sa main sur l'épaule de son collègue.

— J'ai fait ce que j'ai pu…

— J'aurais dû être là, marmonne John-Henry.

— Tu n'aurais rien pu faire. Le mal était trop puissant.

— J'aurais dû être là…

— Je l'ai fait transporter en bas. Veux-tu la voir ?

John-Henry ne répond pas. Il laisse son collègue, impuissant à lui apporter quelque réconfort, et quitte l'hôpital sans regarder derrière lui.

Jusqu'au petit jour, il erre dans la ville.

Misérable. Mourant.

Jusqu'à ce que ses jambes ne le portent plus.

Ramené chez lui en voiture par un passant secourable, il ne comprend pas encore à quel sortilège il doit la survivance. Il s'enferme dans sa chambre et y reste pendant des jours ne répondant ni aux supplications de sa mère, ni aux appels désespérés de ses collègues.

Il veut attraper la mort, mais la mort ne veut pas de lui. Elle se sauve en ricanant.

Quand il entrouvre la porte, son teint cireux, ses cheveux roux collés à ses tempes et son pantalon froissé lui donnent des allures d'ivrogne.

Saoul d'amertume.

Il traîne avec lui des relents d'urine et de sueur.

Élisabeth tremble devant la souffrance de son fils.

— Veux-tu manger quelque chose ?

John-Henry se laisse conduire par la main, comme un petit enfant effrayé de faire ses premiers pas.

Et Élisabeth redevient celle qu'elle a toujours été. Maîtresse des lieux et des âmes.

Elle prépare elle-même un bain chaud et sourit en dévêtant son fils.

VIII

— Qu'est-ce que tu écris?

— J'ai rencontré le chef de police cet après-midi. Il est inquiet. Il a demandé que nous mettions les gens en garde contre les dangers de boire de l'eau glacée.

— Comment faire autrement avec l'été torride que nous connaissons?

— C'est d'autant plus dangereux que les gens sont en sueur après le moindre effort. Ils pensent se rafraîchir en buvant de l'eau glacée. Ils en sont quittes pour une bonne attaque. Le chef insiste pour que nous en parlions dans le journal.

Francis se réjouit de la maturité de son fils aîné. Il n'avait pas réalisé à quel point Johann avait vieilli. Il s'adresse à un homme responsable et son bonheur n'a d'égal que sa fierté.

— Tu as raison. On ne dira jamais assez aux gens d'être prudents. J'espère que tout se passe bien pour Jean-Baptiste. Je n'ai pas eu de nouvelles depuis l'été dernier. Avec cette chaleur, il risque de perdre des bêtes.

— C'est vrai, les bêtes aussi courent un danger. Le chef a également souligné le problème des chiens.

— Des chiens?

— Oui. Certains propriétaires oublient que leur chien, prisonnier au bout d'une chaîne, souffre également de la chaleur. Quelques-uns sont morts déjà d'une insolation et d'autres deviennent tellement enragés qu'ils constituent un danger public.

— Un enfant est justement venu à l'hôpital aujourd'hui. Il avait été mordu par un chien.

— Ah oui ! De qui s'agit-il ?

— Regardez-moi ce journaliste à l'affût de la moindre nouvelle !

Johann sourit en haussant les épaules.

— Simple curiosité de citoyen.

— Tu as là le défaut rêvé pour être un excellent journaliste !

Les deux hommes s'esclaffent, heureux de la complicité retrouvée.

— Je te laisse travailler, se résigne Francis.

— Papa…

— Oui ?

— Toi… comment ça va ?

Francis revient sur ses pas. Il comprend l'inquiétude de son fils et son désir légitime de savoir. Mais comment expliquer avec le plus de justesse possible ?

— Ça va, commence-t-il. Ça va. Le poste d'apothicaire a réglé, du moins en partie, les problèmes urgents. Et ton salaire nous aide beaucoup. Je te remercie.

— Mais toi ? insiste le jeune garçon. Toi ?

Le médecin regarde son fils droit dans les yeux.

— Il y a des choses qui doivent être faites même si elles sont difficiles. Et de les faire me rend heureux.

— Heureux ?…

— Oui. Je t'assure. Très heureux.

Il esquisse un mouvement vers la porte, mais son fils le retient encore une fois.

— Attends ! J'ai quelque chose à te dire au sujet d'oncle John-Henry.

— Tu l'as rencontré ?

— Non, mais j'ai entendu parler de lui.

— Et comment va-t-il ? J'ai su qu'il avait été malade mais personne à l'hôpital n'a pu ou voulu m'en dire plus long.

— Il va mieux mais… il n'a pas vraiment été malade… Il a… Il est…

— Mais quoi donc ?

— Il a eu… une peine d'amour.

— Que dis-tu là ! s'exclame le médecin, incrédule. Une peine d'amour !

— C'est ce qu'on m'a dit.

Le jeune homme raconte Marcelyne, la maladie, la mort…

— J'ose à peine te croire.

— Tout ce que je te raconte là est vrai.

Perplexe, Francis quitte enfin la chambre de son fils. Il ne peut s'empêcher de penser à Karl, si tendrement amoureux de l'Indienne et que la mort a rejoint en pleine quiétude.

— Karl doit être fier de son fils.

Au même moment, John-Henry, essoufflé, pénètre à l'intérieur du Montreal General Hospital. Malgré la chaleur torride, il a couru et sa chemise lui colle sur le dos.

Le portier lui ouvre la porte et le salue avec une familiarité très peu prisée du jeune médecin.

— Où vous courez comme ça, M. le docteur ? Y a-ti le feu dans la bâtisse ?

— Une opération… Je suis en retard… lui répond le médecin sans même ralentir sa course.

— Vous faites ça plus vite que la nuit où j't'allé vous quérir.

Sans relever la remarque, John-Henry se précipite vers la salle d'opération où tout le monde l'attendait avec impatience.

Déjà sous anesthésie, le malade ne voit pas le mouvement de recul du médecin lorsque celui-ci aperçoit le chancre énorme, de la grosseur d'une piastre, qui lui défigure le visage. Bien ancrée sur le front, la plaie a fait tellement de progrès ces derniers mois qu'elle a rongé jusqu'au périoste. Pris de dégoût, John-Henry doit fournir un effort surhumain pour procéder à l'opération. Une opération qui n'offre, tout compte fait, que peu de garanties de guérison.

Une heure plus tard, le médecin redescend, épuisé. Insatisfait également. Honteux de sa réaction de dédain et de son impuissance. Il croise encore une fois le portier qui, contrairement à ses habitudes, reste muet. La mine patibulaire du chirurgien agit comme un instrument de dissuasion. Il préfère ne pas insister.

John-Henry se retrouve à l'extérieur, encerclé d'une touffeur abrutissante.

— Une autre nuit sans sommeil, maugrée-t-il à voix basse.

Il fait quelques pas puis s'arrête. Les paroles du portier lui reviennent étrangement en mémoire. « La nuit que j't'allé vous quérir… » Même en scrutant avec attention les moindres événements des derniers jours, il n'arrive pas à trouver un sens à cette phrase.

— Il faut que j'en aie le cœur net.

Il hésite encore un moment, craignant quelque confusion du bonhomme, puis retourne résolument sur ses pas.

Le portier sourit béatement en le voyant réapparaître.

— Vous avez-ti oublié queque chose, M. le docteur ?

John-Henry répond par une question.

— Quand êtes-vous venu me chercher ?

— La nuit que la femme est morte.

— Quelle femme ?

— Vous savez ben, finasse l'homme avec un regard insinueux, la p'tite sauvageonne qu'était pris des poumons.

John-Henry tressaille. Une blessure à peine apaisée se remet à saigner. Et la douleur rend sa locution difficile.

— Vous n'êtes pas venu me chercher cette nuit-là.

— Ben oui ! En pleine nuit. Le docteur Loedel m'avait envoyé. J'avais pas trop de travail icitte, ça fait que…

— Et personne n'a répondu ?

— Ben oui ! C'est vot' mère qu'est venue me répondre.

— Et qu'a-t-elle dit ?

John-Henry a du mal à respirer. Il veut connaître la fin de cette histoire mais il a peur de ce qu'il pourrait apprendre.

— Elle a dit que vous étiez fatigué et qu'elle vous réveillerait pas.

— Tu lui as dit que c'était urgent ?

— Ben quen ! Dit et répété oui ! Mais elle a dit que le docteur Loedel se débrouillerait, qu'il avait pas besoin de vous.

— Et qu'avez-vous fait ?

— J'suis parti. J'avais pu rien à faire là.

Le médecin manque d'air. Il se précipite à l'extérieur où la chaleur torride l'empoigne. Il marche un moment sur Dorchester, puis s'engouffre dans une ruelle où il s'effondre. Appuyé à une clôture de bois derrière laquelle il devine un jardin, il éclate en sanglots, incapable de raisonnement.

— J'aurais pu être là… J'aurais pu… Elle est morte sans moi et j'aurais pu être là…

Comme un petit garçon injustement puni, il appuie sa tête sur ses genoux redressés. Se roule à l'intérieur de lui. Prisonnier de sa carapace.

Jusqu'à la rage. Une rage monstrueuse qui le fait se relever et marcher résolument vers la maison.

La maison de sa mère.

Il trouve la vieille dame tranquillement assise au salon en train de siroter une tisane. La brusque arrivée de son fils la fait sursauter mais elle lui sourit malgré ses craintes.

— Pourquoi as-tu fait ça ? hurle-t-il sans ménagements. Pourquoi ? Pourquoi ?

— Qu'ai-je donc fait? demande-t-elle, effrayée par le regard menaçant de cet homme qu'elle ne reconnaît pas.

— Tu le sais très bien ! Tu l'as fait exprès de ne pas me réveiller quand le portier de l'hôpital est venu me chercher. Tu savais que c'était urgent ! À cause de toi Marcelyne est morte seule, sans moi !

— Je ne savais pas que c'était si important pour toi.

— Oh oui, tu le savais ! Tu le savais très bien ! Comme tu as toujours su ! Tu le savais et tu nous as refusé ce dernier moment ensemble. Je te hais ! Tu n'es qu'une vieille sorcière qui a toujours fait de moi ce qu'elle a voulu. Je ne t'appartiendrai plus jamais. Je te hais !

— John-Henry..., implore Élisabeth, la voix brisée par la peur, le visage défait.

Le médecin lui tourne le dos et s'enfuit loin de cette servitude dont il veut de toute son âme s'affranchir.

Quand John-Henry frappe chez Mary-Ann, celle-ci, seule pour la journée, le reçoit avec amabilité. Le médecin, embarrassé, ne sait que faire de ses mains nerveuses et fines, de cette mèche de cheveux rebelle qui lui cache le front. Sa sœur l'invite à s'asseoir et lui offre un thé comme si rien ne s'était jamais passé entre eux. Elle se réjouit de le voir ; elle plonge sans pudeur dans les yeux intelligents, aussi verts que les siens, sourit devant la tignasse rousse étincelante. Sans chercher plus loin.

Après les mondanités d'usage, John-Henry tente d'expliquer sa visite. Il bredouille.

— Je... C'était... J'avais des choses à te dire.

Son malaise atteint Mary-Ann.

— C'est maman ?

— Oui... Non... Je...

— Elle est malade ?

— Non, non. Elle va très bien. Du moins, je le crois.

— Que veux-tu dire ?

— Voilà, je… je suis parti de la maison.

John-Henry se sent aussi gêné qu'un jeune garçon qui avouerait une fugue ou qu'un amoureux coupable d'abandon.

Mary-Ann a peur de comprendre. Elle demande d'une voix apaisante, libre de toute accusation :

— Vous vous êtes disputés ?

— Oui… Un peu…

Elle sourit pour montrer sa sympathie.

Encouragé, il continue :

— Je ne voudrais pas t'embêter avec mes histoires mais… j'avais besoin de parler à quelqu'un.

— Je suis contente que tu sois là.

Le médecin, touché par sa mansuétude, éclate en sanglots. Il se blottit dans les bras de sa sœur, si vulnérable, si faible soudain. Malheureux.

— Je l'aimais tellement… Elle n'avait pas le droit de nous voler ces instants… Je ne voulais pas qu'elle meure, je ne voulais pas l'abandonner. Elle a besoin de moi. Montréal n'est plus là pour prendre soin d'elle. Elle a besoin de moi ; elle n'a plus que Marguerite. Je l'aimais tellement… Je la déteste…

À travers les mots embrouillés, sa sœur extirpe une histoire triste. Elle ressent la détresse de son frère, sa disgrâce face à sa propre dépendance. L'ambiguïté, les remords. Il voudrait vivre, respirer par lui-même, découvrir le monde dont l'amour lui a entrouvert les portes. Mais il se cramponne malgré lui à la sécurité du ventre maternel, à la rassurante servilité. Écartelé.

Mary-Ann le berce, le materne, comme elle l'a fait si souvent et si gauchement quand il n'était qu'un bébé. Malgré la tristesse du moment, elle éclate d'un bonheur immense. Comme si le brouillard se dissipait enfin.

— Laisse-toi du temps, murmure-t-elle. Tu as besoin de temps. Et ne t'inquiète pas pour maman, je vais aller la voir. Pense d'abord à toi. Prends le temps de penser à toi.

Après ces quelques instants d'abandon, John-Henry, épuisé et honteux, se redresse et sa bouche retrouve le mépris qu'elle connaît bien.

— Excuse-moi… Je crois que je suis fatigué.

Mary-Ann sent quelque chose de précieux lui échapper. Elle tend les bras pour rattraper ce trésor qu'elle a effleuré du bout des doigts. John-Henry s'y précipite, désireux lui aussi de ne rien perdre de ce moment privilégié.

Il faut l'arrivée impromptue de Johann pour les séparer. Celui-ci remarque les yeux rougis de son oncle.

— Excusez-moi, dit-il. J'ai oublié quelque chose dans ma chambre.

— Je partais, le rassure John-Henry. Tout va bien dans ton nouveau travail ?

— C'est merveilleux ! lui répond le jeune journaliste avant de grimper les escaliers quatre à quatre.

— Au revoir, dit John-Henry.

— Reviens bientôt.

Le lendemain, Mary-Ann se rend rue Saint-Gabriel. La grande maison lui renvoie mille souvenirs qu'elle caresse avec nostalgie.

Elle a été heureuse ici. Plus que nulle part ailleurs, songe-t-elle en frappant à la lourde porte.

Élisabeth l'accueille froidement. La vieille femme fait peine à voir. Rien dans son attitude ne permet de deviner sa détresse. Sauf, peut-être, l'opiniâtreté presque enfantine qu'elle met à la cacher. Ses cheveux blancs tombent sur ses épaules, négligés. Une vieille petite jeune fille privée de son amour.

Mary-Ann peut à peine placer un mot. La vieille dame discourt de mille et une vétilles, s'enquiert de chacun, ne parle jamais d'elle. Et congédie sa visiteuse prétextant un travail urgent.

À la deuxième visite, elle en appelle à la fatigue pour écourter l'entretien. Quelques jours plus tard, elle ne peut recevoir sa fille à cause d'un rendez-vous impossible à remettre.

À court de stratagèmes et de patience, Mary-Ann désespère de jamais la rejoindre vraiment.

— En tout cas, je sais qu'elle va bien, confie-t-elle à Francis. Et je pourrai rassurer John-Henry.

— Demande à Marguerite de t'avertir en cas de besoin, suggère le médecin.

— Maman doit sûrement avoir donné des ordres contraires. Tu la connais. Je vais plutôt aller vérifier par moi-même de temps en temps. Le temps que John-Henry se remette.

— Tu crois qu'il va retourner vivre avec elle ?

— Je crois qu'il ne pourra pas faire autrement.

IX

Malgré le froid et la neige, un flot continu de pèlerines moirées et de chapeaux noirs afflue vers le New Mansion House Hotel, rue Saint-Paul. Enveloppés dans la blancheur de l'air, les gens ne se rappellent pas avoir vu passer l'automne. La saison initiatique leur a échappé.

Dès leur arrivée, un maître d'hôtel conduit les invités essoufflés jusqu'aux portes de la grande salle du théâtre Royal dont c'est aujourd'hui l'ouverture officielle. Les visiteurs sont alors happés par la musique de l'orchestre adroitement dirigé par M. Duff, par l'odeur de velours neuf, par l'élégance et l'harmonie qui se dégagent de la salle récemment aménagée grâce aux généreuses contributions des maisons d'affaires et de Montréalais fortunés.

Toute la grande société s'y retrouve avec plaisir dans un inlassable froufroutement de mondanités. Johann, délégué par son journal pour couvrir l'événement, se demande, amusé, comment il arrivera à décrire cette cacophonie de mots et de rires. Français et Anglais se disputent le beau rôle ; le ton monte puis s'apaise, comme la vague dont on ne sait jamais où elle vous entraînera. Le jeune homme circule péniblement dans la cohue. Il vole ici et là quelques bribes de conversation, heureux de pouvoir comprendre et s'exprimer parfaitement dans les deux langues. Il surprend des attitudes, des regards, et rejoint bientôt son oncle, entouré de collègues et amis. Celui-ci le salue avec empressement.

— Voilà notre journaliste, dit-il en présentant son neveu aux personnes présentes. Faites attention à vos paroles, vous pourriez les retrouver dans une page du *Herald*.

Johann sourit, serre des mains et continue son exploration jusqu'à ce que les spectateurs soient priés de prendre place. L'orchestre entonne alors le *God save the King* et Johann remarque que plusieurs gentilshommes canadiens-français restent assis avec leurs chapeaux sur la tête. Il voit là une façon courageuse d'exprimer un désaccord et se promet de rapporter cet incident à ses lecteurs, un incident rapidement escamoté par la fabuleuse performance d'Henri Kowalski, pianiste français de passage au pays.

Après le concert, le journaliste s'excuse auprès de ses parents désireux de prolonger une si belle soirée et court à la maison où il termine son texte avec une célérité qui le surprend lui-même. Il s'apprête à porter son article au journal lorsqu'on sonne à la porte. Sous le foulard et la tuque il reconnaît difficilement la servante de sa grand-mère.

— Est-ce que Mme Loiseau est ici ? s'enquiert la femme d'une voix nerveuse.

— Non. Mon père et ma mère sont au théâtre Royal. Puis-je vous aider ?

— C'est Mme Élisabeth. Elle est très mal.

Johann hésite quelques secondes puis il rassure la fidèle servante.

— Retournez auprès d'elle. Je vais avertir mes parents. Ils seront là dans quelques minutes.

Sur la rue Saint-Paul, calèches et piétons retournent à leurs quartiers après la fête. À l'hôtel New Mansion le jeune homme retrouve ses parents engagés dans une conversation enjouée avec son oncle. Il les interrompt sans ménagements :

— Grand-maman est malade.

— Qui t'a dit ça ? questionne Francis.

— C'est la servante. Elle est venue à la maison. Elle a dit que c'était urgent.

Francis et Mary-Ann enfilent déjà leurs manteaux. John-Henry n'a pas bougé. Il en est incapable. Il vient à peine d'apprendre à respirer que déjà on le bâillonne. Il ne sait plus comment rattraper son souffle. Envahi par une vieille peur qui resserre son étreinte…

Mary-Ann le rassure :

— Ne t'inquiète pas, nous allons nous en occuper. Rentre chez toi, je te donnerai des nouvelles.

En apercevant la vieille femme enfoncée dans son lit, Francis n'hésite pas. Il faut la transporter à l'hôpital. Il reconnaît immédiatement le teint terreux des cancéreux, l'immense fatigue incrustée dans leurs traits. « Cette femme souffre terriblement et elle doit souffrir depuis longtemps », songe-t-il.

Mary-Ann a pris la main de sa mère et tente de la rejoindre dans son martyre.

— Je suis là, maman. Nous allons t'amener à l'hôpital.

Élisabeth, sans même ouvrir les yeux, marmonne quelque chose d'incompréhensible. Mary-Ann rapproche son oreille du souffle moribond et parvient à saisir quelques mots.

— Elle veut aller au Montreal General Hospital.

— Nous ferons comme elle le désire.

Lentement, précieusement, ils transportent leur léger fardeau jusqu'à la calèche puis jusqu'à l'hôpital où le docteur Loedel reçoit Francis avec froideur. Après que celui-ci lui eût résumé la situation, le médecin allemand congédie tout le monde pour rester seul avec la malade.

— Elle est entre bonnes mains, dit-il à Mary-Ann qui ne se résigne pas à partir. Rentrez chez vous. Elle a surtout besoin de repos.

Rue Saint-Vincent, les Loiseau retrouvent John-Henry, pelotonné sur la dernière marche de la galerie, se protégeant du mieux qu'il peut du vent de plus en plus violent.

— Comment va-t-elle ? supplie-t-il en espérant une réponse apaisante qui ne vient pas.

— Elle est très mal, lui répond Francis en l'invitant à entrer.

John-Henry refuse l'invitation. Et la réalité.

— Non… merci. Je dois partir.

Il pensait pouvoir fuir, mais quand il se retrouve aux portes de l'hôpital, il sait l'évasion impossible. La libération n'est pas venue avec la haine.

Élisabeth repose dans un lit immense d'où elle émerge à peine. Devant elle, John-Henry redevient ce fils qu'elle a modelé à ses ambitions, ce frère, cet époux, cet amant… et il se hait pour cela, impuissant à délier le sort qui l'enchaîne à cette vieille femme.

— J'ai fait une saignée, mais elle est très faible.

Le docteur Loedel a chuchoté pour ne pas réveiller la malade.

— Vous avez fait une purge ?

— Non, j'ai préféré attendre ; je ne voulais pas l'affaiblir davantage. J'ai fait couvrir la plaie avec un fil d'araignée pour favoriser l'assèchement.

— Cancer ?

— Oui.

— Avancé ?

— Oui.

— Que recommandez-vous ?

— Pour le moment, il faut attendre. J'ai prescrit un régime à base de soupe avec très peu de viande. Elle peut s'en sortir. Aie confiance.

En partant, le médecin fait vaciller la flamme dont les reflets dansent un instant sur les traits de la malade, maquillent son visage d'une jeunesse artificielle. Une image agresse John-Henry. Sa mère, penchée sur lui, sourit en le caressant. Il n'est plus un enfant, pas encore un homme. Et il ignore s'il doit sourire aussi. Ou pleurer…

— Excusez-moi, docteur.

John-Henry sursaute. L'infirmière n'a guère le temps de sonder ses états d'âme. Elle l'entraîne vers un malade en pleine crise de délire. La fièvre typhoïde s'est emparée de son esprit et de son corps. Il murmure constamment des paroles inintelligibles.

— La fièvre a monté. Les compresses froides n'agissent plus.

— Nous allons le doucher, ordonne le médecin en oubliant pour quelque temps qu'il est aussi un fils.

Quand il en a fini avec ce patient et avec les autres que l'agitation a réveillés et rappelés à leur douleur, l'aube glaciale traverse les fenêtres. Soleil blanc dans le bleu du ciel.

Élisabeth fête Noël à l'hôpital, puis le Nouvel An. Tous les spécialistes penchés sur elle s'étonnent de son opiniâtreté à survivre. Malgré ses soixante ans, la vieille femme usée, pétrie par la souffrance, résiste miraculeusement à la déchéance du corps. Passé les Rois, son état s'améliore de façon étonnante et elle insiste pour rentrer chez elle au bras de son fils. Le sort de leur relation s'est joué à qui perd gagne, dans les méandres troubles de la mort. Les partenaires ont eu les yeux voilés par un spectre cruel et c'est à tâtons qu'ils reprennent leur vie commune.

John-Henry n'essaie plus de comprendre. Il se rend, floué par Élisabeth et la maladie. Il ne sait pas jusqu'où sa mère a voulu tout cela, mais il se sent manipulé. Et presque heureux de l'être. Sa reddition le soulage d'une liberté dont il ne savait plus que faire.

De temps en temps, pour se convaincre que tout cela n'a pas été un rêve, il s'arrête chez Mary-Ann et la tendresse de sa sœur lui rappelle le goût du libre-arbitre, un goût de mélasse tellement sucré qu'il fait grimacer mais vers lequel on revient toujours.

Ces courtes escales au creux d'un passé fugitif et déjà révolu le tiennent en vie sans pourtant l'affranchir. Il a jeté l'ancre dans un port sans lumières et chacune de ses visites à Mary-Ann laisse celle-ci désemparée.

— Je ne sais plus que faire, confie-t-elle à Francis. Il fait peine à voir. Étranger à lui-même. Indifférent à tout.

— Ne t'en fais pas trop. John-Henry est plein de ressources. S'il continue à venir ici, c'est qu'il cherche de l'aide; il ne se ferme pas à l'espoir.

— Il me fait tellement penser à papa quand nous l'avons cru en train de devenir fou. Fou de douleur... Quelle puissance détient donc cette femme pour faire tant de mal autour d'elle? Parfois, je la hais. Je voudrais qu'elle meure et que la souffrance cesse. Oh mon Dieu!

Affolée, Mary-Ann se jette dans les bras de Francis, inhabile à la rassurer. Car lui aussi sent la haine l'envahir; tous les malheurs de la terre ne viennent-ils pas de cette vieille femme à moitié morte? Il la hait pour les larmes de Mary-Ann.

— Je t'aime, dit-il enfin.

Avec ces mots, il sait qu'il a gagné et qu'il gagnera toujours.

La porte d'entrée claque et les amants se séparent à regret. Le bruit de bottes frappées énergiquement l'une contre l'autre révèle l'arrivée de Johann. Il a une façon bien à lui de se débarrasser de la neige agrippée à ses semelles. Mary-Ann replace ses cheveux. Francis tape sur les coussins d'un geste mécanique.

— Avez-vous vu la neige!

Le jeune homme n'a pas enlevé son foulard. Pressé comme toujours, il tend à son père une enveloppe toute froissée.

— Qu'est-ce que c'est que ça?

— C'est pour toi. Je suis passé au bureau de poste.

Francis ouvre l'enveloppe et son visage s'éclaire.

— *Journal de Médecine de Québec*! C'était donc vrai!

— Qu'est-ce que c'est? s'enquiert Johann, impatient.

— Attends que je lise la lettre.

Francis marmonne pour lui seul en parcourant la lettre qui accompagne le journal chiffonné.

— Alors? s'impatientent Mary-Ann et Johann.

— C'est le premier numéro du *Journal de Médecine de Québec* fondé par le docteur Tessier. C'est mon ami le docteur Benoît qui me l'envoie en spécifiant que ma collaboration au journal serait appréciée.

— Tu me le prêtes? demande Johann en s'emparant du journal.

— Mais... je ne l'ai pas lu!

— Seulement une heure! S'il te plaît! Nous devons être les premiers à en parler.

— Bon... Mais tu me le ramènes!

Johann est déjà parti.

— Personne ne pourra lui reprocher de ne pas prendre son travail au sérieux, s'esclaffe Mary-Ann en entraînant son mari à la cuisine où il l'aide à peler les légumes.

Chez les Beyer, la maison fleure la viande longuement mijotée dans un bouillon aromatisé aux fines herbes.

— On pourra bientôt se mettre à table, annonce Élisabeth.

— Bien... marmonne John-Henry sans quitter sa lecture des yeux.

— Que lis-tu?

— Un journal...

— Je le vois bien, explose Élisabeth. Je ne suis pas confuse à ce point.

— Excuse-moi… C'est le *Journal de Médecine de Québec.*

— C'est nouveau ?

— Oui, c'est le premier numéro et je dois dire que les articles sont très intéressants. On y trouve, entre autres, un rapport du Montreal General Hospital signé par le docteur Stephenson.

— Comment se fait-il que les médecins montréalais se soient ainsi laissé prendre de vitesse par leurs collègues québécois ? C'est ici, à Montréal, où nous avons les plus grands praticiens, qu'aurait dû être fondé un journal de médecine.

— Probablement avons-nous d'autres chats à fouetter, répond sèchement le médecin en retournant à sa lecture.

Mais la tête n'y est plus. Élisabeth a encore une fois ravivé la blessure. La gorge se noue, le cœur s'emballe, les chaînes s'alourdissent. Le médecin cherche une issue pour échapper à l'emprise mais n'en trouve pas. Il lui faudrait échapper à lui-même et il n'a pas encore la force de se fuir, le courage de s'assassiner.

— Vas-tu envoyer quelque chose pour le prochain numéro ?

— Je ne sais pas.

La vieille femme, acariâtre, revient à la charge, insatisfaite.

— Tu n'as pas le choix ! Les médecins de Québec ont trouvé là un organe de propagande extraordinaire. Tu ne peux pas ne pas en profiter.

— J'ai faim.

— N'essaie pas de changer la conversation. Tu tiens là le meilleur moyen de te faire apprécier. Tu n'as pas le droit de passer à côté.

— Pourquoi aurais-je intérêt à me faire connaître ?

— Quand on se présente comme candidat, notre nom doit être partout !

— Mais qui a bien pu te mettre dans la tête que je me présentais aux élections ? explose le médecin. Tu sais bien que j'ai renoncé à la politique. Comment veux-tu que je trouve le temps entre mes malades et mes étudiants.

— Des gens comptent sur toi. Tu n'as pas le droit de les décevoir !

— Tout a été très clair ! Je leur ai fait part de ma décision et ils l'ont acceptée.

— Pas moi !

Élisabeth a crié. Son visage blême, creusé par les rides, recèle une colère animale. Vive et sourde. Une colère de prédateur qui se bat contre ses semblables pour conserver sa proie et la déchiqueter à sa guise.

Effrayé par cette inconnue, John-Henry ferme les yeux. S'emmure. Séquestré volontaire d'un amour illicite, à peine perceptible aux confins de la resouvenance.

Il s'enfonce, se déporte en une mémoire violente et tendre où le mal et le bien s'accouplent pour engendrer le mystère.

Une mémoire contraignante aux bras refermés.

Des bras de femme qui savent douceur et extase et dont il ne se libérera jamais parce qu'une part de lui ne le souhaite pas.

Quand il ouvre les yeux, il s'étonne de ne pas souffrir. Il regarde la fenêtre où le froid tient prisonniers de minuscules oiseaux de givre aux ailes déployées.

Volée d'oiseaux aux mouvances silencieuses que son imagination libère.

Élisabeth n'est plus là.

X

Francis et Johann profitent d'une journée de répit. À l'extérieur, les giboulées de mars se prennent au sérieux et nul n'est besoin d'être devin pour suspecter une tempête en préparation. Mauvais coup prémédité de l'hiver avant de céder la place.

— La pluie se change en neige. Les chemins ne seront pas beaux demain.

— Hum…

Le journaliste n'a pas desserré les dents. Assis par terre devant l'âtre, replié sur lui-même, il semble ailleurs.

— J'ai hâte que ta mère et ta sœur reviennent. Je suis inquiet.

— Oui…

— Tu sais où elles sont allées ?

— …

— Johann ! Tu m'écoutes ?

Le jeune homme sursaute et relève la tête.

— Mais oui…

— Alors ?

— Alors quoi ?

— Réponds à ma question.

— Quelle question ?

— À ce que je peux voir, je me parle tout seul depuis un bon moment.

Johann se redresse, étire ses membres ankylosés.

— Excuse-moi, papa. Je crois que j'étais ailleurs.

— Quelque chose te préoccupe ?

— Oui…

— Ton travail ?

— Oui…

— C'est sérieux ?

— Non… Enfin, je ne crois pas…

Francis n'insiste pas pour laisser à son fils le temps de se ressaisir. Il le sent tiraillé, en pleine recherche et malgré son désir de l'aider il ne veut rien précipiter.

C'est finalement Johann qui prend la parole.

— Comment peux-tu accepter tout cela sans te révolter ?

Francis sent une grande lassitude l'envahir. Celle du vieillard face à l'exubérance de l'enfant. Il ne répond pas.

— Tu arrives à supporter une telle injustice ? Comment fais-tu ? insiste Johann.

— Je la supporte parce que je sais que j'ai raison.

— Alors il faut le leur dire !

— Ils le savent aussi.

— Et tu n'as pas le goût de te battre ?

— La bataille serait inutile. J'ai déjà gagné.

Les deux hommes se taisent un moment. Le bois jacasse dans l'âtre. Répond ironiquement à la grêle et au vent qui picorent les fenêtres.

— Tu as peut-être raison, murmure Johann.

— Je ne le sais pas vraiment. Et je ne crois pas que ce soit le plus important.

— Qu'est-ce qui est donc si important ?

— D'être là peut-être. Et de se sentir vivant, en accord avec soi-même.

— En accord avec soi-même…

Pendant un moment le jeune homme se dérobe au monde extérieur, en quête de lui-même.

— En accord avec soi-même… répète-t-il. C'est parfois si difficile…

— À certains moments plus qu'à d'autres, en effet.

Les deux hommes se taisent. Francis songe aux travaux de démolition de l'Hôtel-Dieu qui devraient commencer dans un mois. Les religieuses ont décidé de rebâtir l'hôpital qui en a grandement besoin. Seuls quelques médecins continueront à recevoir les cas urgents dans une petite pièce aménagée à même la chapelle. Les autres malades devront se rendre aux bureaux de médecins. Ses services d'apothicaire ne seront plus requis, du moins pour un temps.

L'arrivée bruyante d'Hélène et de sa mère brise l'intimité confiante dans laquelle la chaleur du feu et la pénombre ambiante avaient plongé le père et le fils.

— On se la coule douce ici, se moque Hélène.

Francis embrasse sa fille dont les longs cheveux bruns, décoiffés par la bourrasque, lui caressent la joue.

— J'étais inquiet. Vous ne devriez jamais partir sans dire où vous allez.

— Tu as raison, s'excuse Mary-Ann. Je croyais ne rester qu'une demi-heure et j'ai eu du mal à les laisser. Ces gens meurent de faim, mais ce sont la solitude et la peur qui vont les tuer.

— Les enfants n'ont même pas de manteau d'hiver, ni de bottes, renchérit Hélène.

— Et la mère tousse à vous faire pleurer !

— Je passerai les voir demain.

— J'espère que tu pourras faire quelque chose pour elle.

— Où est Peter ? demande Hélène.

— Il est dans sa chambre. Il jouait du violon il n'y a pas deux minutes.

La fillette court retrouver son frère pendant que Mary-Ann et Francis se dirigent vers la cuisine.

— J'ai une faim de loup !

Francis embrasse fougueusement sa femme.

— Je suis content que vous soyez rentrées, murmure-t-il. Par un temps pareil, je préfère que tous les miens soient à la maison.

Mary-Ann esquisse une caresse et s'enfuit en riant dans la cuisine.

XI

En avril, l'hiver semble avoir définitivement renoncé à ses prérogatives. Contrairement à Élisabeth Beyer qui, elle, n'a renoncé à rien. Ni à la vie, ni à ses pouvoirs, ni à ses ambitions. Elle a miraculeusement vaincu la maladie. Comme si tout cela n'avait été qu'une diversion. John-Henry ressent l'imminence d'un danger, un sentiment ridicule. Comme si une vieille femme de son âge, frêle et solitaire, pouvait représenter quelque menace !

Il la regarde se diriger d'un pas lent mais énergique vers sa table de travail. Que peut-elle ainsi planifier qui lui demande tant de temps ? Quel complot peut-elle ourdir ? Le médecin rit de ce sentiment de persécution totalement insensé qui le talonne depuis quelque temps.

— Des histoires de vieille femme ! dit-il tout haut pour se réconforter en ouvrant résolument la porte vers le grand air, le soleil. L'autre côté du silence.

Chemin faisant, il songe à la manière incroyable dont sa mère s'est rétablie d'une maladie qui aurait dû la mener à la mort et ses réflexions le ramènent à l'attitude actuelle de cette dernière. Depuis un certain temps, elle semble plus sereine. Leurs conversations se limitent aux exigences quotidiennes et Élisabeth fait des efforts louables pour ne contrer en rien les idées et agissements de son fils. Une trêve. Qui devrait le rassurer mais qui le tourmente.

Il entre dans la librairie d'Édouard-Raymond Fabre, rue Notre-Dame. L'odeur des livres mêlée à celle des divers produits qui encombrent les tablettes l'hypnotise et la jovialité du libraire le libère un moment de ses angoisses.

Quand il ressort, quelques amabilités plus tard, le soleil a définitivement pris le dessus sur la nuit et le médecin passe d'un pas allègre devant l'église en construction.

Le chantier est grouillant de monde.

— Les travaux vont bon train !

Francis qui venait en sens inverse s'arrête un moment pour le saluer.

— Les ouvriers n'ont pas chômé, continue-t-il en haussant la voix pour être compris.

— Depuis qu'ils sentent le printemps, on les croirait enragés.

— Ce sera une belle église !

— J'ai vu les plans. Ce sera vraiment magnifique. Mais ils en ont encore pour quelques années.

— Et toi, ça va ? s'enquiert Francis.

— Très bien, merci.

— Beaucoup de travail ?

Gêné par le naturel avec lequel son beau-frère aborde un sujet aussi délicat entre eux, John-Henry s'empresse de mettre fin à la conversation.

— Je dois partir, je suis déjà en retard. Salue Mary-Ann de ma part.

— Passe la voir quand tu pourras, ça lui fera plaisir.

Au General Hospital, on attendait John-Henry avec impatience.

— Un de tes patients a été admis cette nuit, lui explique hâtivement le docteur Stephenson. Difficultés à uriner. Sensation de brûlure. Douleurs au dos.

— Étranglement de l'urètre ?

— Selon toute évidence.

— Régime antiphlogistique.

— C'est déjà prescrit, avec application de fomentation et de cataplasme.

— Quel est le problème ?

— Le problème, c'est toi ! M. Coffin ne veut prendre conseil de personne d'autre que toi. Il te réclame depuis son arrivée.

— Je le comprends, je suis le meilleur ! s'exclame John-Henry en boutade, flatté sans vouloir le montrer de la confiance qu'on lui accorde.

Il laisse là son collègue qui lui crie :

— J'oubliais ! Réunion de tous les médecins à deux heures ! De première importance !

— J'y serai ! lance John-Henry en pénétrant dans la salle des hommes.

En apercevant la tignasse rousse les patients se redressent. Le médecin ressent comme une caresse le respect qu'ont pour lui tous ces malades et il éprouve avec regret un sentiment d'impuissance qui ne le quitte pas. Ils le croient si savant et il sait si peu de choses ! Ils l'espèrent divinité, s'abandonnent à sa science et lui seul en sait assez pour prendre conscience de sa grande ignorance.

— Dr Beyer !

M. Coffin l'interpelle, manifestement soulagé de pouvoir enfin lui parler. Se confier. Calmement, John-Henry l'ausculte, pose des questions, pour en venir à expliquer le traitement à suivre.

— Demain nous allons introduire une petite bougie…

— Ce sera douloureux ?

— Pas trop. Il faudra faire ça pendant sept jours.

— Et je serai guéri ?

— Le huitième jour, nous allons introduire un petit cathéter pour aider l'écoulement de l'urine et diminuer l'irritation.

— Je n'arrive pas à dormir.

— Si vous suivez nos instructions, tout devrait rentrer dans l'ordre bientôt.

Après une matinée très occupée et un repas rapidement avalé, John-Henry retrouve ses collègues.

Les docteurs Stephenson et Caldwell pressent leurs compagnons de prendre place. Beaucoup de sujets sont à l'ordre du jour. Quelques changements mineurs au fonctionnement de l'hôpital sont d'abord approuvés à l'unanimité par les cinq médecins présents. Un compte rendu succinct des finances rassure tout le monde quant à la bonne marche de l'établissement; un coup d'œil rapide sur un article proposé par le docteur Caldwell pour le *Journal de Médecine de Québec* ne pose aucun problème et, après quelques ajustements de tous ordres, le docteur Stephenson aborde la question de l'institution médicale.

— Je crois que nous pouvons dresser un bilan très positif de notre école de médecine. Après un an et demi d'opération, tout indique que nous avons eu raison sur toute la ligne.

— Les étudiants semblent très satisfaits, ajoute le docteur Caldwell.

— Sauf en ce qui concerne l'étude de l'anatomie, précise John-Henry. Nous manquons de cadavres.

— C'est un problème difficile à résoudre et que j'aimerais, si vous le permettez, remettre à plus tard. Pour le moment, le docteur Caldwell et moi-même caressons un projet dont nous voudrions vous faire part. C'est un projet qui nécessite votre approbation et votre soutien.

— De quoi s'agit-il?

— Voilà. J'ai rencontré Lord Dalhousie la semaine dernière. Nous avons longuement discuté. Notre institution d'enseignement ayant fait ses preuves, nous en sommes venus à la conclusion qu'il serait temps de rédiger et de proposer une charte. Nous n'en sommes évidemment qu'aux préliminaires mais nous croyons cette démarche indispensable pour protéger la vocation de la Montreal Medical Institution. Pouvons-nous compter sur votre appui?

Les médecins n'hésitent pas une seconde à témoigner leur accord.

— La bataille n'est pas gagnée d'avance, les prévient Caldwell, mais avec l'appui inconditionnel de Lord Dalhousie nous devrions pouvoir conclure cette affaire.

En quittant la réunion, John-Henry, emballé par cette proposition, songe avec ravissement aux développements possibles. L'institution serait appelée à devenir un lieu de savoir de premier ordre, officiellement reconnu, semblable en tous points aux collèges de chirurgie de Londres, Édimbourg ou Paris avec, pourquoi pas, la capacité exclusive au Canada de conférer des degrés de médecine. Le jeune homme entrevoit là un avenir plein de promesses et c'est avec l'enthousiasme des pionniers qu'il se rend auprès des étudiants pour leur dispenser son cours d'anatomie.

Francis passe devant l'Hôtel-Dieu ; les travaux de démolition avancent rapidement. Il se rend dans la petite pièce de la chapelle où le docteur Blin a aménagé un hôpital de fortune. Literie et médicaments s'entassent pêle-mêle, une odeur rance court sur les murs, mais le moral est bon.

— Vous vous débrouillez ?

— Ça va. Je ne sais pas combien de temps nous tiendrons, mais pour le moment ça va. Nous avons transféré un grand nombre de malades au Montreal General Hospital.

— Je peux vous aider ? As-tu besoin de préparations spéciales ?

— Pas pour le moment, mais j'aimerais que tu viennes voir un malade. J'aurais besoin d'un conseil.

— De quoi s'agit-il ?

— Dislocation de la clavicule.

— C'est un cas habituellement assez simple.

— Habituellement. J'ai fait un bandage pour maintenir le trapèze en état de relaxation.

— Avec solution de sulfure pour prévenir l'inflammation.

— Oui, mais rien n'y fait…

— Température élevée ?

— Oui… Mais j'aime mieux que tu vois par toi-même.

Francis suit avec un sourire son collègue qui l'entraîne d'un pas sautillant. Il est heureux. Pendant un long moment, sans le dire, il a eu honte, et colère, et amertume. Après l'arrestation d'Eva, il a senti l'éloignement encore plus sensible de ses pairs. Ceux qui l'avaient appuyé pour combattre les médisances de John-Henry et de ses acolytes ne pouvaient décemment le suivre dans la défense d'une femme aux ambitions viriles. Il est des dangers auxquels on peut faire face avec l'espoir légitime de vaincre, d'autres qu'il faut tout simplement annihiler sans leur laisser la chance d'éclore.

Avec le temps cependant, le départ d'Eva aidant, même les plus coriaces ont oublié. Certains sont même allés jusqu'à se plaindre du temps précieux que ses charges d'apothicaire volaient à ses activités médicales. Des patients à la mémoire fidèle le réclament parfois, prêts à mettre le prix pour ses talents. Il est un médecin ; il le sera toujours. Personne n'y pourra rien changer, jamais.

Si Johann pouvait comprendre comme il aime ce que le destin a fait de lui.

Contre tout bon sens.

XII

Après un mois de vaines démarches pour doter l'Institution médicale d'une charte, le docteur Stephenson réunit à nouveau ses collègues.

— Lord Dalhousie nous appuie sans conteste mais avant de présenter le projet à l'Assemblée, il veut prévenir toutes les objections. Et il y en a une de taille ! L'école n'est associée à aucune institution d'enseignement et ne peut s'appuyer sur aucune fondation.

— Mais c'était le cas pour les collèges de Londres et d'Édimbourg, objecte John-Henry.

— Et même le Collège de Chirurgie de Paris a connu des débuts totalement similaires ! renchérit le docteur Caldwell.

— Nous savons tout cela, mais il semblerait que nos détracteurs ne se satisferont pas de ces similitudes.

— Comment contourner ce problème ?

— C'est ce que nous vous demandons.

Après un temps de silence, John-Henry, rouge d'excitation, propose une solution audacieuse.

— Le Collège McGill a bien une charte ?

— Depuis le mois de mars 1821, si je ne m'abuse, précise le docteur Caldwell. Mais en quoi cela nous concerne-t-il ?

— Il faut demander notre nomination au poste de professeur du Collège McGill et profiter de la charte déjà établie.

— Magnifique, John-Henry ! s'écrie le docteur Stephenson qui a tout de suite compris où veut en venir son collègue.

— Mais le collège n'existe que sur papier, s'objecte un des médecins.

— C'est justement ce qu'il nous faut, un papier! Rien de plus.

Cette proposition risquait, en effet, de plaire à tout le monde.

James McGill, mort en 1814, avait légué dix mille livres et sa propriété de Burnside à l'Institution Royale à la condition cependant qu'un collège ou une université à son nom y soit érigé dans un délai de dix ans. Afin de satisfaire aux volontés du défunt, on avait accordé une charte royale au Collège McGill en 1821, mais aucune forme d'enseignement n'y avait encore été établie, de même d'ailleurs qu'aucun immeuble n'y avait encore été érigé. Il était grandement temps d'y pourvoir et de doter par la même occasion ledit Collège McGill d'une faculté de médecine hautement qualifiée et dont les professeurs étaient déjà tout trouvés. Il s'agissait en fait de réunir une école sans charte à une charte sans école. Chacun devait y trouver matière à réjouissances. Défunt comme vivants.

— J'achemine dès aujourd'hui une requête à l'administration de Sir James Kempt proposant la nomination des membres de l'institution médicale comme professeurs de l'université devant être établie à Burnside et dont un des collèges, appelé McGill, détient une Charte royale datée du 21 mars 1821.

— Il faut exiger le droit de conférer des degrés, suggère John-Henry.

— Pas si vite, rétorque le docteur Caldwell. Une chose à la fois. Existons d'abord, nous exigerons ensuite.

— J'ai de grandes visées pour cette école, les informe le docteur Stephenson. De grandes visées. Mais comme le dit si bien notre collègue, ne brûlons pas les étapes. Notre percée n'en sera que plus décisive le moment venu.

Excités par les réalisations à venir, les médecins se quittent sur des éclats de rire irrationnels, sans objet véritable. Des élèves turbulents émoustillés par la préparation de quelque mauvais coup.

XIII

Les rues de Montréal aperçoivent l'été les premières. Avant le fleuve, avant les bois environnants, avant même les habitants.

La saleté et l'odeur libérées par les premières pointes de chaleur ne trompent pas. Le fumier, entassé derrière les maisons, dégage son essence particulière, largement accentuée par les rayons du soleil. La boue court sur les dalles de pierre, caresse les parvis des maisons, entraîne crottin et scories dans son sillon. De forts effluves s'échappent des échoppes des poissonniers et des fourrures préparées à la hâte par des Indiens de passage en ville, en quête d'acheteurs.

Une symphonie de fragrances que les citoyens ignorent.

Trop heureux d'échapper à l'hiver, ils ne voient que le soleil éblouissant, n'entendent que le pépiement des oiseaux, ne sentent que le parfum frémissant de la reviviscence printanière.

La poésie l'emporte.

Francis voudrait lui aussi croire en la renaissance, mais la mort le tient dans ses rets et il s'éreinte à tenter de l'écarter.

Avec la belle saison, les bateaux déversent leur cargaison d'immigrants dans une terre inculte. Et leur semence se meurt. Les arrivants, bouffis par les piqûres de poux, la fièvre, la peur, vont rejoindre leurs frères de misère dans les caves des petites rues transversales où nul ne s'arrête.

Francis leur offre son aide mais il ne suffit plus à la tâche et son inquiétude, sa colère et sa révolte grandissent au rythme des arrivages. Isolé, il se débat seul dans ce bourbier avec l'impression angoissante de s'y enfoncer.

Ses confrères, éparpillés, confinés à leurs bureaux à cause des travaux à l'Hôtel-Dieu, veulent bien soigner avec compassion les miséreux que le hasard met sur leur route, mais ils ne traverseront pas la rue pour provoquer les rencontres.

— Nous fournissons à peine à soigner nos malades avec tous ces chambardements.

— Je sais, concède Francis à son fidèle ami, le docteur Blin. Mais ces gens-là ont besoin de nous. Ils sont venus à nous avec tous leurs espoirs. Nous n'avons pas le droit de les décevoir.

— Certains t'objecteront qu'ils n'avaient qu'à rester chez eux... et je me demande jusqu'à quel point ils n'auront pas raison.

— Tu ne penses pas ce que tu dis !

— Pas vraiment... mais je comprends que certains puissent en venir à de telles conclusions... même si je ne les approuve pas.

Une profonde tristesse envahit Francis. Il s'enfonce dans la brunante, le dos courbé, soudainement vieilli. Il entend les voix aiguës des sorcières de son enfance, celles qui jaillissaient de la Batiscan à cette heure incertaine, hors du temps. Des sorcières et des monstres dont son père lui racontait les exploits. « Johann Vogel, dit Loiseau, les as-tu rencontrés ces personnages étranges dont tu semblais si bien connaître les légendes ? Où t'en es-tu allé, papa ? As-tu retrouvé les landes d'Allemagne dont on t'avait chassé ou as-tu choisi les forêts lumineuses d'ici pour vivre ton éternité ? »

Ses réminiscences le conduisent dans un taudis de la rue des Commissaires. Une jeune fille reconnaissante l'entraîne vers sa mère, allongée à même le sol. La femme, affaiblie par une fausse couche, se remet difficilement. Assis par terre, un enfant tousse entre deux râlements. Le logis empeste la maladie et la pauvreté.

La mère supplie le médecin :

— S'il vous plaît, prenez soin de mon bébé.

Elle désigne un petit berceau façonné grossièrement dans une pièce de bois mal équarrie. La jeune fille a suivi le geste de sa mère. Elle va chercher l'enfant et le dépose dans les bras du médecin. Le petit est couvert d'œdème et souffre atrocement. Un écoulement purulent des oreilles révèle la gravité de son état. Et la saleté dans laquelle il croupit indique une diarrhée incontrôlable.

Francis le dépose dans son petit lit en questionnant la jeune fille ; le bébé a eu des convulsions à maintes reprises. « Cet enfant souffre de malnutrition, songe-t-il. Il n'y a plus rien à faire. Il sera mort avant demain. » À la mère, anxieuse, il recommande le repos sachant très bien que la vie de son enfant lui importe plus que son bien-être. Mais il ne trouve ni les mots, ni les gestes. Il ne sait plus jongler avec la mort. Elle a eu raison de sa patience et de sa foi.

— Je reviendrai demain, dit-il simplement.

Et la femme devine.

Il fait nuit noire quand le médecin rentre chez lui. Il retrouve Mary-Ann et Hélène en train de recoudre des vêtements qu'elles ont quêtés pour leurs pauvres. Touchée par l'immense lassitude inscrite sur les traits de son mari, Mary-Ann met fin au travail.

— Allez, dit-elle à Hélène, il est temps d'aller au lit.

La fillette rouspète bien un peu, mais elle se rend vite aux désirs de sa mère.

Restés seuls, les époux se blottissent l'un contre l'autre.

— Je suis allé rue des Commissaires. Le bébé va mourir.

— Oh non !

— Un autre pour lequel je ne peux rien faire…

— Mais tu en fais tant ! Tu ne dois surtout rien te reprocher.

— Je pourrais faire plus. Je dois trouver un moyen. Si seulement je pouvais convaincre les autres médecins de l'urgence de la situation. On ne peut laisser la maladie s'installer à son aise. Elle gruge la ville sournoisement et nous aurons tous à payer pour cela.

— Que veux-tu dire ? Tu m'inquiètes.

— Les risques de contagion sont de plus en plus grands. On va vers la catastrophe. On croit pouvoir entasser ces malheureux dans un coin, hors de notre vue et les oublier. Mais leur misère nous rejoint et nous menace. Notre survie passe par le combat que nous livrerons à leurs côtés. Je dois sensibiliser mes collègues. Ils doivent comprendre ! Il le faut. En sauvant ces gens, nous nous sauvons.

— Pourquoi n'écris-tu pas un article dans le *Journal de Médecine*? C'est le meilleur moyen de rejoindre tous les médecins. Quelques-uns pourront peut-être t'entendre.

— Tu as raison. Je vais essayer. Et si ça ne marche pas…

— Ça marchera ! Aie confiance.

Francis sourit à Mary-Ann et s'étonne encore une fois de sa grande beauté. Cette femme passionnée par la vie le préservera toujours de la médiocrité. Il en a la certitude.

Les réactions ne furent pas longues à venir. Réactions d'indifférence, réactions passionnées. Sarcasmes, compassion.

Dès sa parution en septembre, l'article de Francis suscita un remous considérable et l'effet dura plusieurs semaines, alimentant la conversation au sein des cercles médicaux. Bien peu de praticiens allèrent jusqu'à se joindre à lui, mais le doute était semé. Et la population, sensibilisée. L'ostracisme n'en devint que plus grand envers ces immigrants, porteurs de tous les fléaux. Un effet que le médecin n'avait nullement prévu et qui l'obligea à encore plus de dévouement pendant qu'autour de lui on continuait à débattre du bien-fondé de ses assertions.

— Je crois que le docteur Loiseau exagère. Il est alarmiste ; sa théorie ne tient pas.

— Il a trouvé là une façon de redorer son image. Il est parti en croisade et son amertume l'a conduit trop loin.

Les docteurs Stephenson et Caldwell discutent à leur manière. Hommes de science, ils se laissent difficilement apprivoiser par des discours émotifs qu'aucune logique sérieuse ne sous-tend.

John-Henry, encore surpris de leur arrivée impromptue, leur offre un autre thé ; Élisabeth, courtoise et dame du monde, ordonne qu'on apporte des biscuits. Les médecins du General Hospital, pris par une multitude d'obligations, n'ont guère l'habitude de se visiter. Ils se rencontrent à l'occasion lors d'événements sociaux auxquels tous se font un devoir de participer, mais les échanges appelant une plus grande intimité semblent exclus de leurs relations.

— Je ne crois pas qu'un si petit nombre de gens puisse engendrer un fléau comme celui que nous prédit le docteur Loiseau.

— Je ne partage pas votre optimisme, déclare John-Henry, au grand étonnement de ses collègues et de sa mère. Francis est très au fait de la question et s'il décèle un danger, je crois qu'il vaut mieux pour nous ne pas faire la sourde oreille.

— De toute façon, nous n'avons rien à perdre, concède le docteur Caldwell, ouvert au débat. Et advenant l'éventualité d'une contagion, nos médecins sont de plus en plus aptes à y faire face. La formation prodiguée à l'institution est de plus en plus adéquate et spécialisée. Il y a des progrès considérables…

— Parlant de progrès, le coupe le Dr Stephenson, j'ai rencontré Lord Dalhousie cet après-midi.

— Au sujet du Collège McGill ?

— En effet.

— Où en sont les discussions ?

— Lord Dalhousie continue à appuyer nos demandes mais Francis Desrivières ne veut nullement collaborer.

— Qu'en est-il exactement de toute cette affaire ?

— Francis Desrivières, comme vous le savez, est le neveu d'un premier lit de Mme McGill. Il se trouve en possession de la propriété Burnside et ne veut la rendre à aucun prix.

— Il doit sûrement exister un moyen légal de lui faire entendre raison.

— Sûrement, mais quand on se perd dans les méandres de la procédure, le temps se multiplie par dix.

— Tout cela est politique, affirme le docteur Caldwell.

— Comme je le dis depuis toujours, il nous faudrait plus de pouvoir politique au sein de la profession.

John-Henry regarde sa mère. Elle ne cille pas, mais il n'est pas dupe de sa désinvolture. Il sait maintenant ce qui lui vaut la visite de ses collègues et quand ceux-ci lui proposent de poser sa candidature pour les prochaines élections arguant de son charisme, de sa réputation irréprochable, de ses appuis dans le milieu anglophone et du grand prestige que vaudrait à ses pairs son implication, il reste bouche bée, encore abasourdi par la ténacité indomptable d'Élisabeth. Voilà donc ce que cachait cette fausse trêve.

— J'ai ici une lettre signée de tous les médecins du General Hospital ainsi que de quelques hommes d'affaires influents. Elle se veut un témoignage de notre fidélité et l'assurance de notre appui inconditionnel advenant le cas où vous accepteriez de nous représenter.

— J'y penserai, murmure John-Henry, pris au piège.

En reconduisant ses invités, il se demande avec ironie s'ils comprennent qu'ils ont été manipulés.

— J'ai l'impression d'être manipulé !

Johann, contrairement à son habitude, a élevé la voix.

— Pourquoi dis-tu ça ? le questionne Francis, attentif.

Le jeune homme de dix-huit ans, amer, confus, découvre douloureusement un aspect insoupçonné de la nature humaine.

— J'ai toujours cru que le journalisme exigeait une honnêteté à toute épreuve. Une certaine objectivité également. Un esprit de justice. Ce n'est malheureusement pas ce que je retrouve autour de moi depuis quelque temps. On m'empêche de décrire ce que je vois ; on coupe mes articles quand une phrase pourrait indisposer certaines gens. On me souffle mes commentaires. J'ai parfois l'impression d'être un pantin. Les injustices pleuvent et je dois les sanctionner comme si je ne voyais rien. Rien d'autre que ce qu'on me dit de voir.

— Est-ce que ta jeunesse et ton impatience n'amplifient pas les choses ?

— Comment peux-tu dire cela, papa ? Surtout toi ? Tu les vois bien ces miséreux sans travail, sans ressources, malades. Tu les côtoies chaque jour et tu es le seul à avoir le courage d'en parler.

— Je consacre beaucoup de mon temps à ces gens, mais je ne suis pas le seul. Beaucoup d'entre eux vont à l'hôpital où ils reçoivent de bons soins. On ne les refuse ni à l'Hôtel-Dieu ni au General Hospital.

— Parlons-en du General Hospital ! Non contents d'avoir envahi le Bureau d'examinateurs, les Stephenson et compagnie monopolisent maintenant l'enseignement et ils vont bientôt être les seuls à pouvoir décerner des diplômes. As-tu vu beaucoup de médecins canadiens-français sur la liste des membres du Bureau d'examinateurs ? Non ! Mais cela fait partie des choses à ne pas dire. Et ce projet d'Union que l'on croyait enterré et qui ressuscite ! Les véritables buts ne sont-ils pas de donner encore une fois la prépondérance aux Anglais et de proscrire à tout jamais la langue française d'un parlement qui réunirait les députés du Haut et du

Bas-Canada ? Et il faudrait que je louange sans broncher les artisans de ce projet ! Et surtout que je qualifie Papineau de tous les méfaits de la terre. Et s'il avait raison ? S'il était temps que cessent les injustices ?

Essoufflé par sa propre révolte, le journaliste se tait. Francis l'observe, intimidé par tant de justesse de jugement et par cette colère qu'il ne reconnaît pas mais comprend. Parce qu'elle est dans l'air et que seuls les êtres aveugles et sourds aux cris du peuple ne peuvent la percevoir.

— Que comptes-tu faire ? demande-t-il enfin.

— Je vais donner ma démission, je n'ai pas le choix. Je vais offrir mes services à *La Minerve.*

— Ce journal lancé par Augustin-Norbert Morin ?

— Oui. C'est un jeune avocat qui soutient Papineau. Il voudra peut-être de moi.

— Tu crois que la vérité sera mieux respectée de ce côté-là ?

— Je ne sais pas. Je l'espère. Mais j'ai la certitude que ceux qui détiennent le pouvoir ont plus de choses à cacher.

Johann devait apprendre très tôt que la méfiance est de tous les partis. Sa demande d'emploi à *La Minerve* est rapidement rejetée. Son passage au *Herald* et ses origines anglaises ne plaident aucunement en sa faveur. Il rencontre alors Jocelyn Waller, rédacteur en chef du *Spectator* et, après une longue conversation, celui-ci le prend avec lui.

Une semaine plus tard, Johann signe son premier article dans le *Spectator* et l'image peu flatteuse qu'il donne du système en place marque de façon très nette son appartenance au clan des réformistes.

XIV

— Ce sera tout pour aujourd'hui, messieurs.

— Aurons-nous une leçon d'anatomie mardi prochain, docteur Beyer ?

John-Henry hésite. Si seulement il pouvait trouver un moyen efficace de s'approvisionner en cadavres. Il a bien fait quelques démarches tout à fait officieuses mais sans résultat. Encore une fois, il peste contre l'illogisme de la loi qui exige de tout candidat à la licence de médecine de démontrer certaines connaissances anatomiques absolument indispensables à la pratique et qui ne permet pas à l'institution de se procurer des cadavres en nombre suffisant.

— Nous manquons de cadavres, dit-il enfin. Si jamais quelqu'un d'entre vous peut me dénicher un mort, je lui en serais reconnaissant.

Lancée en boutade, cette remarque n'en indique pas moins l'agacement du médecin. « Quelle bêtise tout de même, marmonne-t-il, pendant que ses étudiants quittent la salle. La loi les oblige à disséquer et les punit s'ils le font ! » Tout en ruminant sa colère, il lave et range soigneusement forets et bistouris au manche magnifiquement travaillé, aiguise ses scalpels en les passant par la pierre, une tâche dont il s'acquitte avec une maîtrise toute artistique. Il retourne ensuite près du cadavre dont s'échappe déjà une odeur suspecte. « Merci quand même, siffle-t-il entre ses dents, mais je crois qu'il va falloir se débarrasser de toi. » Il prend les ciseaux tachés de sang avec lesquels il a séparé le péricrâne il y a quelques instants.

Un craquement lui fait relever la tête.

— Je peux vous parler, docteur Beyer ?

John-Henry invite l'étudiant à s'approcher tout en continuant son travail.

Guillaume Bouchette, fils de cordonnier, peu fortuné, parlant l'anglais avec difficulté, poursuit des études de médecine depuis maintenant deux ans. Avant de joindre l'institution, il avait travaillé auprès du docteur Dufresne mais devant la renommée grandissante de l'Institution médicale de Montréal et les difficultés rencontrées par les apprentis médecins n'y ayant pas étudié, il a décidé de s'y inscrire. Un bon élève, studieux, consciencieux, vif à apprendre.

— Tu voulais me parler ?

— Oui…

— Quelque chose que tu n'as pas compris ?

— Non… Je… C'est au sujet… des cadavres.

John-Henry, jusque-là distrait, relève la tête et fixe attentivement l'étudiant, encore plus gêné.

— Que voulais-tu me dire ?

— C'est que… je peux vous procurer des cadavres. Je connais quelqu'un…

— Je ne veux pas connaître les détails, l'interrompt John-Henry. Si tu peux me procurer les corps, je t'en donnerai un bon prix.

— Vous les aurez, assure l'étudiant. Lundi soir.

— Je serai ici.

Après le départ de Guillaume Bouchette, John-Henry reste songeur. Il sait le jeune Canadien très croyant et devine que seul un pressant besoin d'argent peut le pousser à voler des cadavres pour les revendre à prix fort. Il serait tenté par la commisération mais la perspective d'obtenir enfin des cadavres sans avoir à attendre des semaines et parfois même des mois annihile chez lui toute velléité humanitaire.

— Je vais peut-être pouvoir travailler convenablement. Enfin !

Réjoui, il quitte l'hôpital d'un pas alerte. Rue Saint-Gabriel, trois personnages bien connus du monde des affaires l'attendent. Après les politesses et bavardages d'usage, Dan O'Brady en vient au but de leur visite.

— Des choses se préparent à l'Assemblée. Le gouverneur ne pourra tolérer certaines insolences bien longtemps. Votre nom est sur toutes les lèvres, docteur Beyer. Vous êtes, semble-t-il, l'homme de la situation. Je crois bien que nous ne pourrons nous passer de vous.

Ces flatteries, bien qu'il n'en laisse rien paraître, touchent le médecin. De même que la confiance. Sans compter les bienfaits que son élection pourrait attirer sur l'institution médicale et sa prochaine affiliation au Collège McGill. Sans parler non plus des cadavres sur la destination desquels il s'empresserait de légiférer. Le médecin sourit intérieurement tout en montrant une attention toute dévote aux propos de ses visiteurs, rassurés par son intérêt.

— La tâche ne sera pas aisée, continue M. O'Brady. Papineau et sa bande croassent avec la démesure propre aux Canadiens. Et le peuple a tendance à les suivre. Il faut dire que les réunions publiques tenues pour ou contre le projet d'Union ont réveillé des appétits politiques jusque-là engourdis chez nos concitoyens de langue française. Tout le monde se mêle de tout maintenant : du contrôle des subsides à l'administration des terres publiques. Vous devez comprendre, mon cher Beyer, que l'enjeu est de taille. Que nous en sommes à un tournant décisif.

Le défi, ainsi présenté, loin de rebiffer le médecin l'incite plutôt à la lutte. Et quand il reconduit les trois notables c'est avec l'élan du converti prêt aux croisades les plus sanglantes qu'il leur serre la main.

Élisabeth connaît bien son fils.

XV

Quelques jours plus tard, Francis et Johann reviennent à la maison au même moment, le premier satisfait de sa soirée parce qu'il a réussi à faire admettre au General Hospital un immigrant irlandais souffrant de scorbut, le second perplexe devant la violence verbale à laquelle il vient d'assister.

La maison est silencieuse. Mary-Ann, Hélène et Peter sont déjà couchés et probablement endormis depuis un bon moment.

— Que dirais-tu d'un bon thé très chaud ? propose Francis.

Le jeune homme acquiesce et père et fils se retrouvent à la cuisine. Leur premier geste est de se réchauffer devant l'âtre où Mary-Ann a pris soin de déposer deux grosses bûches.

— On a un mois de décembre glacial, remarque Johann en frottant ses mains au-dessus des flammes.

— Et la misère n'en est que plus difficile à supporter, observe le médecin en déposant sur la table deux tasses fumantes.

— La misère et la fourberie…

— Que veux-tu dire ?

— Rien… presque rien.

— Tu es allé à une réunion politique ?

— Pas vraiment. Une conférence. En tout cas, c'est ce qu'on nous avait annoncé.

— Et puis ?

— C'était une assemblée partisane où la politique a pris toute la place. Ça sentait la forfanterie à plein nez. J'en ai la nausée.

— Tu n'es pas tendre. Qui était le conférencier ?

Le journaliste baisse les yeux.

— Oncle John-Henry...

— ...

— J'aurais voulu être d'accord, mais c'était impossible. Il s'est dit là un monceau de faussetés toutes plus aberrantes les unes que les autres. Oncle John-Henry se présente comme candidat non pas pour un parti mais bien contre un autre. Il ne promet rien, ne présente aucun programme digne de ce nom. Il accable les Canadiens de tous les maux, les rabaisse. Je ne sais plus que faire.

— Tu as le droit d'être en désaccord avec lui.

— Mais ai-je le droit de l'écrire ?

— Si tu crois que ton travail l'exige...

— Et maman ?

— Si tu es honnête, elle comprendra.

— Elle comprendra peut-être, mais elle aura de la peine. À cause de moi...

— Pas à cause de toi.

Des coups frappés à la porte arrière font tressaillir les deux hommes. Francis se précipite soupçonnant une urgence. Un de ses patients était au plus mal en fin d'après-midi et il a bien recommandé qu'on l'envoie chercher au moindre signe d'aggravation. La porte de la cuisine, jamais utilisée pendant l'hiver, s'ouvre en craquant de partout.

— Eva !...

Le médecin n'ose en croire ses yeux et son fils, béat à ses côtés, ne peut lui être d'aucun secours. Les deux hommes restent cois, incapables de se convaincre de la criante réalité. Criante en effet. Un des enfants, agacé par l'attente, se met à pleurer.

Francis recouvre enfin ses esprits.

— Entrez ! Entrez vite ! Venez près du feu.

Les petits se pressent l'un contre l'autre. Huit ans, six ans, quatre ans et le petit dernier, à peine six mois. Petits visages à la peau brune, éclairés d'immenses yeux brun vert. Eau de roche cristalline qui rit en s'évadant des futaies. Enfants-souches où s'entremêlent les richesses et qui ne risqueront jamais la fadeur de la conformité. Beaux de leur différence.

Johann s'assoit par terre au milieu d'eux. Les enfants se pressent contre lui. Sans dire un mot, il les berce un long moment jusqu'à ce que deux d'entre eux s'endorment dans ses bras.

Eva a débarrassé le bébé de ses couvertures, durcies par le froid. Elle change ses langes, l'emmaillotte à nouveau et le fait boire. Le nourrisson tète goulûment le sein de sa mère en oubliant tout ce qui n'est pas son bien-être, sa survie. Francis a préparé des breuvages chauds en étouffant toutes les questions qui l'assaillent.

— Eva !

Mary-Ann apparaît dans l'embrasure de la porte. Elle a jeté sur ses épaules un châle noir dans lequel ses longs cheveux blonds s'emmêlent.

En l'apercevant, Eva laisse enfin sourdre sa douleur, comme si la présence de sa sœur lui en donnait le droit.

Doucement, Mary-Ann vient s'agenouiller auprès de sa cadette qui pose la tête sur l'épaule offerte. Le bébé, repu, s'est endormi, la bouche encore refermée sur le sein. La petite Catherine, toute maternelle, vient le prendre. La vie lui a déjà appris les gestes de protection.

— Nous allons coucher les enfants, chuchote Francis.

Aidé de Johann et Catherine, il porte les petits au deuxième étage et les installe confortablement pendant que les deux femmes restées seules se retrouvent, se reconnaissent. Assises l'une en face de l'autre, les mains dans les mains, elles attendent que la parole vienne. Après un moment, Eva se libère de son tourment, de ce deuil qui la transperce de part en part. Sans pleurer, mais d'une voix disloquée d'où perlent des gémissements de bête abandonnée, elle raconte. D'abord la mort de Louve farouche, puis son sentiment de solitude. Et les reproches à Thomas, sa stupide jalousie des forêts, des lacs qui lui ravissaient son mari. Thomas a voulu lui plaire. En prenant un travail au village. Un travail qu'il détestait, qui l'enchaînait à la routine des Blancs, à leur petitesse, à leurs visées étroites, aux horizons sans ailleurs. Parce qu'il l'aimait. À cause d'elle. Parce qu'elle a exigé. Et qu'il a voulu aimer à sa façon à elle qui n'était pas la sienne à lui.

D'une voix rauque, elle raconte l'accident. Parce qu'il n'était pas habitué à ce travail. Parce qu'il ne savait pas bien. Parce qu'il n'avait jamais peur. Ses génies à lui savaient le guider à travers bois, sur les eaux déchaînées, mais ils ne savaient rien des nuages. Il est tombé. Son corps a heurté les échafaudages puis les pierres, puis le sol.

— Son sang était partout ! Partout ! À cause de moi... Il fallait que je parte, tu comprends ? Il le fallait. Je sentais son sang couler sur mes joues. Je ne pouvais plus... Je ne pouvais plus...

Les larmes si longtemps retenues jaillissent enfin. Sans entraves. Légères. Affranchies. Libératrices.

Il faut du temps pour pardonner à la mort. Mais, petit à petit, Eva renoue avec la vie.

À cause de la vie elle-même.

Les enfants ne s'enlisent pas longtemps dans l'apathie. Ils créent le mouvement autour d'eux, obligent à l'engagement, ne tolèrent aucune défection. Et leur ramage apparemment frivole détient tous les secrets de la survivance.

Eva s'accroche à eux et ils l'entraînent vers la lumière.

Tout comme Johann qui joue lui aussi un rôle prédominant dans le retour d'Eva à la parole et au geste. Tante et neveu se comprennent à merveille. Le journaliste, bouillant d'ardeur, ranime chez Eva le goût de vivre, de comprendre, de se battre. Ils parlent tous les deux, longuement, pressés par leur seul désir d'absolu, jusque tard dans la nuit parfois. Eva redécouvre le plaisir d'être là, partie prenante de cette société en crise où tout reste à faire, où rien n'a encore été dit.

— Parle-moi encore de ce Jocelyn Waller, demande Eva. C'est bien lui qui a fondé le *Canadian Spectator*?

— Oui. En '23.

— C'est un immigrant?

— Oui, un Irlandais. C'est un être d'une intelligence supérieure. Une plume brillante et sarcastique qui ne laisse rien passer. On dit même qu'il descend des anciens rois d'Irlande.

— Tu l'aimes beaucoup.

— Je l'admire.

— Maintenant que Duvernay a racheté *La Minerve* et imprime le *Spectator*, tu crois que ça changera beaucoup de choses?

— Jocelyn reste le rédacteur du *Spectator*, mais il semblerait que je devrai être disponible pour les deux journaux. Je serai où on aura besoin de moi.

— Avec tout ce qui se passe, tu ne seras pas de trop.

— C'est vrai ; il va y avoir du travail. Dalhousie a dissous les Chambres avant terme et renvoyé les députés devant les électeurs. Ça en a surpris plusieurs.

L'arrivée de Francis interrompt leur conversation. Le médecin semble épuisé. Parti à l'aube, il termine tout juste sa journée de travail. Avant d'aller dormir, il a des choses à dire à Eva.

— J'ai rencontré le docteur Perreault aujourd'hui.

— De Québec?

— Oui. Comme tu le sais, il est vice-président de la société médicale mise sur pied en décembre dernier. Il a eu pour mandat de rencontrer les médecins et chirurgiens de la province afin de les inciter à réclamer encore une fois une nouvelle loi concernant la pratique de la médecine. D'après ce qu'il nous a dit, la société médicale est à préparer un nouveau plan de réforme qu'elle adressera très bientôt à l'Assemblée législative.

— Ce ne sera pas le premier, remarque Johann.

— Et probablement pas le dernier, renchérit Eva. Mais ils font bien d'insister. Je suis sûre que ça mènera à quelque chose. Le gouverneur général ne pourra pas toujours garder le contrôle absolu sur la pratique de la médecine à travers des examinateurs nommés par lui...

— Et où les Canadiens français ne sont pas représentés, la coupe Johann.

— En effet, approuve Eva. C'est inconcevable.

— Les médecins devraient se révolter, crier plus fort ! tempête Johann.

— C'est ce qu'ils font, le rassure Francis, à leur manière. J'ai vu aujourd'hui des choses encore plus inconcevables que ces chicanes de bien nantis.

Eva et Johann savent de quoi la journée du médecin a été faite. Ils respectent son point de vue.

— Je vais me coucher, dit Johann. Vous devriez faire comme moi.

— C'est une bonne idée, je crois bien que je vais te suivre.

Eva arrête son beau-frère.

— Je voudrais te parler un moment.

Intrigué, Francis se cale dans sa chaise. La fatigue lui colle à la peau, mais ce que lui raconte Eva le soustrait un moment aux images de douleur et de misère qui le hantent.

— Je sais maintenant pourquoi je suis venue, dit-elle. Bien sûr, je cherchais le réconfort auprès de ceux que j'aime, mais il y avait plus. J'ai lu ton article dans le *Journal de Médecine*. Et j'ai été fière de te connaître. Je crois qu'à partir de ce moment-là, je savais déjà que je devais revenir. Et la vie m'a ramenée ici. Étrangement… Je veux t'aider, Francis. Je suis venue pour cela. T'aider auprès de ces mal-aimés que tu vois chaque jour. Ils ont besoin de moi, je le sais. Ne pas aller auprès d'eux serait les trahir et me trahir. Laisse-moi t'aider, Francis.

— Tu n'y penses pas ! Tu sais ce qui peut arriver. Les gens n'ont rien oublié, tu sais. Ils seraient trop heureux d'assouvir enfin leur vengeance. Tu as échappé à leur colère, mais ils ne te laisseront pas les narguer une autre fois.

— J'y ai pensé et je suis prête à prendre le risque. Un risque calculé, cependant. Je suis sage-femme et personne ne peut m'enlever ce titre. Je pourrais être ton assistante.

— Mais tu sais bien que tu ne pourras pas t'en tenir au travail de sage-femme. Au premier acte médical que tu poseras, ce sera la prison.

— Qui me dénoncera ? Sûrement pas ces braves gens. La trahison ne viendra pas d'eux. Ni de toi. Les autres, je saurai bien les berner. Ce ne sera pas la première fois. Je t'en prie, Francis.

Le médecin ne sait que répondre. Il a besoin d'elle mais il risque gros. Sa belle-sœur ne soupçonne pas les difficultés qu'il a rencontrées après son départ.

— Il y a tant à faire, murmure Eva.

Épuisé, Francis renonce à combattre l'évidence. Elle a raison. Il y a tant à faire.

Mary-Ann regarde Eva retourner au cœur de la bataille sans dire son désaccord. De même qu'elle accepte sans se plaindre la nouvelle tâche qui lui incombe auprès des enfants. Pendant la journée, quand les plus vieux sont à l'école, elle s'occupe des deux plus jeunes, Cécile et Robert. Elle les amène parfois visiter des vieillards que personne ne visite plus ou des pauvres à qui elle trouve toujours quelque chose à offrir.

Si les activités d'Eva l'inquiètent, les occupations de Johann la troublent plus encore. Ses allégeances le portent à une violence verbale dont elle le croyait incapable et l'entraînent à des actions controversées, très peu prisées par une grande partie de la population. Elle craint que ses convictions ne provoquent des actes inconsidérés. Elle a peur pour lui comme elle a peur pour John-Henry. Elle devine un affrontement imminent entre ces deux forces : l'argent conformiste des bien nantis contre les idéaux de la jeunesse acharnée à refaire le monde envers et contre tous.

De plus, les rumeurs qui circulent quant aux moyens utilisés par l'institution médicale pour se procurer des cadavres ne sont pas sans la laisser perplexe. John-Henry est responsable du cours d'anatomie ; tout le monde le sait. Il doit donc tremper de près dans cette affaire scandaleuse de cadavres volés même si son nom n'a pas encore été prononcé.

Toutes ces tracasseries, toutes ces discordances qui tournaillent autour d'elle, pareilles à des bourrasques autour des grands arbres, ne modifient pourtant en rien ses rêves de réunification. Elle reste le lien indéfectible entre les membres estropiés de cette famille, le cœur vers lequel convergent désirs et haines. L'inspiration. Et ce privilège, parfois déchirant, auquel elle ne veut pas renoncer jalonne les temps de sa vie de blessures et d'attentes.

Bien qu'elle y soit accueillie assez froidement, elle continue de sonner à la porte de sa mère. Celle-ci la reçoit sans aménité, avec la réserve d'une étrangère peu encline aux familiarités. Les sujets de conversation demeurent inoffensifs, ne s'attardent jamais à ce qui pourrait assombrir ces rencontres mondaines, entre femmes de bonne société. John-Henry se joint parfois à ces bavardages sans conséquence et Mary-Ann regrette ces moments privilégiés, fugaces, au cours desquels l'amitié réussissait à percer les carapaces. L'amitié issue de l'enfance partagée. Et de la douleur. Et de la peur.

Aujourd'hui cependant la jeune femme sent une tension mal dissimulée chez sa mère. La vieille femme, songeuse, se plie mal aux exigences de leur entente tacite. Le non-dit prend toute la place et Mary-Ann croit entendre des reproches non formulés cachés au détour de chaque phrase. Cette agressivité évidente, inhabituelle chez sa mère si parfaitement douée pour la dissimulation, fait ressortir cruellement la fragilité de leurs relations. L'arrivée de John-Henry n'apaise pas l'atmosphère. Prudente, Mary-Ann choisit de se retirer.

Élisabeth n'attendait que ce départ pour éclater.

— C'est vrai cette histoire de cadavres ?

— Quelle histoire ?

— Ne fais pas l'innocent avec moi ! Le *Canadian Spectator*, ce torchon au service de Papineau, a trouvé un bon moyen de se débarrasser de toi. Un petit entrefilet dans le bas de la page. Rien de personnel, bien sûr ! Et pendant que les gens se demandent ce qu'il y a de vrai dans cette rumeur, – parce qu'ils n'ont aucune preuve, rien que des rumeurs ! – pendant ce temps, les esprits s'ouvrent insidieusement aux calomnies. Le terrain est labouré. Reste à semer. Je veux savoir ce qu'il y a de vrai dans cette histoire.

Le médecin ne peut s'esquiver. Il prend le parti de la franchise.

— On est obligés d'acheter des cadavres sinon il n'y aurait pas de dissection possible.

— On, c'est toi ?

— Moi et d'autres.

— Mais surtout toi !

— Je suis chargé du cours d'anatomie.

— Je savais que cette école ne pourrait que te créer des difficultés. Tu es un médecin, pas un petit instituteur ! Si tu veux l'emporter aux prochaines élections, tu dois cesser de donner des cours et te dissocier complètement de ce trafic douteux !

— C'est impossible ! Je ne cesserai pas d'enseigner et je dois acheter des cadavres. Comment veux-tu que nous sachions guérir les gens si nous ne savons pas comment ils sont faits et où logent leurs maladies ? La dissection est absolument indispensable à la médecine. Tout le monde le comprendra un jour. C'est de là que jailliront les grandes découvertes.

— Très bien, concède Élisabeth, amadouée par l'éventualité d'un remède, d'une maladie ou d'une invention qui porterait le nom de son fils. D'accord, tu ne veux pas te retirer de l'enseignement. Alors tu dois faire taire ce journal. Et tout particulièrement ce Jocelyn Waller. Il faut faire fermer ce torchon !

— Tu as une idée ?

— Je trouverai bien un moyen.

John-Henry, tout de même impressionné par la détermination de sa mère, pense un moment à Johann mais il préfère garder secrète son appréhension. D'ailleurs, il a rendez-vous avec Guillaume Bouchette. Comme à tous les lundis soirs.

Une heure plus tard, il ouvre la petite porte de service et laisse entrer l'étudiant et son oncle qui transportent un paquet, ficelé en hâte avec de la corde rugueuse. Le médecin aide les deux hommes à porter leur fardeau.

— Une femme et un enfant d'une dizaine d'années, murmure le jeune Bouchette, blême encore de la peur accumulée dans ses veines.

Le médecin paie pendant que l'oncle et l'étudiant libèrent les corps. Leur pâleur cadavérique glace l'étudiant qui ne s'habitue pas au voisinage de la mort et qui déteste ce marchandage révoltant auquel il se prête. Il presse son oncle, désireux de fuir au plus vite, et les deux hommes repartent comme ils sont venus.

Après avoir préparé les cadavres, John-Henry quitte lui aussi la remise adjacente à la salle de dissection. Il est heureux de cette nouvelle transaction : il a rarement des enfants. Demain sera une belle journée.

D'un pas alerte, il retrouve la rue Dorchester, déserte à cette heure avancée, et entreprend de rentrer à pied.

Une ombre le suit un moment, à distance, avant de s'engouffrer dans la noirceur d'une ruelle.

XVI

« Le docteur Beyer achète des cadavres volés. »
Le titre fait la une du *Canadian Spectator.* L'article, signé Jocelyn Waller, défie quiconque de nier cette affirmation et apporte une série de précisions susceptibles de convaincre les plus sceptiques. L'auteur affirme posséder toutes les preuves et il ne demande qu'à les étaler sur la place publique.

Dans la salle de rédaction, l'excitation est à son comble, barbouillée par une fidèle odeur d'encre.

— En voilà un dont on sera débarrassé, déclare Waller.

Duvernay, fier des performances du journaliste, a tenu à le féliciter en personne.

— Nos collègues du *Herald* vont avoir fort à faire pour rétablir la réputation de leur voleur de cadavres, dit-il.

Tous, du concierge au typographe, approuvent avec gaieté.

Johann, retiré dans un coin de la grande pièce, n'arrive pas à se réjouir. Il a toujours eu du respect pour son oncle, pour ses talents de médecin surtout, et il se demande jusqu'où cette publicité pourra lui nuire. Son ambivalence l'empêche de se joindre à ses compagnons de travail. Il doute que la vérité exige de telles attaques et délimite mal la part de vindictes personnelles dans cette affaire.

Jocelyn vient le retrouver.

— Ça va ? demande-t-il.

— Hum…

— Tu sais, quand un peuple est acculé à la guerre, il ne peut vaincre sans faire de blessés.

— Je suis contre la guerre.

— Moi aussi, mais j'aime la justice et elle réclame sa part de victimes.

Les deux amis demeurent un moment silencieux au milieu du vacarme étourdissant de la fête. Jusqu'à ce que Ludger Duvernay les rejoigne et leur offre un verre. Lui aussi devine le tiraillement de Johann. Il laissera au jeune homme le temps de choisir.

John-Henry n'aura pas cette chance.

Depuis la sortie du journal, il est harcelé de toutes parts. Une réunion des médecins, convoquée de toute urgence, a d'abord commencé la journée en catastrophe. Le *Canadian Spectator* y trônait, ironique. Le docteur Stephenson, irrité, n'a pas hésité à accabler son collègue et à lui demander de renoncer définitivement à ce trafic de cadavres qui déshonore leur maison d'enseignement.

— Les problèmes ne manquent pas ici. Je ne vois pas la nécessité d'en créer de nouveaux.

Aucune mention, bien sûr, des nombreux avantages de ce petit trafic, ni de l'avancement de la science dont tous les intéressés s'accordent à dire qu'il passe par la dissection. Ni des plaintes formulées jusqu'ici par chacun des membres de cette institution concernant la difficulté de se procurer des cadavres, ni de l'injustice de la loi. Non, bien sûr. L'heure n'est pas à la solidarité, mais au sauve-qui-peut.

Puis il y a eu la rencontre avec les O'Brady et compagnie. Venus en force, les hommes politiques ont tracé à l'intention du médecin un portrait macabre des semaines à venir. Défection des électeurs, colère, mépris. Acharnement des adversaires. Solitude. Défaite probable. À moins d'un déni total de sa part. À moins d'un acte de contrition. À moins… d'un miracle.

— Nous ne savons pas jusqu'où nous pourrons vous soutenir dans cette lutte. Nous n'avions pas prévu de tels incidents. Si nous avions connu vos activités…

Plus de filet sous les pieds. L'acrobate ne devra la vie qu'à son talent.

John-Henry avait déjà pressenti tout cela dans l'attitude des rares patients affrontés au cours de la matinée. Un mélange de crainte, de mépris, d'étonnement. Jamais de sympathie. Encore moins de compréhension. Ni même chez les étudiants auxquels il a tenu à donner leur cours d'anatomie. Influencés par les parents, les amis, les rumeurs, les indignations, pas un d'entre eux n'a osé signifier son appui. Guillaume Bouchette était absent.

Au terme de cette journée, il reste au médecin à subir la hargne d'Élisabeth. Il entre à la maison, épuisé, pour se buter à la noirceur et au silence. Il s'arrête un moment devant la porte d'Élisabeth d'où n'émerge ni lueur ni mouvement. Ses directives lui manquent. Il voudrait lui réclamer sa colère comme un service.

La vieille femme, les yeux grands ouverts, entend le souffle de son fils. Son appel au secours. Elle ne bouge pas.

Le lendemain, mère et fils se retrouvent pour le petit déjeuner. Les événements de la veille semblent n'avoir jamais existé. Ils discourent de tout et de rien, de rien surtout, jusqu'à ce qu'Élisabeth aborde de biais la question des élections. Comme si elle parlait de la température.

— Tu es prêt pour l'assemblée de ce soir ?

— Je crois préférable de l'annuler.

— Tu iras.

La voix d'Élisabeth, tranchante, rassure John-Henry. Il n'a plus besoin de penser, de se torturer. Sa mère est là ; il n'a qu'à suivre ses directives. Il trouve dans cette servitude une vieille jouissance qui le transporte loin en arrière quand les yeux d'Élisabeth allaient jusqu'à filtrer les couleurs de la vie pour lui.

Chez les Loiseau on n'a guère le temps de s'arrêter aux problèmes de John-Henry. Francis déplore le fait que les médecins soient encore contraints de se procurer des cadavres volés, mais il ne songe nullement à blâmer son beau-frère. Il a souvenance d'une certaine visite au cimetière qu'il ne désirerait pas revivre.

— L'Assemblée devra légiférer, conclut-il. Et le plus tôt sera le mieux. Pour que les médecins qui se battent pour faire progresser l'art de la médecine n'aient plus à voler pour pratiquer leur science.

Peu intéressé aux difficultés de son frère, Eva l'entraîne dans une sphère de questionnement qu'elle juge beaucoup plus noble.

— Que fait-on pour les enfants des Budget ? La mère est trop malade pour s'en occuper et le père ne reviendra pas avant des semaines. Il a trouvé un travail aux Trois-Rivières mais ça ne durera pas. Et ils ont déjà tout dépensé le peu qu'il leur avait laissé.

— Je sais. Ils ne sont pas les seuls.

— Tu as repensé à ma suggestion ? Il faut absolument trouver un refuge pour ces enfants abandonnés et malades. Il faut mettre sur pied une maison d'hébergement où ils trouveront nourriture et abri. Avec l'affection dont ils ont besoin.

— Je ne crois pas que ce soit possible.

— Mais pourquoi ? Je suis prête à frapper aux portes, à quêter s'il le faut. Les gens ne sont pas méchants ; ils vont répondre à nos appels au secours si nous leur faisons sentir toute la détresse de ces gens. Je veux essayer.

Mary-Ann ne se joint pas à la conversation. Elle ne peut chasser de sa pensée le regard triste de Johann quand il l'a embrassée à l'aube. Elle s'était levée en l'entendant marcher dans sa chambre. Pour le voir, lui parler. Il ne rentre plus à la maison que pour se coucher, à des heures de plus en plus tardives. Il l'a embrassée sans dire un mot, a enfilé un vêtement trop léger pour la saison et a disparu, aspiré par ses tourments encore trop fragiles pour être partagés.

Ne peut également chasser de sa pensée l'humiliation subie par John-Henry. Ni les implications grandissantes d'Eva et de Francis. Les êtres qu'elle aime ont choisi des bonheurs exigeants.

— Tu pourrais peut-être nous aider, suggère Eva, tirant Mary-Ann de ses pensées. Tu as des relations chez les dames de la société. Elles pourraient ainsi occuper leur temps libre à meilleur compte. Elles doivent bien être parfois à court de bavardages.

— Les femmes ont beaucoup fait et font encore beaucoup pour les pauvres. Plusieurs d'entre elles se dévouent depuis des années pour des œuvres de bienfaisance. Tu oublies tout ce qu'on doit à la Female Benevolent Society.

— Tu as raison. Excuse-moi, j'ai été injuste.

— Je leur en parlerai.

— Merci.

Après le départ d'Eva et de Francis, Mary-Ann n'a guère le temps de penser. Dès leur réveil, les enfants réclament sa présence totale, de corps et d'esprit. Avec l'aide d'Hélène, elle fait manger les plus jeunes pendant que Catherine et son frère Patrick se préparent. Les plus grands partis pour l'école, elle installe les petits par terre avec un amoncellement de blocs et de casseroles susceptibles de les amuser un bon moment. Elle s'apprête à ranger un peu quand la voix timide et toujours douce de Peter l'interrompt.

— J'ai quelque chose à te dire, maman.

— Tu n'es pas parti, toi ? Ton professeur va se demander ce que tu fais.

— Il faut que je te parle.

Mary-Ann s'assoit à la table. Peter s'installe en face d'elle. Cette distance la surprend. Il a toujours gardé, malgré ses quinze ans, sa tendresse d'enfant. Et Mary-Ann trouve dans la compagnie de ce grand garçon une joie immense. Peter a hérité de sa mère une beauté remarquable. Les mêmes yeux verts, les mêmes cheveux blonds, le même sourire tendre qui s'étonne toujours de la violence du monde. Le petit musicien parle à travers sa musique de sentiments étrangers à ce siècle.

— Je t'écoute.

— J'ai trouvé un emploi.

— Tu n'en avais pas besoin. Tu as encore des choses à apprendre avec M. Mechtler.

— C'est lui-même qui m'a proposé ce travail. Il dit que je suis prêt et que ce sera très bon pour moi.

— De quoi s'agit-il ?

— C'est un travail de professeur. Dans une école de musique.

— Je ne connais pas d'autre école que celle de M. Mechtler à Montréal.

— Ce n'est pas à Montréal.

— Où donc ?

— En Angleterre…

Mary-Ann ne dit rien parce que sa voix se perd dans les profondeurs de son désarroi. Devant son mutisme, Peter s'empresse de minimiser les distances.

— Ce serait seulement pour quelques années, plaide-t-il. Je pourrai donner des cours et en même temps recevoir les enseignements des grands maîtres. C'est en Europe que se trouve le foyer de la grande musique. Si je reste ici, je serai toujours médiocre. Je veux connaître les grandes œuvres, côtoyer les plus grands, apprendre leur art. M. Mechtler paie mon passage. Je t'en supplie, maman...

— Nous avons le temps d'en reparler, murmure Mary-Ann.

— Justement... nous n'avons pas le temps.

— Que veux-tu dire ?

— Le bateau part après-demain. Je dois partir aujourd'hui pour Québec. M. Mechtler connaît un monsieur qui part en même temps et qui pourra s'occuper de moi pendant le voyage. Je ne serai pas seul, maman. J'aurai même une lettre d'introduction et une liste de personnes à contacter là-bas.

— Tu es si jeune...

— J'ai quinze ans et je veux tellement devenir un grand musicien.

— Ton père ?

— Si tu acceptes, il acceptera aussi.

Mary-Ann met sa tête dans ses mains. Elle pleure, trop malheureuse pour pouvoir remonter le courant.

Peter s'approche. L'entoure de ses bras.

— Tu vas me manquer aussi, maman. Terriblement. Mais je dois y aller. Peux-tu comprendre ?

Mary-Ann se retourne et serre son fils dans ses bras. Elle sait que rien ne les séparera jamais, ni la distance, ni le temps, mais elle doit apprivoiser sa souffrance, le temps de redonner une seconde fois à Peter le présent merveilleux de la vie. Sa vie d'homme.

La diligence aux roues malhabiles sur la chaussée cahoteuse... Toute la famille fait de grands signes de la main. Mary-Ann sourit. Pour Peter, pour qu'il ignore l'estocade sanglante au cœur d'elle.

XVII

La salle tangue ; les esprits sont à l'orage.

L'appel lancé par Papineau à tous les électeurs du Bas-Canada a rassemblé les Canadiens autour d'un même espoir. Personne ne reste indifférent à l'ébullition.

Johann a accepté avec un mélange de plaisir et de réticence de remplacer Jocelyn. Papier en main, de plus en plus transporté par l'ambiance, il attend avec impatience le discours du premier candidat, Robert Nelson.

L'atmosphère se ramasse en boule ; les ennemis se toisent. Le jeune homme essaie de ne pas penser aux huées qui accueilleront sûrement son oncle quand celui-ci prendra la parole. Qui se veut homme public s'expose au rejet, songe-t-il.

Robert Nelson, colistier de Papineau, fait son apparition sur la scène. Le vacarme devient assourdissant. Des spectateurs enthousiastes applaudissent et hurlent à chacune de ses phrases, obligeant l'orateur à entrecouper son discours de longues attentes. De partout gicle le cri de ralliement lancé par les réformistes : « Les mêmes ! Les mêmes ! » À la fin de son discours, Nelson se mêle à l'assistance. S'ensuit une confusion de cris, d'odeurs, de mains qui s'empoignent. Une frénésie incontrôlable s'empare de la salle où l'air surchauffé embrouille les esprits. L'arrivée de John-Henry sur l'estrade improvisée déclenche aussitôt un ouragan de colère que seul le charisme de Nelson réussit à endiguer. Le silence se fait peu à peu, un silence friable, incertain.

Un homme crie :

— Tu n'auras pas nos cadavres, Beyer !

Un autre :

— On se tient debout nous autres. On est moins faciles à coupailler.

— Laissez-le parler.

— Faudrait qu'il ait quelque chose à dire !

— Le premier qui parle aura affaire à moi.

— Je voudrais bien voir ça !

Ce qui suit échappe à l'entendement.

La panique, les coups, le sang. Bousculé, Johann tombe. Piétiné. Un goût amer dans sa bouche. Du sang sur ses yeux. Partout. Un silence étourdissant. Il veut se relever. Une masse lui écrase les reins. Ses gémissements se perdent dans le tumulte.

Quand John-Henry, sorti indemne de cette folie, quitte l'hôpital, il laisse Mary-Ann et Francis désemparés. Il a eu beau se battre contre la foule pour atteindre le jeune homme, hurler, gémir, frapper pour qu'on l'aide. Il a eu beau courir avec le sang de l'autre dans son cou jusqu'à ne plus pouvoir respirer. Mêler son savoir à celui des autres médecins, en appeler à la science, à l'instinct, à Dieu. Johann n'a pas repris conscience. Il divague entre ici et ailleurs, indifférent à la souffrance de ses parents. Il est redevenu un petit enfant, frêle dans ses draps blancs, perdu dans cet hôpital, ce lieu de combat où la mort gagne tant de batailles. Le docteur Beyer n'y peut rien.

La ville respire autrement. Nerveuse. Palpitante. Sous une pluie aux effluves de printemps. Les lampes de la rue Notre-Dame prient dans un halo de brume. Des voix criardes, cachées derrière les murs des maisons, harcèlent le silence. L'obscurité grouille de pièges, de complots. Invisibles. Mais si réels. John-Henry se demande, confus, comment il a pu en arriver là. Glisser de l'admiration au mépris sans une main à laquelle se raccrocher. Sauf celle de Mary-Ann.

— Docteur Beyer!

Le médecin s'arrête, surpris de voir que d'autres ont bravé le temps. Deux hommes viennent à sa rencontre, peu rassurants. Les vêtements trempés, la mine patibulaire, le regard méfiant et dur.

— Que me voulez-vous?

Les hommes l'entraînent à l'abri sous un auvent. Ils s'expriment en anglais.

— Juste vous parler, docteur. Vous êtes intelligent, on va s'entendre. Un homme instruit comme vous, ça va vite comprendre le bon sens.

— Que voulez-vous dire? s'impatiente John-Henry en tentant vainement de se dégager de l'étreinte des deux hommes.

— Doucement docteur. On est bien icitte tous les trois, ricane le plus costaud des deux.

— On a fait notre travail ce soir, explique l'autre. Un peu plus même. Alors on demande d'être payés un peu plus que prévu.

— Mais vot' mère veut rien savoir! crie le rustre. Elle comprend pas qu'on a pas le choix.

— Si on raconte que son grand garçon paye des hommes de main pour mettre de l'action dans ses assemblées, ce sera pas joli. Vous pouvez pas dire qu'on a pas fait not' travail. En tout cas, y en a un qui écrira pus dans son torchon pour un bon bout de temps.

Les hommes ricanent, fiers de leurs performances.

— J'ai jamais vu une si belle bataille!

— Alors docteur? Vous nous le donnez ce petit supplément? On l'a bien mérité!

John-Henry tente encore une fois de se dégager mais les deux hommes ont resserré leur prise. Le médecin ose à peine comprendre ce que les deux bandits ont exprimé à demi-mot. Seules la rage et l'indignation lui soufflent sa réponse.

— Vous n'aurez pas un sou de moi. Jamais !

Il plie sous la douleur, le souffle coupé. L'homme a frappé de toutes ses forces. Un deuxième coup de poing le jette par terre où ses tortionnaires le bourrent de coups de pied.

— C'est juste un avertissement, mon beau docteur. Tu ne peux pas savoir de quoi on est capables. Tes collègues auront jamais vu ça !

— Va te faire consoler par ta mère.

Les bandits s'éloignent d'un pas assuré pendant que John-Henry tente de se relever. Il souffre atrocement mais il sait qu'il n'a rien de brisé. La maison n'est pas loin. Il s'y traîne en courbant le dos pour avoir moins mal.

Élisabeth l'attendait. Elle n'a pas un geste pour lui venir en aide. Il se braque devant elle, réunissant les dernières forces qu'il lui reste. La boue, le sang, la pluie tracent des arabesques sur son visage et son cou. Ses vêtements déchirés découvrent son torse soulevé par une respiration haletante.

— Je ne veux plus te voir, s'essouffle-t-il à crier. Jusqu'à la fin de ma vie. Tu es vieille et laide et sans cœur. Tu as fait de moi ce que je suis : un être seul, méprisé. Je te déteste.

— J'ai voulu que tu gouvernes le monde. Tu n'as rien compris.

Sans répondre, John-Henry marche péniblement vers la porte. Il sort. La pluie a cessé. Il sait qu'il ne reverra plus jamais cette femme.

XVIII

« Des malfrats payés par un candidat perturbent une assemblée politique ! Plusieurs blessés ! Certains auraient trouvé là une nouvelle façon de se procurer des cadavres... ! »

Waller n'a rien ménagé pour venger Johann. Son article fourmille de détails savoureux dont toute la ville se délecte.

Conscient des regards insolemment tournés vers lui, John-Henry, mal remis, entre à l'hôpital. Il a fait venir des vêtements propres par la domestique mais sa misère reste visible. Mary-Ann, épuisée, vient à sa rencontre. En le voyant claudiquer, elle a un geste de compassion que John-Henry arrête aussitôt.

— Comment va-t-il ?

— C'est toujours la même chose.

Mary-Ann, désespérée, éclate en sanglots et cache son visage dans ses mains.

— Dis-moi qu'il va guérir, supplie-t-elle. Personne ne me dit rien. Je ne veux pas qu'il meure.

Le médecin cherche au creux de lui la consolation ; il n'y trouve qu'un vide sans fond.

— Garde espoir. On s'occupe bien de lui.

Quelques instants plus tard, il retrouve le docteur Stephenson. Celui-ci, une main sur le journal, l'autre sur le cœur, lui suggère de prendre des vacances. S'éloigner quelque temps.

— Je ne suis ni malade ni fatigué. Je fais bien mon travail. Au meilleur de mes connaissances. Si vous voulez me congédier, dites-le clairement. Sinon, ne me parlez plus de vacances.

— Il n'est nullement question de vous congédier, seulement de vous faire oublier pour quelque temps. Un voyage d'études peut-être...

— J'y songerai, c'est tout ce que je peux vous dire pour le moment.

— Très bien. C'est votre décision.

Rentré à l'hôtel, le médecin compte bien sur une nuit de repos pour se remettre de ses contusions, mais, au moment où il va se coucher, un vacarme indescriptible lui parvient de la rue. Il aperçoit une vingtaine de têtes levées vers lui. À la lueur des lampes, il distingue des visages d'hommes et de femmes furieux. Certains brandissent le poing dans un geste de menace, d'autres font tintinnabuler des cloches de toutes grosseurs dans un chahut infernal.

John-Henry, apeuré, s'éloigne de la fenêtre mais leurs invectives traversent l'obscurité et l'agressent plus cruellement que des coups.

— Charognard !

— Voleur de cadavres !

— Tu pues la fosse commune !

— C'est fini tes combines, déterreur de cadavres !

Leurs cris entremêlés aux bruits durent jusqu'à l'aube. Personne n'ose les faire taire de peur de provoquer une émeute plus considérable.

Après leur départ, le gérant de l'hôtel Mansion signifie au médecin son congé et celui-ci transporte ses effets jusqu'à la rue des Commissaires dans un hôtel minable où on accepte de le prendre sans même le reconnaître. On ne lit pas les journaux ici. On tente de survivre et tout le temps y passe. John-Henry se terre dans cette tanière toute la journée et toute la nuit. Incapable pour le moment de réfléchir. Occupé simplement à fuir le cauchemar.

Au petit matin, Francis le retrouve enfin.

— Je te cherche depuis hier.

— C'est Johann ?

— Non... Son état est stationnaire. C'est... ta mère.

John-Henry se fige.

— Je n'ai pas de mère.

— Elle est morte... Elle... s'est tuée. Une balle dans la tête.

La voix brisée, le médecin répète :

— Je n'ai pas de mère.

— Viens, supplie Francis. Pour Mary-Ann. Elle a besoin de toi. Elle n'en peut plus.

À contrecœur, John-Henry suit son beau-frère jusqu'à la maison d'Élisabeth. Il n'entre pas.

— Je t'attends ici. C'est tout ce que je peux faire.

— Je vais dire à Mary-Ann que tu es là.

Déjà un attroupement se forme. Quelques instants plus tard, Mary-Ann sort de la maison en soutenant la pauvre Marguerite. Derrière elles, deux hommes transportent le cadavre d'Élisabeth, recouvert d'un drap blanc. Francis ferme la marche. En apercevant le fils de sa maîtresse, la servante se précipite vers lui en pleurant.

— Elle a laissé un message pour vous, bredouille-t-elle difficilement. Elle a dit de vous dire qu'elle ne serait jamais une femme abandonnée.

John-Henry frissonne. Quand le cortège lugubre passe devant lui, il arrête les hommes.

— Transportez-la au Montreal General Hospital, à la salle de dissection, ordonne-t-il. Je signerai les papiers nécessaires.

— Non ! s'écrie Mary-Ann.

— J'ai le droit de disposer de ce corps. Et c'est ce que je décide.

Puis il ajoute plus bas :

— Laisse-la être enfin utile à quelqu'un.

Quelques jours plus tard, John-Henry rejoint Mary-Ann au chevet de Johann. Le jeune homme est sorti de sa léthargie, sans ouvrir les yeux. Il ne sait que gémir faiblement comme s'il appelait au secours du fond de sa nuit. Les médecins se perdent en conjectures sur les soins à apporter au malade. Faute de mieux, on lui administre saignée après saignée dans l'espoir de le débarrasser du mal qui le gruge.

Mary-Ann ne le laisse pas. Elle s'épuise à ces veilles mais exige de demeurer là, près de son fils. Jocelyn Waller vient parfois demander de ses nouvelles en s'excusant. Entre deux visites, Francis la retrouve, lui apporte à manger, l'enjoint de se reposer. Mais elle n'entend rien.

À la maison, les deux filles ont pris charge de tout pendant qu'Eva tente de remplacer Francis auprès de certains patients.

Les jours passent dans un semblant d'ordre comme s'ils devaient mener à l'éternité.

John-Henry n'est pas retourné au General Hospital ni à l'institution médicale depuis le suicide de sa mère. Il a mis la maison en vente avec tous les meubles, trouvé un nouvel emploi à la domestique, mis de l'ordre dans ses affaires.

— Je pars pour Londres demain matin, annonce-t-il.

Mary-Ann n'est pas surprise. C'était inévitable.

— Tu seras parti longtemps ?

— Je ne sais pas. Le temps qu'il faudra.

— Je comprends. Va embrasser Peter pour moi.

Au lever du soleil, les chevaux attelés à la diligence piaffent déjà d'impatience. Ils reniflent la longue route et se demandent combien de temps encore les hommes les retiendront.

Très peu de voyageurs. John-Henry s'installe du mieux qu'il peut.

Une dame d'un certain âge monte près de lui. Elle ne le salue pas. Il ne s'en formalise nullement, déjà absent. Loin de ce pays où il est mort tant de fois.

Il a trente-cinq ans, une fortune appréciable, un talent sûr, un savoir raffermi par l'expérience. On l'attend sûrement quelque part. Le monde est grand.

Aux premiers cahotements de la diligence, il éprouve un sentiment de libération, terni par un tiraillement dans le ventre. Ni douloureux, ni triste. Présent. Comme un souvenir qui s'accroche. Tout au plus, la nostalgie.

Semblable peut-être à celle éprouvée au même moment par Mary-Ann. Elle a pris la main de Johann. Celui-ci bouge la tête, incapable de sortir de sa prison. Elle pose sa tête près de la sienne. L'oreiller sent la sueur. Elle ferme les yeux et s'assoupit, éreintée de fatigue.

Il lui faut un moment pour retrouver ses esprits lorsque Catherine, quelques instants plus tard, la bouscule sans ménagements.

— Vite ma tante ! Vite ! Il faut que tu viennes !

— Mais qu'est-ce qui se passe ?

— Ils ont arrêté maman ! Les policiers ! Ils vont l'amener en prison ! Il faut que tu viennes. Tout de suite !

— Je ne peux pas laisser Johann. Ton oncle Francis va arranger ça. Ne t'inquiète pas.

— Ils l'ont arrêté aussi. Il faut que tu viennes.

La fillette pleure maintenant. De rage et de désespoir. Ses yeux noirs rappellent à Mary-Ann la fierté si souvent blessée de Thomas. Elle confie son fils à une religieuse et se précipite à la maison où Hélène l'accueille avec soulagement. Le drame pèse lourd sur ses épaules d'enfant.

— Ils sont partis avec papa et tante Eva. Ils ont dit qu'ils les arrêtaient.

— Mais pourquoi ?

— Je sais pas. Papa a demandé et ils ont dit : « Vous le saurez bien assez tôt ! »

— Occupe-toi des enfants, je vais me renseigner.

Mal coiffée, les vêtements froissés, elle pénètre dans la maison de la justice en frémissant. On la fait attendre et quand elle peut enfin rencontrer le juge de paix, il ne peut que confirmer ses craintes.

— Votre sœur a été arrêtée pour pratique illégale de la médecine.

— Et mon mari ?

— Pour complicité. Nous savons que le docteur Loiseau a non seulement permis à votre sœur de pratiquer la médecine à ses côtés, mais il lui a également confié des malades en la présentant comme médecin auprès de ceux-ci.

— Mais Eva est un médecin ! Un excellent médecin ! Et elle utilise sa science pour soigner des miséreux dont personne ne veut s'occuper. Vous ne pouvez la condamner pour cela !

— Il faut attendre le procès, madame.

— Je voudrais les voir.

— C'est malheureusement impossible pour le moment.

— J'ai le droit de voir mon mari ! Personne ne peut m'empêcher de le voir.

— Revenez demain.

Pourquoi l'été est-il si doux ? Et si cruel à la fois.

Mary-Ann court sur la rue Notre-Dame sans savoir où elle va.

Échapper au soleil !

Elle se cogne aux passants qui l'injurient ou la plaignent. Des chevaux se cabrent pour l'éviter.

Rue Saint-Paul.

Rue Saint-Vincent. Elle ne reconnaît pas sa maison.

Rue Saint-Joseph. Dans quelle ville, dans quel pays ?

Rue des Commissaires.

Puis le fleuve. Calme, fier de son destin.

Le fleuve aux souvenances ancestrales. Berceau.

Mary-Ann remonte le courant de sa vie. Retrouve l'intelligence des gestes.

Elle revient vers l'hôpital. Johann respire bien. On fait tout ce qu'on peut pour lui. La survivance doit sourdre de son corps, quand il le voudra. Elle peut le laisser.

À la maison, les petits sont couchés. Hélène et Catherine veillent.

— Je vous confie les plus jeunes pour quelque temps. Je vais revenir bientôt. Ne vous inquiétez pas.

Les religieuses la reçoivent avec chaleur. Elle se retire aussitôt dans la chambre qu'elles mettent à sa disposition. Et elle s'endort.

Pour mieux couver son courage.

Ne plus être la proie de la folie.

Elle a besoin d'elle, tout entière. Elle se reconstruit. Tout un jour au creux de sa nuit. Toute une nuit. Puis tout un autre jour.

Quand elle revient à la maison, elle sait que rien n'est jamais définitif. Elle est prête à se défendre et à défendre les siens.

Décidée à ne plus laisser la fatigue l'entraîner vers la folie ou l'apitoiement sur elle-même, elle organise ses journées le plus rationnellement possible. Réconfortés par son attitude confiante, les enfants se plient de bonne grâce aux nouvelles exigences quotidiennes. Chacun a pris sa part de travail, si minime soit-elle, et Mary-Ann peut, l'esprit dégagé, se dévouer aux tâches les plus urgentes.

Elle passe tout le temps qu'elle peut à l'hôpital où Johann se bat farouchement. Extrêmement faible et encore incapable de parler de façon audible, il sourit pourtant dès que paraît sa mère. Comme un tout petit enfant qui aurait tout à apprendre. On l'a changé de salle. Il est maintenant avec les plus pauvres. Ceux que l'on soigne par charité. Mary-Ann refuse l'humiliation pour ne penser qu'à la vie. Elle met de côté ce qui n'est pas l'essentiel, convaincue que l'état de siège ne pourra durer. Il suffit de tenir, de se serrer les coudes, de prouver, par sa détermination, que le meilleur est à venir. Ne pas se laisser intimider. Et le meilleur viendra. Si on lui fait la place. Sans complaisance. Avec honnêteté.

En attendant, elle montre au petit Patrick comment s'occuper du jardin et l'enfant, fier de sa responsabilité passe des heures à arracher les mauvaises herbes. Elle enseigne également à Catherine les secrets de l'art culinaire et la fillette aux yeux de charbon ne laisse personne approcher des lourds chaudrons où mijote la soupe. Elle a fait de la cuisine son domaine pour oublier pendant quelques instants combien sa mère lui manque.

À Hélène incombe la lourde tâche de veiller sur tout ce petit monde. Elle s'en acquitte avec la sagesse de ses onze ans. Pour être digne de sa mère, elle ravale ses larmes, endosse son tablier et joue à la maman, guidée par une intuition juste qui pallie son manque de connaissances.

Après avoir quotidiennement harcelé le juge pour qu'il lui permette de voir Francis et Eva, Mary-Ann a finalement obtenu un droit de visite. Fuyant le soleil aveuglant installé sur Montréal, elle affronte la grisaille de la prison. Ses pas retentissent autour d'elle, prisonniers des murs sans fenêtres. Francis est là, les cheveux sales, amaigri, tentant de cacher sa détresse derrière un sourire criant de douleur.

Eva a été conduite à la prison de Québec où elle devra purger une peine d'emprisonnement de trois mois.

— Ils n'ont pas le droit ! s'insurge Mary-Ann.

— Ils ont malheureusement tous les droits. Les temps sont troubles. Les autorités craignent la montée du sentiment patriotique chez les Canadiens. Ils arrêtent sans discernement... et je crois que ce n'est là qu'un début.

— Mais tu n'as rien à voir avec ce ralliement. Tu as toujours refusé de te mêler de politique.

— Mon seul tort a été de soigner des immigrants et des Canadiens susceptibles de joindre les rangs des Patriotes. Mais Johann, lui, a fait plus que ça... Le père a à répondre pour les actes du fils. Sans qu'on le dise ouvertement...

Poussée par un courage dont elle ne se croyait pas capable, Mary-Ann s'attelle à la tâche de réunir les cent livres d'amende réclamées par le juge pour la liberté de Francis.

Elle fait d'abord appel aux médecins de l'Hôtel-Dieu pour se rendre compte rapidement que ceux qui voudraient l'aider ne le peuvent pas et que ceux qui le pourraient ne le veulent pas. La plupart se dissocient de ce collègue délinquant. Elle rencontre ensuite Ludger Duvernay à son bureau de *La Minerve*. Il la reçoit avec déférence, l'écoute attentivement, s'enquiert de la santé de Johann mais souscrit difficilement à son analyse des faits. Lui-même très associé aux idées réformistes, il hésite à croire que les autorités auraient pu se venger de la presse à travers le docteur Loiseau.

— Je vais me renseigner, dit-il pourtant. Si ce que vous soupçonnez est exact, je serai le premier à le décrier sur la place publique.

L'état précaire de ses finances ne lui permet cependant pas de participer à la mise de fonds.

Cette quête, plus épuisante que tout le reste, échelonnée sur plusieurs jours, mine une part importante de l'énergie de Mary-Ann. Sans compter que l'état de Johann ne s'améliore pas tandis que la santé de Francis se détériore de jour en jour. Le médecin, privé de liberté, loin des siens, inutile, s'étiole, étouffe. Mary-Ann n'arrive plus à le rassurer. Elle n'a rien dit de sa démarche pour ne pas ajouter à la honte. Elle apporte du monde extérieur une image bienveillante, inventant des salutations, dessinant à la quotidienneté une allure de bien-être dont Francis n'est pas dupe mais dont il lui sait gré.

La brise d'août court vers l'automne. Mary-Ann lui fait face sur le chemin du retour. Faire face. Elle songe à Peter dont elle n'a reçu aucune nouvelle. Et sa musique lui manque cruellement. Elle pense à John-Henry. À sa fuite. Peut-être la seule solution quand la terre entière refuse de comprendre. Fuir. Comme Élisabeth. Comme Karl. Les siens la hantent. Souvenirs troubles au dire étranger.

Hélène la reçoit en lui jetant le petit Robert dans les bras. L'enfant perce des dents et l'étape est éprouvante pour toute la famille. Le visage désemparé de la fillette oblige Mary-Ann à redoubler de courage.

— Va te reposer. Je suis là maintenant. Je m'occupe de tout.

Avant de partir, Hélène apporte une grande enveloppe à sa mère.

— On est venu porter ça aujourd'hui.

— Pose-la sur la petite table. Je regarderai ça tout à l'heure. Pour le moment ce jeune homme a un besoin urgent de ma potion magique.

Hélène fait la grimace, un goût de clou de girofle lui remontant à la mémoire.

— Je vais avec toi, dit-elle, déjà réconfortée par la présence de sa mère. Je vais apprendre la recette.

— Allez viens, petite sorcière. Je vais te révéler mes secrets.

Le rire de la fillette surprend le petit Robert qui interrompt ses pleurs un moment. Pour les reprendre aussitôt avec une vigueur nouvelle.

Une heure plus tard, la maison repose dans un silence recueilli, frémissante encore des pleurs, des cris, des rires des enfants endormis.

Mary-Ann, renvoyée par cette accalmie à ses préoccupations et à sa fatigue, se retire au salon. La soirée est fraîche ; elle s'enroule dans un châle en regardant le foyer éteint. Elle ne veut pas gaspiller le bois. L'hiver risque d'être long. L'air cru la transperce plus qu'il ne devrait ; la froidure vient du cœur et investit le corps. La jeune femme se recroqueville sur elle-même, îlot de veille dans la maison endormie, gardienne du fort… Elle s'assoupit.

Quand elle s'éveille quelques heures plus tard, ankylosée par la mauvaise posture et par le froid de plus en plus pénétrant, la flamme de la lampe tremblote, à bout de forces. Mary-Ann s'extirpe péniblement du fauteuil inconfortable, pressée de s'enfouir sous les couvertures. En passant à côté de la petite table, elle aperçoit la grande enveloppe brune mais hésite, craintive. Quel autre malheur cache cette missive ? Elle a peur soudain de la bêtise humaine, de l'indifférence de Dieu. La lampe vacille. Mary-Ann ouvre l'enveloppe en tremblant et y trouve deux feuilles pliées et scellées. Elle fait sauter le cachet et reconnaît aussitôt l'écriture échevelée qui s'étale sur la feuille.

« *Chère Mary-Ann,*

Avant de partir, j'ai cru important de te dire combien je t'aime. Je n'aurais pas pu te le dire de vive voix, alors j'ai décidé de t'écrire ce petit mot. Je t'ai fait du tort, à toi et à Francis… et à Johann. Je sais aujourd'hui que je ne le désirais pas. Je ne te demande pas de m'excuser, seulement de me pardonner et d'essayer de comprendre. J'ai vécu depuis mon enfance sous l'emprise d'une femme dont j'ai pendant longtemps mal saisi les ambitions. Je n'ai pas désiré me libérer de cette étreinte parce qu'elle m'apportait ce que je croyais être l'amour et le pouvoir. Ma mère – notre mère – m'a aimé comme une maîtresse. Peut-être parce que mon père ne m'aimait pas… Elle m'a possédé tout entier... corps et esprit. Et je ne crois pas pouvoir me libérer jamais de son étreinte. Je peux seulement essayer d'y survivre.

Pardonne-moi, Mary-Ann.

Quand tu recevras cette lettre, cela signifiera que Me Frobisher a vendu la maison de la rue Saint-Gabriel. Je lui ai demandé de te remettre l'argent de la vente et de joindre ma lettre à son envoi. Si cela peut adoucir la peine que je t'ai causée, j'en serai heureux.

Ton frère qui t'aime, John-Henry »

Mary-Ann fouille fébrilement l'enveloppe et y trouve une autre enveloppe plus petite adressée à son nom dont elle retire un papier.

Madame,

Veuillez vous présenter à mon bureau demain afin que je vous remette un montant de six cents (600) livres, conformément aux désirs de votre frère, M. John-Henry Beyer.

Bien vôtre,

Me W. Frobisher

Mary-Ann s'effondre sur le fauteuil, estomaquée, trop heureuse pour y croire. Trop émue. Elle se donne le temps d'apprivoiser sa nouvelle richesse, d'amadouer l'émotion. Elle pense réveiller les enfants ; elle ne le fait pas. Elle voudrait aller libérer Francis, le sortir tout de suite de cet enfer. Il est trop tard, personne ne lui ouvrira.

Alors elle se lève, prend les plus belles bûches, celles qu'elle réservait pour les grands froids et allume un feu immense.

Feu de joie à la chaleur tendre.

Assise par terre devant l'âtre, elle peut enfin pleurer.

QUATRIÈME PARTIE

VENGEANCE DIVINE

La bureaucratie n'a pas rougi de repousser, pendant plusieurs sessions consécutives, un principe aussi sage et aussi naturel que celui de laisser à une profession purement scientifique la surveillance nécessaire sur les personnes qui demandent à y entrer. Ce n'est que dans la session dernière que notre oligarchie a acquis des lumières suffisantes pour concevoir qu'un gouverneur n'était pas, en fait de médecine, un aussi habile personnage que les médecins eux-mêmes.

Le Canadien
13 juillet 1831

I

Janvier 1828

— Cette fois-ci, j'ai trouvé ! Vous ne pouvez pas dire non ! Une grande maison sur trois étages, toute en pierres, dans le faubourg Saint-Jean. Un peu en retrait avec un immense jardin. De quoi nourrir toute une milice ! Les voisins sont adorables, des Frémont. Ils ont trois enfants. Le plus jeune a le même âge que Robert. M. Frémont est huissier. Et vous devriez voir la grande chambre ! Une merveille ! La maison appartenait à un médecin, c'est bon signe. Il y a une annexe avec entrée particulière où installer un bureau et une salle d'attente.

Intarissable Eva.

Depuis sa sortie de prison, elle tourbillonne, s'empêtre dans ses projets, se relève, recommence. Comme si la priver de liberté n'avait fait qu'aviver sa volonté. Une cure d'énergie !

Bien sûr il a d'abord fallu la débarrasser de ses poux avant que les petites bêtes n'élisent domicile dans toutes les têtes de la famille. Puis Mary-Ann l'a gavée jusqu'à ce qu'elle crie grâce pour accrocher un peu de graisse entre les os et la peau. Et les enfants l'ont reconnue. Lentement pour les plus jeunes. Avec la prudence du petit qui s'est cru abandonné.

De la prison, Eva avait réussi à établir des contacts avec des médecins de Québec. Précédée de sa réputation de marginale, elle a plus attiré les curiosités que le mépris. Le monde médical québécois, moins conformiste que celui de

Montréal, n'a pas rejeté d'emblée cette femme au discours volontaire. On a voulu la connaître en se tenant toutefois sur ses gardes.

La persécution dont elle est victime, ses problèmes familiaux, son désir évident de s'en prendre à une loi injuste, loin de la discréditer, lui ont attiré des sympathies dans tous les milieux. Ses connaissances également dont elle a fait profiter gardiennes et pensionnaires de la prison.

Depuis sa remise en liberté, à la fin d'octobre, elle a fait trois voyages à Québec dans le but de consolider ses approches. Elle ambitionne de s'établir dans cette ville et d'y amener tous les siens, famille Loiseau y compris.

Revenue la veille d'un troisième périple, elle croit avoir enfin trouvé ce qu'elle cherchait. Elle doit donner une réponse définitive dans une semaine.

— C'est à Québec que tout se passe. La société médicale, fondée par le docteur Painchaud, est plus présente et plus forte que jamais. Un mouvement se dessine, prometteur. Les médecins du General Hospital ne feront plus la loi bien longtemps et c'est de Québec que leur viendra le coup de grâce. Tout est possible là-bas, alors qu'ici tout est soumis au bon vouloir des docteurs Stephenson, Caldwell et compagnie.

Voilà pour Francis. Pour convaincre Mary-Ann, elle a d'autres arguments.

— Il y a une école de jeunes filles, ce qu'il y a de mieux dans la province. Et tu n'auras plus à subir les arrogances de tes soi-disant amies. Je sais que tu souffres de leur mépris. Hélène également. Tu as tant donné de toi-même pour ne récolter que de l'ingratitude.

Sans leur laisser le temps de s'objecter, elle sort de sa poche l'argument final.

— J'ai ici une lettre du docteur Blanchet, un des plus éminents médecins de Québec. C'est pour toi, Francis. Un mot de bienvenue. Le docteur Benoît a ajouté ses salutations.

Le médecin prend la missive. Il est impressionné, ébranlé dans ses convictions. L'obstination de sa belle-sœur, sa logique déconcertante et ses ruses diaboliques l'obligent à remettre en question certaines attitudes qui cachaient peut-être un renoncement facile.

— Qu'en penses-tu ? demande-t-il à sa femme.

— Je ne sais pas. J'ai... j'ai peur. Mais ce serait peut-être...

— Et toi, Johann ?

Le jeune homme lève la tête. Depuis sa sortie de l'hôpital, il a les gestes lents d'un survivant, se glisse au creux de la vie avec douceur. Il a gardé un teint hâve et une faiblesse dans la voix qui rivalisent avec la passion toujours présente dans ses yeux.

— Je crois que tante Eva a raison. Ce serait bien pour toi et pour maman.

— Tu ne viendrais pas ? s'inquiète aussitôt Mary-Ann.

— Non. J'ai rencontré M. Duvernay hier. Il a un poste pour moi à *La Minerve*. J'ai encore des choses à régler. Pour moi, c'est à Montréal que ça se passe.

— Tu veux t'occuper de politique après ce qui s'est passé ?

— Pas de politique, maman. De journalisme. Le pays a besoin d'un journal comme *La Minerve* pour éclairer et soutenir les masses, pour défendre ses intérêts et promouvoir la liberté. Liberté de la presse, d'abord, du peuple ensuite. Ce qui est à venir ne sera facile pour personne, mais je sais que j'ai un rôle à y jouer. Le vôtre est ailleurs, vous ne devez pas avoir peur.

Mary-Ann frémit en entendant son fils. Il a fait siennes les idées réformistes exprimées de plus en plus haut par les Duvernay, Papineau, Nelson, Viger. Il porte avec conviction le flambeau allumé par les Patriotes, sans crainte de l'embrasement possible.

— Vous ne devez pas avoir peur, répète-t-il. Ni pour vous, ni pour moi.

II

FRANCIS LOISEAU, médecin
EVA McMURRAY, sage-femme

La plaque toute neuve oscille dans le vent léger de mars. Des flocons de neige viennent s'y fondre sans réussir à en attaquer le vernis.

Dans la grande maison, chacun s'est installé confortablement. Eva et les enfants ont pris possession de l'étage supérieur; Francis et Mary-Ann occupent la grande chambre du rez-de-chaussée.

Dans l'annexe, Francis n'a eu qu'à placer ses instruments aux endroits spécialement conçus pour les recevoir. Dans un coin, devant la fenêtre, une petite table est réservée à Eva. La sage-femme a insisté pour prendre le moins de place possible. Les femmes en couches ne se déplacent pas. C'est la sage-femme qui doit aller vers elles.

Grâce à la générosité de John-Henry, le bureau ne manque de rien. Les instruments désuets ont été remplacés par d'autres plus modernes. La salle d'attente est accueillante, enrobée dans une odeur de gâteau qui s'infiltre de la cuisine.

Entourée des cinq enfants constamment affamés, Mary-Ann apprivoise elle aussi son nouvel environnement. Eva avait raison: la voisine est charmante et se plaît visiblement à promener sa nouvelle amie dans les rues de la ville et dans la campagne environnante.

Les plus vieux partis pour l'école, les deux femmes emmitouflent les petits et partent à l'aventure. Ces excursions de patin, de traîneau ou de raquettes les ont déjà menées aux confins du rire et de l'euphorie. Depuis longtemps Mary-Ann n'avait ressenti les plaisirs de l'amitié. Elle s'y plonge avec ravissement.

Avril se réchauffe à peine et déjà les deux femmes font des projets pour l'été, de jardinage, de baignade. Tout près d'elles, les enfants se chamaillent sans méchanceté.

Venue pour embrasser les petits entre deux visites, Eva les surprend en flagrant délit de fou rire.

— On s'amuse ferme ici, dit-elle, heureuse du bonheur de Mary-Ann, heureuse surtout d'en être un peu la cause.

Elle savait bien que tout redeviendrait facile à Québec.

— Tu veux manger quelque chose ?

— Non, je n'ai pas le temps. Mme Guérin est en travail. On m'attend.

— Mais tu n'as rien mangé depuis l'aube.

— Je vais me contenter d'un bon gros bec sucré.

Elle vole aux enfants un baiser et s'enfuit en lançant sans se retourner :

— J'ai invité les docteurs Blanchet, Morrin et Perreault. Ils seront là à huit heures avec leur femme. Si tu pouvais faire un peu de ton sucre à la crème.

— Ce soir !

Eva est déjà partie. Sa sœur fulmine.

— Elle exagère. La maison est sens dessus dessous. Les enfants sont crottés. Comment pourrais-je recevoir ce soir ?

— Je vais t'aider, la rassure Marie-Ange. Tu t'occupes du sucre à la crème et je m'occupe des enfants.

— Quand même…

— Allez, grogneuse. Au travail ! D'ailleurs, ça te fera du bien de voir un peu de grand monde. Tu deviens sauvageonne…

Mary-Ann embrasse son amie en riant et se met à la tâche.

La soirée est douce. Douce et tendre. Les invités agréables. Le sucre à la crème délicieux.

Eva brille de tous ses feux. Mondaine sans futilité. Savante sans présomption. Mary-Ann la connaît trop pour ne pas deviner que cette soirée a un but précis et quand elle la voit aiguiller la conversation sur la Société médicale de Québec, elle comprend enfin où elle veut en venir. Plus rapidement que le pauvre Francis qui fera les frais de ses manigances.

— Je crois que vous tenez vos réunions le premier lundi de chaque mois, n'est-ce pas docteur Blanchet ? minaude Eva.

— En effet, madame.

— Et de quoi est-il question lors de ces réunions ? À moins que ce ne soit un secret...

— Mais pas du tout. La société médicale n'a rien à voir avec une société secrète. D'ailleurs vous trouverez dans le *Journal de Médecine* un compte rendu fidèle de nos réunions.

— Le mois dernier, par exemple, il a été question des fièvres typhoïdes.

— Et de l'éventualité d'un musée.

— Un musée ? s'étonne Eva.

— Oui. Un musée de pièces anatomiques.

— C'est fascinant ! N'est-ce pas, Francis ?

— En effet.

— Un médecin ne peut que se réjouir de faire partie d'une telle société. Qu'en penses-tu, Francis ?

— Cela vous intéresserait-il de vous joindre à nous ? demande le docteur Blanchet en s'adressant à Francis.

— Sûrement, ne peut s'empêcher de répondre le médecin en jetant un coup d'œil à Eva, de plus en plus rayonnante.

— Comme vous le savez certainement, explique le docteur Morrin, vous devez être proposé par un membre pour pouvoir être accepté. Un vote est pris et si les deux tiers des membres sont favorables, le candidat est accepté. Si vous le désirez, je me ferai un plaisir et un honneur de proposer votre candidature.

Le vote fut serré. Les antécédents de Francis, connus de tous, et amplifiés par la rumeur maligne, empêchèrent plusieurs des médecins plus conformistes de se prononcer en sa faveur. Le débat fut long et certains demandèrent un temps de réflexion supplémentaire.

Eva profita de ce sursis pour rencontrer personnellement plusieurs des membres de la société. Par hasard, évidemment. Elle ne manquait jamais de rappeler le travail extraordinaire de son beau-frère auprès des couches plus négligées de la société et l'acquis indiscutable que cela constituerait pour toute institution désireuse d'élargir ses connaissances. Elle ne manquait pas non plus de rappeler l'article du *Journal de Médecine* signé par Francis.

Elle trouva même le moyen de conférer à son travail d'apothicaire des qualités pratiques auxquelles personne n'aurait songé. Et tout cela avec un charme indéniable.

Il fallut attendre l'automne pour que Francis devienne enfin membre de la Société médicale de Québec. La première action à laquelle il prend une part active concerne la réglementation de la médecine. Encore une fois, malgré les nombreuses requêtes restées jusque-là sans réponses, les médecins et chirurgiens réclament une nouvelle loi.

— Le gouverneur ne pourra rester sourd à notre demande. Même l'opinion publique commence à nous appuyer.

— C'est quand même révoltant ! Comment un gouvernement peut-il refuser d'entendre une vérité aussi criante ? C'est aux médecins de décider qui sera médecin.

— Et à des médecins élus par des médecins. Seule l'adoption du principe électif dans la nomination des examinateurs pourra fermer la porte à la partialité et à l'injustice.

— C'est évident ! Il n'y a pas encore un seul nom français sur la liste des examinateurs de Montréal.

— Voilà pourquoi nous devons revenir à la charge tant que nous n'aurons pas été entendus.

En décembre, les médecins n'ont encore reçu aucune réponse. Ils procèdent aux élections annuelles. Le président sortant, Joseph Morrin, rappelle à chacun les devoirs des membres :

— Chaque membre de la société est tenu de présenter à son tour un travail sur un sujet médical. Et je tiens à vous rappeler qu'aucune discussion portant sur un sujet politique ou tout autre sujet étranger au but de la société ne sera acceptée au cours des réunions.

Bien au fait de leurs droits et devoirs les membres élisent un nouveau conseil dont Charles Perreault sera le président et Joseph Painchaud le vice-président.

Après avoir été obligé à la dissidence pendant longtemps, Francis éprouve une grande paix à rejoindre ses pairs, à épouser les mêmes causes, à tenir le même discours.

La salle d'attente se remplit de jour en jour et, malgré les défaites inhérentes à sa profession et auxquelles il ne s'habitue pas, il a conscience de posséder à fond une part de connaissance qui lui permet de sauver des vies.

— Je peux entrer un instant ?

Mary-Ann s'est faufilée entre deux patients.

— Entre vite, chérie. Qu'est-ce qui se passe ?

— J'ai reçu une lettre de Peter.

— Raconte vite.

Pendant qu'elle lit les nouvelles de son fils, Francis l'observe. Femme radieuse. Plus femme que jamais. Le bonheur dessine du rose sur ses joues et jette du soleil dans ses yeux. Avant qu'elle n'ait terminé sa lecture, il l'entoure de ses bras.

— Je t'aime tant. Je t'aime trop.

— Ne dis pas ça. On n'aime jamais trop.

Elle ne se dégage pas, malgré les patients qui attendent de l'autre côté de la porte.

— J'ai une autre nouvelle. Mais je ne sais pas si c'est une bonne.

— Dis toujours.

— Je... Je vais avoir un bébé.

— Tu es certaine ?

— Absolument.

— C'est magnifique !

— Tu es certain ?

— Absolument !

Ils rient. S'embrassent. Puis Francis se précipite hors de son bureau et annonce aux personnes présentes.

— Je vais avoir un bébé !

Après un moment de stupéfaction viennent l'éclat de rire général et les applaudissements. Gênée, Mary-Ann retraverse la petite salle sous les regards admiratifs et amicaux. Elle retrouve sa cuisine avec soulagement. Les enfants jouent tous ensemble dans la salle commune et, malgré les bourrasques du vent du nord-est, elle sent une chaleur agréable lui monter au cœur.

Eva arrive quelques instants plus tard, les joues blanchies par le froid.

— Il était temps que j'arrive, bredouille-t-elle avec difficulté. Je crois que je commençais à geler.

— Assieds-toi vite près du feu. Je vais te frictionner.

— Donne-moi d'abord une tasse d'eau chaude. Je vais commencer par réchauffer le dedans.

Tout en s'empressant auprès d'Eva, Mary-Ann s'informe.

— Mais où étais-tu donc par un temps pareil ?

— Je suis allée dans le rang 6.

— Mais c'est au bout du monde !

— Surtout que mon traîneau s'est brisé au retour. J'ai dû dételer et rentrer à pied en traînant la jument qui ne voulait plus avancer.

— Tu n'es pas prudente. Il finira par t'arriver quelque chose de grave. Pense à tes enfants.

Eva regarde sa sœur dans les yeux.

— Tu trouves que je suis une mauvaise mère, n'est-ce pas ?

Mary-Ann ne répond pas.

— Tu as peut-être raison, continue Eva. Tu as sûrement raison. Mais il y a tant à faire. Tant à faire. Et je sais qu'avec toi mes petits sont en sécurité. Je sais que tu les aimes et qu'ils sont heureux. Je te suis reconnaissante pour cela.

Mary-Ann sourit.

— Il y a tant à faire..., répète Eva.

Elle parle pourtant peu de ses activités. Tout au long de l'hiver, elle évite les discussions qui pourraient l'entraîner vers ses secrets. Avec Francis, elle aborde parfois un problème médical, demande un conseil, donne son avis. Mais la médecine générale semble ne plus l'intéresser.

Tous les soirs, elle quitte la maison et s'engouffre dans la nuit, la tempête, le froid, le grésil, la brume. Rien ne la retient. Ni les imprécations de Mary-Ann, ni même les supplications des enfants.

Francis offre parfois de l'accompagner. Elle refuse toujours énergiquement.

— Un accouchement est une affaire de femme, réplique-t-elle. Tu ne pourrais m'être d'aucun secours.

Francis soupçonne quelque chose. Le nombre des sorties ne cadre nullement avec le nombre d'accouchements prévisibles dans la région. Mais il n'en laisse rien paraître. D'abord pour ne pas inquiéter Mary-Ann. Ensuite parce qu'il fait confiance à Eva et ne veut en rien s'interposer entre elle et le destin qu'elle a librement et sciemment choisi. Il avait toujours su qu'elle reviendrait à son apostolat, que la cause des femmes lui pèserait toujours sur le cœur et que ni la prison, ni le danger ne l'en écarteraient.

Il la comprend. Quand on a touché la misère, on ne l'oublie pas. Elle vous hante, vous obsède jusqu'à ce que vous vouliez la retrouver, vous y colleter encore une fois pour vous libérer du cauchemar. Lui aussi a renoué avec sa vieille ennemie. Une fois la semaine, il visite les quartiers les plus pauvres de Québec. Il y dispense ses soins gratuitement et son nom est devenu synonyme de réconfort pour les plus démunis auxquels les douceurs de l'été redonnent espoir.

À la société médicale, les discussions sont de plus en plus amères. Les appels répétés des médecins et chirurgiens pour faire changer la loi demeurent sans réponse. L'emprise des médecins du General Hospital semble inébranlable. Surtout que depuis le 20 juin, la Montreal Medical Institution est officiellement devenue le Collège de médecine de l'Université McGill, tel que l'avaient souhaité les médecins du Montreal General Hospital.

— Une université sans bâtiments, se moque le docteur Morrin. Une université sur papier.

— Il semble bien que les papiers font foi de tout dans cette affaire.

— Nos collègues du Montreal General Hospital savent où ils vont. Ils ne font rien à peu près. Et des absurdités comme celle-ci ne les arrêteront pas.

— Ils n'ont quand même pas obtenu le droit de conférer des degrés *ad practicandum*.

— C'est une question de temps. Faites-leur confiance, ça viendra.

— Le meilleur moyen de contrer cette prise de pouvoir ne serait-il pas de créer à Québec une école de médecine ? propose Francis. La province a besoin de ces foyers de connaissance où les futurs médecins apprennent les secrets de leur art.

Les médecins plus âgés soupirent. Leur reviennent en mémoire les difficultés ayant marqué la mise sur pied du Dispensaire de Québec disparu quelques années plus tôt, faute de fonds, faute de l'appui des plus nantis. Et pourtant l'établissement remplissait un rôle indispensable. Première école de médecine de la Province, le dispensaire pouvait compter sur les connaissances de quatre éminents professeurs : les docteurs Perreault, von Iffland, Laterrière et Mercier.

— Les patients ont afflué avant même que les cours commencent, explique le docteur Perreault pour répondre aux questions de Francis. Les indigents cherchaient refuge au dispensaire.

— Seulement aux tout débuts. Une société a ensuite été créée pour s'occuper d'eux.

— Les hauts personnages de la ville avaient accueilli avec enthousiasme l'idée de fonder une telle institution mais ils s'en sont vite désintéressés.

— L'humanité souffrante pour laquelle cet établissement avait été fondé n'a jamais réussi à soutenir l'intérêt des plus forts.

— Et pourtant, nous avions là un lieu d'enseignement extraordinaire.

Chacun explique à sa manière l'échec du dispensaire et Francis, qui n'a pas vécu cette aventure, devine beaucoup d'amertume derrière leurs propos.

La réunion terminée, il rentre directement à la maison. Il n'aime pas s'éloigner trop longtemps. La santé de Mary-Ann l'inquiète. Non pas qu'il y ait quelque raison de douter du bon déroulement de sa grossesse, mais il garde à l'esprit les risques inhérents à toute maternité tardive. Mary-Ann a trente-huit ans. Elle n'a pas accouché depuis dix ans et bien qu'elle paraisse sereine, elle ne peut dissimuler une fatigue de plus en plus envahissante à mesure que son terme approche.

Francis presse le pas, bien décidé à l'obliger à se reposer mais une femme éblouissante vient à sa rencontre. Une toute jeune femme. Différente de celle qu'il a laissée ce matin. L'exubérance de Mary-Ann le ramène vingt ans en arrière, au temps de sa cour quand les yeux verts le possédaient tout entier.

— Viens vite Francis ! Tu vas avoir une surprise !

Elle l'entraîne vers la maison, alerte.

Sur le seuil, Johann attend, heureux du bonheur de sa mère. Il a vieilli. Intimidé, Francis hésite à prendre cet homme dans ses bras. Cet homme dont il ne sait plus rien sauf qu'il est son fils.

Johann fait le premier geste. Ils s'étreignent un long moment.

Le jeune homme reste vague sur les raisons de son voyage à Québec. Ses parents n'insistent pas, ne voulant rien gâcher de ce merveilleux moment.

— Le supérieur du Séminaire a inauguré l'église Notre-Dame le mois dernier.

— Elle est complètement terminée ?

— Oui, enfin.

— Ce doit être magnifique ! rêve Mary-Ann.

L'arrivée d'Eva donne lieu à d'autres effusions, mais la plus heureuse est sans conteste la petite Hélène qui retrouve son frère avec une joie indescriptible. Elle boit ses paroles, le dévisage avec une passion toute enfantine, touche ses cheveux, prend sa main. Touchée par cette adulation innocente, Mary-Ann permet à la fillette de veiller avec les grands. Johann doit repartir dans la matinée et l'enfant n'aura pas trop de ces quelques heures pour refaire le plein de souvenirs.

Au petit matin, avant même le lever du soleil, le jeune homme rejoint Eva, déjà prête à partir.

— Je vais te reconduire. Comme ça nous pourrons parler, propose le journaliste.

— Tu es gentil. Je te laisse conduire. Je ne parviendrai jamais à m'entendre avec cette vieille rosse.

Tante et neveu s'en tiennent à des sujets sans conséquences. Ils ont du mal à retrouver le rythme de leurs conversations. Ils sont sur leurs gardes. Tous les deux, ils ont appris la méfiance.

— Tu devrais peut-être rentrer maintenant, suggère Eva après un moment. Il te faudra faire le chemin du retour à pied.

— Je t'accompagne… Si tu le permets…

— Il te faudra m'attendre dehors.

— Je m'occuperai de cette pauvre vieille jument que tu calomnies avec si peu de charité.

En suivant les indications d'Eva, le jeune homme se retrouve bientôt loin de toute civilisation. Il emprunte un sentier à peine assez large pour les roues de la voiture.

— Tu es certaine que c'est par là ?

— Nous y sommes presque.

La piste accidentée les mène à une cabane aux murs transpercés de misère. Un homme les attend. Son regard sec implore la terre dans un silence douloureux.

— Elle est prête, dit-il simplement.

Eva le suit à l'intérieur de la mansarde. Après quelques instants il en ressort, suivi de quatre petits enfants à moitié nus. Ils semblent tous du même âge. Seul leur comportement les trahit. Un garçon porte un nourrisson dans ses bras ; c'est l'aîné. Un autre trébuche et pleure en s'accrochant à son père. Il n'a pas encore perdu le droit d'être petit.

Johann s'avance vers eux et prend le petit pleurnichard dans ses bras pour le faire virevolter. L'enfant, surpris, prend le parti d'en rire. L'homme remercie Johann du regard.

Tous s'installent pour l'attente, sauf les deux petits attirés par les sauterelles. L'homme, assis par terre, ne parle pas. Mais Johann entend son désespoir. Il devine l'acuité du drame dans les mains rugueuses aux poings fermés.

Quand Eva sort de la maison, le soleil se glisse à travers les fissures du ciel. Pour adoucir la misère... Ou s'en moquer...

La sage-femme se dirige vers l'homme.

— Tout s'est bien passé. Elle aura besoin de repos ; je compte sur vous.

L'homme baisse la tête.

— Vous avez fait ce qu'il fallait, ajoute Eva. Je reviendrai demain.

Elle lui touche le bras. L'homme la regarde. Sa fierté blessée éclate dans ses yeux mais il ne dit rien.

La pauvre jument reprend le même chemin sans que Johann, cette fois-ci, n'ait besoin de la guider. Ses sabots se souviennent de chaque aspérité.

Après un moment de silence, Johann questionne :

— Elle ne voulait pas du bébé ?

— Ils en voulaient mais ils ne pouvaient pas l'avoir. Ils en ont déjà cinq et n'arrivent pas à les nourrir convenablement.

— Ils s'en sortiront ?

— Je l'espère. Ils ont une chance énorme : ils s'aiment. Habituellement, la femme doit se cacher pour avorter. Elle doit vivre ce drame seule. Eux se tiennent par la main. Ils s'en sortiront.

— Tu n'as pas peur ?

— Parce que je défie la loi ? Non, je n'ai pas peur. Je n'ai plus peur. La rage étouffe la peur. J'ai mal parfois. Souvent. Mais je n'ai pas peur.

Le jeune homme hésite à poser une autre question.

— Tu... tu ne te demandes pas si... si...

— Si c'est mal ? Je me suis posé la question autrefois. Il y a très longtemps. Et j'ai trouvé la réponse enfouie dans mon propre ventre. Le corps des femmes appartient aux femmes. Pas aux hommes, ni aux prêtres, ni aux juges. Ni même aux enfants. Il appartient aux femmes. Et je leur fais confiance. Elles savent la grandeur de la vie. Elles en connaissent la laideur également. La vie qu'on leur vole, qu'on leur arrache. La vie qu'elles donnent. Les femmes et la vie sont de vieilles complices liées par le respect et le mystère. Je leur fais confiance.

Johann se tait. C'est Eva qui reprend en souriant :

— Mais n'aie pas peur. Je fais beaucoup d'autres choses. J'ai formé un groupe de femmes à qui j'enseigne l'art d'accoucher. Je leur explique leur corps, comment s'aider elles-mêmes. Comment bien se préparer à l'accouchement, ce qu'il faut faire avant et après. Je leur explique également comment ne pas être enceinte. Pour qu'elles n'aient pas besoin de mes services quand il est trop tard. Et ces femmes en formeront d'autres. Mais n'en parle à personne, c'est un secret.

— Tu es vraiment extraordinaire ! J'aimerais être aussi sûr de moi, ne pas douter...

— Tu te demandes jusqu'où aller ?...

— Oui... j'ai joint les Fils de la liberté.

— Et ?

— Et je n'endosse pas toutes leurs convictions. Je ne suis pas sûr de vouloir prendre les armes comme certains le préconisent.

— Personne ne peut décider pour toi. C'est un choix qui t'appartient.

Eva dépose son neveu à deux milles de la maison. Elle ne rentre pas tout de suite.

— Aie confiance en toi. Je suis certaine que tu trouveras toujours la voie la plus juste.

— Merci, tante Eva. Tu m'as beaucoup aidé.

Le jeune homme retrouve Hélène et ses parents et profite à satiété de leur affection jusqu'à son départ.

III

— Le voilà enfin ce fameux code d'honneur !

Francis exhibe avec fierté un document à l'élaboration duquel il a grandement collaboré ces derniers mois.

Depuis les élections de décembre à la Société médicale de Québec, un souffle nouveau anime les membres. Sous l'égide de Joseph Painchaud, le nouveau président, et de William A. Hall, vice-président, des projets ont vu le jour que chacun a mis un point d'honneur à mener à terme. Le musée de pièces anatomiques confié à John Maxham, bibliothécaire et curateur, s'enrichit un peu plus chaque semaine. La société s'est associée à la London Vaccine Institution, ce qui n'est pas sans susciter de véhémentes discussions, et les règlements, légèrement modifiés, stipulent l'exclusion des membres absents pour trois réunions consécutives, ce qui crée un plus grand sentiment d'appartenance. De plus, un diplôme de la Société médicale de Québec a été créé. Cette attestation constitue un premier pas vers la reconnaissance légale que les médecins réclament depuis tant d'années. Un premier geste pour affirmer qu'ils n'abandonneront jamais leur requête.

Le document le plus important demeure pourtant le code d'honneur établi par la société et intitulé : « Lois et règlements dans le but de régir l'étiquette et les rapports entre professionnels parmi les membres de la Société médicale de Québec. »

Mary-Ann dépose son dernier, un gros garçon prénommé Louis, dans son berceau. Le bébé s'étire et bâille sous le regard émerveillé de sa mère. Âgé de huit mois, le petit est tout sourire. Il a vite dissipé les nombreuses craintes à son sujet. Solide, tout en rondeurs, il s'acclimate à la vie sans heurts, sans précipitations, sans les impatiences incontrôlables des enfants de son âge. Marie-Ange et Julien, son mari, marraine et parrain de l'enfant, sont venus prendre le thé. Eva est là également.

— Voilà donc ce code d'honneur dont tu nous parles depuis si longtemps ! soupire Mary-Ann, moqueuse.

— Il vient tout juste de sortir des presses ! Je crois que ce document fera évoluer la médecine. Je suis fier d'avoir participé à sa rédaction. Qu'en penses-tu, Eva ?

La jeune femme grommelle quelques félicitations sans enthousiasme. Elle est ailleurs, incapable de se joindre aux autres.

Francis n'insiste pas et reprend ses commentaires dithyrambiques au sujet du document pendant que chacun en prend rapidement connaissance. Il louange la persévérance du docteur Painchaud. Son honnêteté. Sa générosité.

— Avec lui à la barre de la société médicale, j'ai espoir que nous réussirons à faire bouger les autorités. Le docteur Painchaud sait assener les bons arguments au bon moment. Je sens que nous sommes au bout de nos peines. La loi sera amendée, il ne peut en être autrement.

— En quoi l'actuelle loi vous nuit-elle ? s'informe Julien Frémont, peu au fait des questions médicales.

— Elle donne prise à des injustices révoltantes. La médecine est gérée par le gouverneur. Les examinateurs nommés par lui ne sont, tout compte fait, que de simples officiers du gouvernement qui savent bien où se trouve leur intérêt. L'art de la médecine s'en trouve entaché de partialité. On ne compte plus les passe-droits, les intrigues, les abus auxquels cette loi a donné lieu et dont les Canadiens français sont les premières victimes. Des étudiants qui remplissent toutes les conditions se voient refuser leur diplôme parce qu'ils ne satisfont pas aux exigences « particulières » des examinateurs. Sans compter les pouvoirs supplémentaires que ceux-ci s'arrogent. Les médecins ne supporteront plus très longtemps de se soumettre à une petite clique. Il en va de la qualité de la médecine au Québec et de l'intégrité de la profession.

— Et que demandez-vous exactement ?

Francis récite, les yeux fermés :

— « Les pétitionnaires regardent comme un devoir impérieux de s'adresser encore une fois à la Chambre pour lui demander la révocation ou l'amendement de l'ordonnance qui règle maintenant la pratique de la médecine en cette province, laquelle est, à leur avis, insuffisante pour réprimer les abus qui, au grand dommage du public et au préjudice de la profession, vont croissant d'une manière alarmante. » C'est le texte de la pétition présentée au gouvernement par la société médicale… et restée sans réponse.

Essoufflé par son exposé, Francis prend quelques secondes pour se calmer.

— Je ne te croyais pas si impliqué dans cette querelle, remarque Mary-Ann.

— C'est plus qu'une simple querelle. C'est l'avenir de la profession qui est en jeu.

— La situation est-elle semblable pour les sages-femmes ? demande Marie-Ange en se tournant vers Eva, toujours silencieuse.

Celle-ci sursaute.

— Non… Enfin, je ne crois pas… bredouille-t-elle. Quelque loi que les hommes érigeront, les femmes seront toujours les grandes oubliées.

— Que veux-tu dire ? demande Mary-Ann.

— Le sort des femmes n'intéresse nullement les hommes. Ils s'amusent au jeu du pouvoir, se prennent au sérieux, réclament au nom de la justice, mais ils sont les pires bourreaux.

D'abord hésitante, la sage-femme s'est faite accusatrice.

— Pourquoi dis-tu ça? s'enquiert Francis, navré de ces réflexions.

— Je le dis parce que c'est vrai! crie Eva. Vous ne voyez rien à part vos petits bonheurs misérables! Rien d'autre! Pendant que vous vous offrez des codes d'honneur, que vous vous battez pour savoir qui aura le monopole, que vous amassez des petites fortunes, les femmes meurent! Elles meurent parce que les curés les incitent à faire leur devoir, un devoir qui les mène à la mort après que le mari a pris son plaisir. Elles meurent parce que les médecins ont décidé que leur vie ne valait pas celle du bébé qu'elles portent. Elles meurent de désespoir et d'ignorance. Et elles entraînent leurs petits avec elles.

— Les médecins font ce qu'ils peuvent.

— Ils ne savent rien les médecins et ils croient tout savoir! Ils n'ont jamais fait de nid dans leur ventre. Ils ne savent rien. Ni la peur, ni la douleur. Ni la crasse... ni la pauvreté.

— Tu es injuste, Eva! Tu oublies beaucoup de choses. Francis n'a rien à se reprocher.

— Il y a eu des moments difficiles, des moments de grande générosité. De liberté... Mais tout cela est bien fini! Tu as vu la jolie clientèle qui défile dans cette salle?

Eva se lève, étend le bras vers la salle d'attente et reprend sa diatribe avec encore plus de vigueur.

— Tu as vu les belles dames endimanchées, les messieurs aux montres d'or? Tu les as vus avec leurs petits bobos et leurs goussets remplis d'argent. Les pauvres ne viennent plus ici. On va plutôt les visiter à heures fixes pour qu'ils ne viennent pas troubler la quiétude de cette digne clientèle.

— Eva, tais-toi! ordonne Mary-Ann.

La jeune femme s'enfuit. Les invités, stupéfaits, entendent ses pas furieux grimper à l'étage. Personne ne trouve les mots qui détendraient l'atmosphère. L'attaque a été trop subite;

les blessés se relèvent difficilement. Il faut les gazouillis du petit Louis pour rétablir un mouvement dans la maison.

Marie-Ange le prend dans ses bras et Mary-Ann rapporte des petits gâteaux. Les deux hommes discutent des divers petits travaux inhérents à l'arrivée du printemps. Personne n'entend Eva, revenue silencieusement à la cuisine. Sa voix hachurée par les larmes surprend tout le monde.

— Pardonnez-moi.

Mary-Ann se lève pour aller vers sa sœur mais celle-ci l'arrête d'un geste.

— Je m'excuse, Francis. Je t'en prie, pardonne-moi... Je ne pensais pas ce que j'ai dit. Pardonnez-moi. Je... je n'en peux plus. J'ai perdu deux bébés cette semaine et je n'ai pas pu sauver les mères ! Je n'ai pas pu... Je ne peux plus voir les femmes mourir...

Immobile, les bras ballants, Eva revêt comme une mission toute la douleur des femmes. Elle s'en fait une armure dont elle devient prisonnière. Rongée de l'intérieur. Enferrée dans l'horreur et la honte quotidiennes.

Francis va vers elle, la prend par les épaules, l'oblige à s'asseoir près de lui. Hagarde, la jeune femme se laisse conduire. Un gémissement sourd de sa gorge, continu, douloureux.

Francis prend sa main froide dans les siennes. Le contact interrompt la longue plainte.

Il la supplie :

— Laisse-moi t'aider.

IV

L'épuisement et le dégoût avaient eu raison d'Eva. Il lui fallut deux mois pour remonter la pente, deux mois de repos pendant lesquels Francis prit en charge ses patientes, deux mois à penser à elle, à renouer avec ses enfants. Deux mois de réflexion. À regarder passer l'été.

Deux mois… avant de recommencer.

— Où vas-tu ?

— On m'a fait demander chez Mme Pelletier. Elle se plaint de douleurs et son terme est dans trois mois seulement.

— Francis pourrait y aller.

— La salle d'attente est pleine de monde. Je vais y aller, ce ne sera pas long.

Mary-Ann avait voulu croire à la durabilité de la situation des dernières semaines. Elle avait réussi à s'en convaincre contre tout bon sens. Elle s'en veut de sa naïveté. Eva effilait ses griffes pour mieux attaquer. Un retour inévitable.

— Prends soin de toi, recommande-t-elle en sachant très bien que personne dans cette maison n'écoute jamais ce conseil.

Mises au courant de son retour, les femmes prient Eva de reprendre ses exposés. La comédie des courtepointes recommence de plus belle. C'est le prétexte le plus plausible trouvé par le groupe pour cacher sa véritable activité. Parce que plusieurs maris ne comprendraient pas… Depuis toujours, les femmes se sont réunies pour confectionner ensemble des courtepointes. Une activité inoffensive encouragée par les hommes qui se moquent gentiment des bavardages féminins.

— Quand les femmes se réunissent autour d'un bout de tissu, ont-ils l'habitude de dire, allez donc savoir ce qui travaille le plus, des doigts ou de la bouche.

Les femmes parlent, en effet. Mais elles écoutent également. Quand on leur parle d'elles comme le fait Eva. Avec des mots de femmes, sans rien cacher. En avouant même l'ignorance. Les femmes apprennent ensemble à se découvrir ; elles scrutent ce corps aux mystérieux envoûtements, ce corps plein, rond, aux courbes impatientes, ce corps trop vite usé sur lequel chacun s'arroge des droits, ce corps qui leur échappe, souillé d'un sang de vie et de mort, ce corps à reconquérir. Les femmes se disent sans pudeur avec au ventre la peur. Et le courage.

Au cours de ces soirées, Eva réalise l'ampleur de l'ignorance. Du côté des femmes comme du côté des médecins ou des sages-femmes. D'ailleurs, les chiffres effarants de mortalité maternelle et infantile en témoignent crûment et tous se retrouvent au banc des accusés.

En septembre, alors que les activités reprennent un peu partout, Eva concocte un plan dont elle fait bientôt part à Francis avec tous les ménagements possibles pour s'assurer de son appui.

— Tu reconnaîtras avec moi que la situation est alarmante, commence-t-elle. Pas une semaine ne se passe sans que l'on ait à déplorer la mort d'une femme en couches ou d'un nouveau-né, quand ce n'est pas les deux.

— Tu as raison.

— Tu reconnaîtras également que les médecins se désintéressent des questions d'obstétrique. C'est pour eux une science mineure, absolument indépendante de la médecine ou de la chirurgie, arts par ailleurs plus nobles.

— Pour certains, c'est vrai. Mais je ne voudrais pas généraliser. Plusieurs médecins s'intéressent à l'art de l'accouchement mais les femmes hésitent à les consulter.

— Parce qu'ils s'intéressent à l'Art et non à la personne. C'est ça qu'il faut changer ! La maternité n'est pas une maladie. C'est un miracle ! Un miracle qui appartient aux femmes, ce que les médecins ont du mal à accepter. Accepter d'apprendre des femmes, de leur expérience, de leur douleur à elles. Ils ne savent pas écouter.

— Que suggères-tu ?

— Voilà. Des femmes qui ont eu plusieurs accouchements ont accepté de venir avec moi témoigner de leur expérience auprès... des membres de la société médicale.

Francis ne peut dissimuler un mouvement de surprise.

— Ce n'est pas chose faite !

— Écoute-moi, je t'en prie. Sans m'interrompre. Les femmes savent qu'aucun médecin ne pourra jamais savoir comme elles, de l'intérieur. Mais vous avez la science, la clé du mystère. En réunissant nos deux formes de connaissance, nous pourrions vaincre le non-su, le mal qui tue jour après jour en profitant de la petite guerre, de la méfiance des femmes envers les médecins et des médecins envers les femmes. Je voudrais les sauver, Francis. Toutes ! Et j'ai besoin de vous. J'ai besoin que vous m'écoutiez, que vous trouviez des mots pour mes certitudes, que vous me laissiez expliquer la souffrance. Parce que cette souffrance-là vous concerne. Elle assure la continuité. À moins que tout cela ne vous intéresse guère...

— L'intérêt est là, tu le sais bien. Plusieurs médecins ont présenté des travaux portant sur les questions d'obstétrique. Mais...

— Mais vous ne pourrez rien savoir tant que vous n'écouterez pas les femmes.

— Peut-être as-tu raison, mais les médecins ne te suivront pas sur ce sentier. Ils n'accepteront pas.

— À moins que quelqu'un en qui ils ont confiance ne les en convainque...

— Et tu penses à ?

— À toi, bien sûr !

Francis grimace, ce qui fait rire Eva.

— Tu es vraiment ma belle-sœur préférée, grommelle-t-il.

— Je le sais, dit-elle en lui sautant au cou. Et j'en profite !

— Tu en abuses, veux-tu dire !

— Tu vas m'aider ?

Ses yeux brûlent comme le soleil de midi, un jour de juillet.

— J'essaierai, consent Francis en insistant sur le peu de chance de réussite.

Un coup de grisou ! L'apathie qui gagnait insidieusement les membres de la société médicale se mua soudainement en une solidarité contre l'envahisseur. Eva et ses compagnes ne s'adresseraient jamais aux médecins de la vénérable institution. Le message était transparent. Définitif.

Loin de s'effondrer sous la charge, Eva et son groupe résolurent, après quelques discussions, de passer à l'attaque.

— Nous allons donner une lecture publique. Personne ne pourra nous en empêcher.

— Et nous inviterons toutes les femmes de Québec et de la région.

— Et tous les médecins !

— Il faut placarder les murs, l'annoncer partout !

— Nous allons inviter personnellement toutes les bourgeoises de Québec.

— Nous allons en faire un événement mondain. Les médecins ne pourront plus se défiler.

— Ils aiment tellement les mondanités !

Un grand éclat de rire rapproche les membres du petit groupe. Un rire fou pour étouffer l'angoisse.

Le jour dit, quelques semaines plus tard, Eva se lève à l'aube pour mettre la main aux derniers préparatifs. Elle veut rester calme mais l'excitation la gagne de minute en minute.

— Il ne faut pas que j'oublie de remercier Mme Russel avant de commencer. Sans elle nous n'aurions pas trouvé de salle.

— Tu parles toute seule ?

Mary-Ann, le petit Louis dans les bras, s'approche de la table et offre à l'enfant un bout de pain.

— C'est la nervosité, s'excuse Eva.

— Tout est prêt ?

— Presque. Des petits ajustements de dernière minute. Tu seras là ?

— Bien sûr ! Avec Francis et Marie-Ange.

Eva lui saute au cou.

— C'est toi qui es un ange !

Mary-Ann la retient.

— Tu sais que ce ne sera pas facile…

— Je n'ai jamais rien fait de facile.

Eva passe la main dans les longs cheveux blonds de son aînée.

— Tu es belle… Et je t'aime.

Puis d'un geste brusque, elle se libère de cette tendresse engourdissante.

— Je me sauve. On m'attend. À ce soir.

— Tu ne viendras pas manger ?

— Non, je n'aurai pas le temps. J'apporte du pain et du fromage. Soyez là à l'heure.

À sept heures, après une journée mouvementée, Eva s'affaire à placer les chaises avec l'aide de Mme Russel. Des six femmes qui doivent prendre la parole, une seule est arrivée. Elle dispose sur une table quelques biscuits qu'elle a cuisinés. Son mari est dans la salle, assis discrètement dans la dernière rangée. Le travail se fait en silence, un silence grouillant de monstres que personne n'ose affronter.

À sept heures quinze, une deuxième conférencière arrive, essoufflée, décoiffée.

— J'avais peur d'être en retard, dit-elle en s'excusant.

Eva remarque ses yeux rougis. Elle a pleuré.

— Tu as vu Marie-Louise et Simone ?

— Non…

— Tu sais quelque chose ? Elles vont venir ?

— J'ai vu Bertrande. Elle ne viendra pas. Elle n'a pas voulu me dire pourquoi.

L'arrivée de Francis, Mary-Ann et son amie soulage quelque peu l'organisatrice de la lecture, accablée par cette grande salle vide aux résonances inquiétantes.

Deux autres personnes, des amies de Mme Russel, font leur entrée, bientôt suivies par trois dames chapeautées de haut. Leur toilette trahit leur rang.

Sept heures trente. Eva regarde la porte, désespérée. Ses compagnes ne viendront pas.

Sept heures trente-cinq. Les docteurs Blanchet et Benoît entrent dans la salle. Très à l'aise, ils s'installent au premier rang après avoir salué Francis.

Sept heures quarante. Mme Russel, sans rien laisser paraître de sa déception, présente Eva et ses deux compagnes aux quelques personnes présentes. La sage-femme prend ensuite la parole. Sa voix tremble, voile ses mots d'une émotion qui ajoute à la grandeur du discours.

Au milieu de son exposé, un homme entre et s'installe bruyamment au centre de la salle. Il reste dix minutes puis ressort, toujours aussi peu discret.

Ses compagnes racontent ensuite leur expérience, puis Eva conclut avec conviction. Elle a retrouvé sa fougue, sa détermination. Des applaudissements nourris récompensent les trois femmes. Le docteur Blanchet est le premier à venir les féliciter et à offrir sa collaboration. Eva jubile. «Je les aurai, pense-t-elle. Un par un. En démolissant les préjugés les uns après les autres. Mais je les aurai».

À sa sœur qui vient la réconforter, elle murmure:

— Je m'en sortirai. Encore une fois.

Mary-Ann sourit, admirative. Jalouse également de cette force, de cette passion dont elle n'a pas hérité.

Le journaliste de la *Gazette* tira un long article de sa courte visite. Un article titré: «Élucubrations solitaires d'une femme frustrée».

Il fit preuve d'une grande culture et d'une insipide gouaillerie: «Idées farfelues... femmes en mal d'hommes qui n'ont rien compris de leur rôle... ratiocination de femelles mal culottées.»

Eva en fit un grand feu pour cuire les beignes.

V

Chez les Painchaud, 1, rue de l'Arsenal, les odeurs d'alcool se mêlent aux parfums discrets des femmes. Les hommes, déjà enivrés par la victoire, se saoulent de mots, de galanterie. On fête à grands cris, à grands gestes. Sans retenue. Le cœur à nu. La fierté brandie à bout de bras. Comme seuls les Canadiens français savent fêter.

Après des années de requêtes cavalièrement ignorées, après des années de cabales, de discours, de résignations à fleur de peau, jamais totalement résignées, de revifs impossibles à maîtriser, aussi fidèles que les marées, après des années de petite guerre épuisante, masquée de mépris, c'est la liesse de la victoire.

Mme Painchaud circule parmi ses invités. Elle n'a jamais vu réunion de médecins aussi animée. Sa maison a pris des allures d'auberge et tout en souriant à la ronde, elle se demande si elle aura assez de boisson pour satisfaire ce flot ininterrompu de festivités.

La nouvelle a été annoncée il y a un peu plus d'une semaine, le 31 mars exactement. Les Chambres ont enfin tendu une oreille favorable aux suppliques répétées des médecins et chirurgiens de la Société médicale de Québec et ont accepté de modifier les règlements concernant la pratique de la médecine, de la chirurgie et de la profession d'accoucheur.

Une semaine. Mais l'allégresse ne se tarit pas encore.

— Enfin l'étude et la pratique de la médecine se trouvent assujetties à une loi juste et intelligente, jubile le docteur Blanchet.

— J'avoue que je désespérais de voir ça de mon vivant.

Les médecins osent à peine y croire. Heureusement le docteur Painchaud, plus prosaïque, les ramène à la réalité.

— Maintenant que la médecine a été rendue aux médecins, il va falloir s'organiser. Dès demain, je convoque une assemblée pour tous les médecins, chirurgiens et accoucheurs licenciés résidant à Québec. Nous devons élire un nouveau Bureau d'examinateurs au plus tôt et faire en sorte que notre art, débarrassé des mesquineries de certains opportunistes, puisse enfin retrouver toute sa noblesse.

Comme chacun s'y attendait, le docteur Painchaud est choisi président du Bureau d'examinateurs de Québec. Parmi les douze membres, Francis siégera avec fierté aux côtés de ses collègues. Avec la certitude de vivre un moment historique dont les générations à venir auront raison d'être fières. À Montréal, pas un seul des membres de l'ancien bureau nommé en 1823 par Lord Dalhousie n'a été réélu par la confrérie médicale.

— L'ère des privilèges est révolue ! clame le docteur Benoît.

— Il nous reste à le prouver, déclare le docteur Painchaud, en étant digne de la confiance qu'on nous accorde. Nous devrons nous libérer de tout préjugé pour décider en toute impartialité des compétences de chacun.

L'occasion leur en sera donnée pour la première fois le 3 octobre 1831.

Sept jeunes hommes, emplis d'espoir, se présentent devant eux pour demander la permission d'étudier la médecine ; quatre autres, André Lacroix, L.D. Dubord, Francis McKee et A. Hamilton aspirent au diplôme après un apprentissage de cinq ans.

Le docteur Painchaud les accueille chaleureusement. La grandeur du moment est ressentie par chacun et un silence respectueux reçoit le discours du président :

— Nous touchons, dit-il, au moment de commencer la mission importante et délicate que la profession vient de nous confier et que la loi nous met entre les mains. Ce jour solennel et mémorable ne manquera pas d'avoir sa place dans l'histoire médicale de ce pays. Aujourd'hui, et pour la première fois, nos portes sont ouvertes au public, aujourd'hui, les candidats en médecine ont le double avantage d'être examinés par un corps qui sort du sein même de la profession et de paraître devant un public qui ne manque jamais d'apprécier le vrai mérite et la science solide. Nos pouvoirs, messieurs, comme examinateurs, sont sans limites, mais n'oublions pas que nos concitoyens ont les yeux sur nos procédés ; que les passions soient bannies de cette chaste enceinte, que l'amitié non plus que l'inimitié ne trouvent point de place ici, et que les parents, les amis et même les ennemis, s'il s'en trouvait, se persuadent qu'un seul et unique sentiment nous anime aujourd'hui : la justice et l'esprit de la loi.

Quand, un peu plus tard, le public respectueux applaudit les performances des candidats, Francis se rappelle comment on avait refoulé les spectateurs lors de l'examen de Joseph. Il sourit. La confusion d'alors ne se reproduira plus. Il se le jure.

VI

Après une période des Fêtes mouvementée où chacun a voulu partager avec les siens une euphorie toute nouvelle, les activités reprennent dans un nouvel élan.

Les enfants se dépêchent de grandir en grugeant sur le temps de Mary-Ann qui éprouve une fatigue chronique. L'hiver lui pèse. Son amie se plaint de ne plus la voir assez souvent.

— Nos escapades de l'hiver dernier me manquent, avoue-t-elle.

— Je n'ai pas le cœur à l'aventure, lui répond Mary-Ann en soupirant. Avec un tout-petit, c'est plus difficile. Et je me fais vieille, je crois. Et laide…

— Veux-tu te taire ! Tu es la plus belle femme que je connaisse ! Y'a qu'à voir les hommes se retourner sur ton passage. J'en suis jalouse !

— Tu ne devrais pas, se moque son amie. Tu n'es pas mal non plus.

— Merci, minaude Marie-Ange. Complimentons-nous, ça fait tellement de bien aux rides.

— Si ça pouvait soulager l'angoisse…

— Quelque chose te tracasse ?

— Je n'ai pas eu de nouvelles de Peter cet automne. J'attendais une lettre avant les glaces mais je n'ai rien reçu. Ni de John-Henry.

— L'Angleterre est si loin. Tu ne dois pas t'inquiéter inutilement. Le courrier prend des mois à arriver. Tu vas peut-être recevoir cinq lettres du coup au printemps.

La porte s'ouvre brusquement. Le froid qui pénètre dans la maison en même temps qu'Eva fait frissonner les deux femmes. Le feu frémit dans l'âtre.

— Johann a été arrêté.

Mary-Ann se lève d'un bond.

— Pourquoi ? supplie-t-elle. Pourquoi ?

On fait du mal à son petit. Elle le veut là, près d'elle. Lui faire un rempart de ses bras. Le bercer.

— Il est à la prison de Québec. D'après ce que j'ai pu comprendre on l'accuse de libelle diffamatoire. Il a été arrêté en même temps que Duvernay et Tracey.

— Je veux le voir.

— Prépare-toi ; je vais prévenir Francis.

— Je m'occupe des enfants, va vite.

Le jeune journaliste ne semble pas trop affecté par son incarcération.

Il apprécie, malgré tout, l'appui de sa famille. Avec Eva, il s'entretient de patriotisme, laisse libre cours à ses exaltations, encouragé en cela par ses deux compagnons d'infortune. Ceux-ci n'y sont pas allés de main morte, traitant le Conseil législatif de « nuisance publique » ou « d'incube oppressif ». Et Johann a emboîté le pas en qualifiant leur arrestation de persécution infâme. C'est ainsi qu'il a rejoint les deux rédacteurs en chef à la prison.

— Le peuple est avec nous, clame-t-il. Les Patriotes ne nous laisseront pas tomber.

Il avait raison. Des assemblées de protestation s'organisent. À Québec d'abord, puis à Montréal, à l'Assomption, à Berthier, à Saint-Constant. Des témoignages de solidarité leur parviennent de partout et avancent leur libération.

Avant de rentrer à Montréal, Johann vient saluer ses parents. Les rassurer :

— Notre cause est juste et la conscience nationale des Canadiens s'affirme de plus en plus. Nous n'étions qu'une petite poignée, nous serons bientôt des milliers. Et ceux qui depuis si longtemps font le malheur du pays n'auront d'autre choix que de disparaître. Repoussés par la simple force du nombre.

En le regardant s'éloigner sans rien dans les mains que sa jeunesse et sa fougue, Eva murmure pour elle-même :

— Je crois que tu te trompes, Johann. Ils ne renonceront pas au pouvoir sans se battre.

Bien que les mutins soient accueillis triomphalement à Montréal au son de la *Marseillaise* et du *God save the King*, le mois suivant leur retour lui donne dramatiquement raison. Les nouvelles transmises par la *Gazette* reflètent le trouble grandissant qui frappe la province. Tout part de Montréal mais le cercle s'agrandit et rejoint bientôt les partisans de tous les coins du pays. Des élections complémentaires déclenchées par la démission de deux députés marquent le début d'une escalade. Les réformistes présentent Daniel Tracey, éditeur du *Vindicator*, dans le quartier ouest. La lutte est ouverte.

De loin, de mois en mois, Mary-Ann suit la percée des Patriotes. Un fils en guerre ; un autre en exil. Ses nuits, tourmentées de cauchemars, ressemblent à ses peurs. Sans souffle. Asphyxiées.

Pour la distraire, Marie-Ange l'entraîne sur la promenade surplombant le fleuve. L'été courtise la ville, séducteur. Tout en marchant, les deux amies observent le va-et-vient continu de la basse-ville. Un voilier accoste. Ses voilures fatiguées s'affaissent au soleil.

— Tu arrives à lire le nom de ce bateau ? demande Marie-Ange.

— Je crois que c'est le... *Carrick*... ou le *Garrick*... Probablement un autre bateau plein d'immigrants. Il en arrive tous les jours.

— Tu crois que c'est sérieux ces histoires de choléra? On en parle de plus en plus.

— Le Bureau médical est assez inquiet. Francis et quelques collègues ont même formé un Bureau de santé. Espérons que ça n'ira pas plus loin.

— On dit que cette maladie n'affecte que les gens pauvres et malpropres.

— Je ne me fierais pas trop à ces rumeurs à ta place. C'est une façon de fuir la réalité.

— Pourtant, Mgr Panet parle de vengeance divine. Il dit qu'un torrent de désordres, causé par l'affaiblissement de la foi, a déjà fait des ravages. Une « contagion morale », c'est ce qu'il a dit. « Une contagion morale ». Et qu'il ne serait pas étonnant que le ciel, courroucé, nous frappe d'une calamité comme il l'a fait pour tant d'autres peuples.

— Je t'en prie. N'écoute pas tous ces prophètes de malheur. Quand les gens ont peur et ne comprennent pas, ils cherchent toujours une explication. Et ils ne trouvent pas toujours la bonne...

— On a bien établi une station de quarantaine à Grosse-Île ?

— Oui, en face de Montmagny. C'est une des recommandations adressées au gouverneur par le Bureau médical. Le choléra a fait des ravages en Europe ; il pourrait nous arriver par bateau. En obligeant tous les bateaux à s'arrêter à Grosse-Île, on pense bien empêcher la maladie d'entrer au pays.

Les deux femmes se dirigent vers la rue Saint-Jean.

— Oublions tout cela, lance Marie-Ange, je t'invite. Nous allons nous payer un festin !

Elles vont entrer dans le salon de thé de Mme Russel lorsque des cris les arrêtent.

— Une fusillade à Montréal ! Trois hommes tués ! Deux autres blessés !

Le crieur brandit un exemplaire de la *Gazette.* Un attroupement l'encercle rapidement comme si les gens n'avaient attendu que ce signal pour sortir de leur antre.

Mary-Ann, blême, n'ose plus un geste. Sa compagne court acheter un exemplaire et le parcourt rapidement.

— On donne les noms des morts, s'empresse-t-elle de rapporter à son amie. Pierre Binette, François Languedoc et Casimir Chauvin.

— Les blessés ?

— On n'en parle pas. Ils sont sûrement hors de danger.

— Comment c'est arrivé ?

— À cause des élections dans le quartier ouest. Tracey était en avance... Des électeurs ont commencé à se battre. La troupe est arrivée. Les soldats ont tiré.

— Johann était sûrement là.

Mary-Ann tremble malgré le soleil.

— Viens, nous allons rentrer, propose Marie-Ange, consciente du désarroi de son amie.

Une heure plus tard, mis au fait de la situation, Francis tente lui aussi de rassurer sa femme. En la retrouvant dans sa chambre, prostrée, il constate, pour la première fois, qu'elle a vieilli. Des rides courent sur son front. Plus d'été dans ses yeux, rien que du froid.

Le médecin frissonne, apeuré par ce qu'il découvre. Il prend les mains de Mary-Ann dans les siennes. L'appelle. Pour toute réponse elle se blottit contre lui, incapable de réagir. Incapable même de penser. Assaillie par une certitude qu'elle ne peut partager avec quiconque. Elle ne reverra plus son fils ; elle le sait. Et personne ne veut partager sa souffrance. Pas même Francis, trompé par un espoir stérile.

— Papa ! Maman ! Venez vite !

Les parents, alarmés par la voix bouleversée d'Hélène, se précipitent à la cuisine.

Peter est là. Au milieu de la grande pièce.

Pâle. Le visage émacié.

Avec de l'ombre dans ses yeux.

Ses vêtements en haillons.

À côté de lui, son violon, une besace.

Il regarde sa mère et sourit. Mary-Ann n'ose plus bouger. Son fils lui semble trop fragile.

Elle murmure :

— Tu as l'air fatigué.

Une voix à peine audible s'échappe du jeune homme.

— C'est le voyage. Ça été long.

— Je vais te soigner. Tu es à la maison maintenant, tout va bien aller.

Elle s'adresse à lui avec le ton que l'on prend pour consoler un enfant. Cet homme qui a connu elle ne sait quelles misères, il n'est rien d'autre que son enfant. Revenu à la maison après un long rêve.

VII

Malgré les soins attentifs prodigués par sa mère, Peter ne recouvre pas la santé. Il se plaint de vertiges, d'étourdissements, de lassitude.

— Tu es arrivé depuis quelques jours seulement. Laisse-toi le temps de récupérer.

Mary-Ann demeure optimiste. Son fils est là, à portée de tendresse. Tout ira mieux.

En arrivant ce soir-là, Eva entraîne discrètement Francis dans son bureau.

— On a diagnostiqué des cas de choléra à Québec.

— On n'y échappera donc pas. C'était à prévoir.

— Trois hommes sont morts. Ils avaient voyagé à bord du *Carrick*.

— Oh mon Dieu ! Le bateau de Peter…

— Il faut le transporter à l'hôpital des émigrés. C'est là qu'ont été amenés tous les malades.

— Mary-Ann…

Les deux médecins se regardent, consternés. Mary-Ann n'acceptera pas de se séparer de son fils.

— Certains médecins nient que le choléra soit contagieux, risque Francis en s'accrochant désespérément à cette bouée.

— Tu sais bien qu'ils se trompent ! Une maladie ne se répand pas à une telle vitesse, partout dans le monde, sans être contagieuse. Il faut transporter Peter à l'hôpital ! Tout de suite !

— Et si tu te trompais ! crie Mary-Ann. S'il n'avait qu'une fièvre ordinaire. Tu veux le jeter au cœur de la contagion. Ton propre fils !

— Essaie de comprendre, je t'en prie.

— Il n'y a rien à comprendre. Tu paniques. Vous paniquez tous et la peur va te faire sacrifier ton fils. Je te défends de le transporter à l'hôpital des émigrés. Je te le défends.

Eva propose un compromis.

— Tu as peut-être raison. Peut-être nous trompons-nous. En tout cas, je l'espère. Mais nous ne devons prendre aucun risque. Je propose d'installer Peter confortablement dans la dépendance. Comme cela nous serons tout près de lui et dès qu'il ira mieux, il reviendra à la maison. Accepte, Mary-Ann. Pour les petits.

Mary-Ann consent à contrecœur et transporte ce qu'il faut dans la dépendance en défendant aux enfants de rendre visite à Peter.

— Par mesure de précaution, explique-t-elle.

Le jeune homme va de mal en pis. Il souffre maintenant de violentes coliques et refuse de manger. Il a du mal à relever la tête pour boire un peu d'eau. Sa mère passe de longues heures près de lui, négligeant le reste de la famille. Elle l'enveloppe de couvertures et promène des fers à repasser chauds sur le corps endolori, s'arrêtant principalement sur le creux de l'estomac, sous les aisselles et sur le cœur comme le lui a enseigné Francis. Elle le frictionne ensuite d'un liniment composé d'eau-de-vie, de vinaigre fort, de farine de moutarde, de camphre, de poivre et d'une gousse d'ail pilée. À tous les quarts d'heure, elle l'aide à boire une infusion chaude à base de menthe poivrée.

Elle se bat sans savoir qu'autour d'elle se livre une bataille similaire. À la grandeur du pays.

— Nous n'avons plus de place ! Qu'allons-nous faire de tous ces malades ?

L'hôpital des émigrés ne suffit plus et les médecins, tous engagés dans la lutte, désespèrent de mater la contagion.

— Il faut établir des succursales dans les différentes parties de la ville, propose Francis qui a rejoint ses collègues aux premières lignes de combat.

Déjà une odeur pestilentielle inonde le faubourg Saint-Jean. On désinfecte les rues de la basse-ville dans l'espoir d'enrayer l'épidémie. Sans grand résultat. À peine une semaine après le premier décès, on enregistre cent soixante et un morts.

Sur les plaines d'Abraham, le gouverneur Aylmer a fait installer des tentes où ne tardent pas à s'entasser des dizaines de malades, pris de convulsions. Installations de fortune où des malheureux gisent brûlés par la chaleur torride ou transis de froid et de pluie.

Épuisé après des journées de lutte, Francis n'en continue pas moins de sillonner la ville pour rejoindre les malades là où on les mène. Sur le chemin de la maison, à la brunante, il croise des charrettes d'où émergent des jambes, des bras, des cheveux emmêlés. Ce sont des convois de cadavres que l'on achemine rapidement vers les cimetières sans prendre le temps de faire un cercueil. À l'odeur de mort s'ajoute une vapeur de chaux et de goudron brûlé qui prend à la gorge.

La ville résonne des plaintes des mourants, du tintement continu des glas funèbres, des grincements des roues sur les dalles de pierre, des coups de canon tirés à toute heure du jour dans l'espoir de donner à l'air une secousse salutaire. Une rumeur veut que le soufre purifie l'air et empêche la propagation du mal. On ne peut se payer le luxe de refuser aucune théorie.

Francis presse le pas, désireux de fuir un moment ce spectacle de désolation. De petites casseroles, posées de distance en distance sur des réchauds, le long des trottoirs, laissent échapper une flamme rouge et une fumée épaisse. La ville n'est plus qu'un marécage puant. Les maisons disparaissent dans le crachin.

Mary-Ann sort de la cabane. Il va vers elle.

— Comment va-t-il?

— Il va bien. J'ai suivi tes recommandations.

— Je vais le voir.

— Non!

Mary-Ann lui bloque le passage.

— Laisse-moi passer. Je veux voir mon fils.

Elle s'écarte en tremblant.

En pénétrant dans la petite pièce, Francis est assailli par une odeur inhumaine. Il a du mal à respirer.

Le jeune homme repose sous un amas de couvertures. Ses cheveux blonds lui collent aux tempes. Le médecin frôle la joue de son fils d'où la vie s'est enfuie.

Il se tourne vers Mary-Ann.

— Depuis quand?

— Ce matin.

— Tu aurais dû m'appeller.

— Je ne voulais pas... On raconte... certains ont été enterrés vivants... Je ne voulais pas... Francis... non...

Ils se serrent l'un contre l'autre. Pour ne pas mourir de chagrin.

Après une nuit de veille, Eva vient frapper à leur chambre.

— Il y a vingt malades dans la salle d'attente. Je n'y arrive plus.

Une mère et son nourrisson. Des hommes, des enfants. Tous sont touchés et les deux médecins ne peuvent que les soulager temporairement. Les théories naissent au rythme des morts. Les uns ne jurent que par l'opium assez difficile à trouver. D'autres recommandent le calomel associé au poivre rouge. Plusieurs se contentent de la saignée alors qu'un petit nombre de médecins enjoignent la population d'éviter la peur panique qui conduirait directement à la mort.

— Comment tout cela a-t-il pu arriver? questionne Eva entre deux patients. Nous connaissions la menace, tu nous avais avertis depuis longtemps, et nous l'avons laissée nous atteindre. À quoi nous sert donc le Bureau de santé?

— Nous faisons ce que nous pouvons. Il aurait fallu des gens plus compétents à la quarantaine de Grosse-Île. On a laissé passer trop de monde.

Hélène fait irruption dans la pièce.

— Louis n'est pas bien!

Trop tard déjà... La maladie a agi sournoisement et la mort a été fulgurante. Comme c'est souvent le cas pour les enfants.

— Il faut éloigner les enfants, déclare le médecin. Les risques de contagion sont trop grands.

Mary-Ann ne répond pas. Francis la secoue violemment.

— J'ai besoin de toi! Tu m'entends! Nous avons besoin de toi. Il faut sauver ceux qui peuvent encore être sauvés! Le docteur Benoît a une maison à Sainte-Anne. Elle est inhabitée. Je vais la louer et tu vas y aller avec les enfants. Dès demain. Tu m'entends?

— Je vais faire ce que tu dis...

— Je sais ce que tu ressens, mais nous n'avons pas le temps de penser à nous. Il faut penser à eux d'abord. N'apporte rien. Il y a tout ce qu'il faut là-bas. Ce qui te manquera, tu l'achèteras sur place. C'est une question de jours, de quelques semaines tout au plus avant que nous cernions la contagion.

— Ne t'inquiète pas. Tout ira bien.

Au son de sa voix, Francis sait qu'il a retrouvé Mary-Ann. Ils sont deux à nouveau.

Pendant que les hommes engagés par le médecin désinfectent maison et dépendance, Mary-Ann s'installe à l'extérieur pour la nuit en espérant qu'il n'y aura pas de pluie. Elle ne veut pas penser à Peter que l'on a amené ce matin. Son petit Louis. Si petit… Elle s'affaire à l'arrière de la maison, sans pleurer pour ne pas laisser la douleur se ranimer.

— Madame Loiseau ?

Une belle jeune fille aux cheveux ocre, resplendissante de santé, les yeux pétillants de soleil, l'interpelle.

— Que puis-je faire pour vous ? s'enquiert Mary-Ann.

La jeune fille tend un papier.

— C'est pour vous. Ça vient de Johann…

Mary-Ann s'empare de la lettre et lit à haute voix.

« *Maman,*

La personne qui te donnera cette lettre est ce que j'ai de plus précieux au monde. Prends soin d'elle, s'il te plaît. Je t'aime. »

— Vous connaissez mon fils ?

— Je suis… son amie.

Mary-Ann bouscule la jeune fille de questions :

— Où est-il ? Comment va-t-il ? Pourquoi ne nous donne-t-il pas de nouvelles ?

— Il est… Je ne sais pas… Je ne sais plus où il est. Il m'avait donné cette lettre au cas…

Mary-Ann gémit, accablée.

— Mes enfants… Mes petits enfants… Que s'est-il passé ?

— Excusez-moi, madame. Je ne voulais pas vous faire de peine. Je… Excusez-moi.

La jeune fille a des larmes dans les yeux. Des larmes gaies comme tout ce qui la touche. Mary-Ann s'assoit sur un banc inondé de soleil. Le temps est au beau. Des rayons insolents l'obligent à cligner des yeux quand elle relève la tête vers la jeune fille.

— Comment vous appelez-vous ?

— Charlotte.

— Racontez-moi… mon fils…

Un cillement dans les yeux clairs.

Tant de souvenirs à dompter pour qu'ils ne blessent plus. Toute la vie à oublier.

La jeune fille commence à raconter d'une voix douloureuse, à fleur de souvenance. Sans hésitation pourtant. Comme si elle devait cette douleur à son amour. Comme un présent.

— Nous étions sur la place d'Armes. Il pleuvait. L'élection durait depuis des jours. Il ne se passait pas une heure sans qu'un nouveau bulletin de vote soit déposé. On se demandait si ça finirait jamais. Vous savez qu'on ne peut fermer le bureau de vote tant qu'il ne s'est pas écoulé une heure sans qu'un bulletin de vote y soit déposé. Alors on attendait. Johann était heureux : le docteur Tracey était en avance. Il pleuvait de plus en plus fort mais tout le monde restait là. Nous avons mis une grande toile sur notre tête. Johann m'embrassait. Il était heureux…

La jeune fille se tait quelques secondes. Ses yeux sourient. Ailleurs.

Puis elle reprend :

— Je ne sais pas pourquoi des hommes en sont venus aux coups. Johann a voulu les séparer. Il m'a laissée là. Je ne le voyais plus. Il y avait des cris. Ils ne voulaient pas se taire.

Elle met ses mains sur ses oreilles pour étouffer les cris encore audibles.

— Johann est revenu vers moi. Il m'a dit de rentrer à la maison. Puis il est reparti en courant. Alors les troupes sont arrivées. Elles ont pris position sur le parvis de l'église. Je suis restée là ; j'ai vu la foule entourer le bureau de vote de l'autre côté de la place d'Armes. Les hommes se sont rassemblés sous un appentis. Johann était là, au premier rang. Je le voyais mais je ne pouvais pas le rejoindre. C'était une affaire d'hommes... J'aurais voulu être avec lui, mais je ne pouvais pas...

Des larmes cristallines coulent sur ses joues.

— Je comprends, murmure Mary-Ann qui pleure elle aussi.

— Ils ont lancé des pierres sur les soldats. Puis il y a eu des coups de feu. J'ai vu Johann tomber. Je voulais le rejoindre mais des hommes me repoussaient loin de lui pour me mettre à l'abri. Je voulais le rejoindre...

Elle tend les bras vers le vide.

— On m'a poussée. Loin de lui. Loin du bruit. Je suis rentrée à la maison en attendant la nuit. Puis je suis retournée sur la place d'Armes. Il n'y avait plus personne. Personne. Je croyais avoir rêvé. Mais Johann n'était plus là, à côté de moi. Je savais que tout cela était arrivé réellement. Je l'ai cherché partout... Partout...

À travers sa voix, Mary-Ann devine la quête éperdue, les supplications, l'effroi...

— Je l'ai trouvé... Blessé... Recherché... On a dû le cacher. Un matin, il n'était plus là. Ils n'ont pas voulu me dire où il était. Pour me protéger. Ils ont dit que ça valait mieux pour lui et pour moi. Il avait laissé cette lettre avec votre adresse. Je suis venue.

— Nous allons nous occuper de toi.

Mary-Ann attire la jeune fille vers elle. Celle-ci pose sa tête sur ses genoux, confiante. Ses cheveux miroitent au soleil, insolents.

Le lendemain matin, tout est prêt pour le départ. Le petit Robert s'accroche à sa mère en pleurnichant. Eva le prend dans ses bras. Il brûle de fièvre. Désemparée, elle le serre contre elle.

— Tu vas rester avec maman, mon petit bonhomme. Ne pleure plus, maman te garde avec elle.

— Tante Mary-Ann est tombée !

Eva se précipite, suivie de Francis. Mary-Ann gît dans l'herbe. Francis la prend dans ses bras.

Elle murmure :

— Envoie les enfants avec Charlotte. Je ne partirai pas.

— Ce n'est qu'un malaise…

— Non, Francis. Envoie les enfants.

Les enfants partent en pleurant. Ils laissent tout derrière eux et suivent Charlotte en se retournant souvent comme s'ils espéraient un appel, un cri de joie qui dissiperait la peine. Ils rejoignent le cocher qui les mènera à Deschambault. Ils n'ont pas atteint la porte Saint-Jean que le petit Robert est déjà mort dans les bras d'Eva.

Dans leur chambre, Francis tient la main de Mary-Ann, étendue sur le lit, déjà absente. Quand Eva les rejoint, inquiète, elle ferme les yeux de sa sœur.

— Des patients attendent à la porte. Il y en a cinq étendus par terre dans le jardin.

— Je ne pourrai pas… Je ne pourrai plus…

Eva libère la main de Mary-Ann à laquelle s'accrochait Francis. Elle oblige le médecin à se relever. Il pleure sans essuyer ses larmes.

— Renvoie-les, Eva. Je ne pourrai plus…

Elle lui prend la main et veut l'entraîner. Il résiste. Elle prend son visage entre ses mains.

— Ils t'attendent Francis. Tu dois venir avec moi.

— Je ne peux pas. Je suis mort avec elle. Je t'en supplie, Eva, laisse-moi la retrouver. Laisse-moi mourir.

— Tu vas vivre, Francis. Tu vas continuer comme j'ai continué après la mort de Thomas. Je vais t'aider ; nous portons les mêmes douleurs. Viens.

Elle l'entraîne vers la salle d'attente. Ensemble, côte à côte, ils ouvrent les grandes portes.

ÉPILOGUE

Au mois d'août, les médecins de Québec et de Montréal, épuisés mais fiers, annoncent à la population la fin de l'épidémie.

En septembre, Francis et Eva accueillent Charlotte et les enfants, enfin de retour à la maison.

En octobre, Johann écrit de Boston. Il va bien. Il rentre.

ÉPILOGUE HISTORIQUE

Au cours de l'été 1832, l'épidémie de choléra asiatique fit environ trois mille morts dans la seule ville de Québec. Celle-ci comptait environ vingt-huit mille habitants. Deux ans plus tard, une nouvelle épidémie de choléra frappe le Bas-Canada. Cette fois, le nombre des morts s'élève, selon certains, à six mille. En 1849, 1851, 1852 et 1854, la maladie fera encore des victimes. Ce n'est qu'en 1883 que le docteur Koch, aux Indes, réussira à isoler dans les selles des cholériques le vibrion responsable de ce fléau.

Le 28 mai 1832, on pose la pierre angulaire de ce qui allait devenir l'hôpital de la Marine de Québec. Dès 1834, un peu d'enseignement y est dispensé par les docteurs Iffland, Morrin, Painchaud et Douglas. L'année suivante, les étudiants eux-mêmes demandent au gouvernement de leur accorder une École de médecine à Québec.

En 1837, le terme du Bureau des examinateurs créé par l'Acte de 1831 touche à sa fin. Le gouverneur, à l'étonnement de plusieurs, en profite pour nommer lui-même treize examinateurs à Québec et dix-sept autres à Montréal, faisant fi de l'Acte de 1831 et s'appuyant plutôt sur l'Ordonnance de 1788. On proteste, sans conviction toutefois, car la plupart des membres de l'ancien Bureau demeurent en poste.

En 1839 cependant, le groupe de McGill, grâce à son acharnement et à sa ténacité, reprend le contrôle du Bureau de Montréal.

Le 10 février 1841, le gouverneur, Lord Sydenham, proclame l'Union des deux Provinces, déjà sanctionnée par la reine Victoria le 23 juillet de l'année précédente.

Le 4 octobre 1841, une lettre adressée à tous les médecins des deux Canadas leur propose des moyens de faire progresser la médecine. Parmi ceux-ci, l'idée de les regrouper en une seule et grande association commence à faire son chemin.

En 1843, une première école de langue française voit le jour à Montréal, l'École de Médecine et de Chirurgie de Montréal. Elle devra paradoxalement sa fondation à des médecins anglophones désireux de briser le monopole du groupe de McGill, encore maître du Bureau de Montréal et de la seule institution d'enseignement organisée et reconnue. La nouvelle école obtiendra son incorporation en 1845.

La même année, à Québec, le docteur Morrin reçoit à son tour l'autorisation de mettre sur pied une école incorporée. Celle-ci n'ouvrira toutefois ses portes que trois ans plus tard.

Toujours à Québec, le 5 octobre 1846, les délégués montréalais et québécois, réunis en assemblée, proposent un Bill d'incorporation de la profession médicale dans le Bas-Canada en un Collège de Médecins et Chirurgiens. Le bill, proclamé le 28 juillet 1847, se lit comme suit: « Acte pour incorporer les Membres de la Profession Médicale dans le Bas-Canada et régler l'étude et la pratique de la Médecine et de la Chirurgie en icelui ». Le docteur Daniel Arnoldi devient le premier président de cette corporation.

En 1850, cinq établissements anglophones dispensent déjà l'enseignement supérieur sur l'ensemble du territoire du Canada-Uni. Il s'agit du King's College (1827) qui deviendra l'Université de Toronto, du McGill College de Montréal (1829), du Victoria College de Cobourg (1841), du Queen's College de Kingston (1842) et du Bishop's College de Lennoxville (1845). Le besoin pressant d'une université francophone est unanimement reconnu.

C'est le 8 décembre 1852 que la reine Victoria signera la charte de la première université catholique du Canada, l'Université Laval. L'École de médecine de la ville de Québec, présidée par le docteur Morrin, deviendra donc, en 1854, la faculté de Médecine de l'Université Laval et pourra enfin conférer des diplômes.

Aujourd'hui encore, le Collège des Médecins et Chirurgiens de la Province de Québec détient le droit exclusif d'octroyer aux diplômés en médecine la permission d'exercer leur art.

H
hamac
classique

DANS LA MÊME COLLECTION

Les Cœurs tigrés
Yves Morin, 2011
Prix de la création 2012 (Ville de Québec/
Salon international du livre de Québec)

Monsieur Olivier
Marc-André Tardif, 2011

AUTRES ROMANS HISTORIQUES À DÉCOUVRIR

Les Aventures de Radisson, t. 1. L'enfer ne brûle pas
Martin Fournier, 2011
Prix littéraire du Gouverneur général
en Littérature jeunesse 2012

Le Bâtisseur
Danielle Brault, 2008

Entre poudrés et pouilleux
Jacques Mathieu, 2008

Antoine, coureur des bois
Adrienne Leduc, 2007

L'aventurier du hasard
Réal Ouellet, 1996

La Fille de personne
Marc Parson, 1994

Canadiennes d'hier
Marie Bonenfant, 1994

TABLE DES MATIÈRES

Pour effectuer une recherche libre par mot-clé à l'intérieur de cet ouvrage, rendez-vous sur notre site Internet au www.septentrion.qc.ca

Tous les livres de la collection Hamac *classique* sont imprimés sur du papier recyclé, traité sans chlore et contenant 100 % de fibres postconsommation, selon les recommandations d'ÉcoInitiatives (www.oldgrowthfree.com/ecoinitiatives).
En respectant les forêts, le Septentrion espère qu'il restera toujours assez d'arbres sur terre pour accrocher des hamacs.

PROTÉGEONS
NOS FORÊTS

CET OUVRAGE EST COMPOSÉ EN NEW BASKERVILLE CORPS 12
SELON UNE MAQUETTE RÉALISÉE PAR PIERRE-LOUIS CAUCHON
ET ACHEVÉ D'IMPRIMER EN AOÛT 2012
SUR LES PRESSES DE L'IMPRIMERIE MARQUIS
À MONTMAGNY
POUR LE COMPTE DE GILLES HERMAN
ÉDITEUR À L'ENSEIGNE DU SEPTENTRION